编委会名单

主　编　谢柏梁

副主编　邹德旺　王　强　钟　鸣

编　委　郝荫柏　田志平　颜全毅

胡　叠　曲志燕　马　琳

安　莹　韩　萌　陈云升

中国戏曲学院戏文系学生作品丛书

中国戏曲学院戏文系
2016届学生毕业剧本集

主　编　谢柏梁
副主编　邹德旺
　　　　王　强
　　　　钟　鸣

中国戏剧出版社

图书在版编目（CIP）数据

中国戏曲学院戏文系2016届学生毕业剧本集 / 谢柏梁主编. —北京：中国戏剧出版社，2019.12
（中国戏曲学院戏文系学生作品丛书）

ISBN 978-7-104-04916-6

Ⅰ. ①中… Ⅱ. ①谢… Ⅲ. ①剧本－作品综合集－中国－当代 Ⅳ. ①I230

中国版本图书馆CIP数据核字（2020）第011475号

中国戏曲学院戏文系2016届学生毕业剧本集

责任编辑：王　恬
责任印制：冯志强

出版发行：中国戏剧出版社
出 版 人：樊国宾
社　　址：北京市西城区天宁寺前街2号国家音乐产业基地L座
邮　　编：100055
网　　址：www.theatrebook.cn
电　　话：010-63385980（总编室）
传　　真：010-63383910（发行部）

读者服务：010-63381560
邮购地址：北京市西城区天宁寺前街2号国家音乐产业基地L座

印　　刷：固安县京平诚乾印刷有限公司
开　　本：787mm×1092mm　1/16
印　　张：30.25
字　　数：450千字
版　　次：2019年12月　北京第1版第1次印刷
书　　号：ISBN 978-7-104-04916-6
定　　价：88.00元

雏凤清于老凤声

（总序）

中国戏曲学院是我国戏曲的最高学府，戏曲文学系是国内唯一一家以培养戏曲（也包含话剧、影视等）创作和理论人才为己任的专门化系科。其主要办系目标，就在于以培养戏曲编剧人才作为自己的立系之本和基本使命。

戏曲文学系，必须要具备一个较有实力的戏曲创作教学团队。尽管好的戏曲剧作家，不一定都是好的戏曲创作导师；但是一位经验丰富而且富有权威的戏曲教师，必须得要有从事创作的经历，必须要有创作戏曲的快乐乃至痛苦的亲身体验，这样的老师去指导学生，才可能收到点石成金乃至脱胎换骨的功效。

同样道理，学生写的剧作，必须要交付出版，最好能够搬上舞台。否则其作品就永远只是深闺寂寞、孤芳自赏的半成品。交付出版的原因，也是为了今后有机会搬上舞台。在国戏的65年峥嵘岁月中，特别是在戏曲文学系办学以来的35个春秋当中，涌现出了一些堪称俊彦的编剧名家。

戏文系与《剧本月刊》合作，每年为同学出版新一辑剧本选；如今我们又从2010届同学这里起步，将他们的作品付梓出版。我们还与上海古籍出版社携手，为我系老师出版个人戏曲剧本集，这都体现出戏文系承传近千年戏文衣钵，着力打造中国戏曲编剧人才培养主要基地过程中的新成果。

实事求是地讲，与近千年来梨园教坊的演员养成机构相比，与近百年来卓有成效的现当代戏曲表演人才的模式相比，与进入到又一个甲子年轮的京剧表演专业相比，作为一个新生事物，作为全国乃至全球范围内唯一以培养戏曲编剧作为己任的专门系科，年轻的戏文系压力颇大。

这一压力主要来源于对于戏文系兴办使命的根本质疑。尽管在元曲与明清传奇的浩荡序列中，优秀的作品层出不穷；但是那些优秀的剧作家，没有一个是从专门的戏曲系科中培养出来的。戏曲作家往往都是由饱读诗书的历代才人们，在诗文创作之余尚有余兴，于是率尔作剧，在不经意当中所焕发出来的大好文章。

戏曲剧作，原本就是中国传统文体中诗文词曲之一脉。在中国的文化发展长河中，诸子百家，诗词曲赋，都已经成为中国人的基本素质修养和宝贵精神财富。其中的曲，通常分为散曲和戏曲两大类别。

戏曲具备综合集成、左右逢源的特点。一边与艺术圣殿融为一体，因为戏曲包括了音乐、舞蹈、绘画、雕塑、建筑乃至表演的诸多艺术元素。从另外一边来看，剧本又构成了戏剧文学的主体，成为文学圣殿中诗歌、散文、戏剧和小说的四大明珠之一。

就我国来看，目前可以看到的戏曲剧本，先后贯穿了宋、元、明、清和现当代数个历史时期，已经成为中华民族不可或缺的、宝贵的文化遗产之一。

近千年来的戏曲剧本写作，大多数情况下属于文人骚客们的业余创作行为，但也确实出现了一些较为专业的剧作家。还有的剧作家，几乎把写剧本当成一种基本生活方式与生存状态，甚至出现了一些以此作为养家糊口基本手段的职业写剧与卖剧的行为。元杂剧作家几乎很少有机会参加科考，那么大家就扎堆去写剧本。清代的李渔和洪昇，几乎是在把写剧本当成一种职业和谋生的手段，他们也同样都很有成就。

百行百业，原本不一定都需要专门的院校设置对口的专业来培养。但是随着人类社会发展的需求，随着资本主义社会专业分工的细致化和明确化，大学里头的专业设置，几乎实践着人间需要什么人才，大学就培养何种人才的教育理想。

在西方的大学中，写作专业和剧本编剧，常常都可以作为基本的课程，许多同学的作业也因此成为其编剧事业的起点。例如，我国第一位获得哈佛大学戏剧专业硕士学位的洪深先生，就是以《为之有室》和《回去》两剧考取的哈佛大学。他曾深情地回忆说，“哈佛大学里教授戏剧的是倍克先生……他教的《戏剧编撰》，学程号数为英文第四十七，乃是全国闻名的。……‘英文四十七’又附设一个实验剧场，简称‘四七工场’。在这里，作者可以将他所写的戏实际上演，而观察那观众所发出的反应，再将剧本加以修改”。

承接西方戏剧教育传统，直接受到苏联专业戏剧学院的影响，新中国建立以来，两所以西方戏剧和话剧作为主要学习内容的专门学院应运而生。尽管中央戏剧学院和上海戏剧学院也培养出不少戏曲编剧人才，但是这两所明显以培养话剧、影视艺术人才作为基本特色的学院，对于民族戏剧的关注只是其副业而已。

中国戏曲学院作为培养中国戏曲艺术高级专门人才的唯一学府，其戏曲文学系也以培养戏曲编剧人才作为自己的立系之本和基本使命。这也是全球范围内唯一独立设置的戏曲编剧专业。

独养的儿子从生存环境来看，未必属于最好的状态。这是因为其没有可比性，不能太多地从兄弟姐妹的行列中分享经验和教训，当然也有可能会被宠爱出固步自封、资源独占的毛病来。戏曲文学系开办以来，也是在一空依傍的情形下，逐步在摸索自己的办学路数。

从师不高，学也不妙。戏曲文学系，必须要具备一个较有实力的戏曲创作教学团队。

好的戏曲剧作家，不一定都是好的戏曲创作导师。在一位经验丰富、基础较好的成熟剧作者那里出出主意，有的时候真可以收到点石成金乃至脱胎换骨的功效。但就培养一位刚刚高中毕业进入戏曲学院的“生胚子”同学而言，您得要有足够的时间、充分的耐心，按部就班地进行培养。从唱词与念白、小戏改编一直到大戏改编、独立创作，这其中的艰难程度简直可以称之为是戏曲写作者一次艰难的万里长征。聪明、高明而又繁忙事冗的剧作家，富于创见与激情的剧坛才子，可能不会都能具备如此的耐心，也不能忍受那种漫长的等待。有时间的话还不如自己写一出新戏，焕发出作为剧坛才人的又一次富于天才创意的光彩。

于是戏曲文学系必须要延请一批可以以教书为职业、以教授编剧为专业方向的老师们。他们勤勤恳恳，心无旁骛，以学生的成长作为自身的快乐，以同学的作品作为自己生命价值的最高体现。在他们身上，天才的闪光可能要少一些，但化作春泥更护花的教师职业所带来的与生俱来的不厌其烦、敬业献身的精神必须要多一些。

我想，较为理想的戏曲编剧教师，尽管自己本人不一定是第一流的剧作家，但却一定要是写过一些剧本，上演过一些作品的实践者，他们必须亲身体验过编剧行当的艰难辛苦，理解整个创作过程中的喜怒哀乐，方能如鱼在水，冷暖自知。这样的老师，指导起学生的创作来，可能会更加游刃有余，得心应手；这样的老师，可能会更能够得到学生的拥戴和业内的认可。我曾经在上戏、国戏的戏文系执教过21年之久，确实常常听到有的学生抱怨个别编剧教师说：这个老师自己从来不写剧本，他凭什么要对我的构思横加指责、全面否定，非要让我另起炉灶？

不能说同学们的抱怨都对，但也必须承认编剧教师自身一定要具备编剧的足够的经验。要求编剧教师的作品具备全国乃至世界性的影响，那只是一种希望而已；但是老师的作品至少要能立得住，可以搬上舞台，可以比较规范，能够成为自己所论的编剧法则的些许论据。即使失之于规整，甚至时过境迁之后还有几丝平庸之感，但编剧教师创作剧本这一必备经验，从个人角度来看，还是万万不可省略的。

有鉴于此，我开始特别关注中国戏曲学院戏文系教师的戏曲创作，并决定把其中部分教师的作品作为一套丛书，分别结集出版。如此做法，不仅是为了戏曲学院60年校庆的一瓣小小献礼，也不仅是为了体现出本系戏文创作与理论专业作为北京市优秀教学团队和北京市特色教学建设专业的光彩，也不仅是为了反映该专业作为北京市优秀教学成果奖得主的教师实力，更为重要的是要让学生们知道，老师们是在以自己的创作和教学的多年实践，在与大家同甘共苦，共同分享创作和生命活动的苦涩与欢趣。这也将激励更加年轻的老师们教有余力，最好要投身到戏曲创作的专业实践领域之中去。

榜样的力量是无穷的。如果中戏与上戏的老师不写话剧与影视作品，学生们就会没有专业敬仰和崇拜的对象，甚至连参与分集“打工”的前提条件和基本氛围都没有。上戏陈耘先生的《年轻的一代》，为上戏学子勾起了多少光荣的梦想啊。同样道理，国戏戏文系的同学要有所景仰、师范和继承，同样还是需要从自己身边最为熟悉而亲切的老师这里，获得写作剧作的第一动力。

因此，将本系教师的戏曲创作结集出版，符合戏曲教学的基本规律，既符合戏曲文学系的办学方向，也符合中国戏曲学院对于戏文专业的根本定位。

当然，这些作品跨越了老、中、青几代人，也见证着不同时代的社会烙印，也未必都是当时和今日的佳作，但都体现出编剧教师们的匠心、苦心和忠诚于戏曲教育事业的一片真心。至于创作水平之高低优劣，时过境迁之后的不合时宜，也都见证出历史和个人的选择，以及这种选择之后是否合乎个人与社会的目的性的成败体验来。即使当年的创作未必高明，但是以老师们的挫折乃至失败作为借鉴，也许更能够使学生少走一点弯路，在戏曲创作方面逐渐变得聪明起来。

我们系首批推出的戏文系戏曲编剧教师的剧作专集有：

一、《郝荫柏戏曲剧作集》

郝荫柏老师作为抗日忠良之后，先学京胡，后转创作，经历了几度人生起伏，终于回到戏曲学院戏文系担任戏曲编剧教师。作为戏文系的副主任，他在工作上勤勉认真；作为编剧教师，他对学生热情负责；作为戏曲编剧，他这么多年来创作出不少剧本，体现出对于戏曲事业的赤诚之心。尽管其剧本体现出不同时期的历史政治风云和价值品判观念，但是他所改编的京剧《悲惨世界》，在京沪演出时深得观众好评，体现出艺术作品对于时空的超越力量。

二、《谢柏梁戏曲剧作集》

这几年，我的戏曲作品被先后搬上越剧、京剧等剧种的舞台，这令好多朋友们特别惊讶，因为他们都知道我是一位戏剧史论方面较为资深的学者，怎么会在几年之间华丽转型为编剧？其实我自小就曾在基层剧团担任编剧之职，还担任过全国棉花会议文艺节目的总撰稿。更为重要的还在于我的两位祖师爷——吴梅与老舍先生，同时也是戏曲和话剧方面的创作大家。作为他们的再传弟子，尽管心向往之而不能至，但却不可以不为；作为戏曲文学系的主任，如果连我都不参与戏曲创作，那么大家都可以在教授编剧时进行空谈式的纯理论教学。为此，我在近几年重拾旧业，顺理成章地回到了戏曲创作专业，希望在编剧与理论上齐头并进。

三、《颜全毅戏曲剧作集》

前面提到过，颜全毅是戏文系所培养出来的学生，也曾跟随我就读过博士生。他在创作与理论方面都比较擅长，特别在戏曲剧本创作方面，可以说在戏曲学院乃至在北京市的青年戏曲编剧人才里头，一枝独秀，领袖风骚。北京市愿意专门从事戏曲创作但又每年都能有新作推出的青年才俊，实在是凤毛麟角，而颜全毅就是成果较为丰硕的默默耕耘者。惟其如此，他先后进入北京市和教育部的人才培育序列，前景正无限美好。

四、《胡叠戏曲创作集》

胡叠是我系的青年女教师。她特别钟爱戏曲编剧，也曾经获得过老舍青年文艺奖项。她的剧本，具备唯美化的倾向，也带有案头文学的诸多气质和个人性情的诸多烙印。尽管到目前为止，她的剧作尚未被搬上过舞台，我在是否将其剧作单独结集出版时也有所犹豫，但是我最终相信坚冰总会有融化之时，好的剧作总会被剧团所慧眼识珠，付诸于演出。

五、《钟鸣剧作集》

六、《韩萌戏曲剧本集》

七、《陈云升剧作选》

在戏曲学院，还有一批老教授在剧本方面用功甚勤。贯涌教授的剧本创作独树一帜。特别是近些年来，他对于豫剧剧本的整理改编已经蔚成系列。他同时还在积极指导戏曲动漫剧本的创作与制作。赵景勃教授、张关正教授的京剧整理改编演出工程，也势所必然地部分涉及到剧本整理。

当然，迄今为止中国戏曲学院乃至中国当代戏曲史上最有影响的大戏曲作家，那还是我校的首任校长田汉先生。我认为他不仅是实现了作为中国的席勒的少年之梦，而且还在民族戏曲剧本的创作等许多方面，都极大地超越了席勒的影响。他的《白蛇传》《谢瑶环》等京剧剧作和《关汉卿》等话剧剧本，完成了对同类题材的最终范型之打造，使得后人很难在同一题材上再度超越。

从田汉先生上溯到洪昇、汤显祖和关汉卿，我们才可以理直气壮地说，戏曲剧本的写作，相对戏曲表演而言，同样重要，密不可分。戏曲艺术需要有人写剧本，这是古今中外的通例。草台班所表演的即兴创作，毕竟言之无文行而不远。所以“剧本剧本，一剧之本”的说法，已经成为大家的共识。

而且从文化遗产留存的角度来看，剧本流传的恒久性比舞台演出的保存要长远得多。古希腊当年的剧场以及表演艺术如今安在？但是约 31 种古希腊悲剧至今还可以看到。中国宋代的戏曲演出杳然难觅，但是当年所演出的宋金杂剧戏目与南戏戏文剧本，却还是可以一叶知秋，看到大概。同样道理，元、明两代的表演艺术，今天也难得睹其原貌，但当时的许多剧本，却还可以原汁原味地保存下来。

乐观地回顾到戏曲文学保存的方便性与久远性之后，在图像采集与保存极其迅疾与方便的今天，我们不得不承认，今天演员们的精彩表演，也将会十分保真地传之后世。如果戏曲文学没有更好的发展，其拙劣之处也将会伴随着表演的传播而被后人所难于认可、不予理解甚至给予激烈的批评。

当着传统文化的空间遭到较大挤压的今天，当着戏曲艺术从大众主流观赏的审美对象，变成百花园中之一丛花卉时，当着今人的古代文化修养急剧滑坡之时，戏曲编剧的培养和教学也就成为难度极大的攻坚工程了。

即便如此，在国戏的65年峥嵘岁月中，特别是在戏曲文学系办学以来的35个春秋当中，还是涌现出了一些堪称人才的俊彦人物。

英年早逝的郭大宇，尽管已经辞世十年，但其作品还是不朽的大作。得益于他在国戏的坐科经历，其《徐九经升官记》将封建官场的荒谬逻辑予以了富于喜剧性的深刻展示，先后获得过文化部和中国剧协联合颁发的优秀剧本奖、省文化厅颁发的优秀创作奖及多项综合性大奖，搬上银幕后又获文化部颁发的优秀戏曲片奖。

姚清水的代表作《状元与乞丐》，早在1982年，就荣获全国第一届优秀剧本奖。号称可与魏明伦、郭启宏、郑怀兴分庭抗礼的剧坛两女侠之一的孙月霞，其《画龙点睛》曾经轰动京师，并荣获文化部首届文华大奖。

我系系友、现任云南艺术学院教授陶增义，早在1999年便在中国戏剧出版社出版了《陶增义剧作选》。其戏曲作品《古琴魂》《京娘》《陈圆圆与吴三桂》，电视剧《天地情》《凤凰花开》都有较大影响。

王若皓是我系中唯一从事昆曲创作的系友。他所改编创作的《历图山》（北方昆曲剧院演出，谷峰主演）、《妙医》（北方昆曲剧院演出，史红梅主演）、《哪吒》（北方昆曲剧院排演，未公演，刘巍主演），他所参与创作的《宦门子弟错立身》（北方昆曲剧院演出，柯军、史红梅主演）等剧目，都得到了较多好评，后者还获得过国家奖项。

徐瑛是我系系友中，国际合作较多、国际化影响较大的一位编剧。他从1991年至今，在中国歌剧舞剧院担任专职编剧。他曾于1996年至1998年以访问学者的身份赴美交流，并应美国洛杉矶大学世界文化艺术系的邀请担任该系客座教授，讲授中国传统戏曲创作。其戏剧作品在中国大陆、欧洲、美国、日本等国家以及香港等地区的剧院和国际性艺术节上演出，为当今颇受国际戏剧界关注的中国剧作家。其主要作品有：花鼓戏《刽子手传奇》，1994年湖南省花鼓戏剧院首演；现代戏剧《巴凯》（改编自古希腊悲剧），中国京剧院与美国纽约希腊话剧团联合制作，1996年中国京剧院首演；现代戏剧《阿Q》（与美国著名现代舞编导Victoria Marks合作），洛杉矶世界文化艺术中心制作，1997年首演于洛杉矶（英文版）；现代舞剧《Empty Tradition / City of The Peonies》（与美籍华裔现代舞编导殷梅和印度尼西亚作曲家托尼合作），美国亚洲协会制作，1998年首演于纽约；歌剧《胡笳十八拍》（美籍华裔著名作曲家林品晶作曲），2002年世界首演于纽约，亚洲首演于香港艺术节（中、英文版）；歌剧《茶》（与美籍华裔著名作曲家谭盾共同编剧，谭盾作曲），2002年世界首演于东京（英文版），欧洲首演于阿姆斯特丹；京剧《兵圣孙武》，2002年中国京剧院首演；京剧连台本《宰相刘罗锅》下集，2002年北京市京剧院首演，在全国首届十大戏剧精品工程的评选中荣登榜首；歌舞剧《清明上河图》，开封市宋文化传播有限公司制作，2003年首演；徽剧《蔡文姬》，2004年安徽省徽剧院首演；京剧连台本《连升三级》，2005年北京市京剧院首演；歌剧《李白》（与廖端丽合作，著名作曲家郭文景作曲），2007年美国丹佛城市歌剧院首演。此外，他还创作了三十集电视连续剧《舞台姐妹》《康定情歌》《关中刀客之粪操子》《人厨子》《肉瓤子》《花翎子》《虎头》，四十集电视连续剧《范府大院》，电视连续剧《大敦煌》等剧，创作成果颇为丰硕。

文化部戏剧处处长吕育忠，在公务繁忙之余，多年来也没有忘情于戏曲创作。他较早就出版过个人的戏曲剧本集，越剧《李慧娘》也得到了大家的好评。

王珏虽然是北京市文艺部门的管理者，但她的儿童剧创作也独树一帜，惹人喜爱。其《孙悟空》《天鹅湖》《绿野仙踪》《南极精灵》皆是如此。徐恒进评论说："她总能带着孩子们在花果山、在天鹅湖畔、在大森林里、在南极大陆捡到新的宝贝，让孩子们欢呼雀跃，也让大人们兴高采烈。作品精华的剧本集《金箍棒》日前由北京出版社出版。该书首次公开了尚未公演的系列木偶剧《孙悟空》剧本。由北京出版社出版的王珏儿童剧作集《金箍棒》居然十分好读，让人欲罢不能，一气读完。吸引人的是什么呢？是一颗纯真的童心，是一片美好而又纯净的世界。”

上海京剧院的龚孝雄，先后创作的作品有戏曲《官宦宰相》《长恨歌》《王佐断臂》《青衫·红袍》（合作）、《梅妃》《满江红》《小吏之死》，音乐剧《火神》《白娘子》，话剧《梅兰芳》，朗诵剧《诗意中国》，大型原生态情景剧《家园·印象上钢》等。作品曾获得首届上海青年文化新品奖、上海市小剧目评比演出优秀剧目奖、第20届“中国田汉戏剧奖·剧本二等奖”、第六届中国戏剧文学奖·银奖、第十一届中国戏剧节“中国戏剧奖·剧目奖”、第二届中国戏剧奖·小戏小品奖暨2007全国小戏小品大赛“金奖”和中共上海市委宣传部、上海市重大文艺创作领导小组颁发的“上海文艺创作优品”称号等。曾被上海戏剧家协会授予“2007年度突出贡献个人”称号。

现为宁波市艺术剧院创研部主任、高级编剧的王晓菁，自中国戏曲学院毕业至今，共创作改编11部大戏，平均每年一部以上。多部作品在全国及省市级获奖，其中大型越剧《阿育王》获第九届中国戏剧节优秀剧目奖、第五届中国戏剧文学奖金奖。《九斤姑娘》（与人合作）获中国戏曲学会奖、第九届文华新剧目奖，入选国家舞台艺术精品工程资助项目。《月光恋》获2008年第十届浙江省戏剧节剧目奖。《沈清传》两度赴韩国演出。还有《宁波大哥》（与人合作）、《重生缘》、《好人王延勤》（与人合作）、《护士日记》等均被搬上舞台，获得好评。2006年被评为宁波市十大青年文艺之星。2008年被评为宁波市十大杰出青年。2007年11月，获得宁波市宣传文化系统“六个一批”（文艺类）人才。

还有北京京剧院的红袖，其《弘一法师》等剧作，都将戏曲剧本的元素与话剧元素予以了糅合，有很强的创新意义。

此外，以龚应恬、张承等人作为杰出代表，戏文系还有不少系友承担着电视剧、电影和小说创作等相关创作领域内的重大使命。

梅帅元在戏曲创作之外，还在山水实景情景剧方面，做出了很好的成绩并在国际上也取得较高的知名度。百老汇著名演员王洛勇先生，前几天就在长安大剧院对我说：写过戏曲剧本的人，基础好，什么都能写得好；但是反过来就不行，许多知名作家写戏曲剧本就不行，连一句唱词都写不好。

这些系友的多方面成绩，都在不同程度上体现出戏曲文学系在戏曲创作人才培养方面的教学成果，也激励着学妹、学弟们在戏曲创作的园地中矢志耕耘、桃李满园。

于是，就有了我们与中国剧协一流的《剧本月刊》的合作。在这一平台上发表戏文系在校本科生和硕士生的戏曲创作，并由指导老师逐一加以评点，正是为了帮助和鼓励他们尽早、尽快也更好地站在戏曲创作的前沿阵地上，促使他们的作品早日搬上舞台，盼望他们的作品早日结集，希望他们在中国戏曲的新世纪里早日成为主流剧作家。只有这样，中国戏曲学院戏文系的兴办宗旨才不会丢失，民族文化在经济大潮中才不至于被淹没，千年以来的中国戏曲之剧本文脉才能够得到有效地继承。

我们已经与浙江艺术学院合作，将我系同学所创作的红楼小戏系列搬上了舞台。目前该剧已经获得中国大学生校园戏剧专业组优秀剧目奖和中国越剧节优秀剧目奖。今后我们还将把同学们在《剧本月刊》上发表过的作品，陆续推上舞台，使之在实践出现的过程中得到进一步的陶铸与提高。

由此出发，我们又将新世纪以来戏文系历届同学的作品，正式结集出版。今后，我们每年都将把本科生与研究生的作品与论文，结集出版，以期接受社会的检阅，更希望能够得到同行们的批评与建议。

戏文数种，心香几瓣，付梓问世，其中或有佳作场境，人物风标，化身为诸多妙像，倘若会引起共鸣，提供一些启发，则善莫大焉。希望得到社会各界的批评与指正，也希望得到戏曲文学系的历届同学们的多加品评，提出宝贵建议。

我坚信，21世纪中国戏曲创作的希望和未来，将主要集结在中国戏曲学院戏文系系友们的创作群体中。

曙光正在前头，老师与同学们仍须努力。

2015年12月28日写于国戏戏文系

中国戏曲学院戏文系主任

谢柏梁

目录

张良复韩

编　剧：陈希（戏文系 2012 级）

毕业大戏《张良复韩》创作阐述

张良作为“汉初三杰”之一，对刘邦建立汉朝有不可磨灭的功劳，被后世誉为“谋圣”。本剧探讨的是在秦末群雄逐鹿的混战时期，张良家族五代相韩，最终一朝归汉的原因及张良在此间的心路历程。

在已有的戏曲作品中，以张良为主角的作品并不多。《圯桥三进履》与《博浪锥》两出戏都是对张良早期未正式踏入仕途的一段生活片断性的记载，这两出戏趣味性很强，但戏曲本身所记叙的故事欠缺完整性。而较为完整的一部有关张良的戏曲作品——《张良辞朝》所展现的是张良在帮助刘邦建立汉朝后，看到韩信、彭越等人的下场，又揣度刘邦为人，自己选择明哲保身的故事。这部戏中更多展现的是张良于官场名利与自身长远利益的选择，是张良晚年生活的记载。其他的戏曲剧本中的张良这个人物，大都不是作为主要人物出现，张良在这些戏中的身份，多是刘邦的谋臣，除了奇计百出，很少有体现人物本身性格的唱段，如《黄金印》《取荥阳》两出戏中的张良人物形象。

在《史记》《汉书》等典籍中，对张良的记载，大多放在他帮助刘邦运筹帷幄建立汉朝的军事谋略、政治表现上。少有人提及他为何选择刘邦，大家本能地认为，楚汉相争，择主而奉是理所应当的事情。但我们往往会忽视：张良是韩国贵族，家族五代相韩，本应承父遗志，终此一生效忠韩国，而张良初期也的确是这样做的。那么是否有一种可能：张良最终选择一朝归汉，此举并非简单地顺应时势而为之，而是经过深思熟虑以及对刘邦、项羽二人的长期观察后，所做出的一个重要决定。基于这一猜想，我想创作一出戏，重点描摹张良“归汉”的心路历程和个人行动——他从一个满腔热血渴望复仇复国的年轻人，在经历国破家亡、复国、再次被灭国等事情后，不断沉淀成长，既读书学艺又审时度势，逐渐明白单复一国的意义远远不及兴邦定国万民安乐，最终决定佐明君安天下。

在明确选题后，我面临的最大的挑战来源于剧中人物。整部戏大致剧情走向确定后，没有一个女性角色，甚至连女性配角都没有，这是我在创作之初万万没有想到的。在过去的四年中，无论是小戏写作，还是戏曲整理改编，我在每个学期的戏曲剧本作品中，都会涉及到女性角色，而且有两部作品是典型的才子佳人戏，自认为对于女儿家细腻的内心唱词把握更胜一筹。所以最初在遇到这个问题时，我想到的不是想要突破自己，而是要刻意在戏中加入女性角色。我尝试过给张良安排一个女性贴身老仆，又或者在他入仕初期就与一韩国少女结为夫妻。但最终这些构想都被一一否定，理由很简单，人物过于鸡肋，这些女性角色本身在整部戏中不推动情节发展，对主角的烘托作用也不够明显，所以最后我的这部戏曲作品脱胎换骨成为了一部纯粹的王侯将相戏。对于我而言，这的确是个不小的突破。

在创作这部戏的过程中，通过导师的指导，让我更好地学习到了怎样把一部戏做得完整、好看。我的第一版分场剧情大纲，内容场次有十二场之多，事无巨细，恨不得方方面面都要写到。这样的一个提纲让我倍感压力，没有主次，也无法突出重点。后来经过导师的指导，我才逐渐明白“减头绪、立主脑”的意义所在。戏曲表演虽然程式繁复，但是在叙事上最是清晰不过，凡作一篇，必为“一人一事”，因此，在明确了这一点之后，我删减、合并了一些与“张良复韩”无关的场次，最终留下了现在与主角和主要事件关联密切的七场。

创作后期，我往往是写完前一场就直接进入下一场，很少考虑两场戏之间事件的连贯与发展。这样一来造成的后果就是几场戏写完，每一场都像是独立事件，互相之间缺少联系。我的导师在发现这个问题后，认真地看了我创作的每一场戏，帮我分析了每场之间细微的联系，并让我以此为基础加强场间联系，因此才有了现在这部完整的作品。

目前已存的戏曲作品对本剧内容上的借鉴作用并不太明显，但是戏曲毕竟是一门集综合性、虚拟性、程式性为一体的艺术，在戏曲程式上还是借鉴了许多已有经典戏曲的经典桥段。比如在本部作品的第一场《老父托梦》中，张良的父亲在国破前一夜托梦给张良，一夜时间有限，要交代的事情颇多，怎样使之逻辑清晰、散而不乱就是非常值得考虑的一个问题。因此，我借鉴了《杜十娘》中《沉江》一场“更漏”的写法，将一夜按照“打更”次数分为五更，每敲一次钟，父亲便交代一件事情，节奏分明，增强了叙事的逻辑性。

在创作《张良复韩》之前，我对戏曲唱词的理解基本停留在“唱词用来抒情”这样浅显、狭隘的概念上。随着创作过程的不断展开，我逐渐体会到唱词更多的作用在于外化人物内心。戏曲与话剧不同，人物内心的想法可以直接通过唱词表现出来，让观众更加直观地体会到人物当下的心情。在第三场《拜师学艺》中，张良虽然躲在山后不能直面前来索他的里长，但是只要台上人物通过程式化的动作“站定”，张良便可从山后出来，直接唱出自己的心声，观众也能更加直观地感受到他被黄石公先夸奖又嘲笑后气急交加的心情。

作为我本人而言，楚汉相争中，一直以来我更偏爱的都是项羽，但是在剧中，为了主角张良的人物形象，自始至终不得不把项羽的嚣张乖戾与缺乏智慧一再渲染，虽然略违于本心，但是看到最终有利于剧中主人公张良，内心也就接受了项羽在其中的人物设定。戏曲毕竟也是在讲故事，不可能完全等同于历史，趣味性全无。所以在后期我便不再过于拘泥于史实与本身故事情节的细微冲突，以文本的舞台实用性为主，反而更加得心应手。

通过创作这部作品，我也发现了自己在戏曲创作方面的不足，由于我观看的戏曲作品数量有限，对一些程式性动作、场景安排运用得并不熟练。例如第六场《复韩梦碎》中项羽大火烧城一段的描写就有所欠缺。其实，这在已有的戏曲剧本中有经典唱段表现此番情景。如果平日里能够积累更多，在创作过程中应该会更加得心应手。今后我会继续观看更多优秀的戏曲作品和戏曲剧本，发现经典作品中与我所创作作品的共通之处，取其精华，学习其精炼的戏曲程式动作与戏曲舞台语言，使我的作品更加完善。

在大学的最后一年，通过创作《张良复韩》这部戏曲作品，我充分认识到了自己在戏曲创作中的优势与不足，收获颇丰，我认为这对我在今后的戏曲创作中都会有良多助益。

2012级戏文系　陈　希

指导教师　安　莹

时　间：秦末汉初

地　点：中原地区

人物表：

张　良——字子房，战国时期韩国丞相之子，后归顺汉朝。（老生）

张　平——张良的父亲。（老生）

秦　王——秦始皇嬴政。（净）

黄石公——张良的师父。（老生）

刘　邦——字季，人称沛公，秦末起义军首领之一，汉朝开国皇帝。（老生）

项　羽——字籍，人称西楚霸王，秦末起义军首领之一。（净）

项　梁——项羽的叔父。（老生）

范　增——项羽的谋士。（老生）

韩　成——韩国皇室后裔。（老生）

萧　何——刘邦的追随者。（老生）

韩　信——刘邦的将军。（武生）

第一场　老父托梦

〔幕启。

〔张良上场。

张　良（唱）兵临城下秦无道，
张良无计心内焦。
先王驾崩新君少，
山河不定风飘摇。

（白）某，韩张良。学礼数岁余，未尝承父遗志，不曾宦韩事君。今秦兵攻急，围我王都。可恨，可恨！想那三年之前，我王急遣韩非使秦，至今数载，杳无音信，恐凶多吉少。唉！难道我大韩一国江山百年基业，竟亡于今朝。可恼，可恼啊！

〔初更鼓响。

张　良（白）不觉已是初更时分，忧思国事百计莫出。想我父在时，国家机要事事掌定，我虽年少未曾入仕，但也承父遗愿立志相韩，若此时安睡只怕明朝这韩国竟姓嬴了。

张　良（唱）忧烦国事心不定，
辗转不觉夜初更。
冥思苦想计无定，
倦意来袭困意浓。

（白）我且小憩一会儿。

〔张良靠在桌子上睡着。

〔放烟雾，张平上场。

张　平（唱）雾浓霜重寒夜冷，
谯楼敲响鼓出更。

一朝染病断性命，
阴阳相望隔幽冥。
此去黄泉心无恐，
唯有一虑忧国情。
相门出身国掌定，
今遇此劫心难平。
要事嘱儿托夜梦，
此间归来老张平。
（白）我儿醒来——
（唱）情急下不由得将我儿唤醒，
救母国传要事与他言明。

〔张良醒来。

张　良　（唱）合眼蒙眬刚睡定，
听见有人唤我名。
只见廊下一人影，
依稀父亲形分明。
起身睁眼疑是梦，
近观细瞧且看清。
（白）父亲啊——
（唱）二十载想煞了父子之情！

〔二更鼓响。

张　良　（白）（跪拜）见过父亲。
（唱）见父亲不由得泪横心动，
不肖子未建业保国无功。
阴阳隔数年来思父倍痛，
今父回却为何神色匆匆？
张　平　（白）我的儿啊！
（叫板）救国要事与你言明——

（唱）偶然恶疾断性命，
要事未嘱多隐情。
国有大患勿懵懂，
与儿告知急情形。
（白）为父只教你学礼学艺，宦韩事君，你可知这是为何？
张　良（白）儿不才，倒也猜得三分。
张　平（白）你且讲来。
张　良（唱）大父高贤德才圣，
相韩三朝政绩清。
父接相位承爷命，
躬亲布政不枉名。
张　平（白）是了，我一族五代相韩，鞠躬尽瘁，死而后已。此为其一，除此之外，还有一因。
张　良（白）这……还请父亲明示。

〔三更鼓响。

张　平（白）不觉已是三更，我本当细细说与你听，如今只好长话短说。
（唱）我一族居无定原是姬姓，
受恩泽赐名姓家业渐兴。
韩先王立赵孤不顾己命，
当世间能几人有此侠行？
传家业接相位心中有秤，
辅君王清政绩方不愧列祖列宗。

〔四更鼓响。

张　良（唱）张子房闻父言如梦方醒，
我一族受韩君此多旧情。
卫母国挽狂澜本是肩命，
怎可见此国殇受秦欺凌。
负重责担此任决心已定，

恨只恨平素里学艺不精。

张　平（唱）临危关头需冷静，

我儿定要把心清。

情急之下莫妄动，

峰回路转可重生。

张　良（白）父亲教诲，孩儿谨记。

〔五更鼓响。

张　平（白）已是五更，为父不便久留。我大韩一国基业、张氏一族清名，此二事任重道远，全靠我儿多做周旋了。

〔放烟雾，张平下场。

张　良（白）父亲，父亲——（惊醒过来）

（唱）老父夤夜来入梦，

金鸡一唱天将明。

竖子闻训心内动，

言犹在耳似洪钟。

〔府兵上场。

府　兵（白）公子，秦军破城，将大王掳走了。

张　良（白）哇呀呀呀呀——真真是欺人太甚！

（唱）灭秦复韩计已定，

铁蹄辱国气难平。

今此立志杀嬴政，

不复我国誓不停。

〔张良、府兵同下。

〔幕合。

第二场　刺秦失败

〔幕启。

〔张良佩剑携二府兵同上。

张　良（白）某，张良，为报灭国之仇，变卖宅院散尽家财，依沧海君之计，集结数十精壮少年，欲要在博浪沙击杀嬴政，必取其血以祭六国百姓。

（唱）暴秦无道残天下，

国破家亡奔天涯。

昼思夜想勤谋划，

设计投石博浪沙。

定将嬴政斩剑下，

誓将暴秦连根拔。

（白）儿郎们！

府　兵（白）有！

张　良（白）埋伏了！

府　兵（白）啊！

〔张良与府兵一同躲到假山后。

〔秦王上，蒙恬、四御林军同上。

秦　王（白）驻车。

（引子）天下一统，五谷丰登。

（念）紫气东来霞光蔚，彤云千丈尽朝晖。蓬莱幽境引人醉，问道仙班与神会。

（白）孤，嬴政，国号秦。大一统来，河海清晏，国泰民安。孤当造访蓬莱洲，寻仙问道，保我大秦世代兴盛。

（唱）扫九州荡山河征战天下，
定乾坤扩疆土四海一家。
吞燕韩灭齐楚半生戎马，
六国灭归秦土海角天涯。
举铁弓挑画戟把国号高挂，
踏千山、旅万水、锦江山、平天下，只教那沃野千里一统华夏，皆姓我大秦家。

〔张良与二府兵暗出，张良持剑迅速靠近秦王身边，趁其不备挥剑刺向秦王，剑尖划破其斗篷，当此时，张良被蒙恬挥剑格挡开，二人缠斗，对打一番，蒙恬将张良逼下场，自己回到秦王身边。

蒙　恬（白）有刺客，护驾！

〔张良府兵与秦王护卫对打，府兵被打下场。

秦　王（白）哇呀呀呀呀！好大的胆子！
（唱）猛然间遭惊变将孤吓煞，
一时间只叫人头晕眼花。
太平世何竖子如此胆大，
众卿家快与朕速速缉拿。
（白）起驾！起驾！

〔秦王车队刚要走，张良和府兵上场。

张　良（白）无耻贼子！六国百姓尽皆流亡，何来太平盛世！还妄想成仙，简直荒谬！今日定要取你项上人头！

〔张良要再次靠近秦王座驾，蒙恬持剑阻拦与其打斗，二府兵也渐渐招架不住秦兵的反击，众兵士缠斗，渐成合围之势。

张　良（白）不好！那狗贼有了防备。
府　兵（白）先生快走！
张　良（唱）世间传都道是秦王多诈，
弄权于股掌间手段油滑。

交手过方才知此话不假，
今日来原承想一举击杀。
不料那狗贼子甚是狡猾，
多车马混视线扰我眼花。
此一番激荡战未伤他毫发，
当此下张子房心乱如麻。

（白）罢了！

（唱）切不可因小失了大！

（白）青山不改，绿水长流！今日叫这狗贼逃过一劫，来日再取他性命！

蒙　恬　（白）莫让贼子逃了！

〔张良逃跑下场，二府兵被杀掉。

秦　王　（白）气煞朕也！何人如此大胆！

蒙　恬　（白）回禀陛下，行刺贼子已被臣杀掉，只是……

秦　王　（白）只是什么？

蒙　恬　（白）末将有罪，叫一主使贼子逃掉了。

秦　王　（白）哇呀呀呀呀呀！可恨！可恨！立刻关闭城门，封锁各处要道，大索天下！七日之内必须将那贼子给孤抓住！若有藏匿者，皆判连坐之罪！

蒙　恬　（白）是！大王放心，在我大秦律法之下，料想也无人敢藏他。且那贼子受了重伤，不会走远，臣定将其缉拿归案。

〔秦王、蒙恬、众御林军同下。

〔幕合。

第三场　拜师学艺

〔幕启。

〔黄石公上场。

黄石公　（唱）【山坡羊】

焚经烧书，杀学坑儒，

济世胸怀意难抒。

荒野路，酒难沽，

花甲之躯半入土。

生，无恋处。

亡，无恋处。

（白）山人，黄石公。自那嬴政焚书坑儒，俺将先贤所著经史子集熟读于心，奔逃至此，以道自居山中十数载，欲寻觅一可靠之人将此经世之道传授于他。可恨那嬴政暴虐，当世竟无一人敢提“学问”二字，可叹可叹哪。俺自知大限将至，这一身论断只得带入黄土中了。

〔张良衣衫褴褛、灰头土脸上。

黄石公　（白）噫！今日稀奇，这荒野偏村除了我黄石公竟还有一精壮汉子，看他衣着不俗，却甚是残破，有趣有趣，我且瞧他一瞧。

张　良　（唱）刺秦败连日逃饥肠辘辘，

不择路入荒野张良难出。

眼见得追兵至此去无路，

当此刻且不顾凤凰栖梧。

国未复切不可把命交付，

快寻找一山丘将身潜伏。

黄石公 （白）此子有刺秦复国之心，难得，难得！

〔黄石公走近张良。

黄石公 （白）壮士请了。

张　良 （吓得跳起）（白）来者何人？

黄石公 （白）勿要多言，若想活命，快去那山后躲起，老道自可保你周全。

〔张良躲到山后。

〔里长上场。

里　长 （白）连日里巡查好辛苦，里长我三过（手指比五）啊不，五过家门而不入，比那治水大禹更辛苦。

黄石公 （假意咳嗽）咳！

里　长 （白）呀！黄大仙人！小的有礼了。（跪拜）

黄石公 （白）有礼。里长今日好清闲，怎的到了我这偏僻荒山里来？

里　长 （白）别提别提，上面传下话来，说近日来出了个什么乱民贼子，竟敢刺杀当今圣上。惹得是龙颜大怒啊，大索天下，要捉拿此人。还说若敢私自藏匿贼子，就判连坐之罪。

黄石公 （白）好小子！

里　长 （白）啊？！

黄石公 （白）哦，我是说这小子姓甚名谁啊？

里　长 （白）据说是叫什么张子房的，呐，我这里还有一幅图画。（拿出一幅图画）老神仙你快帮我算上一算，何处去寻他，待俺将他捉住，也好早日去领了赏钱换酒喝。

黄石公 （白）哦，原来是有重赏啊。

里　长 （捂住嘴）（白）啊不是不是，是早日将他缉拿归案，替皇上解了忧烦。

黄石公 （白）里长对当今皇帝可是一片忠心哪。

里　长 （白）普天之下，皆是秦土，秦土之上，皆为秦民。（小声）哎，我也是怕那连坐之刑啊。

黄石公 （白）连坐！暴秦！

里　长　（白）老神仙说什么？

黄石公　（白）我说你索的这位壮士——

身高八尺壮如牛，

天庭饱满神气留。

仗剑刺秦有神勇，

只可惜哪——

里　长　（白）可惜什么？

〔黄石公用拂尘轻击张良隐藏的假山。

黄石公　（白）匹夫无智少计谋。

〔黄石公、里长站定，张良出，走到台前，面对观众。

张　良　（唱）听他言不由得心内恼怒，

细思量愧无言面红耳朱。

流离所无计施身藏此处，

当此时方后悔少读诗书。

〔张良走回假山后。

里　长　（白）那……那……那他现在身藏何处？

黄石公　（白）他现在——

〔黄石公用拂尘轻击张良隐藏的假山。

里　长　（白）在哪里？

黄石公　（白）南下、北上、东进、西行，怕是早已出了秦境。

里　长　（白）嗨……那你与我这一通白话。走了，走了。

〔里长下场。

黄石公　（白）人已走远，还不出来。

〔张良从山后走出，向黄石公作揖。

张　良　（白）多谢前辈救命之恩。

黄石公　（白）壮士就是那刺秦张子房吧？

张　良　（白）正是在下，前辈大义，不顾连坐之罪相助于我，来日，来日，唉……

黄石公　（白）你不必说来日相报，如今老朽年岁已大，身体不便，你帮我将鞋子穿上。

〔黄石公故意将鞋子脱掉甩到远处。

张　良　（白）自当尽力。

〔张良恭恭敬敬地捡起鞋子给黄石公穿上。

〔黄石公再一次故意甩掉鞋子。

黄石公　（白）哎哟，腿脚不便，还麻烦公子再帮老朽穿鞋。

张　良　（白）自当尽力。

〔张良再次恭敬地给黄石公捡起鞋子穿上。

〔黄石公第三次将鞋子甩掉。

黄石公　（白）唉，老了哟，还要麻烦公子。

张　良　（唱）萍水逢救我命所为何故，
目矍铄故作老有何所图？
气非凡不似求荣华富禄，
复思索不得解心内糊涂。
（暗白）助老本当是我辈所为，何况还有救命之恩。
（白）自当尽力。

〔张良第三次恭敬地给黄石公捡起鞋子穿上。

黄石公　（白）好！孺子可教也！明日黎明时分在此地等候老朽，有要事相授。

〔张良、黄石公分别走向舞台两端，各自走圆场，返回舞台中间；相遇后各自分别走向舞台两端，再分别走圆场，复面对而走，在舞台中间遇。二人面对而站，各自站定，张良向黄石公跪拜作揖。

张　良　（白）拜见师父。

黄石公 （白）徒儿请起。

（唱）满腹诗书有去处，

今日里我收高徒。

张　良 （唱）复国大业有出路，

今日里我拜师傅。

黄石公 （唱）意在复国非屠戮，

此去不可伤无辜。

张　良 （唱）此去内心有定数，

不负满腹圣贤书。

〔黄石公、张良分别下。

〔幕合。

第四场　路遇沛公

〔幕启。

〔张良带二随从骑马上场。

张　良 （白）自那秦王大索，幸得恩师黄石公相救，接连三日黎明时分与我相约圯桥，小子不敬，直至第三日方先于师父到达。恩师不嫌某愚钝，倾其毕生所学教授于我，助我逃出秦境，临别以《太公兵法》相赠，嘱我投奔项氏武信君，再做复国打算。

（唱）遇恩师脱险境幸得教诲，

多周折出秦境万勿思归。

当此下勤谋略韬光养晦，

切不可卵击石触秦霸威。

灭国恨心中藏把牙根咬碎，

待俺张良归，天涯海角把那嬴政追，定叫他屈了腿、弯了背、筋骨碎、血肉飞，把故国子民的安乐赔。

（白）儿郎们！

随　从（白）有！

张　良（白）如今天下英豪四起，时不待人，快快随我赶路去。

随　从（白）走！

张　良（唱）狼烟四起群雄汇，

陈胜大泽挑杆桅。

群雄响应声鼎沸，

张良打马紧追随。

〔张良携二随从骑马退到后场。

〔刘邦携二兵卒骑马上场。

刘　邦（白）某，刘邦，自沛县斩白帝子，至今已岁余，所集人众亦有千数。然每行至一处必见饿殍遍野，民不聊生。可恨那秦始皇还妄想得道成仙，简直荒谬！我此刻济世之心虽盛，但缺成事之力。听闻那项氏一族颇有作为，待我前去会他一会，若可同谋大事便再好不过。

（唱）斩蛇起义心无畏，

鲜衣怒马神采飞。

此去一举无路退，

自古成败在人为。

刘　邦（白）众兵士。

兵　卒（白）有！

刘　邦（白）快快随我前去。

兵　卒（白）啊！

〔刘邦与二兵卒、张良与二随从各自骑马走圆场，分别站定。

刘　邦（白）前路上有一清雅公子，我见他丰神俊朗、气质脱俗，有心结交一番。

〔刘邦打马走至张良面前，在马上抱拳行礼。

刘　邦（白）公子请了！鄙人刘邦，行路至此，见公子气度不凡，有心结交。

张　良　（暗白）迎面来一精壮汉子，但见他天庭饱满，不似凡人，虽不相识，却有心结交。

（抱拳还礼）（白）刘兄有礼，在下张良，亦有心与刘兄相交。

刘　邦　（白）看张公子打扮不似凡人，可是六国宗亲？

张　良　（白）唉，说来惭愧。我本是韩国贵族，不料一夕国破，王族后裔亦流离失所，为臣尽忠乃我祖训，灭秦复国为当下之志。如今故国未复，又有何颜面妄称宗亲。

刘　邦　（白）先生忠义，实为乱世之良臣。不知先生可有计划？

张　良　（白）如今天下英豪四起，鄙人不才，力小势微，欲投拜项氏武信君再做打算。

刘　邦　（白）如何再做打算？

张　良　（白）自然是要先灭那秦王，再复我大韩一国。

刘　邦　（白）复国后又当如何？

张　良　（白）复国之后……

（唱）承父遗志遵教诲，
灭秦复韩当作为。
鞠躬尽瘁心无愧，
忠君为主无南北。

（白）祖辈五代相韩，我自当也尽全力辅佐韩王。

刘　邦　（白）有先生此等忠良，实为韩国之大幸。然齐楚之士、燕赵之民亦受秦荼毒，先生可曾想过六国百姓之感？

张　良　（白）这……那依刘兄高见，该当如何？

刘　邦　（白）生于乱世，当济天下。

（唱）田园荒尸骨遍万民憔悴，
伐暴政复故土六国收归。
天行健地势坤你我之辈，
兴天下济世道英雄所为。

张　良　（白）刘兄有此般济世情怀当真是难能可贵。

刘　邦　（白）先生过奖，我看先生亦心怀苍生，如若不弃，可愿跟随鄙人共商国是？某不才，定当以上卿之礼相待。

张　良　（唱）鱼成群雁成队人聚同类，
平乱世安乾坤舍我其谁？

〔刘邦上前拉住张良的手。

刘　邦　（白）先生这是允了！

张　良　（白）我有心追随刘兄共济天下，然大仇未报，恕难从命。来日待我复立韩国，定不负你。
（唱）贤兄好意心领会，
故国未复难相随。
张良立志誓不悔，
不复故国人不归。
今遇知己存海内，
他日再会同举杯。

刘　邦　（白）先生既有己志，我自不会强勉于人。我也要去会见那项氏武信君，先生可愿同行？

张　良　（白）刘兄美意，自当同行。请！

〔张良、刘邦及各自随从、兵卒打马同下。

〔幕合。

第五场　请立韩王

〔项梁、项羽、范增同上站立于舞台左侧，刘邦、萧何、张良、张耳、陈余同上站立于舞台右侧。

项　梁　（白）乱世纷纷，群雄四起。本将项梁，携兄之子项籍、军师范增同邀天下英豪聚义于此，共商抗秦之策。

项　羽　（白）某，霸王项羽，承蒙众位英豪不弃，共聚于此，同商大事。

（唱）狼烟起天下乱风云激变，
执牛耳担重任聚义中原。
历沙场世代将不惧恶战，
聚群雄商国是同讨河山。

项　梁（白）如今乱世激荡，起义军四起，然人心涣散不成章法，范先生对此有何高见？

范　增（白）陈胜遇害，张楚势颓，然暴秦无道，不可不灭，当聚众人之力，共伐嬴政。

项　梁（白）范先生所言极是！众卿家有何异议？

众　人（白）范先生所言极是。

项　梁（白）既如此，众位可有何破秦良策？

张　良（白）张良不才，曾在博浪沙行刺，虽筹谋数月，但仍未成功，险些难逃生天。秦王多诈，护卫森严，依我之见，当靠智取，切不可轻举妄动。

项　羽（白）哼！这秦之天下命不久矣，我一族世代为将，又何惧他区区几个秦王护卫。依我之见，索性一路北上，直捣咸阳，我自能取了那嬴政项上人头。

张　良（白）万万不可！

（唱）生死别妻儿散将军不见，
多赋税苦徭役百姓难言。
开疆易定国难切忌武断，
举金戈一时快人心难安。

（白）善为国者，驭民如父母之爱子，如兄之爱弟，见其饥瘳则为之忧，见其劳苦则为之悲，赏罚如加于身，赋敛如取于己。

项　羽（白）你叫……张良？

张　良（白）正是在下。

项　羽（白）可是六国旧将？所握兵力又有几何？

张　良（白）说来惭愧，张良祖上五代相韩，此番刺秦出逃后，也只集结了三百热血少年而已。

项　羽（白）哇哈哈哈哈！我当是哪个将门子弟在此夸夸其谈，原来空有纸上谈兵的本事。

〔刘邦上前一步，其他众人站定。

刘　邦（唱）项羽无知礼怠慢，
可怜子房言语谦。
开疆不急一时战，
抚乱安民当为先。

〔刘邦退后一步，张良上前一步，其他众人站定。

张　良（唱）听他言心内急眉眼黯淡，
项氏子少谋略不听良言。
气不定神不闲未说我愿，
非同类难共谋如何复韩？

〔张良退后一步。

项　梁（白）范先生对此有何高见？
范　增（白）张先生此言并非全无道理，秦人尚武，然大兴干戈必加剧六国子民之徭役，为今之计理当智取，轻易动武，怕是后患无穷。
项　梁（白）范先生所言有理，那依先生之意，该当如何？
范　增（白）秦灭六国，楚无过而被屠之。陈胜率先起义，然自立称王，此为逆天之举，势不长久此为必然。今天下英豪聚于此，皆信服于将军，当此时应共拥楚之后代为王，兼听各家良策，分配诸将势力，合力抗秦。
项　梁（白）是了！我亦有此意，后主熊心避乱于民间，与我多有联系，依先生计，即刻请主回，复立为王。
范　增（白）尊听武信君之意。
项　梁（白）既如此，便依范先生之计，复立楚王，众卿家可有异议？
众　人（白）尊听武信君之意。

〔刘邦、张良同上前一步，其他众人站定。

刘　邦　（白）常与同好争高下，不与异己论短长。那项氏一族分明是想借此机会扬名立威，复他楚家天下！

张　良　（白）我又何尝不知那项氏之意。

（唱）文为相武为将各有长短，
为复国屈人下颇多心酸。

刘　邦　（白）先生何必在此委屈自己！那项氏不明事理，我却深知先生之意，如若不弃，入我麾下，共谋天下大事，刘某愿尽全力助先生复国大业。

张　良　（唱）复韩兴国为夙愿，
历尽千险心也甘。
心意已定不回转，
刘兄好意难成全。

（白）张良谢过刘兄好意，但复韩大业未成，实难思量其他，万望刘兄海涵。

刘　邦　（白）贤弟一片忠心，我自不会勉强。

〔刘邦退后一步，张良留在原地。

张　良　（作揖）（白）张良有礼，还有一事请于武信君。

项　羽　（白）如今大计已定，你还有何事啰嗦？

张　良　（白）武信君英明，拥立楚后人为王。今韩国诸公子亦有贤能之辈，亦可复立为王，增益抗秦之力，万望武信君应允。

〔项梁、项羽、范增同上前一步，其他众人站定。

项　羽　（白）岂有此理，今聚于此乃复我楚家天下，那张良三番五次作乱，忒也无礼！

范　增　（白）少主莫急，那位张公子所言并非全无道理。如今天下未定，可借复立诸侯旧部之举笼络人心，于抗秦多有益处。

项　梁　（白）先生此言有理！既如此，便允了那张良之请，也便示我楚国之宽大。

〔项羽、范增退后一步，项梁留在原地。

项　梁　（白）张公子有心，本将自也不负你世代相韩忠良之心，特赐金钺箭，复立你韩王。

张　良　（作揖）（白）张良再拜，谢武信君。

项　梁　（白）既无他事，各位随我入内室，已备得薄酒，邀诸位同饮。

众　人　（白）武信君请了！

〔项梁、项羽、范增三人同从舞台左侧下场，待项氏三人下场后，张耳、陈余同从舞台右侧下场。

张　良　（唱）一朝获此金钺箭，
愁眉终得换笑颜。
太公兵法存六卷，
凭此二物复我韩。

刘　邦　（白）恭喜贤弟复国之愿终将达成！

张　良　（白）多谢刘兄！

刘　邦　（白）此刻本不该多扰贤弟，只是适才听闻你一番“文伐治国”之道，颇受震动。愚兄不才，但亦深知一味尚武非治国长久之道，来日贤弟复得故国，莫忘你我旧日之约，兄愿闻贤弟高见。

张　良　（白）兄不嫌某拙见，自当倾数与兄相知。

〔张良、刘邦、萧何同下场。

〔幕合。

第六场　复韩梦碎

〔幕启，韩国国都宫内。

〔韩成携一大太监上场。

韩　成　（白）封王定都，复国立业，原本快事一桩，只叹我韩国国弱势微，却要受那项氏一族欺凌，唉……寡人，韩成，自那日国破后，流离失所。眼见先王故都起义不成反被杀害，只得苟且偷生，保全性命于乱世，幸有肱骨之相张氏子房，复立我韩国。

（唱）我本是嫡系亲韩国后裔，
无道秦灭我国伶仃无居。
幸有那忠良臣张良智计，
复宗室修庙宇挂我韩旗。
相五代皆忠良难表谢意，
未及封子房出离国久时。

〔报子上场。

报　子（白）报！启禀大王，楚军压境，离城门已不足十里。

韩　成（白）欺人太甚！再探！

报　子（白）得令！

〔报子下场。

韩　成（白）子房心系众生，随那刘氏沛公济达天下，留寡人独守这空城。然项氏叔侄虎狼之心，亦羡子房之才，竟携大军相逼，以我为质，胁迫子房归来。

（唱）独守空城人为质，
弱旅残兵国不实。
鸿雁求援前日寄，
未见回音心内急。

〔报子上场。

报　子（白）报！

韩　成（白）可是有张先生消息？

报　子（白）启禀大王，鸿雁传书已七日，暂无先生消息。只是……

韩　成（白）何事？

报　子（白）楚军围城，援军不至，军中已断粮三日，多部杀烹亡兵而食之，军心大乱。

韩　成　（白）再探！

报　子　（白）得令！

〔报子下场。

韩　成　（唱）屋漏偏逢连夜雨，
　　　　　　军心不定绝境逼。
　　　　　　苦守空城徒待毙，
　　　　　　登楼守城亲对敌。

〔背景音战鼓声擂。

韩　成　（白）何人擂鼓？

〔报子上场。

报　子　（白）启禀陛下，项羽大军兵临城下，擂鼓邀战。

韩　成　（白）哇呀呀呀呀！这项氏忒也无礼，区区一楚国武将，竟来逼我一诸侯国国君，是可忍孰不可忍！来人！

大太监　（白）在。

韩　成　（白）取我盔甲，亲上阵前。

〔幕合。

〔张良骑马上场。

张　良　（唱）国都生变闻惊剧，
　　　　　　得主传书心内急。
　　　　　　未及辞行人离去，
　　　　　　星夜兼程奔阳翟。
　　　　　　路千里、走单骑，

〔马匹久奔疲累倒地，张良受惊下马，向台侧扔下马鞭。

张　良　（白）再换一匹。

〔台侧抛上马鞭，张良接住，翻身上马。

张　良　（唱）汗血宝驹废三匹，

栉风沐雨不停蹄。

〔张良打马下场。

〔幕开，韩国国都阳翟城墙外。

〔项羽上场，四蓝龙套同上，居城外。

项　羽　（白）孤，霸王项羽，随叔父在吴中起义，一路向西势如破竹，没想到竟被那刘邦先一步进入关内。竖子一介草莽，多是那张良在旁指点，方有这般兴风作浪之能，可恨！可恨！我命那韩成七日之内交出张良，如今七日之期已到，仍未见人，韩成何在？

〔韩成上场，四白龙套同上，居城楼之上。

韩　成　（白）小子无礼！寡人一国之君名讳，岂容你直呼！

项　羽　（白）哇哈哈哈哈！可笑可笑！你不提倒也罢了，这韩王之名还是张良力请我项氏一族所封，竟也妄称一国之君。

韩　成　（白）哇呀呀呀呀！你你你！欺人太甚！

〔韩成引弓搭箭射项羽，箭被项羽徒手接下，二人拔剑对打，四白龙套与四蓝龙套同打，四白龙套被打下场，韩成亦被打下场。

项　羽　（白）哼，竟是如此不堪一击。可恨这张良，忒也不识好歹，你不仁，便莫怪我不义了。

〔项羽放火烧城，把楚国旗帜插到城楼之上，火起。项羽携四蓝龙套同下场。

〔张良骑马上场，至城门口，下马跪倒。

张　良　（白）哎呀呀……大王！

（唱）火光漫天城无迹，

唯见故国半卷旗。

（白）来人！快快入城去寻大王下落。

〔张良走入城内，站定。

〔探子上场。

探　子　（白）报！禀丞相，阖宫覆没，大王驾崩。

张　良　（白）大王啊——

（唱）救驾迟王驾崩泫然悲泣，

经年别臣苟存君不复昔。

扶君主护国家对父立誓，

誓犹在主西去张良失职。

（白）大王尸首现在何处？

探　子　（白）大火焚城，大王尸首亦化作尘土了，只在宫内找到此物。

〔探子呈上韩成金钺箭。

张　良　（哭，唱）阖宫灭化尘土皆成焦炙，

君王骸形难辨竟无全尸。

七月半守岁期无可拜祭，

物犹存人已非徒留金钺。

〔张良登上城楼，看到楚军旗帜。

张　良　（白）项羽贼子，欺人太甚，我韩国国都岂容你楚旗！

〔张良拔下楚军旗帜，撕碎踩烂。

（唱）可恨那狂贼子西楚项羽，

岂可在我韩城高挂楚旗。

（白）项氏一族皆心存歹意，几次来犯我国。今弑君烧城，忒也可恨！

（唱）项氏族贼心野天下睥睨，

虎狼口蛇蝎心将我觊觎。

巧言语妄自称胸怀大义，

不知礼少信义实为蛮夷。

武信君，负信誉；

小竖子，是项羽。

秦二世，就是你；

暴行肆，无差池。

项氏族，皆贼子；

上梁不正、下梁不齐。

（白）哇呀呀呀呀，气煞我也！项羽竖子，杀我韩王，焚我国都，与那嬴政有何分别！此仇不报，张良无颜立世。然我国大势已去，韩再无后人，可叹，可叹哪……

探　子（白）丞相，该当如何？

张　良（白）该当如何……

（唱）刘沛公多作为心怀大义，

三番次诚相邀矢志不渝。

（白）沛公心怀天下，又多有作为，几次邀我共商天下之事，皆负于他，如今，我不免投奔他去。

〔张良、探子同下场。

〔幕合。

第七场　一朝归汉

〔幕开，汉军主帐中。

〔四御林军、四小太监、二大太监引刘邦上。

刘　邦（引子）独步青云，但愿得、天下收归。

（念）云飞高唱大风歌，沛丰起义斩白蛇。

（白）孤，刘邦。自沛丰斩蛇起义来，收归关中，直捣阿房。只可恨那项羽小儿不尊怀王之约，自立称雄，几番设计陷害于孤。幸得萧何一路追随，力荐韩信为将，又得张良之助，屡救孤于险境。

（唱）韩帅统兵多奇策，

立政治国是萧何。

项羽诡计多害我，

子房筹谋将险脱。

（白）可怜天不负我，历经七载，终建我大汉基业。待得今日，围攻那项羽小儿于垓下，援军不通， 粮草不至，料想他是插翅也难飞。哇哈哈哈哈哈！

（唱）西行北上把关破，

楚汉争雄立邦国。

项羽无谋失筹措，

江山一统掌山河。

〔韩信上场。

韩　信　（跪拜）（白）末将韩信，参见大王。

刘　邦　（白）韩元帅快快请起。

韩　信　（起身）（白）启禀大王，末将奉命坐镇中军，与孔、费二位将军合击楚军，初战告捷。

刘　邦　（白）哇哈哈哈哈！好！赏！

韩　信　（白）谢大王！

刘　邦　（白）那项羽小儿何在？

韩　信　（白）项羽已携楚军逃回垓下，特来请示大王，是否即刻追击。

刘　邦　（唱）听闻捷报当喜乐，

恨那项羽巧逃脱。

放任归去恐生祸，

项氏今日留不得。

多做恶、留不得，多逆我、留不得，重瞳贼、留不得。

一鼓作气将楚破，

亲征阵前将他捉，也叫他，求生不得、死不得。

（白）哇哈哈哈哈！来人，快取盔甲来，孤要亲上阵前，乘胜追击，生擒那项羽小儿。

韩　信　（白）大王英明。

刘　邦　（白）来人，擂鼓。

〔背景音擂鼓声震。

〔张良上场，走至台前。

张　良　（帐外叫板）大王且慢——

张　良　（唱）忽闻擂鼓声贯彻，
帐外驶来御马车。
张良再难安心坐，
劝王本该是我责。

（白）料想韩元帅首战告捷，但那项羽善战，怕是侥幸逃脱。王帐此刻击鼓，怕是大王要亲征去捉拿项羽，我待要去劝阻大王一番，切莫此时出兵。

〔张良走进王帐，跪拜。

张　良　（白）下官张良，拜见大王。

刘　邦　（白）子房无须多礼，来得正好，楚军败退，寡人正要出征，去擒那项羽小儿。

张　良　（白）陛下不可，张良正是为此而来。

刘　邦　（白）有何不可？那项羽大火烧城弑你先王，何等样残暴，孤亦多受害于他。先生体弱，不必随军出征，待孤亲手将那项羽小儿生擒了来，也好叫你报了那灭国深仇。

张　良　（白）臣多谢大王美意！然张良所为并非在此，两军久战，双方俱疲，当先做整歇。然楚军已无路可退，若此时贸然追击，必会致其釜底抽薪全力抗击，于我军不利。

韩　信　（白）先生放心，俺四十万大军已将那楚军打得七零八落，他再做反击，也只是强弩之末。

张　良　（白）韩将军切莫掉以轻心，那项羽乃武将世家出身，楚军虽败，但我见他撤退之时仍章法分明，此时强攻，我军元气亦会大受折损。

刘　邦　（白）嗯……子房所言倒也不无道理，但若就此让他逃脱，日后那项羽定会卷土重来。失此良机，后患无穷哪。

韩　信　（白）是了！那项羽几次三番陷害大王，此时不除，还待何时？大王御驾亲征，还惧那小儿不成？

张　良　（白）韩将军莫急，自是不会让他就此逃过。

韩　信　（白）哦？先生有何智计？

张　良　（白）计在攻心。

刘　邦　（念）攻——心——

张　良　（唱）困垓下接连败楚军气弱，
鸿沟畔楚汉交久战胶着。
为今计当使其军心蛊惑，

刘　邦　（白）哦？先生道怎样蛊惑？

韩　信　（白）我冲将上去杀他罢了！

〔张良摆手止住韩信。

张　良　（唱）只教那儿郎将皆唱楚歌。

刘　邦　（白）妙哉！妙哉！韩元帅，传孤命令，挑军中楚兵，四围垓下，皆唱楚歌。

韩　信　（白）末将领命。

〔韩信下场。

〔刘邦、张良同走圆场，站定。

〔背景音楚歌声曼。

张　良　（唱）离家乡背父母征战江河，
良人归阖家聚梦里南柯。

〔报子上场。

报　子　（白）报！楚兵大败，四散而逃者十之八九，项羽携八百亲兵突围而出。

刘　邦　（白）好！传令韩元帅，定要生擒那项羽小儿，切不可叫他逃脱。

报　子　（白）得令！

〔报子下场。

张　良（白）大王放心，楚军军心涣散，项羽此举无非是强弩之末，不足为患。

（唱）乡情起无心战不攻自破，
众叛走亲离去项羽难脱。

〔韩信提着项羽人头上场。

韩　信（白）参见大王！末将率部追击项羽直至乌江江畔，那项羽无路可退，自刎于江边，首级在此，献与大王。

刘　邦（白）赏！项羽已除，再无后患。来人！

大太监（白）有。

刘　邦（白）传令众卿家，聚此同庆。

大太监（白）是。传令众卿家。

〔二大太监伺候刘邦更衣脱战甲换龙袍，张良、韩信同走圆场。张良居左，韩信居右，分立两侧，站定。

〔萧何、陈平、曹参、樊哙同上场，萧何、陈平居左，曹参、樊哙居右，各自站定。

〔刘邦更衣完毕，背对舞台。

众　人（同白）请！大王升帐，在此侍候。

〔刘邦转身，面对舞台。

刘　邦（念）奉天承运，安定乾坤。

众　人（同白）吾皇万岁万岁万万岁！

刘　邦（白）众卿平身。

（唱）楚汉争项羽殁尘埃终落，
江山统万民归汉家山河。
今此番多仰仗众卿相佐，
拜功劳谢恩德千言不多。

（白）夫运筹帷幄之中，决胜千里之外，吾不如子房；镇国家，抚百姓，给饷馈，不绝粮道，吾不如萧何；连百万之众，战必胜，攻必取，吾不如韩信。三者皆人杰，吾能用之，此吾所以取天下者也。

众　人（同白）大王圣明!

刘　邦（白）拜萧何为丞相。

萧　何（白）叩谢大王。

刘　邦（白）拜韩信为淮阴侯。

韩　信（白）叩谢大王。

刘　邦（白）拜张良为留侯。

张　良（白）叩谢大王。

刘　邦（唱）鸿门险幸逃脱子房奇策，
孤一世多坎坷向死而活。
幸得卿坐帐中运筹帷幄，
使奇计抚万民人心巧夺。

（白）子房，留地窄小势偏，你选此为封地，孤于心不忍，但也不愿违你意愿，还有何所求，但提无妨。

张　良（白）多谢大王美意，张良于名利别无所求，但请大王一事。

刘　邦（白）莫说一件，便是十件，孤也不负你。

张　良（白）臣本是韩人，祖上五代相韩。然故国不幸，为秦所灭，承蒙大王不弃，追随左右。今汉初立，当以民为重，休养生息，以文立国，切勿动武。顺应民心，方可长治久安。

（唱）泗水起义战烽火，
覆秦开汉丰功卓。
十年匆匆流水过，
留地相遇竟似昨。
大汉初立封疆廓，
张良不求千金阁。
唯愿大王承一诺，

刘　邦（夹白）先生请讲。

张　良（唱）兵戈剑戟束高阁。

萧　何　（夹白）说得是啊。

张　良　（唱）能臣良将文武祚，

韩　信　（唱）众志成城守邦国。

萧　何　（唱）仁政爱民息烽火，

陈　平　（唱）长治久安文立国。

刘　邦　（唱）大江东去浪淘过，

张　良　（唱）留载史册任评说。

〔幕合。

〔剧终〕

平倭旗

（京剧）

编　剧：丁嘉鹏（戏文系 2012 级）

剧本阐述——京剧《平倭旗》

一、选题与主旨

1. 戚继光其人其事

戚继光（1528年11月12日—1588年1月5日），字元敬，号南塘，晚号孟诸，卒谥武毅。汉族，山东蓬莱人（一说祖籍安徽定远，生于山东济宁微山县鲁桥镇）。明朝抗倭名将，杰出的军事家、书法家、诗人、民族英雄。

戚继光在东南沿海抗击倭寇十余年，扫平了多年为虐沿海的倭患，确保了沿海人民的生命财产安全；后又在北方抗击蒙古部族内犯十余年，保卫了北部疆域的安全，促进了蒙汉民族的和平发展，写下了十八卷本《纪效新书》和十四卷本《练兵实纪》等著名兵书，还有《止止堂集》及在各个不同历史时期呈报朝廷的奏疏和修议。

同时，戚继光又是一位杰出的兵器专家和军事工程家，他改造、发明了各种火攻武器；他建造的大小战船、战车，使明军水路装备优于敌人；他富有创造性地在长城上修建空心敌台，进可攻退可守，是极具特色的军事工程。

“天皇皇，地皇皇，莫惊我家小儿郎，倭寇来，不要慌，我有戚爷会抵挡。”这是一首广为流传在我国东南沿海一带的民谣，谣中的“戚爷”指的就是明代抗倭名将、民族英雄戚继光。传说戚继光率领戚家军在台州海门一带抗倭，一次，约三千名倭寇在海门沿海上岸抢劫，戚继光命令其子戚印在临海西乡冠岩一带埋伏，自己出兵佯败，把倭寇引到上界岭，等倭寇全部进入包围圈后夹击，一举全歼。戚小将军年轻气盛，交战心切，没等倭寇全部进入包围圈就下令杀敌，以致部分倭寇逃脱。戚继光回营后因戚印未按军令行事，以致未能全胜，将他推出去斩首。

戚继光斩子的故事被广为流传，民间艺术家们还将此事改编成闽剧、秦腔等戏曲广为传唱。

2. 创作主旨阐述

明代军事家戚继光的名字，可谓家喻户晓。“抗倭战神”的光辉形象，早已镌刻在每个中国人的心中。百姓为纪念戚氏父子建造的戚公祠、太尉殿，虽历尽风雨劫难，仍于华夏大地凛然矗立。浙江、福建等地，至今流传着动人的传说；而根据其事迹改编的文艺作品，更是不绝如缕。然而，曾被视作“模范样板”的“戚继光斩子”，囿于其不可避免的时代局限性，对作品中主人公的形象，或多或少地有所损害。

本毕业作则将以戚继光父子为代表的英雄人物，塑造成以牺牲个人为代价的抗争者；增设为解国难而“以身饲虎”的胡宗宪，为求支援、强进贺表的大才子徐渭等等与戚家军息息相关并对平倭做出突出贡献的仁人志士。那些精彩、感人的史实，围绕着他们的“隐忍”“妥协”“取舍”“奉献”一一展开，再现那英雄辈出的时代，谱就一部可歌可泣的英雄史诗！呼吁珍惜来之不易的和平，抵制人类最大的罪行——战争。

值此中国人民抗日战争暨世界人民反法西斯战争胜利七十周年之际，谨以此毕业作向在反侵略历史中前仆后继、英勇无畏的中华儿女致敬。

3. 题材的理解与评析

（1）题材来源综述

《平倭旗》的故事母题，发端于《明史 · 戚继光传》与相关民间故事。戏曲领域，则有清末由四喜班编演、富（喜）连成社传承的《大红袍》（剧本详见于《京剧汇编》马连良藏本）与20世纪50年代初期由著名作家端木蕻良创作、京剧表演艺术家李万春主演并导演的《戚继光斩子》。对此，本毕业作在题材上均有所反映。

本毕业作拟将这一故事丰富至更为有血有肉，符合人性及现代观众审美观念与道德评判标准，以彰显其历久弥新的价值。

（2）题材类型评析

本毕业作的体裁为新编历史剧。其创作滥觞于对正史的质疑——历史人物的既定评价使后人不能完全信服。而历史剧则将创作建立于客观联系的基础之上，在富于人文关怀的同时，又不违背逻辑、事实与历史精神。其人性化的解读，有着正史所不具备的魅力。

（3）与同类题材剧作的对比

明传奇《鸣凤记》“岛夷入寇”“文华祭海”两出涉及东南沿海倭乱，意在揭露严嵩党众发国难财、冒功贪墨之罪行，缺乏对抗倭的正面描写。《大红袍》作为连台本戏，包括诱捕招降海寇、戚继光斩子在内的抗倭内容，虚构的将帅之子的婚恋情节，以儿女结亲的传统规制“大团圆”结穴。《戚继光斩子》中的戚印则是纸上谈兵赵括式的人物，临阵脱逃以致全军覆没，戚继光忍痛大义灭亲。

前者之所以在当时“门前招贴人争看”，大抵归功于设置悬念的剧作技巧。叙事则流于肤浅、表面，主体内容不明确，结构松散，失之于俗套。后者“主题先行”，用以表现戚家军军令如山，片面强调执法，忽视了必要的人性表达。本毕业作则参考了《鸣》剧的历史背景和京剧既有的人物关系，还原了民间传说中戚继光之子戚印为保百姓、抗命出击的义举，并以其自殉敌阵抵违令、损兵之愆，不违背戚家军之精神，正衬戚继光家族为抗倭事业所作出的牺牲。戚继光对爱子的感情也更为复杂深刻，预设前史以在极致时刻凸显张力。戚继光对外作战的同时，以徐渭、胡宗宪必要的运筹帷幄做内部协调，而非一个人的战斗。

二、剧情梗概

明朝中后期，东南沿海一带倭寇猖獗、民不聊生。戚继光挺身而出，挽狂澜于既倒、解万姓于倒悬，练成浙江新军。戚继光之子戚印长大成人，身负生母鲜血染就的“平倭旗”投奔父亲；一家转战浙、闽，杀敌报国。

戚印目睹倭寇残害百姓而违背了父帅军令，愤然出手；不愿众将因随同自己抗命而死，只身杀入重围。众将不忍公子寡不敌众而死，纷纷赶上。戚印得救，却已然全军覆没。

戚继光欲将亲子军法从事，众将极力劝阻。戚印深明大义，一意求死，终与倭寇同归于尽。戚继光万念俱灰，欲玉石俱焚，不意创下平倭奇术“鸳鸯阵”。

八月十五，军民凯歌高唱。戚继光酣醉亭边，哭悼爱子。历尽风雨的“平倭旗”，飘扬在了思子亭上。

三、剧作法理论在毕业作中的具体运用

1. 李渔的创作论

（1）“立主脑”，即“立言之本意也”。本毕业作取“平倭旗”这一意象为名，以象征自强不息、共御外侮的爱国主义民族精神，即是“主脑”与“立言之本意”。“平倭旗”透过历史、烛照当下，对当代具有现实意义。

（2）“脱窠臼”，即题材内容应摆脱陈套，追求新奇，重视创意。本毕业作吸收近代抗战素材与当代相同题材影视作品，结合现代剧作展开叙事。“斩子”没有一如既往地处理成戚继光大义灭亲，更没有如传统戏的相关题材，纠结于如何“劝”与如何回应，重点更正为戚继光自身的矛盾纠结。见到妻子欲劝，更是没有出现俗套中常见的对唱，符合人物性格（惧内）与感情、故事线索，本身就是一个“非常态”。

（3）“一人一事”，是指突出主要人物和中心事件。本毕业作以戚继光父子之情、家族亲情为主体，徐渭、胡宗宪、俞大猷等人物则众星拱月，互为表里予以衬托。

2. 剧作规律及核心

根据“欲望、阻力、非常态”的原理，在“横截面”的故事发展至极致时刻，以前史“斩子”这一行动施加障碍。将不合剧作规律的“顺理成章”的“斩子”，改为主人公自主求死。

3. 行当运用

戚　印　戚继光长子；以武生表现其少年英雄的勇武之气最为得当。

王昱竹　戚继光正妻，世称“戚夫人”；需要唱功与武功兼具，故用刀马旦为宜。

戚继光　平倭将军；字元敬，号孟诸，“戚家军”创始人；既需要以大段唱腔表现其审时度势、运筹帷幄的思想内涵，又需要有对战倭寇的开打，文武老生当仁不让。

胡宗宪　平倭总督；号梅林，字汝贞；直（南直隶，即江苏）、浙总督（部堂）；铜锤花脸适合表现其委曲求全的忍辱负重与平倭的壮怀激烈。

徐　渭　平倭军师；字文长，王（阳明）学门人；一代才子放荡不羁的真实性情与内心表演，以衰派老生最为擅长。

周　能　平倭哨官；“戚家军”将领；武丑俊扮，精神干练。

陈大成　“戚家军”将领；义乌人；架子花脸表现其英勇豪迈的气概。

王如龙　“戚家军”将领；义乌人；架子花脸或武花脸，体现其出身草莽的可爱本色。

李光头　倭寇；武花脸表现倭寇的残忍。

顾良玉　倭寇窝主；假倭、汉奸，文丑体现卖国贼的险恶内心。

毛海峰　倭寇头目；以灵活多变而又多表现身份高、品行低的大丑饰演。

2012级戏文系　丁嘉鹏

指导教师　田志平

时　间：中国明代嘉靖年间

地　点：中国东南沿海

人物表（出场为序）：

戚　印——戚继光长子；武生。

王昱竹——戚继光正妻，世称“戚夫人”；刀马旦。

戚继光——平倭将军；字元敬，号孟诸，“戚家军”创始人；文武老生。

胡宗宪——平倭总督；号梅林，字汝贞；直（南直隶，即江苏）、浙总督（部堂）；铜锤花脸。

徐　渭——平倭军师；字文长，王（阳明）学门人；衰派老生。

周　能——平倭哨官；“戚家军”将领；武丑。

陈大成——“戚家军”将领；义乌人；架子花脸。

王如龙——“戚家军”将领；义乌人；架子花脸或武花脸。

李光头——倭寇；武花脸。

顾良玉——倭寇窝主；假倭、汉奸；文丑。

毛海峰——倭寇头目；大丑。

序幕　许国

〔山东登州卫。戚继光居所。

戚　印　（内唱）【哭相思】

小筑憏高枕，
忧时旧有盟。
呼樽来揖客，
挥麈坐谈兵……

〔随吟诵幕启。戚印读着父亲年少时的诗作，王昱竹为丈夫赶制寒衣斗篷。戚继光肩背包袱暗上。

戚　印　（念）云笏牙签满，星寒宝剑横。

戚继光　（念）封侯非我意，但愿海波平！

戚　印　爹爹！

王昱竹　你就要起行？去心忒急了！

〔王昱竹为戚继光披衣。

戚继光　妻儿！倭人为寇，横行日久。怎奈大明兵力疲软，尚不成器！若不强军，国家时有忧患。会当从军报国，方不负戚门家训！贼倭不平，誓不还乡。

〔戚印持红色纸质小旗赶来。

戚　印　爹爹！孩儿与你摇旗助威。待我长大成人，也要去东南平倭！

戚继光　这旗么……（抚肩头包袱）为父心中记下了！

〔起【水龙吟】曲牌。

戚继光　军乐声紧，即将拔营。妻儿不要送了！

戚　印　爹爹！

〔戚继光欲行，闻声抚爱子戚印，摸头。

王昱竹 我夫！

〔戚继光与王昱竹相拥。军乐渐浓，戚继光顿足，下。王昱竹、戚印目送。

第一场　镇浙

〔浙江。东南平倭大营。

〔“发点”。大帐，大座儿。“水龙吟”。众明军簇拥下，胡宗宪上。

胡宗宪 （唱）【点绛唇】
江浙诸侯，东南山斗。
苦运筹，尽瘁残秋。
知否？天颜奏！

〔【水龙吟·合头】。胡宗宪睥睨群雄，众人不敢直视，恭谨以待。胡宗宪归座。

胡宗宪 （念）铁肩担国愁，忧思锁心头。滚滚东逝水，这英雄血成流！
徐渭军师诱降倭首王直，许以开港通市。余党尽皆偃旗，另谋生路，大患指日可平。只是王直养子毛海峰索要我军人质，以为担保！也曾命夏正将军前往，尚未回音。今传于各部，以备受降。令出！

徐　渭 （内）且慢呐！

众明军 军师阻令！

徐　渭 （内）反了哇！反了！

〔徐渭随喊急上，一绊，叹息痛恨。

徐　渭 （唱）指望一计息战事，
谁知节外又生枝？

雪刃未雪会稽耻，

功亏一篑补天迟……

十万火急燃眉始！

噫！

（唱）实实地恨煞了这本固孽子！

唉！

〔徐渭捶手叹气，叉手怒立不动。

胡宗宪 啊，文长！哪一个大胆，竟惹得你，连家乡话都讲出来了？

〔徐渭才缓过神来。

徐　渭 什么家乡话呀，大事不好了！

胡宗宪 何事惊慌？！

徐　渭 哎呀都督哇！王直泊船杭州，被那知府王本固扣押在监，看看问斩了！

胡宗宪 啊？文长执我令箭，即刻如杭，要那王本固，与我刀下留人。王直若有一差二错，他担待不起！

徐　渭 嗳，那王直，他！

胡宗宪 他怎么样？！

徐　渭 他……

胡宗宪 怎样？！

徐　渭 他、他、他，死了……

胡宗宪 哦……

〔胡宗宪大惊，半晌不能言。

徐　渭 临刑之时，他还有句淡话……

胡宗宪 什么淡话？

徐　渭 “我死之后，此地必大乱十年”！

胡宗宪 这！

徐　渭 （叫头）王本固啊，死孽子！

苦了两浙，唉！百姓了……

胡宗宪 事已至此，多说无益了。计将安出？

徐　渭 如今招抚不成，唯有一战！

胡宗宪 不信我中国无人！开战呐！

众明军 开战……开战……

周　能 （内）报……报……报哇！

〔周能急上。

周　能 （念）紧急探军情，倭寇发大兵。夏正遭毒手，无人把贼平！浙江兵士难以迎战，溃不成军！俞大猷老将军身负重创，不能突围！言官弹章四起，道我军私通倭寇，包纵倭酋。万岁大怒——“久不克，坐免官，戴罪办贼。”再若不克，即着锦衣卫拿问诏狱，革职查办！

徐　渭 （痛心疾首）你看如何？

胡宗宪 离京之时，本督也曾有言在先。此去浙江，不平倭寇、不定东南，誓不回京！若得保家卫国，守住疆土安宁，纵然马革裹尸，我梅林幸甚……

〔涂渭感奋，迳出。

徐　渭 下面听者！

众明军 啊！

徐　渭 如今倭寇兵围岑港。可有英雄愿往克敌？！可有愿往？可有愿往？可有愿往？！

〔胡宗宪叹着气，无奈地背转身躯。

戚继光 （内）末将不才，愿为先锋，定要克期下敌！

胡宗宪 请缨者何人？

戚继光 （一字一顿、掷地有声地）戚继光！

〔涂渭恍然大悟。胡宗宪为之一振，但又冷静下来。

胡宗宪 好，进帐！

〔戚继光上。

戚继光　（唱）惨睹大明损兵将，
惊闻噩耗枉断肠。
锦绣江山虽板荡，
焉能拱手任虎狼？
舍我其谁往上闯！

徐　渭　贤契，你，来了？

戚继光　来了！

徐　渭　你来得好啊！

戚继光　胡总督！
（唱）不辞蹈火与赴汤！

〔胡宗宪始转身，上下打量戚继光。

胡宗宪　参将，你一片热忱，勇气可嘉。只是我等将帅俱已戴罪，你有何计，能挽狂澜？

戚继光　部堂！
（唱）胡总督免疑虑，宽怀把心放；
既临危、不辱命，且由我戚继光！

〔胡宗宪夹白：此语既出，当知军无戏言！

戚继光　（接唱）行伍身在军中从不敢把戏言讲，
当务之急止丧亡，平乱在浙江；如既往，当头一棒喝虎狼！
何患那倭贼反复无状，
末将请缨，自有我克御主张：
敌骄狂，且纵他一再去轻妄！
乱而取之灭敌强。
恳请就道——

〔戚继光请缨。

戚继光　（接唱）由我打一仗！

〔胡宗宪搀。

戚继光 （唱）彼以为弱，正是我强！

胡宗宪 （看到了转机）好！戚继光！

戚继光 在！

胡宗宪 岑港破敌！

〔胡宗宪示意左右退下。众明军下。

戚继光 得令！（出）

（念）南北驱驰报国情，江花边月笑平生。

一年三百六十日——

〔徐渭心有余虑，转身欲嘱咐。戚继光猜到徐渭意图，回身向徐渭拱手，示意不要担忧。

戚继光 （念）尽是横戈马上行！

〔徐渭拱手，放心，欲走。

胡宗宪 文长转来！

徐　渭 何事？！

胡宗宪 我浙江舟山，新出白鹿一匹，可称得起祥瑞了！圣上一心修玄，此物最是受用，正欲敬献当今。特烦先生代为进表……

徐　渭 哦？！

胡宗宪 文不加点，是你拿手！

徐　渭 呵呵……不写！

胡宗宪 却是为何？

徐　渭 当初你请我来时，有言在先：本章可拟，军令可撰；叫我学那严嵩、徐玠，修撰“青词”，是万般的不能够！嘉靖皇帝不理朝政，是天下尽知，……

〔胡宗宪欲掩徐渭口，徐渭推开。

徐　渭 只会修仙问道。叫我如碌碌朝臣，犬儒帮闲、曲媚逢迎，写什么贺表，岂是徐文长所为?

胡宗宪　文长，我等此番失计，圣上震怒，时有不测！先生或可无视，我岂能置若罔闻——那锦衣卫拿人的“飞鱼”已然在此游荡……

徐　渭　就是那天皇老子在此，我也是不写呀！

胡宗宪　若岑港不测，我必被革职，恐你也要获罪。这人亡政息，岂不将抗倭大计付与流水！

徐　渭　戚继光已然前往！

胡宗宪　他若得胜?

徐　渭　你就该奏知那昏君……

胡宗宪　嗳！要叫天子！

徐　渭　（极不情愿）好！奏明天子，与他加官进爵！

胡宗宪　倘若也败了呢?

徐　渭　嗳！既敢出头，就有他的胜算呐！

胡宗宪　你敢保万无一失?

徐　渭　这个……

胡宗宪　文长，此时你写此表，强如平日万道本章、千条军令！

徐　渭　哦?！如此说来，我或可一试……（话音未落）

胡宗宪　甚好，你且写来！

〔胡宗宪为涂渭急研磨、铺纸，掭笔递与涂渭。涂渭见状叹息，摆手，再提笔不觉感慨万分。

徐　渭　（唱）徐文长提笔心难稳！

身败宠辱等浮云。

上写着“上疏进朝廷”……

胡宗宪　你这头一句就写不得！

徐　渭　怎么写不得?

胡宗宪　皇帝恼的就是“上疏”！

徐　渭　怎么?皇帝恼的就是“上疏”?！

胡宗宪　（无奈地）嗯……

徐　渭　（轻蔑得冷笑出声）哼！

（唱）明君方有谏诤臣！

胡宗宪 （情急乃至于欲抢）这更是写不得！

徐　渭 怎么又写不得？！

胡宗宪 说什么“明君方有谏诤臣”？恼的“上疏”，就是不喜听纳谏诤！这样写来，他不就成了昏君？！

徐　渭 这是你自己说的话呀！

胡宗宪 唉！紧要关头，休要取笑了……

〔涂渭换纸，手弹笔端墨汁，深思冥想。提笔又放，复提笔。

徐　渭 （唱）这不能写来那不能写……
提秃笔倒觉得重有千钧！
别有舟山育仙品，
按图索知觅通灵。
圣主无为民自化，
精诚致瑞应瑶星。
跳梁小丑何足论？
方长来日传捷音。
倚马万言今日尽……

〔涂渭一阵伤感，随之停笔。痛苦，猛扔笔。

胡宗宪 先生委屈了……

徐　渭 （唱）不看你梅林，我看黎民！

〔胡宗宪为涂渭包裹表章，涂渭下。

胡宗宪 （唱）忆自投笔从戎阵，
十年鞍马未离身。
明知当朝有奸佞，
顺目低眉事至尊。
若非严嵩保奏请，
我……我恐难镇抚到如今。

书生意气有时尽，
一任他质疑误解月旦评。
早置度外此身命，
岂惜羽毛为浮名？
今朝举足即沉重，
万事从权莫守经。
百年后人钟声警，
愿剖肺腑付大明！

徐　渭　（唱）千淘万漉虽苦甚，
吹尽狂沙始到金！
梅林！岑港贼兵退了！

胡宗宪　哦！？（惊喜）他是怎样解围？

徐　渭　（唱）【西江月】
参将以计疲敌，
只道逢场作戏。
攻而不战几退去，
五次三番方息。
倭奴不以为意，
还在饮酒相戏。
我军骤至敌偃旗，
落花流水东西！

胡宗宪　戚继光现在何处？

徐　渭　现在帐外！

胡宗宪　有请！

徐　渭　哈哈！我的预言如何？你早晚对第二个人说请了哇！

胡宗宪　文长解不了的围，他既解得，自然当得“请”字！

徐　渭　如此你怎样请我，我便怎样请他。有请戚将军！

〔戚继光上，进帐。

胡宗宪　（叫头）戚继光啊，戚将军！

命你兼守“台”、“金”、“严”三郡。平倭大事，由你专司！

戚继光 总督委用，敢不尽忠保国！只是有一言，不知当讲与否？

胡宗宪 你且直言！

戚继光 容秉！王直死后，倭寇无首，只恐残贼攻势失控……

胡宗宪 此事，我与军师已然料就。正因如此，我前番才行招抚，不料……唉！

戚继光 部堂与军师，为免战祸、深思熟虑。奈何纵能平息一个王直，一旦有变，世间还有千千万万个王直……

胡宗宪 你往下讲！

戚继光 谢都督！以往之败，皆因军风不正，国家兵力疲软。末将愿往义乌招兵……

胡宗宪 （打断）嗳！浙江人若练得出来，我早去练了，还用你来？！

戚继光 十室之邑，必有忠信；堂堂全浙，岂无材勇！

胡宗宪 哦？！

戚继光 （念）义乌出强梁，淘金似战场；与其溺金矿，不如守浙江！

（唱）倭人为寇竟横行，
恶贯满盈涂炭生灵！
难返积重国脉殆尽，
怎忍见明月下，好山河黄叶凋零？
诚得浙士【西皮快板】亲行训，
三千越甲可干云！
休看蔽空霾压境，
纛旗指处贼倭平！

〔胡宗宪为戚继光之精神所震撼。

胡宗宪 （唱）一番言殷切诚求恳！
唤回了热血读书人。
针砭时政他忠骨鲠，
积弊在大明卫所与军屯。
戚继光所请理当准！

戚继光 部堂?!

胡宗宪 慢着……

（唱）又恐怕掣肘掌权臣。

前辈忠良有教训，

只为他不是同流合污人。

投鼠忌器时势审，

事要三思而后行!

戚继光 部堂!

（唱）【西皮快板】

深思熟虑始请命，

刻不容缓势必行。

守不忘战将之任，

可省军费用客兵。

胡宗宪（唱）非是多虑多磨吻，

坐镇东南尚不由己身。

勿忘张经与李天宠，

功成被诬竟殒身。

忍你后生轻送命?

不见严府冰山沉!

戚继光（唱）既以天下为己任，

何惜声名岂顾身?

瓦罐不离井口破，

朝臣岂止一严嵩?

委曲求全为百姓，

忍辱负重胡汝贞。

甘悬国门到硝烟靖，

斗大人头一置轻!

胡宗宪 罢呀!

（唱）《练浙兵议》我容准!

戚继光 （唱）练成了“戚家军”擎大明！

胡宗宪 好！你径赴义乌，操练人马。权衡生杀，但凭于你。江浙军费空虚，本督当以俸银补之！

戚继光 多谢部堂！

〔戚继光拜谢，蹉步。胡宗宪蹉步搀，下。

戚继光 点兵！

〔戚继光整装待发，下。

第二场　点兵

〔义乌，戚家军军营。

戚继光 （内唱）【醉花阴】
电掣飙发雷霆扫！

〔陈大成率红营队线枪手急上。

陈大成 （接唱）贯长虹，秋风画角。

〔王如龙率黄营队藤牌双刀手上。

王如龙 （接唱）列旌旗，虎罴山摇。

〔红营队率黑营队刀棍手周能上。

周　能 （接唱）舞长枪，龙蛇海绕……

戚　印 （内）走哇！

〔白营队戚印持狼筅急赶上。

戚　印 （接唱）刀光闪，直射云霄。

戚家军 （合唱）万众一心！

〔五方旗引戚继光上，上护卫绿营队旗手，捧中心绣“戚”字的大纛旗随上。戚继光上高台。

戚继光 （接唱）驱丑虏如秋风过草！

（念）江潭独抱孤臣节，身世何须渔父谋。

一片丹心风浪里，心怀击楫敢忘忧！

戚家军 参见元帅！

〔戚继光扫视众将，不胜感慨。

戚继光 我于诸君，既无千金之惠，又无再生之德。何以听我将令、前仆后继？

戚家军 荡平倭寇，保家卫国！

戚继光 好！哨官周能何在？

周　能 在！

戚继光 倭寇虽是退却，然倭酋毛海峰野心不死，必攻宁海。将军速去探听虚实。

周　能 得令！带马——

〔周能下。

戚继光 陈大成、王如龙！

陈大成
王如龙 （合）元帅！

戚继光 演阵练兵。人马列开！

陈大成
王如龙 （合）啊！

戚继光 戚印，你怎么也来了？

戚　印 闻听爹爹招兵，孩儿鼓舞欢欣。因此辞别了母亲，前来投军！

戚家军 原来是公子到了！我等失敬了。

戚继光 嗯？军中不论父子！须知“戚家军”入伍，但凭本领。你有何德能，敢来应征？

戚　印 孩儿虽不在爹爹身旁，亦随母习武，且熟读兵法，定能为国杀敌报效！

戚继光 既然熟读兵法，我来问你：若是敌人气焰嚣张，理当如何？

戚　印 《孙子》有云："勿击堂堂之阵"。如此，便不要去打！

戚继光 越是气焰嚣张，便越发地要打！当以数万之众，堂堂正正，彼来我往，短兵相接。

戚　印 这……

戚继光 我再来问你：若是敌人诈作败北，又当如何？

戚　印 诈败者，不必追击，所谓"佯北勿从"！

戚继光 若是本帅，便收军整队，留人搜瞭，擂鼓追逐！

戚　印 却是为何？

戚家军 此乃"戚家军"之战术也！哈哈哈……

陈大成 （唱）《孙子兵法》世皆晓，

王如龙 （唱）平倭克敌要靠新招；

老生常谈不能要，

陈大成 （唱）如今实战活用为高！

〔陈大成边唱边拍戚印肩膀。

戚　印 哦？我明白了！

（唱）豁然开朗放声笑，

才知爹爹苦心劳。

出其不意攻不备，

"切莫要纸上谈兵"教尔曹。

冲锋陷阵男儿事，

且看我入海斩孽蛟！

陈大成 哈哈哈哈哈……啊元帅！看小将军少年英雄，定堪重任。元帅收下了吧！

王如龙 收下了吧——

〔鼓声骤发。周能急上。

周　能 报——果不出元帅所料，倭寇李光头率两万余名倭寇集结完毕，取道宁海，往台州进发！

戚　印　爹爹，孩儿愿随父帅破敌！

戚继光　军国大事，非同儿戏。可知沙场的厉害？

戚　印　敢保旗开得胜！

戚继光　成、败不可妄言！

戚　印　愿立军令状！

陈大成　慢来，慢来！公子不必着急，元帅应允你入伍就是。

戚继光　好！就请二位将军镇守台州，不得有误！

陈大成
王如龙　（合）是！

戚继光　戚印，

戚　印　爹爹！

戚继光　随我宁海破敌！

戚　印　是！

王如龙　呃，元帅！新河城皆是军属妇孺。若是倭寇兵败，恼羞成怒，洗劫此地。如何是好？

戚继光　如龙所言极是。列位但放宽心，新河城暂未布防，亦能安然无恙！

王如龙　却是为何？

陈大成　（猜得就里，得意地）那里还有一位女英雄！

王如龙　哦？（恍然大悟）哦、哦、哦……

戚　印　（京白）咳！敢情就是俺娘啊！

周　能　嘿！往日都说如龙粗心，原来也是粗中有细呀！

戚家军　哈哈哈哈哈……

戚继光　候我军回师，将这股倭贼一鼓聚歼。出兵！

戚家军　得令，出兵！

〔戚家军出征。

第三场　辞爱

〔新河城之夜。

王昱竹　（内）新城军民！

众戚将军　（内）戚夫人！

王昱竹　（内）敌楼去者——

〔众百姓举火把上，四女兵引王昱竹上。

王昱竹　（唱）【石榴花】

挽侧髻，腰悬宝剑束征袍；

黄夜里，坚城起戈矛。

但只见野火频烧、宿鸟惊巢，

敌楼前马嘶兵喧闹嘈。

且听得战鼓咚咚，

倭奴喧哗连声噪，

霎时节军民奋勇敌尽销！

众百姓　但凭戚夫人，全仗戚夫人！

王昱竹　列位父老——

（念）谢众望，抚军民；张告示，安人心。铜墙铁壁四野清，且看巾帼平倭军！

传军械库看守来见！

四女兵　军械库看守来见！

〔老看守上。

老看守　参见戚夫人！

王昱竹　倭贼骤至，速速打开门锁，取出兵器迎敌！

老看守　哎呀启禀夫人！戚元帅有言在先，非他本人亲临，这军械大门——

王昱竹 怎么样?

老看守 任凭哪个到此，一概不开!

王昱竹 嗳！所谓“大行不顾细谨，大礼不辞小让”。事出突然，你理应变通!

老看守 无有戚元帅，不能开门!

王昱竹 戚继光回来，如若怪罪，只管让他见我！开门来!

老看守 开不得!

王昱竹 开门来!

老看守 不能开!

王昱竹 嗳!

〔王昱竹情急之下推开老看守，夺过其腰间钥匙，抛给女兵。女兵率众百姓下。老看守一个踉跄，险些跌倒。王昱竹下意识急搀，又甩开手。

王昱竹 嗳!

（京白）您老啊，咳！老顽固啊!

〔老看守暗下。女兵引百姓持兵器、披明军军服上，在王昱竹率领下奔赴敌楼。远远现出新城城楼。

王昱竹 百姓熄灭灯笼火把，摇旗呐喊。上城!

众百姓 哦!

〔开新城城门，百姓上城楼。

李光头 （内唱）宁海兵败偷城走!

〔王昱竹暗自侦察。四倭兵引李光头急上。王昱竹刺李光头脖颈。

李光头 啊?!

〔李光头护头。王昱竹手指李光头追击。

李光头 （唱）李光头险些断了头。

纵横浙江无敌手，

为何今日栽跟头？
本欲奇袭将局势扭……

〔王昱竹追上。

李光头 嘿嘿！
（唱）不想拦路竟是个丫头！

〔王昱竹战李光头，开打。李光头不敌。

李光头 哪里来的丫头，如此骁勇？
王昱竹 呀呀呸！吓了尔的狗眼，我乃王昱竹在此！
李光头 啊？哎呀，原来是戚继光之妻！
众百姓 哦——
李光头 哎呀不好！看城楼之上，人山人海。怎么探马报告都是军属妇孺？不可轻举妄动……武士们！
四倭兵 有！
李光头 暂驻城外，打探动静！
四倭兵 嘿！

〔四倭兵随李光头撤走。王昱竹见机，悄悄率四女兵上城楼。

戚继光 （内）戚家军！
戚家军 （内）有！
戚继光 （内）回师！
戚家军 （内）啊！

〔戚家军引戚印、戚继光上。

戚家军 （唱）【出队子】
连营分队——
前纛高张朱雀旗，
弓刀簇处列戎衣。
万骑城南战胜归，
试问三吴豪杰有谁？

戚继光 （念）汗血奔波方见春，又随残月渡江津。

行藏莫遣沙鸥识，一片浮云是此身……

〔李光头率四倭兵悄然行军，被戚印撞个正着。

戚　印 啊？！贼倭在此！

〔戚印持狼筅打死李光头。戚继光欲制止戚印的轻举妄动，听见李光头应声倒地，倒也感到欣慰。四倭兵四散，被戚家军擒获。

戚继光 查点倭贼伤亡。

戚家军 新河一战，倭寇死伤二百八十余人。台州十三战十三捷！

（念）神威丧尽倭奴胆，天下服膺"戚家军"！

戚继光 军民之功也！再接再厉，切勿轻敌。

戚家军 是！

戚继光 啊！昱竹何在，我妻何在？

王昱竹 （故作不认）呀啐！哪里来的无理军卒、胆大狂徒，竟敢在此乱占人家便宜？休走看刀！

戚继光 嗳！你在敌楼之上，我现在城下。这样月黑风高，到哪里去看你的刀哇？

王昱竹 你怎知奴家不在城下？分明扯谎！

戚继光 贼倭已退，你责在守城，自然不会追赶。梅娘速速开城相见！

王昱竹 不开、不开，就是不开！

戚继光 哎呀呀，这个任性的妇人呐……

王昱竹 你的看守，连军械库的锁都不与我开，还说只有你在此方可。究竟是哪个任性啊！

戚继光 哦！此事乃他严守军令，老人家无错啊！

王昱竹 哦，无错哇？

戚继光 本来的无错啊！

王昱竹 （京白）没错啊，你就一辈子别进来了！

戚　印 爹爹，母亲她——这是埋怨你不来看她呀！

戚继光 唉！倭奴不灭，何以为家！

戚　印　待儿向前。母亲！

王昱竹　原来我儿也回来了，待我开城迎接！

〔王昱竹欲下城。

周　能　（内）走！

〔周能提灯上。王昱竹闻讯惊觉，未下城。

周　能　（念）戎马倥偬日，千里羽书急！

启禀元帅：倭酋毛海峰联络福州地面蛇头，结成死党；总舵驻扎横屿，退居兴化林墩，撤去来往桥梁。

戚继光　待我上复总督。"戚家军"——

戚家军　有！

戚继光　随我援闽！

周　能　元帅且慢！闻道宁德一路，上下三百余里，三年渺绝人迹。中有一岛，名曰"横屿"，俗称绝命岛，潮涨没海、退潮现陆。虽可行走，怎奈淤泥滩涂，逢人陷入，易守难攻！

戚继光　正是！此番出兵，非比以往。一旦闯入这夺命岛，便无退路。如不能胜敌，潮汐再涨，便是必死之时。若尔等无此决心不要渡海。绝不见怪……

〔短暂的沉默。

戚家军　不远千里而来，岂能后退？！不杀倭奴，誓不罢兵！

戚继光　好，登舟！

戚　印　登舟哇！

戚家军　登舟！

王昱竹　儿啊，你要早去早回！

戚　印　倭奴不灭，孩儿不归！

〔戚继光闻言，不由得顿生忧戚。戚家军催舟解缆。

第四场　援闽

〔横屿“绝命岛”风雨夜。

戚继光　（内唱）破巨浪、乘长风惊雷雨骤……

〔戚继光屹立船头，戚印侧立。陈大成、王如龙、周能分立船头。背后竖起“戚”字大纛旗。

戚继光　（唱）戚家军“绝命岛”，逆水行舟。

〔戚继光不胜感慨。

戚继光　（唱）蔽弦月起浮云暗淡北斗……
聚星火燃不尽国恨家仇！
击中流——
主浮沉鹿死谁手？！
奇兵！

戚继光　（唱）统奇兵入敌后挥斥方遒！
纵仗有屏障险偷天之手，
拯同胞于水火复我神州！

戚家军　来到横屿！

戚继光　（唱）将船且湾礁石口，
宜将奋勇平倭酋。
传令“进攻！”

戚家军　啊！

〔众将欲行，戚继光拦住嘱咐。

戚继光　（接唱）按步骤——

〔众将纷纷下船。

戚继光 （唱）今日里一战定中州！

〔众将下船欲抢险滩，极其艰难。

戚继光 众位将军！这里有战鼓一面，本帅亲自击鼓！闻鼓而进，誓灭贼倭！

〔戚继光擂鼓作歌。

戚继光 （唱）【凯歌】

万人一心兮泰山可撼，
惟忠与义兮气冲斗牛！
主将亲我兮胜如父母，
干犯军法兮身不自由。
号令明兮赏罚信，
赴水火兮敢停留？！
报国家兮下救黔首，
杀尽倭奴兮觅个封侯！
报国家兮下救黔首，
杀尽倭奴兮觅个封侯！

戚家军 誓灭贼倭！誓灭贼倭！

〔戚家军将士备受鼓舞，顽强登陆，最终成功。

戚家军 登陆！

戚继光 “变阵”，杀！

戚家军 啊！杀！杀啊！

〔倭兵从睡梦中惊醒，慌促失措，唤上顾良玉、毛海峰，撤退。戚家军与众倭兵激战，戚继光擂鼓助战，酣战海岛。戚印身先士卒、一马当先。倭兵伤亡惨重，溃败逃窜。戚家军众将追击下。

戚家军 贼倭溃败逃散。

戚继光 虎蹲炮手？

虎蹲炮手 有！

戚继光 点火！

（唱）虎蹲炮响天地震！

〔三声堂鼓以代“虎蹲炮”响与电闪雷鸣交纵之声。倭寇营中一片火海，哭天喊地。

戚继光 （唱）裹挟惊雷发聩人。

荡尽人间涤玉宇，

还我清白好乾坤！

〔众百姓纷纷撑伞上。

众百姓 戚元帅！

戚继光 末将有何德能，敢劳众乡亲冒雨到此？折煞我也！

众百姓 不是将军举旗平倭，我等今日，早已丧身倭贼之手！

戚继光 言重了！横屿一战，倭寇锐气大铿，暂不敢来犯。请回得家去休养生息，无需多时，定将残贼一举全歼！

〔雨渐大。

众百姓 雨渐大了，请元帅避雨！

戚继光 军人行事风雨无阻，早已习惯了！

众百姓 戚元帅，戚我爷！爱民如此，我等无以为报。举手之劳，何以一再拒绝？

戚继光 千人露立，我何忍也？大家请回吧！

〔军民闻言大为感动，百姓只得暗下。陈大成、王如龙率戚家军暗上，戚继光欲行。戚印上。

戚　印 爹爹……

戚继光 我儿何事？

戚　印 眼下倭贼败绩，若放任流窜，一来不易歼灭，二来恐其残杀百姓。儿愿马不停蹄，直追倭寇，必使倭寇不能生还！

戚继光 我儿所见不差！

戚　印 爹爹宵衣旰食，儿愿为父分忧！

戚继光 如此且命你赶赴兴化，埋伏山口，等候倭贼残兵到来……

戚　印 杀他个片甲不存!

戚继光 许败不许胜!

戚　印 这……

戚继光 切勿急于求胜，须佯装失败。将敌人诱至城外，再予反击。去吧……

〔戚印踌躇。

戚　印 （念）我今出奇能制胜，
雏凤清于老凤声!

〔戚印下。

戚继光 （念）放心不下小戚印，
王如龙、陈大成——

陈大成
王如龙 （合）在!

戚继光 （念）二将监督且随行!

陈大成
王如龙 （合）是!

〔戚继光挽袖下。陈大成、王如龙下。

第五场　砥柱

〔浙江，东南平倭大营。

胡宗宪 （内）臣都察院右都御史，总督直浙兼制军务胡宗宪上奏——

〔幕启。起【风入松】曲牌。胡宗宪修本。涂渭暗上。

胡宗宪 四十年四五月，倭贼分犯台州水陆诸处，台金严参将戚继光，共擒斩倭首一千四百二十六夷，焚溺死者四千有余!

徐　渭 待我与你写表!

〔徐渭搀起胡宗宪。

胡宗宪 不用了！此番的本章，我自己来写！

徐　渭 你自己写？

胡宗宪 嗯，我自己写！

徐　渭 好、好、好，你自己写。我终于落个清闲了……

胡宗宪 唉！如今倭乱又转闽南，你我更须小心！

徐　渭 有戚继光在此，还怕者何来？

胡宗宪 （念）不怕那山高水险，不怕那黑夜连绵。

徐　渭 怕者何来？

胡宗宪 怕只怕——

（念）乍起风雷势如山，一人要担一洞天——

徐　渭 既是行军，就免不得要担当！

胡宗宪 （念）家事国事天下事，古来磨砺永难全。

张居正生辰，贺礼你可准备下了？

徐　渭 俱已齐备！

胡宗宪 此人乃是清流，又掌兵部，倒还算得正直。

徐　渭 你往日分派指挥，如今事必躬亲。这样事无巨细，因为他，还真是翻天覆地！

胡宗宪 戚继光在朝无依无靠，只道张居正与他性情投合，还不知你我替他送礼。

徐　渭 这人呐，无有生来的不正直。纵然严嵩当初，也非如此。直到宁王造反，他贪生怕死，擅离职守，逃走避难，从此明哲保身，只知为己。冰冻三尺，寒非一日。一做这大明的官了，胆变小了，心便贪了。

胡宗宪 人之常情……

徐　渭 不是我心学祖师——阳明先生迎难直上、勤王迎敌，何来大明江山一统？！

胡宗宪 你我不得罪严嵩便了，出仕则当学王阳明！

徐　渭 咳！你替他送礼，倒还罢了。只恐严嵩闻知，对军中结交清流不悦。

胡宗宪 一概由我周旋。毕竟东南若无政绩，他亦吃不消哇！

徐 渭 那张居正的上司，可还未必领你的情啊。

胡宗宪 只要徐玠肯保钱粮调用无虞，戚继光兵精粮足，万事不足惧、后事暂不虑！

徐 渭 只怕他时过境迁，还要告你个鼠首两端。将来，还能要你的身家性命！

胡宗宪 军费吃紧。此时此刻，顾不得许多了！

周 能 （内）报！

〔周能急上。

周 能 闽省大局初定。元帅请部堂、军师莅临检阅！

胡宗宪 知道了。带马！

〔周能带马，胡宗宪、涂渭接鞭上马。

胡宗宪 周能将本章、贺礼分头寄出。

周 能 呃，军师！怎么个分头法儿呢？

徐 渭 这贺礼早三日，这本章晚三日；礼则缓、本奏急；分局、分批。记下了？

周 能 记下了！（欲行）

胡宗宪 呃，转来！张尚书若觉服帖，必然回礼。但凡文玩珠宝，即刻典当，兑换金银，交付元帅军中。

周 能 是！

徐 渭 正是：

（念）万丈云间老桧萋，

胡宗宪 （念）下藏鹰犬在塘西。

徐 渭 （念）莫待猎尽梅林雀——

胡宗宪 （念）既遇相知死何辞？！

请！

徐 渭 唉！

〔胡宗宪、涂渭、周能下。

第六场　义殉

〔兴化林墩，城外山口。

众百姓　（内）苦哇，苦哇！

〔众倭兵赶妇女儿童、老弱病残等众百姓走上。戚印、陈大成、王如龙暗埋伏上山。

众百姓　（同唱）【千秋岁】

怨冲霄！不禁哀哀叫！
痛裸体浑似俘殍。
鬓发蓬松，鬓发蓬松，
只剩得饮恨含冤声悄……
传军令，龙吟啸；
鸣金鼓，雷轰闹，
顷刻游魂渺渺。
看云寒日惨，鬼哭神号！

〔众倭寇赶百姓下。戚印强按怒火。

戚　印　（白）好强盗！

（唱）【黄龙滚】

遥望着杀气天高，
遥望着杀气天高，
不由人身如火燥；
好教人怒气难消，
好教人怒气难消，
咬牙关倒悬看饱。
恼得俺无明火起发咆哮！

何惧倭贼小儿曹？
哪怕他万马千军，
哪怕他万马千军？
怒一怒平川踏扫！

〔众倭兵上。

倭　兵　攻劫城郭村乡，掳掠子女玉帛，满载而归，胜做一生买卖！武士们，男子杀光，老幼烧光，女子抢光！哈哈，哈哈，啊，哈……

〔戚印再也按捺不住，怒放箭射倭兵，正中左臂。

倭　兵　啊！

〔倭兵停手。

戚　印　（唱）【黄龙滚】
气得俺——

〔戚印翻下，猛刺倭兵。陈大成无奈，拉王如龙急下，欲拦戚印而不得。

戚　印　（唱）【黄龙滚】
怒冲霄！
哪怕他兵来山倒？
俺只待一鼓而剿，
俺只待一鼓而剿！
百万军中人马翻倒。
顾不得军令违拗，
顾不得军令违拗。
一马冲锋闯贼道。
入贼营要把尔扫！

倭　兵　将百姓赶着走！

〔众倭兵溃败逃下。戚印欲追，陈大成、王如龙牵衣。

王如龙 慢、慢、慢着！

陈大成 公子，小不忍则乱大谋！

戚　印 二位叔父！我违父令，乃我一人之事，绝不连累他人！大家不必跟随，纵有火海刀山，我也是只身独挡！

〔戚印不顾劝阻，欲行。

陈大成
王如龙 （合）少将军去不得！少将军去不得！

戚　印 哎，呀！百姓垂危，岂能见死不救？管不得许多了！

〔戚印冲开阻挡，径直追下。

陈大成 少将军为救百姓，拼死捐生。我们岂能坐视不管？！

王如龙 （京白）甭说了，追吧！

陈大成 追！

〔陈大成、王如龙追下。众百姓上。戚印解救百姓，指引归路。众百姓感恩戴德下。顾良玉率倭兵暗上。

顾良玉 你是何人，胆大包天，敢来此处求死？

戚　印 戚印在此，前来取尔等的狗命！

〔戚印话音未落，即出手。毛海峰上。毛海峰、顾良玉闻言惊讶，暗自欣喜，不恋战。戚印打马上桥。

毛海峰 休要伤他性命，以为人质，生擒活拿！

〔戚印四面受敌，四处招架。（搬“朝天蹬”）寡不敌众，跌下桥。（摔“硬叉”）众倭寇齐刺欲擒，戚印向上还击众倭寇，挣脱，众倭寇与戚印战下。陈大成、王如龙急上，赶到小桥。

陈大成 小桥窄小，变阵难以施展！

王如龙 只恐少将军不测……强攻！

陈大成 只好如此！

〔倭寇上，陈大成、王如龙奋力向前。众倭寇与戚印相持上。陈大成、王如龙拨开，救护戚印，使之下。陈大成、王如龙大战众倭寇下。

第七场　斩子

〔戚家军营地。

戚继光　（内唱）【步步娇】

众志成城军威壮！

〔戚继光率戚家军纵马上。

戚继光　（接唱）【步步娇】

妖氛初涤荡。

临危处异乡，

着眼军民报国神往！

前面即是校场，列队听点！

（接唱）【步步娇】

勇毅震八荒，

旌旗指处闻风丧！

〔周能急上。

周　能　元帅！公子他——

戚继光　公子怎样？

周　能　他……

戚继光　（察觉不对）怎样！

周　能　他？唉！

戚继光　怎样？！

周　能　他、他、他恋战兴化了……

戚继光　哦？！

周　能　少将军林墩小桥被陷，倭酋毛海峰欲为人质要挟，多亏我军将士拼死救下。只是……

戚继光 只是什么？你一发地讲来！

周　能 头哨人马尽亡！

戚继光 （惊痛）啊？

周　能 二哨人马无存……

戚继光 呃……

周　能 全军覆没……

〔戚继光精神恍惚，说不出话。陡然摔下马来。

周　能 元帅，元帅！

〔周能忙搀扶。

戚继光 （叫头）天呐！天……

戚家军自开创以来，伤亡未有如是。如今竟因我儿轻率冒进，以致精锐尽丧，全军覆没！你们……你们竟只为将他救回……

周　能 元帅为国呕心沥血，少将军有难，岂能坐视不顾？救护公子，万死不辞！

〔戚继光惊讶，下决心。

戚继光 升帐……

周　能 升帐！

戚家军 升帐……

〔戚家军拥戚继光升帐。

戚　印 （内）戚印回营！

周　能 启禀元帅，戚印回营！

戚继光 叫他与我报门而进！

周　能 少将军，元帅叫你报门而进，你需要小心！

〔周能无奈下。

戚　印 （内唱）出生入死罹险境！

〔戚印持狼筅上。

戚　印　（唱）铤而走险救生民！

为国舍死不惜命，

不悖父军法严明，愿付丹心！

（放下狼筅）不孝子——戚印跪帐，父帅请责！

戚继光　戚印，你可知罪？

戚　印　儿于国无罪，于军有罪！

戚继光　“戚家军”两哨覆没、精锐丧尽，还说于国无罪么？

戚　印　（低头）父帅训教的是！只是儿还有下情！

戚继光　讲！

戚　印　（叫头）父帅呀，爹爹！

那时节倭贼押众百姓前行。若不追击，看看就要伤害他们的性命，我焉能袖手旁观、坐视不管？儿素知军无戏言，亦知父帅治军严明，更知我已违令折军，酿成大祸。于国于军，均成罪人。好汉做事好汉当，儿情愿领死！

戚继光　哦？！戚印，你、你、你……

戚　印　父帅不必犹豫，既为戚家骨血，儿便非贪生怕死之辈！

戚继光　（痛下决心）斩！

众　元帅！

戚继光　斩、斩、斩……

〔戚继光哽咽，泣不成声。

戚　印　罢！

〔戚印下。

徐　渭　（内）且慢呐！

〔徐渭急上。

徐　渭　（叫头）元敬啊，孟诸！

你千万不可……

戚继光 军师！

（念）十载烟尘白昼昏，

山河万里不太平。

但因一人全军丧……

唉！

（念）辜负多少未招魂！

徐 渭 唉！你，好不明白呀！

（唱）欲得人才平天下，

何况长子莫比伦？

你若要杀他，我不能准！

看我面饶恕了这独门之根。

戚继光（唱）说什么欲把天下平靖，

未齐家怎治国还练的什么兵？

徐 渭（唱）少将军年轻难免气盛，

这也是逞意气实出无心。

戚继光（唱）军师不是不详尽！

苦心孤诣不易至今。

胡总督力顶千钧准我所请，

东南半壁才支撑。

眼见得，平倭大计终起色；

又谁知，我军国士付烟云！

轻重厉害军师忖，

赏罚岂能有私心？

徐 渭（唱）与他生机留一寸，

不谓将军你有私心！

戚继光（唱）蚁穴溃堤非一瞬，

不能正己怎服人？

徐 渭（唱）冰冻三尺亦非一瞬，

不在一时与一人！

戚继光 （唱）此乃末将的军务事，
不必军师你多费心！

徐　渭 （唱）纵然你有将军令，
戚印岂止你家人！
母不在堂做不得主，
严父也不能斩至亲？
你斩戚印我不准，
维稳岂在多杀人？

戚继光 （唱）父母娇惯终何用，
他竟铸成误国人！

徐　渭 戚继光，你大胆！
（唱）曾记得严嵩贼卖国殃民！
我姐丈拼死谏被腰斩边庭。
满门丧，只有鸳鸯幸存女；
王昱竹无子配宜人。
只为掩护你脱险境，
蹂躏惨死在倭营！
临终不忘把纛旗绣，
染血铸就戚家军！
孤儿丧母名戚印，
猿鸣四声怎堪闻？
事到如今忘了本，
不斩倭奴斩自身！
招魂忠贞至夜半，
有何颜面你见亡人？

〔戚继光表情凝重，悲痛欲绝。徐渭暗拭泪。

戚继光 （白）（痛苦地）鸳鸯……
（唱）提起了沈鸳鸯我泪难禁，
道破往事，他伤心岂知我不伤心？

空有这拿云手、风云变阵，
戚继光——负亲人是家之罪人。
叫声亲人你等一等，鸳鸯啊！

〔气氛僵持。陈大成随胡宗宪急骑马上，跌步下马。陈大成忙搀扶，胡宗宪摆摆手。

胡宗宪 （唱）闻道急坏股肱臣。
国之脊梁须自珍，
莫要伤了我的小将军！

胡宗宪 本督在此……

戚继光 总督……

胡宗宪 不必说了，本督与你做主，不算你徇私！

戚继光 这个……唉！
（唱）是我疏失他冒进，
累都督也要难为情！

陈大成 （唱）休怪公子他冒进，
冒进为民有下情！
情何以堪杀百姓？
救百姓旋欲把倭擒。
擒贼反为贼勾引，
引在小桥——

戚继光 （唱）折了兵……

胡宗宪 戚元帅不必多虑！朝廷若有怪罪，拼着我这人头不要，也要与你担待！当年，只因你妻王氏昱竹不能生产，鸳鸯这才为你生子。沈小姐如今尸骨未寒，你若杀他，于心何忍；她在九泉之下，岂能安心？王氏夫人视如己出，岂能容你如此？“戚家军”精锐虽丧，尚可再练。你不念私情，也当为国思之，留此将才！

徐　渭 着啊！
（唱）将门有子国之幸，
不孝有三圣人云！

〔戚继光背转身躯，掩泪眼。周能引王昱竹上。

周　能　夫人，您快着点儿走，救小将军全靠您了！

王昱竹　（唱）人妻人母责未尽，
竟闻戚印问斩刑。
面沉似水虎堂进，

众　夫人！

徐　渭　她来了？呃，这就好了！这就好了……

王昱竹　（唱）一言不发叫他相迎！

周　能　夫人进帐啊！

徐　渭　夫人进帐……（向周能）将小将军暗暗解下桩来！

周　能　是！

〔周能下。

戚继光　（唱）含辛茹苦心隐忍！

〔戚继光悲痛难忍，精神迷离。

（唱）戚继光我愤填膺！我自己的刀，怎斩自己的人？！
扪心问，默无声，我何忍，
亡人的血脉竟无存；看他年少夭折伤非刑？
强扎挣、待支撑，
大明军、望峥嵘，
三十功名尘与土；
抬望眼，八千里路化月、云！
思天伦……

〔戚继光见王昱竹到来，默然良久。默然向众人跪拜，众大惊。

戚继光　（唱）保全、爱护末将心领，
自古两难法与人情。
如今大错已注定，
岂肯开端由私情？

往日之军不听命，
目无军纪肆意乱行。
既与士兵共患难，
纵是那王子犯法也如同庶民。
军纪假若自你我损，
从此后还配叫什么“戚家军”？！

〔涂渭情急还欲劝阻，戚继光轻推开。

周　能　启禀部堂、元帅、夫人、军师！

戚继光　怎样？！

周　能　是我私放小将军松绑，他竟直冲敌营，撞向军前，与……

王昱竹　与什么？

徐　渭
胡宗宪　（合）与什么？

戚继光　与什么？

周　能　与、与、与……倭寇同归于尽了……

徐　渭　（悲痛欲绝）冤孽呀……

〔涂渭翻水袖障面，冲下。战鼓三通。戚继光一通颤抖，一通摇头，一通耸肩。甩掉帅盔，瘫软于座。

陈大成　（唱）帐前苦苦求情有何用！
帘外哭坏我陈大成！
敌寇当前……

胡宗宪　（接唱）……国为重！

〔内鼓一通。

陈大成　哎呀！
（唱）又听号炮响一声！

戚家军　（唱）“戚我爷”……

戚继光　（唱）【尾声】

国仇家恨冲千丈，

绝却家庭内顾肠……

〔戚继光噙泪拭眼。王如龙急上。

王如龙　元帅、总督！倭寇直逼大营！

戚继光　出战……呐！

（唱）【尾声】

俺待……奋勇扬、抖丝缰，

放胆扬眉和他战一场！

〔戚继光放开众人搀扶之手，抄起戚印生前所用狼筅，振作精神提枪策马而去。众将奔赴战场。王昱竹与众将迎战倭寇。

第八场　血战

〔鼓三通。戚继光戴孝带倒上，须发已斑白。

戚继光与众将与倭兵狭路相逢。

倭　兵　何人大胆拦路?！

戚继光　蕞尔小邦，祸心包藏——你老爷戚继光，与死难忠良、阵亡兵将，血债血偿；砥砺锋芒，休走看枪！

（唱）【风回犯芙蓉】

战场黯黯阵云黄，

云寒雾惨苍茫……

〔戚继光斩杀“假倭”。顾良玉上。

戚继光　来者何人?！

顾良玉　顾良玉！

戚继光　狗汉奸，赏尔一枪！

〔戚继光枪挑顾良玉。顾良玉死。毛海峰上。

毛海峰 休得猖狂，少船主在此！

戚继光 呸！倭寇啊，贼！

（唱）【风回犯芙蓉】

只俺这枪尖动处，披靡奔逸忙忙！

〔戚继光枪与狼筅并用，打毛海峰落马，生擒。陈大成、王如龙赶上。

戚继光 绑了！

〔戚继光下。

毛海峰 我今被擒，但求速死！

陈大成 （叫头）毛海峰啊，狗倭贼！

你还能速死？呸！侵我国土，烧杀抢掠。这等谋逆大罪，少不得千刀万剐。还要用你的心肝、人头，祭奠那些屈死的英魂！

毛海峰 嘿！完了……

王如龙 戚家军听者！火烧瓦窑，隐匿的倭寇一个不留！

陈大成 人头呢？

王如龙 为少将军报仇，还管什么军功，

（京白）不要了！

〔陈大成、王如龙洒泪。王昱竹与戚继光相扶而上。

戚继光 （念）十载驱驰海色寒，孤臣于此望家山。

繁霜尽是心头血，洒向千峰秋叶丹！

〔陈大成、王如龙赶上。

陈大成
王如龙 （合）此战倭寇全歼四千，斩首两千零二十三！

〔戚继光悲欣交集。

戚继光 （叫头）（仰望长空）我儿，（转面）我妻！唉！鸳鸯啊……

陈大成 此生得随元帅扫平倭寇、保家卫国，我生无憾了！

王如龙 嗳，元帅，“变阵”尚无名字……

王昱竹 你们“戚家军”一门忠烈、万古流芳！我们，唉，无有儿子了……

戚继光 哎呀！就叫“鸳鸯阵”了！

〔戚继光掩面冲下。众将下。

尾声　思子

众　（内唱）【满江红】

三百年来，我华夏威风久歇。
有几个，如公成就，丰功伟烈？
拔剑光寒倭寇胆，
拨云手指天心月。
至于今，遗饼纪征东，民怀切！
会稽耻，终当雪；
楚三户，教秦灭！
愿英灵，永保金瓯无缺。
台畔班师酣醉石，
亭边思子悲啼血。
向长空，洒泪酹千杯，蓬莱阙……

〔随吟诵幕启。戚继光、王昱竹奠酒“思子亭”，告慰戚印雕像。“平倭旗”迎风招展，飘扬不息。

〔剧终〕

宝碗风波

（评剧现代戏）

编　剧：董茳桐（戏文系2012级）

毕业大戏《宝碗风波》的创作阐述

一、创作主旨阐述

本剧以当代百姓生活为背景，以白华的家庭纠纷为主线，讲述了人性在金钱与亲情、物质与精神之间的困扰和彷徨。在社会经济快速发展的今天，人们的生活愈发富足，人与人之间的关系却愈发遥远、冷漠。父告女、妹责兄等现象层出不穷、屡见不鲜。这不禁让人思考，为何家庭问题如此普遍？是物欲横流的社会使人迷失了方向，还是亲情不再重要？本剧借一个虚构家庭的悲欢，旨在探寻这种种家庭悲剧现象的背后原因。

在本剧中，主人公白华是一个早年丧偶、年近六旬的炸油条老头。他的一双儿女白路、白鸽在外地工作不常回家，这令白华感到落寞与清冷，好在身边有可爱的小孙女白薇常绕膝下，有退休工人冯素素作为精神知己，生活虽苦却也甜蜜。白华与冯素素的夕阳恋虽然遭到女儿的反对，却并没有打破白老头家庭表面的和睦。然而，随着家里一件旧碗成为宝物的瞬间，白华的生活彻底改变了。白华的儿女联手威胁冯素素，齐心协力破坏父亲与她的夕阳恋。最后，儿子白路威逼自己的父亲在其生前将宝碗作为财产赠与自己，女儿则在一旁添油加醋。白老头愤怒之下亲手摔碎宝碗，给了儿女一记当头闷棍，小孙女白薇对爷爷奶奶和家庭的爱的愿望，促使他们反思人生的意义。他们在追求什么？他们的初心是什么？原来是一个“爱”字。

当下社会，涉及家庭矛盾与财产纠纷甚多。其中，引发亲情反目、大打出手、法庭相见的不在少数。从表面上看，这些案例形形色色、各不相同，然而本质无非一个：欲望追逐和利益追逐。在《管子·牧民》里有这样一句话：“仓廪实则知礼节，衣食足则知荣辱”。而对当今社会，这句话并不尽然，多少人是在衣食无忧的情况下，为了一处房产，一点钱财，赤膊上阵，争抢不已，不顾亲情，充满贪婪。人们对世界的理解也是从认识自己的欲望开始，但人们只强调了自己的个体欲望而忽视了他人的需求，多了对自我的强调少了对他人的理解和包容。追求物质的脚步飞快，却丢弃了亲情伦常，更丢弃了爱和情感。这不禁让笔者思考一个更深入的问题，在“知书而不达理”现象存在的今天，我们该如何认识欲望和利益的追逐，如何在追逐中不忘初心。

二、题材的理解与评析

1. 题材来源综述

本剧故事虚构，依托当代生活为故事背景，讲述主人公之间的家庭纠葛。灵感来源于丁立梅的短篇文章《一把紫砂壶》。该故事主人公为一个铁匠铺老人，后来，他的紫砂壶被认定为清朝戴公所制，价值连城。这份天降之财扰乱了老人宁静的生活。倘若这件事发生在一个家庭里，尤其是当这个家庭表面的和谐下已充满了利益危机呢？这引起了笔者的思考和想象。

在收集素材时，笔者广泛参考了众多描述家庭生活的文学艺术作品，如河南曲剧《弟兄三分家》、河南豫剧《我爱我爹》、京剧《铁莲花》、电影《我爱你》、电影《柳暗花明》等作品。在设置剧本高潮时，笔者借鉴了《一把紫砂壶》中主人公“摔壶”的情节，同时参考了周国平的散文寓言《白兔和月亮》，用于帮助揣摩剧中主人公白华的心理状态。

2. 题材类型评析

本剧为评剧现代戏，通过对相关戏曲作品的理解与借鉴，并结合戏曲本身的特色及舞台演出形式，笔者对《宝碗风波》整个故事进行了重新结构，并丰富和完善了人物形象，借戏曲形式，探讨亲情与金钱之间的关系。

剧本不仅讲述一个家庭内部争夺宝碗的故事，更是希望借故事传递出对当今社会人性现状的思考。在《宝碗风波》中，主人公是一个再平凡不过的小人物，他的故事也和普通人相似，唯一不同的是，他因一只“宝碗”带来了财富，也带来了更大的精神痛苦。笔者希望通过这个普通家庭的故事，能让人们反思与移情，从而更深刻地思考生活的真谛。

3. 与同类题材剧作的对比

在戏曲剧作史中，普通家庭骤然富贵，或男主人公升迁州府，必然会产生系列变故，如丈夫抛弃糟糠之妻、兄弟反目，或家庭成员态度由冷嘲变成趋附，引起诸多问题与内心纠葛。自南戏《张协状元》起，其后以“富贵易妻”为题材的作品层出不穷，如《琵琶记》《王魁负桂英》等；家庭互相猜忌陷害者，如京剧《铁莲花》、河南曲剧《弟兄三分家》等；家庭成员态度由冷变热的世故之心者，如昆曲《金印计》。然而，表面的大团圆背后却是难以消解的矛盾。

例如在《张协状元》中，张协欲杀贫女以除后患，贫女却迫于礼教不得不重新认夫。和谐的结局并非真正的和解与幸福，除了无奈讽刺之感，无法给观众带来真正的温暖与力量。

例如在《黄金印》中，剧作家试图以战国“纵横家”苏秦的故事，揭示古代社会中以势力为转移的人与人之间的关系。它继承了弋阳腔《金印计》揭露世态炎凉的思想，侧重从家庭生活的描绘，表现家庭的多种矛盾，揭露封建社会的冷酷无情。苏秦在发迹之前，父母、兄嫂、妻子，无不对自己冷嘲热讽，然而待其高升宰相之后，低三下四地趋奉。苏秦出于“人子”的地位不便发泄，虽然对父母兄嫂怀着满腔怨恨，却仍然不得不封赠兄嫂。《黄金印》看似圆满结局，却是表面的喜悦中蕴含着辛辣。

在《宝碗风波》这样一出现代剧中，笔者借助现代剧的优势，以更直白的语言描述了当代社会利益纠纷的现象，剖析普通百姓人物的心理，探寻人性善恶。笔者使人物形象生活化单纯化，更贴近百姓生活，更易于观众理解与共鸣。《宝碗风波》是家庭成员真正意味的和解，是爱的找寻，是人生意义的探寻，能够给观众带来心底的温暖与力量，带来人性对真善美永不停止的追寻。这一点不同于以往的戏曲剧作，是本剧的特色和优势。

三、阐述剧作法理论在毕业作中的具体运用

1.运用王骥德剧作理论“不在快人，而在动人”

王骥德认为不凡的戏曲作品应具有“风神”，“风神”表现为作品强烈的感染力。“曲”的形式本来就利于表达人情，王氏继承高明在《琵琶记》中所主张的“论传奇，乐人易，动人难”的精神，提出了“不在快人，而在动人”，要求作品以情动人。《宝碗风波》以主人公白华与冯素素的夕阳真爱动人，以白华孙女白薇对冯素素和爷爷纯真的依赖之情感人，并以最后白华儿女

不忘初心去触动观众思考人生。最后，本剧以一个普通家庭团圆的温暖结局，以浓浓的亲情与爱意打动观众的内心。

2. 极端情境的设置

戏剧情境是促使戏剧冲突爆发与发展的契机，使人物产生特有动作的客观条件，是戏剧情节的基础。极端情境的设置能凸显人物关系之间的矛盾，暴露人物的真实心理。本剧试图创造必要的情境条件，把散漫的生活矛盾典型化为戏剧冲突，以动作展现人物内心世界，使得人物的心理动作和外部动作立体地展现在观众面前。在剧本开头，就引出父亲再婚一事，主要人物齐聚现场，揭开他们看似平稳宁静有序的生活中濒临爆发的矛盾和隐忧，使冲突爆发迫在眉睫。而家里藏有宝物元釉碗一事浮出水面后，又由哥哥白路对妹妹白鸽进行情感利益的煽动蛊惑，使他们与父亲彻底对立，激化了人物之间的矛盾。

3. 力求立主脑、减头绪

本剧参照《中国戏剧学史稿》一书中李渔关于词曲创作方面的理论。

立主脑：突出主要人物和中心事件，以此体现“作者立言之本意”。本剧主要人物为白华及其相关的家庭成员，以白华与一对儿女的纠葛为主线，突出表现父亲与子女在一系列考验下如何破镜重圆。

减头绪：即删削“旁见侧出之情”，以便突出主线。本剧相对历史剧结构简单，背景单一，主次人物层次鲜明，个性突出，没有对次要人物进行过于繁琐的描写刻画，同时也没有发展更多繁杂的复线结构，符合戏曲文学的创作理念。白华一家人的争端以“再婚”为矛盾导火索，其后紧紧围绕“夺碗”这一事件，展开故事。

四、剧本分场概括

我国著名戏曲作家范钧宏在谈戏曲结构时说：“具体到每一场戏，除过场戏外，一般也应有个‘起承转合’。”“起、承、转、合”即戏剧结构的“开端、发展、高潮、结局”。本剧共分为六场，六场戏分别对应“起”、“承”、“转”、“合”。

第一场至第二场为“起”，第一场讲述炸油条师傅白华与前来帮助他的退休女工冯素素在街边炸油条，快乐非常，在买油条客人的起哄下，白华向冯素素求婚，获得成功。第二场内容为大儿子白路和小女儿白鸽回家过节，白华把这意愿告知儿女。不料，婚事遭到成为大龄剩女的女儿白鸽的强烈抵制。白鸽年幼丧母，与父亲相依为命，惧怕父亲被其他女人抢走，白华无奈暂罢。冯素素的侄子——收藏协会秘书长冯谦来看望姑妈，看到了白老头家里的瓷碗，他一口认定这碗是生产于元代的钧釉碗，价值在50万元以上。白老头异常高兴，他想出了让儿子、女儿同意这桩婚事的办法。

第三场至第五场为“承”，第三场讲述白华将儿子、女儿召回家中，告诉他们瓷碗的喜讯，并提出家庭财产分割方案，想获得儿女们对老年再婚的理解和支持。白鸽冷嘲热讽不要后妈，白路装聋作哑却质疑家中是否还有其他宝壶，并动手翻找。白华黯然神伤。白薇看着那只大人口中的“宝碗”，发现这和她在超市里看到的碗一模一样。第四场讲述白华家藏有钧釉碗的消息传入了小偷和古董商贩的耳朵里。小偷夜间行盗，信心满满的古董商贩早早前来拜访……白华心事沉沉，那是他家祖传三代的碗，是家庭的象征，他决定不卖。白华提早出摊，冯素素不顾寒冷，像往常一样来帮忙，并告诉白华她不嫁了，但她依然爱吃他炸的油条。第五场内容为冯素素在家中陪白薇做功课，却迎来不速之客白路、白鸽。白薇担心父亲责骂急忙躲进里间。白路开门见山地要求冯素素远离白华，白薇一惊，打翻了手中的茶杯。白鸽认定年老再婚不过就是个陪伴没有真情，并指责冯素素觊觎白家的财产，还背着白华与他人往来，三人不欢而散。

第六场为“转”与“合”，既是高潮，也是结局。第六场讲述白华再次提出再婚，儿子要求这钧釉碗须由父亲先赠与他，三代祖传之物不能落入他人之手，女儿也在旁添油加醋。白老头愤然摔碎了钧釉碗，拂袖而去。白路、白鸽寻找未果，焦急中俩人互相指责，白鸽指责白路为财产丢亲情丢了灵魂，白路指责白鸽只懂自己欲望不考虑父亲需要难怪成了剩女。兄妹两人陷入沉思，并开始回忆小时候父亲的爱，开始寻找内心的初衷。爷爷的愤怒吓坏了孙女白薇，她告诉大家碗被她调了包。白华得知后，平静地宣布将所有财产分给儿女，他只用爱践行自己的人生。白路与白鸽向两位老人忏悔了自己的过错，最终，一家人和好如初。

五、人物分析

1999年，丧偶多年的白华欲与小他十岁的老街坊冯素素结为夫妻，却遭到白华28岁的女儿白鸽的抵制。白鸽幼年丧母自小是家里的宠儿，长大后却屡屡爱情不顺。她不希望自己的父亲被其他女人抢走。她扬言，只要父亲结婚，她便与父亲断绝来往，白华只得将婚事暂时搁下。冯素素的侄子收藏协会秘书长冯谦来看望已是60岁的老人白华，看到了白老头家里摆放的瓷碗，他一口认定这是一只生产于元代的钧釉碗，价值在50万元以上。由此开始，一场“元釉碗”之争，在白家拉开序幕。

首先，儿子白路从外地赶来，从前支持父亲再婚的他，却在此时和父亲翻脸。他常年在外经商，与妻子离异，将女儿丢给父亲照料。中国改革开放后，人们渴望富裕，人们放大欲望。在对物质无限追求的大潮中，白路无形中已被社会塑造成为重利轻情的角色。父亲的离家出走，使他大梦初醒，他意识到自己多年来追逐利益的脚步跑得太快，灵魂没有跟上，精神丢失、情感淡漠，忽略了父亲亏欠了女儿，忘记了爱的初衷。最后，他与父亲和好如初。白华的女儿紧随哥哥的脚步赶来，她幼年丧母依恋父亲，由于从小被娇惯，性格自我、挑剔、跋扈、好妒，成为大龄剩女。她本就对父亲有较强的依恋和占有欲，受到哥哥的蛊惑，兄妹联手阻止冯素素嫁入白家。父亲的离家出走，震撼了她的内心。她只懂自己的欲望无视父亲的需要，却不知人生的意义究竟是什么。最终，在小侄女白薇对爷爷奶奶和家庭的爱的愿望表述中，促她反思自己的问题和爱的价值，她开始学习如何爱父亲，爱生活，爱别人，并从心底里祝福父亲的婚事。白路与白鸽，作为冲突的一方，呈现出对立统一的关系。两个人虽想法各异，但是在反对父亲再婚的问题上取得了一致，好在，两人只是暂时被金钱和欲望迷了头脑，最终，两人从对亲情的迷惘走向觉醒。

其次，冯素素与白华，这一对前半生孤苦、后半生希望相濡以沫的老人，一直用宽容的行为，面对节节进逼的兄妹。白华，一个年近六旬的炸油条老头，正直、善良、乐观，热爱生活。妻子很早去世，他含辛茹苦将两个孩子养大，但其儿女白路、白鸽在外不常回家，令他感到落寞与清冷。后来他与街坊冯素素相爱，却遭到儿女阻拦。而无意中他被发现有价值50万的钧釉碗一事，却给他带来爱情和亲情的失去。为亲人操劳一生的白华，却在此时遭到至亲之人的算计。他无奈却隐忍，像大多数不愿给孩子们添烦恼的家长们一样。最后，在儿女苦苦相逼的失望中，他愤怒地做出摔碗的举动。冯素素，一位退休普通女工，质朴善良。她童年生活困苦常常挨饿，曾梦想长大去炸油条。她退休后依然爱吃油条，因“油条之缘”与白华日久生情。冯素素亦丧偶多年，且无子女，她处处为白华和白薇考虑，明白白路和白鸽的态度，答应白华的求婚后又不得不拒绝。最终，白华的坚定使她明白，老年人的爱即便无关物质，却是最美夕阳，更需要勇气和珍惜。冯素素勇敢冲破内心的桎梏，白华最终收获了儿女的爱和晚年的夕阳之爱。

最后，白路的女儿白薇，一个八岁的纯真孩子，是剧本中一股最温柔却最有爱的力量的清流。她从小被爷爷带大，与爷爷感情亲近。白薇是个充满真善美的女孩，在孩子的世界里，没有血缘之分别，她将经常陪伴她照顾她的冯素素视为亲奶奶。成人之间的利益争夺影响不了孩子最直觉的判断，在家庭的内部争夺中，她以爱为基点，一直站在白华和冯素素这边，并最终，让爸爸和姑姑明白，爱是世间最重要的宝物。而真正的元釉碗，作为一家人亲情、爱情的见证，拥有了无尽的价值。

六、创作感悟

现代戏创作对笔者而言是一件非常难的事情:它要求作品要真实深刻地反映现实生活，而且还要比真实生活更美、更感人。由于本剧故事发生的时间距离观众如今生活的年代很近，难免会带给观众以“话剧加唱”的感觉。笔者在设置场次与人物塑造中，努力避免陷入“像话剧”的误区，注意戏曲化。在分场地点设置上，由于《宝碗风波》以家庭伦理纠纷为内容，不可避免地存在故事发生地点单一的问题。笔者利用戏曲舞台空间的灵活本质，在第二场中，用一束追光打在白家兄妹的身上，表示车站，两人在车站密谋一番，想出应对父亲白华与冯素素再婚的计策。随着追光灭，全场灯光亮，白路与白鸽转身便来到了父亲家。笔者利用灯光变换地点，车站随着灯光的变化转换为客厅，从而更好地营造舞台氛围、提高视觉效果。另外，在现代戏的人物塑造中，人物性格更趋向平民化、生活化，不似大部分古典戏中人物因自身重要的社会角色而更具传奇色彩。笔者以增加人物的个性化来完成人物戏曲化的任务。在观众接受度的基础上集中展示人物的个性，不避性格的缺点，完整展示人物的喜怒哀乐和情感轨迹。在《宝碗风波》中，笔者集中、放大白家兄妹的性格弱点，并加快其行动节奏，让观众能更深刻地感受到，围绕白家的这场“地动山摇”。

记得有这样一句话：“世界上单纯的人有两种，老人与小孩。”白薇是纯真的，她的纯真，源自她那颗没有被尘世污染的心灵；白华是纯真的，他在体会过生活的艰涩后，明白一份真情远远重于利益；冯素素是纯真的，她在看破世间百态后，毅然选择冲破桎梏，选择真爱，与相爱的人相濡以沫。在笔者看来，纯粹的老人与小孩，就像天使在人间。这是支持笔者完成这一作品的重要支撑，也是笔者选择这一题材的原因。作品完成后，笔者为实现了自己理想中的人物感到激动、喜悦。但由于笔者自身年龄与阅历的局限性，对老年人的语言表达方式未能准确把握到位，这是《宝碗风波》的不足之处，笔者在日后的写作与修改中，会对相应问题尽力克服，多加打磨，不断提高自己的写作能力。另外，该毕业创作的最初灵感来源于大二写作课上，感谢田志平老师的培养！随后，该毕业创作又在导师颜全毅老师的悉心指导和严格要求下完成。颜老师在创作主旨的开拓、情节节奏和人物的塑造等方面给予了笔者许多有益的启迪；同时，提出了许多宝贵的建议和意见，使笔者在创作中不断取得新的进展。在此谢谢颜老师！最后，还要感谢四年来孜孜不倦教育笔者的各位老师，正是因为老师们的付出，才让笔者在四年里学到颇多，谨向各位老师致以笔者最崇高的敬意和真挚的感谢！

2012级戏文系　董茳桐
指导教师　颜全毅

时　间：现代

地　点：冀东

人物表：

白　华——卖油条的老翁，善良质朴，年近六十。

冯素素——退休女工，与白华真心相爱，年近六十。

白　路——白华之子，三十五岁。

白　鸽——白华之女，二十八岁。

白　薇——白路之女，八岁。

冯　谦——冯素素之侄，收藏协会秘书长。

插翅飞——小偷

王跳跳——古董商贩

客人甲——买油条的客人

客人乙——买油条的客人

客人丙——买油条的客人

第一场

〔幕启。

〔清晨。

〔永福街的街边。

〔伴唱：（童声）

油条摊前真热闹，
你言我语把话聊。
男女老少，
胖瘦矮高。
谁不嘴角噙着笑，
期盼出锅新油条。

〔白华和冯素素在油条锅旁忙碌，油锅前围着几个买油条的人。

白　华　卖油条嘞!

（唱）油条又名丝瓜瓤，
何人发明无考详。
清末民初流传广，
百年历史也算长。
美食之称够得上，
官家百姓爱品尝。
白面条子并排躺，
下锅一炸色金黄。

〔白华把油条下锅。

冯素素　（唱）麦面为肉盐作骨，
内里软来外皮酥。

怀念岳飞创此物，

油炸秦桧奸佞除。

客人甲 嘿，忒香啊！白师傅，自从冯大姨来帮忙后，您这油条真是越来越好吃了！

客人乙 我记得有一次冯大姨没来帮忙，这油条吃起来就少了酥软。

白　华 哈，兄弟说得极是。我这把老骨头炸起油条来，一不留神就把它炸老了，多亏你冯姨，她就是天然膨松剂。

冯素素 （害羞）你们瞎说啥呀，我可不是那小调料。

客人丙 那当然了。大姨既不是那膨松剂也不是小茴香，是白大爷您心中的玫瑰花。老白，您这光棍打了可有二十好几年了？

白　华 闺女她妈难产，这一走，也快三十年了。我靠炸油条拉扯一对儿女，这生意多亏街坊邻里你们帮衬啊。

客人甲 您这些年苦啊，冯大姨也苦啊，谁想到当年小赵才二十多岁，一场高烧肺炎人就没了。

冯素素 唉，小赵他狠心啊，留我一人，望尽春秋。

〔白华、冯素素同时拿盐瓶，手碰到一起。

白　华 （看向冯素素）我们俩啊，同是天涯沦落人。

客人乙 给您钱。

白　华 我手沾油。

冯素素 放这里（冯素素端上钱盒）。

客人丙 哎哟老白，我瞅着你俩这样好多年了，那窗户纸咋还没捅破？

客人甲 男追女，万水千山啊。白大爷，您得用点儿劲啊。

白　华 我都快六十的人了，一个老头，（看一眼冯素素）一个老头谁还看得上。

冯素素 白大哥，油条好了！

〔白华递油条给众人。

客人甲 嘿，真香！白家油条人气旺，香飘十里美名扬；

客人乙 新鲜出锅油光亮，酥脆爽口就豆浆！

客人丙 好一个酥脆爽口就豆浆，老白，我们先走了。

白　华 慢走！吃好再来！

〔白华、冯素素两人收拾东西。

冯素素 白大哥，你也快六十了，每日清晨街上摆摊，太辛苦。往后，就歇了吧。

白　华 歇不得。歇了，就没事做。想想，也算是炸了一辈子油条了。

冯素素 白大哥，这风吹晨寒，我怕你身子骨受不住啊。

白　华 这辈子风吹雨打都过来了，不算啥。

冯素素 （笑）我发现，你倒是真心喜爱炸油条。

白　华 素素，你了解我啊！我炸的不是油条，是情感，是希望。过去农村里呀，只有过年才吃得到油条。

（唱）蓦然回首思过往，
旧时油条唤麻糖。
终日劳作汗流淌，
过年才有麻糖尝。
如今生活大变样，
街上商品多琳琅。
我却常把旧岁想，
追忆年轻苦时光。

冯素素 （唱）那段岁月虽惆怅，
却是苦中带甜好时光。
苦的是你娃娃年幼难将养，
妻子体弱又早亡。
我年纪轻轻遭夫丧，
寡居作遗孀。
甜的是恰逢上改革开放，
日子也越发好感谢上苍，
我这里退了休腿脚硬朗，
你那里没压力身体健康。

白　华　（唱）越发是老当益壮，
咱还器宇轩昂。
只可惜平日里无人把话讲，
干枯了一片热心肠。
唯有见到你我才能心花怒放，
不然就吃不好睡不香。
我吃了豹子胆冲胆量，
也学一学那少年郎。
你若不嫌我工作脏，
何不相伴共屋梁。
咱俩办桌酒席把歌唱，
老哥哥老妹妹也配鸳鸯。

冯素素　（唱）白大哥你这人善良直爽，
善良踏实有担当，
我的确将你放心上。
婚姻大事需考量。

白　华　（唱）坚心定念结情网，
半生姻缘又何妨。
素素啊你放心来把我指望，
我不会半途而废就抛荒。

冯素素　但是……

白　华　（紧张）但是什么？

冯素素　这毕竟是件大事，我这边没孩子，但你却有一双儿女。

白　华　你怕孩子们不同意？

冯素素　虽说夕阳美，毕竟入黄昏。

白　华　你放心，孩子们大了，他们更会理解的。

〔两人对视一笑，收拾油条车。

〔幕落。

第二场

〔幕启。

〔上午。

〔白华家中。

〔伴唱：

又是一年春风转，
年岁空长不回还。
莫悲叹，
不复少年欢。
诸君莫道桑榆晚，
彩霞片片尚满天。

〔白华和冯素素在客厅喝茶，门铃响，白华急忙去开门。

〔白路上。

白　路　爸！我回来了。冯姨，您也在啊！

冯素素　你爸呀，他说一人喝茶忒冷清，让我过来陪他拉拉嗑。这一路辛苦累坏了吧，快坐下来歇会儿。

白　路　还好，就是飞机晚点了。（转向白华）爸，薇薇呢？

白　华　薇薇出去玩了。

冯素素　白路啊，你不知道，薇薇这孩子出息了。

白　路　嘿嘿，我闺女咋个出息法？

冯素素　这孩子上次考了全班第一！

白　路　哎呀，那是您冯姨的功劳！您没少陪着她写作业！

冯素素　哪儿啊，薇薇这孩子……

〔白路忙着从包里掏东西。

白　路　冯姨，这是给您的，天然大豆维E软胶囊，适合中老年女性，薇薇从小就多亏您帮着一起照顾。（转向白华）爸，这个是给您的，我们公司新产品——多种维生素片。您就省了窗台上那一溜瓶瓶罐罐，一瓶就够。

白　华　白路啊……（被白路打断）

白　路　您用完要是觉得有效果，多给街坊们推荐推荐，有提成，我这孝道啊，嘿嘿，就不白尽了。

白　华　白路啊，我正好有话对你说。

白　路　爸，您说。

白　华　你妈去世也快三十年了。这么多年里，你冯姨洗洗涮涮也没少帮助咱们，你和白鸽也都大了，我和你冯姨啊，就想老了做个伴儿。

白　路　这敢情好啊！有人照顾您，我当然乐意！

冯素素　（转向白华）没承想白路这孩子如此通情达理，体谅我们的孤单。

白　路　冯姨您这话就见外了！（转向白华）爸，我中午还有个应酬，跟唐人医药谈一下进货。中午饭，就让冯姨陪您吧。

白　华　这又不在家吃了？你妹妹白鸽一会儿也过来。

〔白路背上包。

白　路　爸，这应酬推不开，这客户有多家连锁店，进货量比较大，怠慢不得！

冯素素　孩子忙，做点子业务也不容易。你就让他去忙吧，我给你做小鱼贴饼子。

白　路　爸，您注意身体，等我晚上回来再接着聊！

冯素素　这把岁数是得爱惜身体，不让你爸多喝酒了。

〔白路下。

白　华　（大叹气）唉！

冯素素　白大哥，孩子们大了，忙了。就让他自由飞吧。

白　华　唉，好好的机关不呆，偏要下海经商。

（唱）一入商海行无际，

商人重利轻别离。
游子总言暂离去，
家人苦等无归期。
盼得子回心欢喜，
一朝又别难拘羁。
（白）可如今，更恨他，
（唱）满眼只瞧输赢势，
张口闭口厉害提。
爱不及子女，
情不通夫妻。
本是恩爱好伉俪，
如今分散奔东西。
独留娇娃轻年纪，
思念父母常孤啼。

冯素素 白大哥，年轻人都愿意闯荡闯荡，咱们就多支持吧。

〔门铃响，冯素素开门，白鸽进门。

冯素素 鸽子回来了！快进来，你爸刚才正念叨你也该到了！

白　鸽 一进门就吓我一个跟头！

〔白鸽一屁股坐在沙发上。

白　鸽 （转向白华）爸，我还以为走错家门了。

白　华 鸽子，你招呼冯阿姨了吗？

白　鸽 冯姨好。冯大姨，只有我妈才能叫我鸽子。

白　华 白鸽！怎么跟你冯姨说话这么没礼貌？

白　鸽 我没说错话！

冯素素 是我叫错了。白大哥，别吓孩子。

白　鸽 呦，逢场作戏。

白　华 白鸽，你嘀咕什么？

白　鸽 没嘀咕，心里不爽，叹口气。对了爸，我和水泥厂那小伙子分手了。

白　华　啊？！你不是挺喜欢他吗？

白　鸽　可他前女友，就是他们厂的，我心里不舒坦。

白　华　白鸽呀，你不要太挑剔，你都快二十八了！

白　鸽　哎呀爸！我脑袋痛，我要先去里屋躺会儿。

白　华　哎，白鸽！

白　鸽　怎么了？

白　华　我有个事儿想告诉你。

白　鸽　哦。

白　华　鸽子啊，你妈去世也二十八年了。这些年，你冯阿姨没少照顾我。如今你也大了，不在我身边了。我和你冯姨啊，就想组个家，老来做个伴儿。

白　鸽　等等！您俩，是要再婚？

白　华　是。

〔白鸽站起。

白　鸽　（唱）想我自幼遭丧母，
可怜发辫无人梳。
长兄在外无暇顾，
唯有父亲常护犊。
携手走过风雨路，
父女二人相搀扶。
（白）我如今啊，
（唱）成了大龄剩女没出路，
家里又杀出个冯素素。
我就有这一老父，
转眼做了他人夫。
没得来由把她妒，
想起她来便气呼呼。
（白）冯阿姨，我知道你觊觎我爸好久了，我就是不同意！

〔白鸽摔门而出。

白　华　唉，这孩子被我宠坏了。

冯素素　白大哥，莫跟孩子生气。

白　华　素素，刚才委屈你了。

（唱）小女话语多冒犯，
口不择言极狂狷。
万分惭愧把你劝，
莫把此事记心间。

冯素素　（唱）我怎会把小女怨，
想她幼时怪可怜。
还望她能心意转，
期盼一家齐团圆。
白大哥，我先回去了。

白　华　素素，今天这场面，我也就不留你做小鱼贴饼子了。

冯素素　那我就先回去了。

白　华　慢点走啊。

〔冯素素下。

〔白华倚在椅子上，小睡一会儿，门铃响。

白　华　又是谁?

〔冯谦上。

冯　谦　白叔叔，是我，冯谦。

白　华　好久不见你了，快进来坐会儿。

冯　谦　白叔叔，我刚才先去看我姑妈，但敲门不应，电话不接，我想，她是不是来您这儿了。

白　华　你俩插衣袖了，你冯姨，刚从我这儿回去。你喝口茶，歇歇再过去吧。

冯　谦　也好，白叔叔，这是我从云南给您带的特产。我姑妈她年轻守寡，孤苦伶仃的，有您时常陪伴她，也省了我们不少心。

白　华　可是使不得，你姑妈经常给我们油条摊子帮忙哩。

冯　谦　使得的。

〔走到柜子前。

冯　谦　白叔叔啊，这只碗您是从哪弄的？

白　华　这是我们家祖传的碗了，一只老碗。（拿出给冯谦看）你看，这可是宝贝啊。

冯　谦　白叔叔，此乃奇宝！

白　华　当真！

冯　谦　就凭我这眼力，啥时候也没看走眼过。这是钧釉碗，产于元代！

白　华　这么说，这碗是古董了？

冯　谦　价值得有五十万！

白　华　什么？五十万！大侄子哟，你可别逗我这个老头子了。

冯　谦　白叔叔，我以我收藏协会秘书长的身份保证！不会有假，恭喜发财！

白　华　可这，仅仅是，祖上留给我的碗。

冯　谦　白叔叔啊，这是祖上给您留的传家宝！

白　华　这么多年，没人与我说过这碗有多精贵。

冯　谦　白叔叔，那这是意外之宝啊！您瞧您，都有点懵了！

（唱）叔叔果真好福气，
　　　财运已到莫怀疑。
　　　民间流传话几句，
　　　鉴别釉碗先看瓷。
　　　瓷色不艳亦不腻，
　　　原料之中数第一。
　　　月白颜色匀肌理，
　　　色调上乘质清晰。
　　　碗身花纹描柿蒂，
　　　碗底图案绘双鱼。
　　　胎厚底重传世碗，
　　　构造精巧无人敌。

白　华　（唱）听你一言有道理，

如今我也不怀疑。

古人多有高技艺，

今人怎敢狂自居。

（白）若真是如此，那我就有钱了！有钱了，分给孩子们，或许，他们就都会同意我的婚事了！冯谦，我和你一起去找你姑妈！

冯　谦　好嘞！

白　华　走！

〔白华、冯谦下场。

〔幕落。

第三场

〔幕启。

〔早晨。

〔车站、客厅。

〔舞台最右侧亮，右侧为白路站在车站上。

白　路　（唱）忽闻家里增财产，

忙开笑口我心欢。

猛记起父亲要娶新老伴，

宝贝难分心不甘。

急忙一人把家返，

定要把那婚事拦。

〔白鸽上。

白　鸽　哥哥。

〔白鸽走上前，拍白路肩膀。

白　路　（转身）小鸽子！

白　鸽　哥，你说爸说的是真的吗？

白　路　冯素素那个侄儿，收藏协会秘书长冯谦，亲口说的！

白　鸽　那，真值五十万啊？！

白　路　（做手势）不会有错！

〔白鸽停步，搀住白路。

白　鸽　那咱爸不仅苦尽甘来，还成土财主啦！哎呀，哥，我太开心了！

（唱）猛听得不辨真假，

再听得乐开了花。

没时间在外玩耍，

一门心只想回家。

白　路　（唱）妹妹莫惊诧，

我这里把话答。

咱爸每日里把冯姨牵挂，

恨不得上前去奉水端茶。

说句难听话，

咱爸呀，

他恰似商纣迷苏妲。

又是男无妻来女守寡，

怕是早晚成一家。

白　鸽　不行，我不让冯素素进门！

白　路　你不同意有啥用。咱爸喜欢她，她喜欢咱爸，而且咱爸如今又有钱了！

白　鸽　那钱也是咱爸的！

白　路　啥钱不钱的，冯素素就这么一个侄儿，她侄儿喜欢这个碗。

白　鸽　你是怕……

白　路　就是啊。

白　鸽　那她，更不能进咱家门了。

（唱）听兄言气得我浑身乱颤，

祖上宝怎能叫外人偷传。
老爹他万一有个三长两短，
就怕她非亲母好心不安。

白　路　（唱）传家宝多稀罕价值百万，
只怕是难叫人不把心贪。
兄妹俩携起手把家回转，
看谁敢有胆量把空子钻。

〔灯光暗，舞台左侧亮，白华坐在客厅里，兄妹俩敲门。

白　华　（站起）来了，来了！

白　路　爸，听到爸这个好消息，我和鸽子马上就赶来了。

白　鸽　恭喜爸。

白　华　快进来，咱家有钱了！

白　鸽　爸，要我说，咱可以把这老房子，里里外外装修一遍。装修成巴洛克风格的！

白　路　你傻啊！

白　鸽　怎么了？

白　路　装修把钱贴给墙。要我说啊，应该投资！钱滚钱！

白　鸽　那怎么行，应该……（被打断）

白　华　白路、鸽子啊，爸这次捎信儿让你们回来，还是想和你们再商量一下跟冯姨结婚的事儿。

白　鸽　爸，您怎么还要把别的女人娶进家。

白　路　爸！咱们家祖传东西不少，还有没有别的宝贝也不知道！您不能就这么糊里糊涂结婚！

白　华　白路，咱们家哪里还有什么宝贝？

白　路　爸，不找找怎么知道呢？我记得都放进那口木箱里了。

白　鸽　就是爸，有宝贝，也要提前找出来，不能传给外人啊。哥，你先找找。

〔灯光暗，追光打在白华、白路、白鸽三人身上。

〔白路欲往里屋走，被白华抬胳膊拦住，两人面对面沉默。白鸽撒娇地抱住父亲的胳膊，白路走过父亲身边，被父亲一把拉住胳膊，白路欲挣脱。

〔灯光亮起。

白　华　你们走！

白　鸽　爸，您不能这么对我们。

白　路　爸！我可以不翻，但这钧釉碗，是留给我和我妹的，不是那个冯大侄子。

白　华　你们俩走吧！

白　鸽　爸，您叫我们回来，这又赶我们回去。

白　华　你们！

〔白薇上。

白　薇　爸爸！姑姑！你们回来了！

白　鸽　爸，您不为我们考虑，也不能忘了薇薇。

白　华　（走到柜子前）我本以为这宝碗会带来幸福……你们走就走，冯素素，我非娶！

白　鸽　走吧，以后我们再也不回来！

白　路　薇薇，爸爸明天就接你走！

白　薇　爸爸、姑姑！

〔白路、白鸽下。

白　薇　爷爷，爸爸和姑姑怎么走了？好不容易才回来一趟……

白　华　（指向柜子）你爸就想要这宝贝碗！你姑姑不想让我结婚！

白　薇　爷爷，他们只是没想明白，一时生气，爷爷您别伤心！

白　华　不伤心，不伤心……（从柜子里拿出碗）

（唱）宝碗，宝碗，

教我老头心不安。

父女恩情一朝断，

父子情谊难收挽。

儿女不把家回转，
我这里清清冷冷向谁言。
骂一声子女不相见，
哭一句老父心中泪难干。
思来想去肝肠断，
老父心中似箭穿。

〔白华走回里屋。

〔白薇走到柜子前，踮起脚，趴在柜子上看。

白　薇　就是这只碗啊，很贵吗？我前几天在超市好像见过一模一样的呀，真奇怪。

〔白薇下场。

〔幕落。

第四场

〔幕启。

〔半夜。

〔白华家。

〔白华披衣起身来到书房。

白　华　唉，翻来覆去，辗转难眠。自打冯谦来后，我家这碗，它就出了名。（数指头）文物保护协会的人、文化遗产保护组的人，还有一堆自称爱好陶瓷的人，把门槛都踏平了。我这儿每天，都不消停！心里烦躁，不如先看看报。

〔白华看墙上钟表。

白　华　都三点了！

〔插翅飞进入白华家。

插翅飞 听闻城南白老头家有个宝贝瓷碗，我今天就来瞧一瞧！抱一抱！瞧着，轻轻松松进来了，啥事能难倒我插翅飞！

〔插翅飞到处翻找，把一支铅笔扔远。猛抬头看到墙上挂历，读上面的标语。

插翅飞 （读）干干净净洗手，清清白白做人。
啊，呸！一辈子咋过？别想太多，吃喝玩乐，好不快活。没有工作，也不忐忑。做点小恶，少积点儿德。求人施舍，费点儿口舌，肚子不饿。包里扯扯，嘴里不渴。我呀，不怕闯祸，就怕哪天不乐呵！

〔外面响起雷声。

插翅飞 哎哟，下起雨来了。哎，不怕不怕。
（唱）小城里头第一最，
当然属我这个贼！
无论东西南或北，
无人不识我插翅飞　！
遇到困难不后退，
钱不到手胡不归。
坏就坏在这张嘴，
爱说大话满天飞。

〔外面响起巨大的雷声。

插翅飞 （作抱头状）哎呀呀。

白　华 怎么听到有人叫？

〔白华起身，走几步，看到掉落的铅笔。

白　华 糟了，恐怕是进贼了。

〔另一边插翅飞仍在翻找。

插翅飞 这老头子，把宝贝藏哪儿了？

〔又一个雷声响起，电停了。

白　华　停电了!

〔白华和插翅飞越走越近，皆迈迟疑小步。

〔两人近得要碰到彼此时，猛地同时转身，背靠背。

白　华　不好!

〔两人缓缓转身，直面观众。

白　华　感觉背后有人!

插翅飞　呀! 呀!

〔两人呈圆圈状行走，一前一后，绕行一周。白华猛停，插翅飞险些撞到他身上。

插翅飞　哎哟，老头醒了!

〔插翅飞急忙开溜，走路时被杂物绊了一跤。

插翅飞　哎哟哟!

白　华　果然有贼!

（唱）夜半阵雨雷滚滚，
有劳君子到寒门。
腹内诗书藏万卷，
床上金银无半分。
出门翻窗需谨慎，
越墙莫损兰花盆。
为人莫要丢根本，
收拾良心重作人。

插翅飞　（唱）最近万事皆不顺，
老天弄人把心存。
趁着还有一股劲儿，
伴着月色赴豪门。

〔插翅飞下。

白　华　人走了，我这也睡不着了。整理东西，今儿早出摊儿。

〔门铃响。

白　华　哟，这又是谁？

〔白华开门，王跳跳挤进来。

王跳跳　（递名片）白先生，您好！我是聚宝斋的总经理王跳跳。

〔王跳跳直接进屋坐在沙发上。

白　华　我说您……

王跳跳　说我为什么来得这么早啊？还不是为了抢占先机嘛！我们这行啊，有句话叫：晚来一分钟，结局大不同。嘿嘿，来，您坐。

白　华　您是哪行的？

王跳跳　哦，我是古董行（与白华握手）。

白　华　我好像听说过这个名字。

王跳跳　我单字两个王跳跳，生来就是商人料。还没出襁褓，就学会了微笑。我的头发像无羁的波涛，双眼是迷人的毒药。靠近我，你就是受骗的代表。我是聚宝斋的总经理，哦，不是那铲地皮儿的，我是管理层的！

白　华　哦，王总经理您好。

王跳跳　您好您好！我跟您介绍一下，我们聚宝斋，啥都有，隋朝的宝镜唐时的灯，明代的彩瓶大清的钟。我们聚宝斋，就是个卖古董的地儿。您明白了吧？

白　华　哦，明白了。我没古董要卖。

王跳跳　哈哈哈哈，您看您开的这玩笑，太好笑了！

白　华　呵呵。

王跳跳　（正色）白先生，您家的宝碗……

白　华　宝碗没有。

王跳跳　白先生，我就跟您开门见山了，您也别和我卖关子了。

白　华　好。

王跳跳　我是来讨您家钧釉碗的!

白　华　我改变主意，不想卖了。

王跳跳　这……我出五十万价钱买!

白　华　（唱）管你多少价钱买，
我说不卖你莫挨。

王跳跳　（唱）你这老头好奇怪，
做人怎么这样呆。
百万钞票你不爱。
一把年纪不明白。

白　华　（唱）你这商人真无赖，
一大清早把门拍。
无人邀请你来买，
理直气壮坐下来。

王跳跳　（唱）错了错了以后改，
你不理我我活该。
我呀不跟你见外。
多少价钱随便开。

白　华　（唱）橡皮粘人太无奈，
我说不卖你别挨。

王跳跳　（唱）行行好来把它卖，
你想价钱我来猜。
五十一万?

白　华　不卖!

王跳跳　五十二万?

白　华　不卖!

王跳跳　话回正传，白先生，您可有个心理价位?

白　华　有!

王跳跳　说来听听!（凑近白华）

白　华　那您可得听好了!

王跳跳 洗耳恭听！

白　华 无价！

王跳跳 哎呀，老头子真叫是不知好歹，碰着你呀算我衰，大大方方把门甩（甩门），把你这破门摔下来。昂首挺胸大步迈，快回我那聚宝斋。

〔王跳跳下。

白　华 唉，这折腾的，天都亮了。

〔白华拿着东西走向舞台右侧，那里放着他的油条车。左侧光暗。右侧光打在他身上。

白　华 出来的也忒早了，大街上空无一人啊。

（唱）生活不顺多烦恼，
人生就像炸油条。
从白变黄色泽妙，
由黄炸老再炸焦。
凡尘俗世有纷扰，
琐碎日子极喧嚣。
萧瑟风中唯自悼，
满腹苦水向谁抛？

〔冯素素上。

冯素素 （唱）他今日来得这么早，
迎风辛苦卖油条。
想是家人忒胡闹，
好端端一个家风雨飘摇。
今日来把事情了，
隐瞒真相把冤词告。

白　华 素素，你来得这么早！

冯素素 白大哥，我也是想和你说说话。

白　华 好几日不见你了，怪想你的。

冯素素 （唱）孤苦伶仃一老妇，
不似佳丽人楚楚。
满腔心事君前诉，
还请你莫怪我踌躇。
听你言感人肺腑，
但怎能不惧世俗。

白　华 （唱）纵是你暮去朝来颜色故，
我非那五陵年少人轻浮。
道你一声贤妻母，
白家有你万事足。

冯素素 白大哥，我还是实话相告吧。
（唱）我如今苍老多病成拖累，
又言道寡妇门前多是非。
其实说来也惭愧，
请你放手莫跟随。
与你相识无怨悔，
心底仍愿相依偎。
却不愿把你那半生毁，
让子女有家难回。
还愿来生早相会，
鹊桥相见彩云追。
我誓与你成双对，
还盼到时比翼飞。

白　华 （唱）听你言禁不住飞花如泪，
还有何比这更痛彻心扉。
凭心论你有何罪，
到底是兄妹俩暗中拨吹。
本不愿将子女心意违背，
到如今无所谓是是非非。

真情若有罪，
世间伦理亏。
把碗留给他兄妹，
我与你学那鸟儿自由飞。
素素啊，
我此情深重不可摧，
余生只愿长相对。
一生风雨任相随。

冯素素 白大哥，我本就没惦记过那只碗。

白　华 素素啊，我们风雨走过多少年，那碗对我们就身外一物，我只愿你嫁给我。

冯素素 （独自走到窗台）白大哥……
（唱）他这般情根深种，
倒教我心事重重。
把婚事答应，
是否太匆匆。
瞧着他心灰意冷，
为了我抛弃亲生。
我与他若是就此相别送，
又恐是后悔一生心怔忡。
心里似搅了池水波澜动，
究竟该何去何从。
波澜动，暗流涌，
心里头苦乐无穷。
他对我情如山重，
我这里剪断红线焉能从。
既然是今世有缘来相逢，
就不把姻缘蹉跎一场空。
（白）白大哥，我嫁给你。

〔白华走上前去，两人靠在一起。

〔伴唱：

人间恩爱路千种，
前姻后缘情理中。
柳枝晚抽更茂盛，
梅开二度香味浓。

〔幕落。

第五场

〔幕启。

〔下午。

〔冯素素家。

〔冯素素和白薇坐在沙发上。

白　薇　（指着书）奶奶，我想听这个故事。

冯素素　好哇，原来是猪八戒背三字经！

白　薇　嘿嘿！

冯素素　你说他背得出来吗？

白　薇　嘿嘿，他背不出来。

冯素素　从前啊……哎哟。

白　薇　奶奶、奶奶，您没事吧？

冯素素　没事儿，我这腰老毛病了。吓着我们薇薇了。

白　薇　奶奶，爷爷说您还没好，还得吃药。

〔白薇去拿水和药。

白　薇　奶奶，吃药。

冯素素　（吃药）真是我的好孙女！

白　薇　奶奶，您歇会儿吧，薇薇给您表演个节目，上午我们班新学的歌！

冯素素 奶奶就爱听薇薇唱歌。

〔响起音乐伴奏。

白　薇 我是炉子上的小茶壶，
小脸蛋熏得黑乎乎，
可我依然很幸福。
咕嘟咕嘟呼噜呼噜，
生活的歌谣唱得满足。

冯素素 （鼓掌）这唱得就跟百灵鸟一样。

〔白薇开心地跳起来，门铃响。

冯素素 这点儿会是谁啊？奶奶先去看看。

白　薇 （害怕）奶奶……

冯素素 薇薇你怎么害怕了？

白　薇 我爸前几天给我打电话，说……

冯素素 说什么？

白　薇 说不让我再来找奶奶玩了，门外不会是我爸爸吧。

冯素素 哦，薇薇，那你先去书房玩会儿。

白　薇 嗯。

〔白薇躲进书房，冯素素开门，白路、白鸽上。

冯素素 是你们俩呀，今天一起回来了。

白　路 冯姨好！

白　鸽 （不情愿）冯姨好！

白　薇 呀，是爸爸和姑姑！（捂嘴）

冯素素 难得啊，你们俩到我这儿来，快进来坐。

白　路 嗯，嘿嘿，冯姨您最近身体还好吗？

冯素素 还成，就是腰椎那老毛病时不时不舒服。

白　路 那您还得多休息啊！

冯素素 无大碍。

白　鸽　冯阿姨，上次我见您时有点冲动，对不起，您别在意。

冯素素　没事儿，我不往心里去，你们在我眼里就是孩子。你们先坐着，我给你俩切点水果。

白　路　冯阿姨您别忙活了。我和妹妹来，有些事想和您说。

冯素素　那也坐下来，可以慢慢跟我说。

白　路　（支吾）嗯……

白　鸽　冯阿姨，我就和您直说了吧。

（唱）老爹辛苦常在外，
地位不高无钱财。
您家在外有买卖，
偏爱我爹意难猜。

冯素素　（唱）老来身体不痛快，
重物冷水不得挨。
感激你爹多担待，
劳烦他把我家来。

白　鸽　（唱）感激分明不是爱，
空长年纪不明白。
怎能把那天地拜，
糊里糊涂共一宅。

冯素素　白鸽啊，怪我没和你说清楚。

（唱）我对你爹深敬重，
两厢皆愿情谊浓。
闲来齐把茶碗捧，
细品人间春秋冬。

白　鸽　冯阿姨，我听懂您的意思了。但您身体不好，我爸没少照顾您，他很累。您并不能带给我爸幸福！

冯素素　我……

白　路　冯姨，请您多理解白鸽和我。

（唱）白家子女皆孝顺，

挂念父母知感恩。

惟愿父亲把心称，

还能不拖他脚跟。

冯素素 （唱）白家子你莫要欺人太甚，

掩面目装什么儿女情深。

我请你扪心自问，

真没把那二心存？

白　路 （磕巴）没，没啊。

冯素素 是不是因那宝碗啊？

白　路 （磕巴）不，不是。

白　鸽 冯阿姨，您不要把人想到钱眼里。

（唱）你那算盘我看透，

怎能遂了你计谋。

请你另把良缘凑，

雀巢岂容来斑鸠。

冯素素 你俩这般反对，我也不想你们父子结怨父女远离，我不嫁也就罢了。

〔白薇一惊，弄掉了桌子上的花瓶。

白　鸽 谁在里面？

冯素素 没人，准是风吹倒了花瓶。

白　路 风吹不碎花瓶呀，里面肯定有人。

冯素素 真没人。

〔白鸽起身欲看，冯素素挡。

白　鸽 明明有人，为啥不能看？难道是见不得人的？

（唱）忽然听得一声响，

难道屋内有人藏。

起身欲看她来挡，

恐怕还不比强梁。

（白）哥哥，我们走！

白　路　好！

〔两人同下。

〔冯素素暗自难过，白薇从里屋出来。

冯素素　（唱）我与他白大哥情分依旧，

谁料到他子女害我蒙羞。

白路不念女年幼，

白鸽不为父担忧。

白大哥，

虽说你我情分厚，

想来我无福与你结鸾俦。

白　薇　奶奶，您别伤心，爸爸和姑姑不是坏人，回头我劝劝他们！奶奶，广场上的小花园里新种了好多丁香，咱们去散散心吧！

冯素素　好薇薇，奶奶跟你去。

〔两人同下。

〔幕落。

第六场

〔幕启。

〔上午。

〔白华家。

〔冯素素和白华坐在沙发上。

冯素素　老白啊，孩子们考虑的也有道理，我这样的身体，只能成为你的包袱。

白　华　正因为你身体不好，我才要把你娶进来，以后更方便照顾你。

〔门铃响，白华开门。白路、白鸽进。

白　鸽　爸，我们回来给您过中秋。

白　路　爸，我和白鸽上次是着急了才说不回来的，您别当真。

白　华　你们回来得正好，我上次要告诉你们的事情还没说完。

白　鸽　（小声对白路）冯阿姨也在。

白　华　我这次正式告诉你们俩，我呀，这次非要娶你们冯阿姨进咱家。冯阿姨身体不好，往后住一起，我更方便照顾她。

白　鸽　爸，您糊涂，您觉得她心里只装了您一个人吗？

白　华　你在说什么？

白　路　爸，您别生气，我们去冯阿姨家时，她家好像还藏着别人。

白　华　你们俩还瞒着我去威胁冯阿姨了？你们……

白　路　我们是为了您。

白　华　为了我？为了那宝贝碗吧，怕宝贝落到你冯姨手里去。

白　鸽　爸，我们是中秋节特意要来看您。

白　路　您非要娶冯姨可以，但这传家宝您还是写个遗嘱做公证吧，承诺它归我和白鸽。

白　华　（震惊无比）你们竟然逼迫写遗嘱？你们两个，长大怎么全变了味儿？

〔大家都默不作声，白华拿起柜子上的照片，出神地看着孩子们小时候的照片。

白　华　（悲痛）你们小时候，是多么可爱啊！

（唱）亲生儿子不愿打，
小时也是乖娃娃。
十八离家闯天下，
临走我把眼泪擦。
远行他乡我牵挂，
唯恐外人欺负他。
如今我儿终长大，
盼得他能常回家。
亲生女舍不得骂，

只愿天天把她夸。
捧在手上怕掉下，
含在嘴里恐她化。
如今女儿也长大，
亭亭玉立年芳华。
不知哪天会出嫁，
托梦带给好人家。
一晃过去二十年，
我是当爹又当妈。
儿媳私奔独自去，
撇下白薇一个小娃娃。
女儿她挑挑剔剔不愿嫁，
独自养个小哈巴。
我孤零零终于碰着一个她，
半百鸳鸯遭棒打，
学妇人委委屈屈泪珠洒，
只盼着雨过天晴一刹那。

〔白薇背着书包进门，被眼前的场景吓坏。

白　薇　爸爸、姑姑？

白　华　小鸽子？

白　薇　爷爷，我是薇薇呀。

白　华　真想你姑姑啊。

白　薇　爷爷，老话说，侄女像姑。

白　华　你也像你爸小时候。

白　薇　爷爷，我当然像爸爸了，您怎么了？

白　华　唉……

（唱）辛苦操劳二十载，
苦头吃尽甘不来。
上天不将我偏爱，

教我将养两个眼儿白。

冯素素 你们俩伤透父亲心，认钱不顾亲！那一日我房里躲藏的是薇薇，白路你一直在怀疑？

白　路 冯姨，我就这么一说……

白　鸽 这是我们家的事，冯阿姨您就是进了我家的门，也不是我白家的人！

白　华 （唱）兄妹俩巧言善辩，

我心里更觉是乱麻成团。

把宝贝细细端看，

都是你，惹麻烦。

宝碗，宝碗，

不过是盛着那一日三餐。

却为何不安于涟漪泛泛，

硬是要我家里狂起波澜。

儿女把我来责难，

叫我手发颤，后背寒。

似是来生做牛马，

儿女债，也难还。

我一家好端端被你拆散，

怎能不痛煞心肝。

隐患若是源头断，

哪里还怕惹祸端。

老夫我纵使是罪责万千，

也叫你粉身碎骨化灰烟。

〔白华摔碗。

白　路 爸？！

白　鸽 爸，您……

〔白华起身欲走，却扶着头要晕倒。

〔大家急忙把白华扶起来，扶着他坐到沙发上。

冯素素　白大哥，快喝口水，别跟自己孩子真生气。

白　鸽　爸，您好些了吗？

白　路　爸，要不要去医院看看？（抓住白华的胳膊）

〔白华把胳膊抽走，不理睬两兄妹。

白　鸽　哥，都怪你，提遗嘱，把爸爸弄着急了！爸真要是有个三长两短，我跟你拼命！

白　路　白鸽，你拼命惹爸生气，不愿冯姨进家门，你对冯姨和咱爸说话都忒刻薄了！

白　鸽　你还好意思说我。

（唱）你为财鬼迷心窍，
暗地里把我拨撩。
没头脑竟做了那出头炮，
我劝你莫再作样把装乔。

白　路　（唱）你打着父亲旗号，
不准他结婚逍遥。
空口说全为他好，
却不把冯姨轻饶。

冯素素　（唱）歇一歇，莫吵闹，
滚油往那火上浇。
金钱到底多重要，
叫人甘把亲情抛。
瞧你们把欲望藏在眼角，
逼人走上独木桥。

白　薇　爸爸，您先听我说！

（唱）女儿夏有阴凉避，
冬有暖炉与丰衣。
这些东西已足矣，
我只愿一家不分离。

〔白薇抱住姑姑。

白　薇　姑姑，您也听我说！

（唱）姑姑终要嫁人去，
爷爷孤单无处栖。
冯奶奶不将爷爷嫌弃，
常常关心他苦疾。
免得姑姑心常系，
不在身边干着急。

白　路　薇薇，爸爸确实是不对啊。

白　路（唱）小小女儿把我怨，
教我心里愧又惭。

白　鸽（唱）惹家人伤感，
恨自己不堪。
只怕是父女就此断，
事到如今无转圜。

〔白薇打开柜子，捧钧釉碗来到二人跟前。

白　鸽　薇薇，你手里的这个碗是哪儿来的？

白　薇　是我偷偷换的。我在超市里看到和这个一模一样的碗，我想知道这个碗为什么神奇，你们总为它吵架，就买了超市的碗和它换了一下，我想好好看看它，还没来得及放回去……

白　路　哎呀白鸽你看，一模一样！

白　鸽　一模一样，就是那只碗，还没有碎。

白　路　哎呀，闺女啊，你可立了大功了！

白　鸽　这太好了！

白　薇　爷爷，您看，真碗在这儿，被我换了。

冯素素　那碎碗……

白　薇　那是我从超市买的碗，我就想看一下这个碗有多宝贝，我不是打算偷的……

白　华　既然如此，我就成全你们兄妹，你们把碗拿走吧。

白　路　爸，碗是您的！

白　鸽　我们不要这个碗！

白　华　白路，你虽然离家早，我管得少，但薇薇是我带大的，也对得住你。

白　路　爸，我这次也确实是大错特错。

（唱）看到您摔碗离去，
方知晓自己竟苦苦相逼。
钱财固然有意义，
又怎能和亲情敌。
财迷心窍一时起，
父亲幸福排第一。

白　鸽　（唱）莫把此恨常相记，
都怪女儿太自私。
怕父亲被夺走不愿失去，
恐慌中竟然把那狼皮披。
（白）爸，我们都知错了！您最重要！

白　路　爸，别再生我们气了。

白　鸽　爸，原谅我们吧，求您了！

冯素素　白大哥，既然孩子们知道错了，你就别往心里去了。

白　华　唉，

（唱）骨肉缘怎能终了，
至亲情天地难消。
除非是日月颠倒，
除非是海水断潮。
（白）爸爸和你们没有隔夜仇，这只碗是家传的，我跟你冯姨早就商量着留给你们俩。

白　鸽　爸，我们不要了！

白　路　冯姨，我自己一时钱迷心窍，请您原谅。

白　鸽　冯姨，我挺任性过分的，您不原谅我，也是我活该。

冯素素 傻孩子，我从没真生过气。我知道你们辛苦在外不容易，也明白你们心里把老父惦记。只是希望你们也记得呀——

（唱）虽说没钱心事乱，
然而有财亦心烦。
人活世上多恩怨，
为钱仇恨千百年。
要我说，
认真工作好好干，
金银元宝不负咱。
一块块地攒呀，
有粮供三餐。
一把把地赚哪，
有衣暖冬寒。

白　路 冯姨，我懂了，谢谢您！

白　鸽 冯阿姨，谢谢您！

白　路 爸、冯姨，今天是中秋节，咱们一家人啊，好好庆祝一下！

白　鸽 好主意，我去买些饮料！

白　华 慢着，得问问你们冯阿姨愿不愿意。

白　路 冯姨，您愿意咱们一家人吃个饭吗？

白　鸽 冯阿姨，您愿意吗？

冯素素 我愿意！

白　路 好，就这么愉快地决定了！

白　鸽 我去饭店订房间！

白　路 我去买瓶好酒！

白　薇 爸爸，我也跟你去，我去买月饼！

白　路 走，我们一起去。

〔白路、白鸽、白薇下。

白　华 （唱）人生就像炸油条，
却非尽是苦煎熬。

别等它炸焦，
趁着金黄把它捞。
娶了老伴夙愿了，
琴瑟和鸣乐陶陶。
执子之手共携老，
夫妻恩爱路一条。
从此我无需忐忑魂出窍，
一家团圆乐逍遥。

冯素素 （唱）人活世上多纷扰，
也有甜美好歌谣。
还需多欢笑，
莫让人生空寂寥。
我与你，
连理枝桠相缠绕，
患难与共真情牢，
从此后相濡以沫暮与朝，
夫妻恩爱路一条。

〔两人的手握在了一起。

〔剧终〕

贞丽别传

编　剧：何美羲（戏文系 2012 级）

《贞丽别传》剧本阐述

谈起《桃花扇》这一传奇剧，“美人之血痕”“扇面之桃花”便犹若历历在目。承载誓言的一把折扇，情意绵长的一段故事，总有叹不完的离愁别恨，总有说不尽的风流婉转，只是该剧中“情”之一字，后人读来的顺延情思似已超出了剧中原本的描摹刻画。诚然南朝兴亡系之桃花扇底，孔尚任“借离别之情，写兴亡之感”的表意亦清晰明了，但细细读来，着眼朝变、点染家国的宏大叙事中，侯方域与李香君爱情故事这一主线上的人物刻画与情感表达未免显得过于大而化之，仿佛通畅的叙事走向与流转的人事纠葛都为服务于记载历史变迁这一宏大主题而存在，不免显得兴亡慨叹甚澎湃，爱恨离愁略潦草。

观及近些年对于该剧中侯、李爱情故事的整理改编剧本与折子戏形式的舞台演绎，大都在弱化故事大背景的基础上深入刻画了其中爱情主线上男女主人公的悲欢离合，以情为主单独截取了侯、李的一段动人情事。虽然家国变迁的大背景仍是人物情感发展转折的动因，但更多的是将其作为故事发展中的环境因素来对待，如此一来，人物与情感部分得以雕琢和突出的创作便显得尤为动人。

因心存对《桃花扇》这一传奇剧家国大义浩荡却人情心愿简薄的遗憾，不由生发出想要对其中重点人物情感故事进行细化整理改编的愿望；观及近年对于侯、李爱情故事予以重点描摹的剧本，亦更广泛地发现了剧中各色人物所携的闪光点。诚然李香君碎首淋漓不肯辱于权奸的坚贞有志令人唏嘘，但剧中激生观者万般慨叹的并不独她一人。或许正因侯、李爱情在后人的加补创作中已是写无可写的详尽，这才使我发现了另一人物李贞丽的“众生之态”。

李贞丽，字淡如，明末秦淮名妓，仗义豪爽，和复社文人来往，尤与明末四公子之一的陈贞慧最是要好。她是李香君的假母，年长香君九岁，对其视如己出，且她作为侯李爱情的见证者与保护者，地位十分重要。当马世英听信谗言逼李香君嫁与田仰之时，在李香君守节不从、撞头晕厥之际，李贞丽情急之下代替香君出嫁，并于成亲当晚被田仰的悍妒正妻拉出洞房打至半死，田仰惧怕正妻故而忍气吞声，后将李贞丽赏与一老兵为妻。半年多后李贞丽随老兵在江上送信，泊舟江边时救助了落水的琴师苏昆生，故人相逢一番倾谈后两相离去，至此李贞丽的故事便再无后话。

李贞丽在《桃花扇》中的出场次数并不多，所占戏份也很少，短短的几处描摹无法向观者呈现出这一人物的细致形象与情感状态，一笔带过的叙写方式亦难以令人在目及人物群像的同时对其留下深刻印象。但正是这样一个平淡的小人物，却也恰恰携带着凡俗中人的本真之态。李贞丽与李香君一样同为秦淮歌妓，纵情声色、游离觥筹，是烟柳地身不由己的代表。身为鸨母她有着自己的周旋和顾虑，又对女儿香君有着疼惜怜爱，她虽与复社文人来往，却不似香君一般节烈倔强。她没有香君一般的极致性情，却有情有怨、有盘算有妥协、有风光有无奈，这样的一个人物，虽没有轰轰烈烈，却是一众如她一般在乱世中身不由己、不知前路的小人物的代表形态。历史的浪涛汹涌向前，不是每个人都能跃身风口浪尖之上为人知晓、铭记，但如李贞丽一般的小人物却也是浪涛中不可或缺的一员，虽然默默无闻，却具备动人的真实感。这样的真实感是如璞玉一般有内在光彩的，我希望能在叙写小人物生命故事的同时发掘到他们身上的这种光彩。而《桃花扇》中《逢舟》一节对李贞丽的最后一处描写，更是赋予了我对细化塑造这一人物形象及延展其后续故事的愿望与动力。

“悠悠萍水一番亲，旧恨新愁几句论”，黄河水岸烟波浩渺中故人相逢，各自遭遇一言难尽，纷纷愁绪欲说还休，乱世里匆匆一面即要别离，战火中三言两语犹暖心头。这样的一种情境里，李贞丽逢故友，从前事顷刻在眼前，遭遇惨一时满心间，多少话到嘴边不过是问候故人、往事看淡，之后江中一别乘船远去，前路两分各赴，一叶扁舟诚如自身，在大河中悠悠远去不知归路了。这样的相逢本具备一种开阔的意境，而李贞丽在面对急转直下的命运遭逢后能够同故人平淡谈起往事的心境，亦是值得敬佩和思忖的。看淡往事，无过缘于跟随命运向前随遇而安或力求活在当下，而这两者却又都不足够契合李贞丽的人物心境。她是最不懂得拒绝外物施压的柔弱女人，她有着秦淮歌妓依顺听从的行为特征，她嫁入官家存着担忧、带着期许、含着怯懦，又怀着能够得以安身、得到怜惜的愿望。乱世中种种变故的突如其来，都可能带给这个女人致命的伤害，但末了她只是淡淡笑着为送信的丈夫拭去额头的汗水，这将会有怎样的一种震撼。

《桃花扇》的整体故事结构很完整，《贞丽别传》便借用该故事背景为蓝本，以歌妓李贞丽为主角，于此处勾出一笔，将其这一身在乱世的歌妓之挣扎着意刻画。本剧主要讲述了其处于更朝之年、政变之地、强权之下、烟花之中的一段身世流转之遭逢，但求见得特殊人物在大环境之中受处境影响之态与小人物在生活挣扎中的真实状态及情感流转。侯李爱情的坚贞相守虽则可歌可叹，却也只是人生遭逢的百味一种，爱情的美好是世人的期许，但爱情的残酷也是人世的现实。同为歌妓，李香君与李贞丽的爱情有着截然不同的经过和结局，是远隔山水情牵一线的至死不渝震慑人心？还是千帆阅尽心如静水的细较柴米更为动人？答案取决于观者的内心感受。《桃花扇》及其后相关文本对于侯李爱情故事的呈现已让观者领略了前者的大起大落，我愿借《贞丽别传》试写出后者平凡人生的一段遭逢，完善同是繁华寥落皆有之的另一段凡俗故事。且这段故事所着意刻画的小人物不仅李贞丽一人，凡夫俗子莫不挣扎于俗世生活，各人都活在各人的无奈和执着之中。其中田仰对嫡妻的畏惧、田白氏的狭隘悍妒、侍婢的尖刻、老兵的憨耿……都是平凡人性的真实描摹，不同的性格特征与行为方式亦影射着人性百态。盲目的笃定与世情的反复相抗无果，利己的私欲与共患难的果毅相形见绌，种种人性的呈现与对比，都在拷问着人心历久的真实答案。以此为着眼点为本剧注入老戏翻新的新血液，或可为整理改编传统剧目的这一创作过程添注新意，亦可使观者在故事进展中探寻属于自己的答案。

在立意于此的基础上，《贞丽别传》的故事开端与收尾皆取材于《桃花扇》原剧对于李贞丽的相关描写。故事以李香君守楼拒嫁的情节为开端，在盛势权贵与孤寡歌妓相对峙的极端情境下展开，并由此作为李贞丽被迫代嫁的起因，引出其后的一系列故事发展。末了以经年后李贞丽与老兵江中送信时又逢旧友为结尾，但由其旧好杨龙友代换了原剧中琴师苏昆生的人物设定，以更好地映照开端部分杨龙友与李贞丽的约定并增强这对故人的亲密程度进而更见沧海桑田后的反差。而本剧中李贞丽嫁入田府后的一系列故事承接与转折则在不偏离原剧走向的基础上以改编为主，将人物命运的发展与祸乱中人性的彰显并线贯穿，主要讲述了她身在田府的一段遭逢。但本剧改编过程中亦参照了部分京剧与昆曲的传统剧目并借鉴了一些影视剧中家庭故事的发展脉络，如京剧《锁麟囊》的《归宁》一折、《凤还巢》的《避难》一折、《琵琶记》的《乞丐寻夫》一折，昆曲《玉簪记》的《追别》一折，以及电影《大红灯笼高高挂》，电视剧《大宅门》等。

此外，在剧情大方向顺应《桃花扇》原著故事走向的基础上，本剧中虚构了部分小人物，如尖刻的婢女、携手逃难的仆婢、风趣的艄公。这些人物在故事发展的起承转合中润色添彩，平衡了剧本结构、丰富了人物层次、疏导了剧情节奏并对比反衬了主人公的部分行为方式与心理状态，使得以小人物为主角的大故事更富有趣味与真实感，可算是“翻阅风流旧案，看足南朝古江山”。

如此在《桃花扇》中寥寥带过的李贞丽其人原有故事的基础上，在以李贞丽原型作为刻画依据的前提下，我努力完成了《贞丽别传》这一新编传奇剧，即是似其人、如其事的历史题材剧目。以求在描绘李贞丽具有代表性的女性命运遭逢与人物性格转变的这一过程中，带给观者通感的真实与意境美，进以寻求古今共振的频率。

与同类型题材剧作对比来看，中国戏曲中不乏以妓女为主角的作品，如《赵盼儿风月救风尘》《卖油郎独占花魁》《杜十娘怒沉百宝箱》等。但这类作品大都将故事发展引向或悲或喜的传统结局，而《贞丽别传》则在故事发展脉络清晰的基础上留下了一个相对有反差性并具开放性的结尾，更突出地对比了人物境遇流转的变化并为观者留足了思考空间，以求言有尽而意无穷。且这类作品大都以女主人公个人意识觉醒为主题，尤以妓女这一特殊身份反应人性中的挣扎，女主角或是赵盼儿一般的机智聪慧，或是杜十娘一般的直爽泼辣，女性在剧中都被赋予了典型化与类型化的特征。《贞娘别传》则着意叙写了一位更具众生相的平凡妓女的人生遭遇，并非以歌颂或赞美为主题，而旨在表现出人物更为真实的人生处境与性情转变，以见小人物真实的生活状态与顺应命运之后的心境剖白及感悟，这也更契合当今观剧的审美需求。

人的性格、性情是在不断地选择中逐渐形成的，而情境则是人物具体行动的催化剂与推动力。《贞丽别传》结合家事国变具体设置了五个情境，将故事发展的起承转合贯连其中，讲述了如下的一段传奇：明末时期，福王受拥立，复社文人倒台，受过复社中人侯方域与其相好李香君羞辱的拥立之人阮大铖为雪旧恨，借官家势力逼迫李香君嫁与漕抚田仰，香君守节不从，故事便由此开始。是夜逼嫁的车队已到李宅楼下，杨龙友因与李香君之母李贞丽两相厚密，特来劝护于贞丽，不料香君撞头晕厥，情急之下只好由贞丽代为出嫁。李贞丽入田府后颇得田仰宠爱，无奈田仰正妻田白氏悍妒，且田仰亦因乱世避难依附岳丈家的财势故而惧怕田白氏，田白氏设计诬陷李贞丽偷盗并惩戒禁足，贞丽受尽嘲辱。不料为打通军中关窍田、白二人后又假意博得贞丽好感以令贞丽为其卖命，谁料贞丽未及入得大营军中便生兵变，她拼死回府却又惨遭田仰与田白氏的抛弃，并将其指婚于一瘸腿老兵，李贞丽几经作践近乎断肠。多年后李贞丽与老兵江中送信偶逢杨龙友，一番诉说回想纷繁旧事只觉更珍惜眼下与老兵的平淡生活，后两人相别，江水浩渺中旧事尽逝于风波。

剧作法是创作过程中不可或缺的理论根基，根基稳固才能促生出更好的戏剧作品。在按照上文所述的故事脉络创作剧本的过程中，我亦将部分剧作法理论付诸了实践运用，以下做几点陈述。

“突转”是指剧情突然向相反的方向发展，而其必须是关系到事情发展方向的重要转折，也必须是骤然的逆转。在本剧中，开篇便渲染出了中堂大人逼嫁李香君的事态紧急，官府衙役在楼下声声要人，李贞丽干着急不知所以。未想经由杨龙友的出谋劝说，整件事情的重心便瞬时转移到了李贞丽身上，代嫁田府这一匆忙之举顷刻间改变了李贞丽的人生际遇与前途命运。而在第四场中，田仰与田白氏在劝说李贞丽入军营做内应后，却突然发生了兵变，将军被杀的突发事件顷刻间破灭了田家的如意算盘，也彻底改变了河南驻军抗击清兵的战事发展走向，一时敌军南下，国破家变纷至到来。

“没有冲突就没有戏剧”是戏曲剧本写作教程中极醒目的一句话，戏曲冲突在作品中的表现方式是多种多样的，最为常见的是人与人的冲突；其次是人物的内心冲突，即自我矛盾冲突；以及人与社会环境或自然的冲突。这三种不同的冲突表现方式在本剧中都有运用。李贞丽嫁入田府后受田仰宠爱与不容他人的悍妒正妻产生了冲突，这条冲突线索贯穿了高潮的三场戏，是人与人冲突的主要表现。李贞丽在受到田白氏的诬陷后既心存对田仰的爱慕又伤怀悲愤于遭受诬陷，而后田仰与田白氏求其帮忙的做法更是令她在信与不信间徘徊，最后田仰夫妻二人意欲弃她而去的言辞举动更是使她对人情冷暖产生了深切质疑并最终情绪爆发，种种情绪变化都是李贞丽这一人物内心冲突的外化体现。李贞丽身为秦淮歌妓，却因与复社文人交好而徒遭逼迫、生出变故，嫁入田府后又因歌妓的本来身份与市井传统观念相背而遭人白眼，加之战火动乱中其惨遭利用与抛弃，后孤身一人挣扎其中的处境，这些皆是人物与社会环境存有矛盾的体现。

“对比”是艺术创作中不可或缺的基本手法，戏曲中的对比较为经常地体现在不同人物性格、不同场次、不同场面、不同情节之中。本剧开场时李贞丽尚赋有秦淮烟花之人细较得失、重视金钱的歌妓本色，杨龙友劝说其代香君嫁人之时她反复度量的是得失利弊，细细问询的是财礼多少。而在本剧尾声处，当李贞丽历经变故、傍身老兵之时，看淡金银、安享布衣生活的她在面对杨龙友重提奉与其旧时财礼的那一刻，早已是风轻云淡的模样。通过前后两个情节的对比与人物前后性格变化的对比，不难令观者慨叹沧海桑田的力量。在第四场遭遇国难家变的危急情况下，仆人与婢女携手出逃、相许相伴的果敢坚定，与田家面对祸患抛弃李贞丽的无情凉薄正是鲜明对比。“大难来时林鸟共飞”与“同林鸟遇难各纷飞”的不同慨叹，更是在同一场次中突出对比了人性与人情的深浅浓淡，亦通过反衬加深了田家抛弃李贞丽之举对观者的情感冲击。

综上便是我对此次毕业大戏创作的全部阐述，虽然语有冗赘、言存疏漏，但已较为完整地分析了我进行此次创作的动机与构思，亦生发出了一些自己于创作过程中所得的思考与感悟。在完成大学期间这最后一次戏曲剧本创作的过程中，师友的督促与提点都带给我许多收获，虽然作品尚有不足与进取之处，但探讨构思与友、受教得益于师实是不可多得的珍贵。“桃花流水杳然去，别有天地在人间”，自《桃花扇》枝蔓而出的一段故事虽已在此完结，毕业大戏的完成却为我今后的创作开启了新的天地。事已善，器仍待利，好在天长日久，愿国戏学子竞出好戏。

2012级戏文系　何美羲

指导教师　王　强

时　间：南明时期

地　点：长江中下游地域

人物表：

李贞丽（旦）——青楼名妓，女主角。

杨龙友（净）——罢职闲居的县令，拥立福王后又受官职。

田　仰（老生）——官居漕抚，依附马世英。

田白氏（旦）——田仰正妻。

老　兵（老生）——信差，李贞丽后被指婚之人。

艄　公（丑）——杨龙友的仆从。

驿站官（丑）——掌管书信。

婢　女（旦）

仆　人（小生）

众歌妓（旦）

众衙役（小生）

第一场

〔幕起。

〔铮弦丝竹声由小渐大。

〔灯启。

〔秦淮河畔。台前有流水，台中是楼阁。

〔两队歌妓边唱边由楼阁两侧分上，做舞。

众歌妓 （唱）鸾笙凤管呖，
银筝红板啼。
含烟胧月秦淮地，
婵娟弄影无穷期。
暖厢阙五更杯酒觥筹里，
谁记那江带寒潮坏殿基。

〔杨龙友着官服从前场上，与众歌妓遭遇。

〔众歌妓招手呼唤。

众歌妓 杨老爷唉，可是听新曲儿来哉？

〔杨龙友摇头摆手，疾步前走。

杨龙友 哪里顾得上听些个什么，这厢事急，且顾不上了啊！

〔杨龙友在前场走。

〔众歌妓后场做舞。

众歌妓 （唱）啭一声水软山温歌又起，
直叫那烦愁尽解方罢席。

〔众歌妓嬉笑前走。

歌妓甲 龙友老爷拥立福王，功加一等，如今锦冠华衣，愈发忙碌了哇！

〔众歌妓一阵嬉笑。

〔杨龙友停步喘息，笑指楼阁。

杨龙友 莫做玩笑!

歌妓乙 老爷这般匆忙，必寻贞娘去的，你二人虽厚密，却莫冷落了咱们姐妹呀!

〔众歌妓又一阵嬉笑。

〔杨龙友笑着摇头。

杨龙友 顽皮小娘，此番事毕，必要寻着紧你的皮了哇!

歌妓丙 只怕杨老不登门来!

〔众歌妓嬉笑着走下。

〔筝弦丝竹声渐止。

〔杨龙友两手一拍。

杨龙友 啊呀，不可误了正事! 快些走去。

〔衙役们抬轿、抬衣服箱笼、持灯笼暗上。

〔杨龙友行路。

衙役甲 我等奉老爷马中堂之命，硬娶香君，只这耽搁半日，还无动静，不免再催促些。

〔众衙役回首向楼阁，几人敲击箱笼。

众衙役 夜已深了! 快些下楼上轿! 还要赶到船上去哩!

〔楼阁上李贞丽闻声上。

李贞丽 这可怎生是好!

〔杨龙友走至众衙役面前。

杨龙友 莫做叫喊!

〔众衙役打拱手。

衙役甲 杨姑老爷怎也来了?

杨龙友 马老怕你等昏虫们办事欠妥，才差我来请的。

衙役甲 是了。李家母女半晌未动，她两个又一般年纪，我等分个不清，强拉只怕错了人去。现有杨姑老爷来请，她自然得出啊。

〔杨龙友整衣扶帽。

杨龙友 财礼送上不曾？

〔衙役递上装财礼的银钱包裹。

〔杨龙友接过揣入怀中。

杨龙友 你等暂候此处。

〔众衙役打拱手，退至暗处。

〔杨龙友叩门。

杨龙友 快开门来。

〔李贞丽慌张走下楼。

李贞丽 孩儿换装，官家莫急。

杨龙友 是我龙友。贞娘，快开门罢！

〔李贞丽前走开门，后急急闭门。

杨龙友 怎得怕得这般？

〔两人上楼进内堂。

〔堂内一桌二椅，朱红嫁衣摆于桌上。

李贞丽 灯笼火把，人夫轿马，这样大的阵势，怎生不怕？

〔杨龙友笑扶李贞丽肩膀。

杨龙友 莫怕莫怕，我来护你。

〔李贞丽娇嗔推开杨龙友。

李贞丽 啐！火烧眉毛，怎得玩笑。（近前问）只不知这闹得哪般，中堂大人何故强来要人？

〔杨龙友看向李贞丽。

杨龙友 我这急急赶来，便为此事。（摇头）今番只待香君嫁了。

〔李贞丽皱眉走近杨龙友。

李贞丽 听杨老的语气，倒似另有文章？

〔杨龙友摆袖。

杨龙友 中堂与那漕抚田仰，同乡至戚，赠个佳人捧玉杯呀。

李贞丽 田家亲事，久已回断，如何惊着中堂，又来纠缠？

〔杨龙友叹气落座。

杨龙友 那阮大铖煽的风呀！香君是那复社文人旧好，前时又拒收财礼折尽他颜面，如今复社势去，新仇旧恨共算，才哄着中堂差人逼嫁呀！

〔李贞丽惊。

李贞丽 我等花柳之人，竟遇这样仇怨。（拉了拉杨龙友的衣袖）可曾还有回转之地？

〔杨龙友叠手。

杨龙友 中堂赠礼漕抚，你有多大本事，能敌他两家的势力？

〔李贞丽回头望望楼阁后方，掩面欲泣。

杨龙友 怎的哭了？哎呀贞娘。（扶李贞丽坐下）依我说来，三百财礼做聘，不算吃亏；嫁与漕抚为妾，不算失所。香君安身有处，你也安心不是？

〔李贞丽泣泪。

李贞丽 香君一心念着那侯方域，立志守节。得知逼嫁，以头撞桌血溅满地，方躺下还未苏醒哩。你说，这还如何嫁得？

〔杨龙友抚须感叹。

杨龙友 呵呀！竟是这般气性！

〔众衙役楼下一阵敲打。

〔李贞丽惊而站起。

众衙役 夜已三更，再不打发上轿，我等便要上楼拿人！

〔杨龙友前走向楼下。

杨龙友 管家略等一等，她母子难分舍，其实可怜！

〔李贞丽拭泪上前。

李贞丽 孩儿碰坏，外头声声要人，这怎么处？

〔杨龙友回身，面色凝重。

杨龙友 那中堂的势力，你应知的，此番若羞了他，你母子的性命不要了么？

〔李贞丽惧怕，小步徘徊。

李贞丽 这……这……还求杨老救俺则个。

〔杨龙友抚须踱步。

杨龙友 没奈何哇，权且寻个权宜之法！
李贞丽 怎说？
杨龙友 莫不若这……

〔杨龙友右手握拳捶左手掌心以示定心，站定看李贞丽。

杨龙友 （唱）娼家从良本不易，
嫁与田府吃穿齐。
香君既无好福气，
何妨代她登云梯。

〔李贞丽急摆手转身。

李贞丽 （唱）闻得此语心惊悸，
神怔思恍步难移。
为母怎将女儿替，
若遭指认没脸皮！

杨龙友 （唱）我保香君便是你，
旁人如何敢有疑。

〔楼下一阵敲打。

杨龙友 （向楼下）就来！

〔杨龙友转到李贞丽另一侧。

杨龙友 （唱）箭已在弦势难逆，
此乃良机莫昏迷。

〔李贞丽看定杨龙友，继而背身，面色焦虑。

杨龙友 啊呀贞娘，快些着思虑呀。

李贞丽 （背唱）横遭祸直叫咱回旋无力，
更怜见香君她危在旦夕。
方听得杨老言颇有道理，
今番事或也是天命转机。
香君她苦守节不识大体，
烟花地蒲柳身怎抗威逼。
薄命人栖身地实难寻觅，
莫不若代桃僵或得傍依。

〔李贞丽回走几步，对杨龙友——

李贞丽 （唱）临江花好枝头丽，
一朝雨骤白入泥。
如今春风既有意，
自当随之过江西。

〔杨龙友携手。

杨龙友 贞娘果然明白人也。

李贞丽 果真财礼三百？

〔杨龙友掏出银钱包裹。

杨龙友 一分不差。

〔李贞丽掀开看，继而包好，轻拍包裹。

李贞丽 你可替我收将好了，莫要花费。

杨龙友 放心便是。

〔李贞丽伤感坐下。

李贞丽 这厢香君尚卧病中，一时一霎，叫我怎舍离去。

〔众衙役楼下一阵敲打。

众衙役 再不上轿，便不依了！

〔杨龙友张望继而回身。

杨龙友 贞娘，不舍也无法了，那漕抚立时要乘船北上，嫁衣在此，快些着打扮吧！

〔杨龙友帮李贞丽穿嫁衣。

李贞丽 （唱）三更夜里挽云髻，
催赶声中着嫁衣。
顾不得与姐妹话别挽臂，
更无有亲朋来帮将裙提。

〔杨龙友扶李贞丽下楼。

李贞丽 （唱）下楼方觉寒风起，
灯火满路眼迷离。
侯门再出岂容易，
匆匆此去前路崎。

〔杨龙友开门。

〔众衙役迎上。

衙役甲 好，好，新人出来了啊，快请上轿。

〔李贞丽回身行礼。

李贞丽 别过杨老爷罢。

〔杨龙友拱手。

杨龙友 前途保重，后会有期。

李贞丽 （压低声音）还望杨老照管孩儿。

杨龙友 自然。

〔李贞丽前走，打起轿帘。

李贞丽 （唱）只怕是柳絮随风无根蒂，
却也盼萍寄于斯得怜惜。
罢罢罢，
秦淮女何处不可容双膝？

〔李贞丽进轿，众衙役打灯，抬轿子、箱笼下。

〔筝弦丝竹声起。

〔杨龙友立于门前望轿子离去。

杨龙友 贞丽从良，香君守节，雪了阮大铖之恨，全了马中堂之威。李代桃僵，一举四得，也算周全。只是贞丽此去，唉，个人自有个人福罢。

〔幕后音，歌妓：杨老爷唉，听新曲儿来哉？

〔杨龙友无奈状笑。

杨龙友 秦淮笙歌几时休啊！罢了，慌这一晚，且听一曲去也。

〔杨龙友走下。

杨龙友 来了！

〔暗场。

第二场

〔一束光打在台前。

〔田白氏上。

〔幕后音，唱昆曲之声。

田白氏 呖呖莺声溜的圆！哪个溜得有你圆！（手向后指，继而怒目回身）这贱妾为中堂大人所赠纳入府中，入府月余，日日将些艳曲唱个没完，偏生老爷专宠于她！叫俺这做正房的呀……（欲哭而跺脚转怒）且她行事不亢不卑，欲要加些罪责与她，也难成事。真个气煞俺也！（怒走两步）昨日整理内舍，发现此地乡绅敬贺的财物中，独少了那面琼花镜，想是老爷背我赠与她去了啊。（冷笑一声）哼！既是这般，早已计上心头，待俺借此治她的娇病一治咪。（窃喜偷笑）哈哈，好生快哉！梳洗装扮，抖擞前去！

〔暗场。

〔田白氏暗下。

〔唱昆曲之声渐大。

〔灯启。

〔田府李贞丽卧房，一桌二椅。

〔李贞丽边唱昆曲边上。

李贞丽 迁延。这衷怀哪处言。淹煎。泼残生除问天。

〔李贞丽止步。

李贞丽 啊呀，不觉又是黄昏。今日老爷去查地租，想此时方得回了吧。

〔李贞丽娇羞状搅动手中绢帕。

李贞丽 （唱）日影西斜频四顾，

眼中心内盼我夫。
未想侯门深沉处，
离群孤燕得栖梧。
当日里迫嫁田府无他路，
全未将富贵情爱做贪图。
拼此番转命换运赌一注，
岂料得柳暗花明反获福。

〔李贞丽四走观望。

李贞丽　（唱）望这碧檐朱漆户，
瞧这青瓷翠金炉。
纱幔重重隔寒露，
锦衣件件食饮足。
自入府此身得怜多疼护，
再无用抛头露面奉杯箸。
奴只念老爷情真交心腹，
合将这残生寄此不相辜。

〔李贞丽从袖中抽出琼花镜，对镜整理发髻。

李贞丽　至晚事毕，老爷便过西厢来的。整衣理容，待他来见。（用手摩挲着琼花镜）啊呀，这琼花镜，乃老爷赠我的信物，每日取来对照，便念及这份情意哩。着金镶翠倒是其次，只这心意，（掩面浅笑）实在难得得紧。

〔李贞丽走向椅子坐下，对镜理容。

〔田仰上，走至卧房门前。

田　仰　下官田仰，到任睢州月余，地偏主远，倒也安闲。且近日招得一美妾，色艺俱精，惹人怜爱。今日理事身乏，寻她听上一曲，岂不快哉！

〔田仰向卧房走近两步，又谨慎状回头向身后张望。

田　仰　啊呀，（咂嘴）我那悍妻，想是未见我回府吧。

〔田仰转而带笑敲门。

田　仰　贞娘，来开门呀。

〔李贞丽闻声面露喜色，将琼花镜收进袖中，忙走向门边，欲开门又停顿。

李贞丽　却是哪个？

田　仰　是我。

李贞丽　“我”是哪个？

〔田仰笑着抚须。

田　仰　我乃良辰美景之内、佳人贞丽之夫呀！

〔李贞丽掩嘴笑，继而开门。

〔田仰进屋，笑指李贞丽。

田　仰　越发淘气！不讲些个好话，倒进不得门了。

〔李贞丽行礼，后关门。

李贞丽　老爷劳乏，快快歇坐。

〔李贞丽倒茶。

田　仰　今日实是劳累。

〔田仰落座。

李贞丽　那妾身与老爷敲敲腿吧。

〔李贞丽欲蹲下敲腿，田仰扶起，示意李贞丽落座。

田　仰　免了，放我静坐片刻。

〔李贞丽走向另一把椅子。

李贞丽　怎得疲累至此？

田　仰　原镇守扬通的兵马总司高杰，兵骄将傲，与江南那其余三镇不和，被派此地防河来了。今日应付于他，实在费些精神。

〔李贞丽落座。

李贞丽 在江南时，亦闻高总兵的威名，不料也至此地。

〔田仰抚须摇头。

田　仰 他的脾性，实在骄横了些。（看李贞丽）不过此番有他驻兵，料想此地也可多安稳些时日。这于你我安居，倒是益事。

〔李贞丽腼腆低头。

李贞丽 妾身唯伴老爷安身，便知足了。

〔田仰笑，对贞丽招手。

田　仰 哈哈，来来，纵是此地不得安稳，老夫也难舍你去哇。

〔李贞丽起身走向田仰，两人携手。

田　仰 今日疲乏，却欲听得几折词曲。

李贞丽 这倒容易，只待妾身唱来。

〔李贞丽前走。

田　仰 吊过嗓了不曾？

李贞丽 方才唱过一支，便为练与老爷听哩。

田　仰 便来。

〔李贞丽唱昆曲【好姐姐】一曲。

〔田仰闭目听，边听边以手指叩击桌子为节拍。

〔田白氏携婢女上，婢女手中捧一托盘。

〔唱曲的声音渐弱一些。

〔卧房内灯光略暗，卧房门口灯光高亮。

〔田白氏与婢女走至卧房门口。

田白氏 老爷这一日间不曾着家，方回便栽入这贱妾房中，真真勾了魂去！这般狐媚，俺如何能容得她去。（深吸一口气，对婢女使眼色）莫忘见机行事。

婢　女　是。

田白氏　叩门。

〔婢女前走叩门，叩门声打断李贞丽唱曲。

〔田白氏整理衣裙，露出微笑。

李贞丽　是谁？

〔整场灯光亮度平衡。

婢　女　夫人来了。

〔田仰睁眼瞠目，猛地站起。

田　仰　怎的她会来此？

〔李贞丽收回唱曲身段，前走开门。

李贞丽　夫人。

〔李贞丽行礼。

〔田白氏搀起李贞丽，假意笑对。

田白氏　你我姐妹，莫要这般生分。

〔李贞丽面露吃惊。

李贞丽　是。

〔田仰前走笑迎田白氏。

〔李贞丽背身旁走一步。

李贞丽　（背身）真是奇了。

田　仰　啊呀，夫人来了！

〔田白氏走向田仰，狠狠瞪上一眼，继而微笑行礼。

田白氏　老爷。

〔田仰赶忙扶起。

田　仰　夫人怎的行起礼来？快快歇坐。

〔田白氏甩开田仰的手。

田白氏　不敢！闻得老爷回府，（斜觑田仰一眼）便来问安！

〔婢女关门。

〔田白氏走向座椅。

〔田仰见势跟在田白氏身后，尴尬赔笑。

田　仰　回府匆忙，原想略歇息了，便陪夫人用饭去的。

〔田白氏突然止步回身看定田仰。

〔田仰吓得停步。

田白氏　如此，倒是老爷体恤俺呀！

〔田白氏落座，婢女随走立于其身后。

〔田仰赶忙前走，将自己的茶杯端与田白氏。

田　仰　哈哈，夫人用茶。

〔李贞丽走向田仰，立于身侧。

〔田白氏瞟田仰一眼，接过茶杯。

田白氏　今日公事可还顺当？

〔田仰面向旁侧长舒一口气，落座整衣。

田　仰　也还好吧。

田白氏　可要用饭？

田　仰　不急一时，先在此处歇息片刻。

〔田白氏转换笑脸。

田白氏　啊。眼见妹妹入府月余，将老爷侍奉的周全，俺自觉省心不少呀。

〔李贞丽前走欠身。

李贞丽　妾身不敢。

〔田仰赔笑。

田　仰　贞娘确是细心之人。

〔田白氏重重放下茶杯。

〔田仰赶忙收起笑脸，闭嘴正坐。

〔田白氏挥手招呼李贞丽。

田白氏　迁家于此，连日忙于打理家事，此番前来，便是为与妹妹亲近着些。

李贞丽　夫人有心。

〔田仰略带诧异地看向田白氏。

〔田白氏示意婢女上前，婢女托着托盘前走。

田白氏　这是俺新得的绉纱床帐，遮光隔寒，今日特来赠与妹妹，权作心意。

〔李贞丽行礼，欲接过托盘。

李贞丽　多谢夫人。

〔田白氏假作热情地伸手拦住。

田白氏　欸！妹妹莫做劳烦。（对婢女使眼色）去将这床帐换上吧，利落着些。

婢　女　是。

〔婢女走向内室，下。

〔田白氏转回头笑对李贞丽。

田白氏　即时换上，免了妹妹辛苦。

〔李贞丽望婢女进内室，收回目光。

李贞丽　夫人有心。

〔田仰赔笑。

田　仰　你俩和睦自是好呀！

〔李贞丽退至一旁。

田白氏 老爷，妹妹孤身来此，整日待在府里，不免寂寞。俺想着不若送些玩意儿与妹妹，也好寻些乐趣。

〔田仰望望李贞丽，继而抚须点头。

田　仰 夫人说得有理。可是已有主意了啊？

〔田白氏面露喜色，低头压抑情绪继而抬头。

〔李贞丽搅动绢帕。

田白氏 寻常玩意儿妹妹自是腻了的。俺记得那日敬贺的礼中，有一面琼花镜忒有光彩，对照赏玩，亦可做耍。不若将它赏与妹妹，妹妹自当合意。（转头看田仰的反应）老爷，意下如何？

〔李贞丽停下手，怔住前视。

〔田仰面露尴尬，眼觑李贞丽，又望望田白氏。

田　仰 啊，我怎么不记得内舍存有此物？这，夫人怕是记错了吧。

田白氏 断断不会，此镜异常打眼，怎会记错？

〔田仰转了转眼睛。

田　仰 莫不是在他处见得？

田白氏 老爷不知，今番赴任牵家至此，俺恐那些贵价之物遗失，尽录账中。方才正是查看名册，才想出与老爷商量，将此物赠与妹妹呀！

〔田白氏打量田仰的神色。

〔田仰咽口水。

田　仰 这，啊呀，区区一面镜子，何趣之有？内舍尽些奇物，不若叫贞娘自行选些吧。

田白氏 女儿家的心思，老爷却不晓得。平常玩意，玩些时日腻味便要丢开。对镜理容，日日赏玩，更称心些！

田　仰 左右还是一面镜子！

田白氏 此镜镶翠着金，好不华丽。妹妹见了，定会欢心。（转头唤婢女）侍儿快来！

〔田仰伸手欲拉田白氏的衣袖做阻拦。

〔李贞丽见此走前打圆场。

李贞丽 夫人，此物这般贵重，妾身领不得的。

〔田白氏不予理会。

〔婢女从内屋急走上。

田白氏 去内舍将那紫缎锦盒中的琼花镜取来。

婢　女 是。

〔婢女走向门口。

〔田仰眼望婢女走去，赶忙站起走向田白氏。

田　仰 夫人，不急在一时呀！

〔田白氏起身绕过田仰不做理会，走向正欲开门的婢女。

田白氏 （提高声调）做事赶早不赶晚嘛！

〔田仰和李贞丽走到一处，尴尬对望。

田白氏 （高声）我这巾帕脏了，带回房去。（压低声音）方才可曾找见？

〔婢女贴近田白氏摆了摆手。

婢　女 房内无有。

〔田白氏对婢女摆手，退后一步。

田白氏 快去快回。

婢　女 是。

〔婢女开门，后关门，下。

〔田白氏笑着走向座椅，坐下。

田白氏 且待侍儿取来。

〔田仰和李贞丽皆面带尴尬，不自觉地走向门口，眼望婢女离去方向。

〔此时李贞丽位于舞台左侧的门边，田仰位于舞台中间，田白氏坐在舞台右侧的椅子上。

〔灯光整体变暗，一束光打在田白氏身上。

〔田白氏气定神闲地喝茶。

田白氏 （唱）眼见得他二人眉横目竖，
想此时定是那五内翻浮。
俺这厢握胜券神气且住，
权将这茶慢咽待兔守株。

〔一束光打在田仰身上，打在田白氏身上的灯光灭。

田　仰 （唱）稳行船不想竟将暗礁触，
宠新欢偷赠宝镜太疏忽。
若一时两相对峙脸无处，
须寻个解困妙法自立足。

〔一束光打在李贞丽身上，打在田仰身上的灯光灭。

李贞丽 （唱）原以为老爷当家又做主，
却不想欺小瞒大甚糊涂。
琼花镜如今已在袖中宿，
只怕是事有蹊跷虎狼伏。

〔一束光打在田白氏身上，打在李贞丽身上的灯光灭。

田白氏 （唱）俺知宝镜在此处，
侍儿搜屋却未出。
此番心中愈有数，
只待时机更成熟。

〔一束光打在田仰身上，打在田白氏身上的灯光灭。

田　仰 （唱）白氏蛮横本却步，
私赠理亏更在吾。
牵家于此丈人助，

怎敢对其作威福。

〔一束光打在李贞丽身上，打在田仰身上的灯光灭。

李贞丽 （唱）夫人气盛亦善妒，
恐己有心将我除。
如若事发难自处，
唯盼老爷袒护奴。

〔一束光打在田白氏身上，打在李贞丽身上的灯光灭。

田白氏 （唱）慢敲边鼓，
定将气出。

〔一束光打在田仰身上。

田　仰 （唱）作茧自缚，
进退无途。

〔一束光打在李贞丽身上。

李贞丽 （唱）恨非狡兔，
未匿三窟。

田　仰
李贞丽 （共唱）六神无主，

田白氏 （唱）气顺眉舒！

〔灯光整体变亮。
〔婢女跑上，敲门后推开门。

婢　女 老爷，夫人。那琼花镜，不见了啊！

〔田白氏慢慢放下茶杯。

田白氏 你可找寻仔细?
婢　女 奴婢将内舍尽翻找过了，当真无有。

〔田白氏假意惊惶站起。

田白氏 啊呀，怎的会不见了？（对婢女）你先退下。

婢　女 是。

〔婢女关门，走下。

田白氏 老爷！这可奇了！

〔田仰闻声回神，回走，慢慢落座。

田　仰 啊，或是侍儿未找仔细。

田白氏 妹妹，如此便难赠与你了。

〔李贞丽闻声回神，回走。

李贞丽 夫人哪里话呵，妾身无须那般贵重器物。

〔田白氏做赞叹状，前走，假意挽住李贞丽的胳膊，实则搜摸李贞丽的袖笼。

田白氏 妹妹果然贴心之人，不怪老爷如此倾心，做姐姐的亦觉喜欢。（对田仰）老爷，你说可是？

〔田仰以为逃过一劫，端茶欲饮。

田　仰 哈哈，夫人说的是呀！

〔田白氏一把扯开了李贞丽的袖子，其中的镜子掉落。

〔音效加重，镜子碎裂声响亮异常。

田白氏 啊呀，这……这是什么？

〔李贞丽望着碎裂的镜子，惊立不动。

〔田仰使劲咽下了一口水，端着茶杯呆望着镜子。

〔田白氏打量两人的神态，面露得意，继而装作惊讶状。

田白氏 这……这不是那琼花镜么！（退后两步）怎的会在此处？

〔李贞丽抬眼看着田仰，欲知田仰的态度。

李贞丽 这……

〔田仰望望李贞丽又望望田白氏。

田　仰　这……

〔田白氏边打量摔碎的镜子边绕着走了一圈，后止步抬头看着李贞丽。

田白氏　莫非，莫非是你偷窃此物？

〔李贞丽后退一步。

李贞丽　妾身不敢！（李贞丽转身面向田仰）老爷！

〔田仰放下茶杯，欲张口。

〔田白氏疾步走到田仰面前。

田白氏　老爷，你未相与，俺未相赠，此物怎会无端到了李氏身上？

〔田仰欲答对。

〔田白氏猛地一拍桌。

〔田仰吓得打了一个激灵。

田白氏　（凶恶看向李贞丽）除非李氏偷窃！

李贞丽　妾身无有！老爷，你知晓妾身清白呀！

〔田仰皱眉。

〔田白氏气焰嚣张，转头逼问田仰。

田白氏　老爷知晓？老爷如何知晓？

〔田仰又急又愧、犹疑叠手。

田　仰　我……这……罢呀！（低头看地）

〔李贞丽急而跪下。

李贞丽　夫人，妾身并未偷窃，是老……

田白氏　（打断李贞丽的话）是些什么？此物至于内舍，只有俺与老爷动得，俺二人未与你，何以收它在这袖中？

〔李贞丽看着田仰欲寻得庇护。

〔田仰望向别处。

田白氏 （假意悲戚）哎呀，亏得俺还有心赠礼与你，却不想你竟是这般品性。果真烟柳之人，再无有清白的！

李贞丽 我……

田白氏 勿要再做狡辩，此番人赃俱在，必得拿你去见官的！

〔田仰闻听走向田白氏。

田　仰 夫人消气，此事小事化了罢了。

〔田白氏手指李贞丽。

田白氏 这样的手脚不干净，怎能容她！

〔田仰携起田白氏的手。

田　仰 好夫人呐！老夫为官，不可招惹闲话！

田白氏 （愤愤看向李贞丽）哼！如此，今日起便禁足她于房中，这样失德之人，老爷莫再理会与她！

〔田仰轻抚田白氏后背做安抚。

田　仰 是，是！都依夫人！

田白氏 罢了，走吧，与她一室，便觉气息污浊。

〔田白氏拉田仰快步走向门口，田白氏开门。

〔田仰望着贞丽欲回走看视，回走两步，欲做解释。

田白氏 侍儿！今日起封李氏于这屋中，好生看管！

〔田白氏回身见田仰欲与李贞丽讲话，回走几步，一把将田仰拉出，后关门。

田白氏 老爷，花柳之人不可沾染，如今信了？方才俺父来信，说起清兵南下之事，令咱早做打算，且同俺详说去。

田　仰 （无奈叹气）便走。

〔田仰、田白氏下。

〔李贞丽跪坐在地上，看向地上摔碎的琼花镜。

李贞丽 雨打花残，人心何信之有……

〔暗场。

第三场

〔灯启。

〔李贞丽卧房，一桌二椅。

〔卧房门口灯光亮，卧房内灯光暗。

〔两婢女手端托盘上，停步在与卧房间隔一段距离处。

婢女甲 天气真是愈发冷了。

婢女乙 是呀，这端盘的双手都快要冻僵了。

婢女甲 江南冬季水寒，本想着迁来河南要好些，谁料更甚。

婢女乙 你且瞧我这手上的冻疮，好不烦心。

婢女甲 别恼别恼，你看这红疮似玛瑙，紫斑如那紫玉，一手宝贝，别样娇哩！

婢女乙 如此说来，我这双手倒是有些福气。

〔两人嬉笑，前走两步。

婢女乙 你我自无那穿金戴翠的命数。说嘴打趣便也罢了，却不似屋中的这位。

婢女甲 怎说?

婢女乙 李氏禁足房中，不就是为着窃宝么?

婢女甲 低些声罢。

婢女乙 何须低声，阖府上下有何人不知她偷窃之事。

婢女甲 罢了，多说无益，权将饭食与她送去。

婢女乙 不做好事，禁足于此倒劳烦咱们与她一日三次的送饭，当真晦气。

〔两婢女走向卧房门口。

〔李贞丽暗上。

〔两婢女重重将盘子放在门前台阶上。

〔音效加重。

婢女乙 （对屋内）午饭来了！（高声）不是干净人家，到底脸皮厚些！

〔婢女甲拉婢女乙。

婢女甲 走吧，杂事多哩！

〔两婢女下。

〔卧房内灯光亮，卧房外灯光稍暗。

〔李贞丽立于房门近处，眼望门口，走近门两步。

李贞丽 且听，且听，禁足半月，这样的话，可听了多少来！

〔李贞丽叹息。

李贞丽 （唱）恶谑毒讪自腾沸，
无端加身却怪谁。
错信于人难避退，
白遭诬陷成盗贼。
好笑我一似薄命烟花鬼，
不量力蛾扑灯蕊大梦吹。
长门闭问津无人空垂泪，
方知晓妾意郎情难攀追。

〔李贞丽眼望门口，慢慢退步走向桌椅。

李贞丽 （唱）冷炙残羹难暖胃，
寂寞门庭蛛网垂，
目及于此伤心肺，
不若一梦暂舒眉。

〔李贞丽坐下，以手支头闭眼小睡。

〔台后高处众歌妓暗上。

〔李贞丽卧房灯光渐暗。

〔丝竹声响起。

〔后台高处灯光渐亮，冷色调。

〔众歌妓做舞。

众歌妓 （唱）胧月残星浮碧水，

曲罢歌懒袖香微。

虫静萤歇方成寐，

笙箫又将丽人催。

〔一束冷光照向李贞丽。

〔李贞丽在梦中苏醒，睁眼坐直，慢慢站起。

〔台上众歌妓向李贞丽遥遥摆手。

众歌妓 贞娘，且来共舞一曲！

〔李贞丽怔怔回头，继而惊喜。

李贞丽 竟是你们！

〔李贞丽浅笑提裙，旋转回身。

李贞丽 许久未得尽兴一舞，便来！

〔李贞丽与众歌妓一同做舞。

李贞丽
众歌妓 （同唱）抚琴拨筝唤姊妹，

相逢把臂更倾杯。

荡袖提裙旋衣袂，

紫障朱栏自生辉。

〔李贞丽微微喘息。

李贞丽 我自困顿田府，夜夜伤神，受了欺辱更是气忍声吞，体己话都无人相诉。

众歌妓 我等知晓姐姐不易。

李贞丽 今见你等，想起那时长伴妆楼，何来如此委屈！

〔李贞丽拭泪，坐下。

众歌妓 我等知晓。姐姐舞罢累了，权且安睡，莫再烦扰。

李贞丽 是了。

众歌妓 待我等烹些佳肴来，再唤姐姐。

〔李贞丽以手支头闭眼安睡。

〔丝竹声渐渐减弱。

〔众歌妓随节拍下。

〔暗场。

〔田仰与田白氏暗上。

〔一束灯光打在舞台左侧。

田　仰 夫人，不好了哇！

田白氏 怎的不好？

〔田仰焦急状左右走动。

田　仰 那新到任防河的高杰要点兵！

田白氏 兵？

田　仰 那城中掌权的许定国不肯听！

田白氏 听？

田　仰 那一个骂一个倔两绳反着拧！

田白氏 拧？

田　仰 老夫夹在其中实在要急出病！

田白氏 病？哎哟老爷！他两个互掐架，有甚要紧？

田　仰 头发长见识短！

〔田白氏一把推开田仰。

田白氏 怎的拿俺出气！

〔田仰赶忙赔笑走近田白氏。

田　仰　我的夫人！北方清兵南下，已要到达河南，此时驻军内斗，那此地的安危，恐难保全了哇！

田白氏　啊呀，如此岂非又难安生？

〔田仰缓缓摇头。

田　仰　莫说安生。高杰势盛，许定国城府深，两家皆非省油的灯，若是一时事变，这厢应对都无法呀！

〔田白氏焦急地左右走动。

田白氏　这……这……

田　仰　若是军中高位能有咱的信报，或还可做打算，只这一时，怎样安插的进？

〔田仰双手一拍，叹息状。

田白氏　初到此处，个中关节还未打通，却又生出这样的事。（灵光一现转身看向田仰）老爷，莫不若俺去寻那高杰的妻妾，打探一番？

田　仰　英雄难过美人之关，此计尚可。可那高杰常住军中，粗莽草芥，并无妻室。

田白氏　（打趣）可惜放得俺这样的美人，哈哈，也无用呀。

〔田仰忽回头看向田白氏。

田　仰　美人？

〔田白氏娇羞状以绢帕捂脸。

田白氏　啊哟，俺怕羞的！

〔田仰扯下田白氏捂脸的手。

田　仰　莫要作怪！老夫想来一计了呀。

〔田白氏丢开手自讨没趣地板着脸。

田　仰　夫人，今日高杰问起，时近元宵，可有花灯优人预赏取乐。

田白氏 动乱征伐，又处中原，何来入眼的优人供他享乐去？

田　仰 这正是难得妙机呀！

田白氏 （假装羞怕状）难道要俺舍脸唱曲不成？

田　仰 莫再玩笑！唱曲之事，府内不正存着现成的行家么！

〔田白氏大梦初醒般拍手。

田白氏 啊呀！妙啊！

田　仰 将她送与高杰，必能讨得欢心。如此，进言有处，报信有人，岂不两全？

田白氏 是了。只是……前番将她禁足房中，如今转来令她帮忙，恐难情愿。

田　仰 这，若她非是心甘情愿，必得坏了大事。

〔田仰叹气。

田白氏 再想他法罢了。

田　仰 如今哪里寻得他法？哎呀都是你这妇人，一时快意，埋下祸根！

〔田白氏又气又急。

田白氏 倒怨俺来！

田　仰 贞娘与老夫有些真情意，动之以情，未必不能成事。只是夫人，此番要你低头，才好保得无虞。

田白氏 如何低头？

田　仰 少不得对她殷勤些，将前番之事宽解一番啊！这事关……

〔田仰还欲劝解田白氏，田白氏已作势前走。

田　仰 你去哪里？

田白氏 身家性命要紧，如何不能殷勤。莫再啰嗦，且寻她去。

〔田白氏走出灯光。

〔田仰一人站在光束中，惊异拍手。

田　仰 女人善变，愈发见识！（冲田白氏的背影）且等我呀夫人！

〔田仰追田白氏走出光束。

〔灯启，光束灭。

〔田仰与田白氏走至李贞丽卧房门口。

田　仰　贞娘，快来开门。

田白氏　妹妹，老爷与俺来看你了。

〔李贞丽动了动身体。

〔田白氏一脚踩在了至于门前的托盘上。

田白氏　哎哟，怎的饭食竟在此处？

〔李贞丽睡眼微睁，迷糊于椅子上坐起。

〔田白氏与田仰对视会意，田白氏假意生气。

田白氏　好生懒怠的奴才呵，待俺训诫他们。妹妹，你定还未吃饭，可想用些什么？

〔李贞丽怔怔看向前方。

李贞丽　姐妹相邀，竟在梦中。醒来寥落，好不凄冷。

田　仰　方才得了一盒燕窝，不若叫人炖了来吧。贞娘，你可喜欢？

〔李贞丽慢慢站起。

李贞丽　此番喧嚣，不知又是何事？

〔李贞丽前走开门。

田白氏　（向台侧）侍儿，将燕窝炖了来。

〔李贞丽面无表情地行礼。

李贞丽　老爷、夫人来了。

〔田白氏一把扶起李贞丽，携手进屋，田仰随进关门。

田白氏　妹妹莫要见礼，怎的半月未见，这般消瘦了哇。

〔李贞丽被田白氏扶着坐下。

田　仰　定是奴才伺候不周，夫人，你要好生管教，再为贞娘补身。

李贞丽 妾身不敢。

〔田仰落座，对田白氏使眼色。

田白氏 妹妹，前番之事，老爷已同俺讲明了实情。白白令你受此罪过，实是俺们不是，姐姐这厢先赔罪了。

〔田白氏欠身行礼。

田 仰 贞娘，老夫一时糊涂，叫你受辱，实在感愧。你切莫记仇于此哇。

〔李贞丽吃惊状。

李贞丽 夫人可知妾身冤屈？

田白氏 知晓了哇。呃……俺已告知阖府，还了妹妹清白。

李贞丽 果真如此，也算昭雪。

〔李贞丽拭泪。

田白氏 姐姐性急，妹妹莫怪。

李贞丽 妾身不敢。

田 仰 贞娘，你既进府，自是府中一份，我等岂有不在意你之理。

〔李贞丽起身行礼。

李贞丽 老爷此说，妾身实在感激。

〔田白氏搀扶李贞丽。

〔一仆从端托盘上，盘上托着一只碗。

〔仆从叩门。

仆 从 夫人，奴才来送燕窝。

〔田白氏扶李贞丽落座。

田白氏 进来。

〔仆从推门进。

田白氏 燕窝最是滋补，妹妹用些，若是喜欢，俺再命人送来。

〔仆从将碗放在桌上，回走，闭门后走下。

田　仰　贞娘，瞧你面色苍白，快喝些吧！

〔田仰望着李贞丽目露怜惜，端起碗欲递与李贞丽。

〔田白氏走近一把夺过碗，瞪了田仰一眼，继而端碗走向李贞丽另一侧。

田白氏　妹妹乏力，俺来喂与你吃。

〔田仰惧怕状收回眼神，不自然地望向别处。

〔李贞丽欲接过碗。

李贞丽　怎敢劳动夫人。

〔田白氏笑，用勺子在碗中搅动着。

田白氏　你我姐妹，莫要生分。

〔田白氏喂了李贞丽一口吃食。

李贞丽　这样好的东西，妾身如何敢受。

〔田白氏又喂了李贞丽一口吃食。

田白氏　莫做此说，妹妹身安要紧，再好的吃食又算作什么。

〔田白氏走向田仰，轻轻用手肘推了推田仰。

〔田仰会意。

田　仰　贞娘，你我家人，自是甘苦富贵共享，安心吃吧。

田白氏　正是这话。不论何事，阖家定当共进退的。

〔田仰与田白氏互递眼色。

李贞丽　（背身拭泪）本想府中人情冷落，不料老爷夫人竟这般用心待我，实在心内动容！

〔李贞丽回身。

李贞丽　能得如此，妾身实在安心。

田　仰　既共进退，遇着事情，也当共患难可是呀？

田白氏　自然。

李贞丽　不错。

〔田仰拍了一下腿，皱眉。

田　仰　不瞒你二人了。今日军中发令，道要寻个精于曲词之人，与那镇地防河的将军为伴去。老夫掌管漕运，若是寻不出个人来，只怕怪罪下来，再难安身。

〔田白氏假意惊惶。

田白氏　啊呀，这无厘头之事，如何办得？

田　仰　为此方才讲起怕是要共患难了哇。

田白氏　伴着老爷，俺自不怕，妹妹亦是的吧？

〔田白氏将碗放在桌上，走至李贞丽身旁。

李贞丽　自然。

〔田仰摇头叹息。

田　仰　只是连累阖家老少，实在罪过。

〔田仰抬头示意田白氏。

〔田白氏会意，手扶李贞丽肩头。

田白氏　咳，不过提起唱曲，此地当真无过妹妹之人。

田　仰　贞娘吟唱，香兰泣露亦可当得。

田白氏　若是将军闻听妹妹之声……

〔田白氏思索状踱步至田仰身边。

田　仰　啐！贞娘乃老夫的心头至宝，如何使得！

〔田白氏回身，假意打嘴。

田白氏　呸呸，是俺浑说，救阖家于水火之事，如何使得贞娘？

〔田仰望着李贞丽。

田　仰　不过此事实在愁煞人也。

〔李贞丽站起前走。

李贞丽　（背唱）冤屈得昭本安慰，
不想家道又临危。
二人言语颇玩味，
有意叫我入军帏。

〔田白氏在田仰身旁望着李贞丽。

田白氏　（背唱）善目慈眉笑脸对，
逢场作戏将礼赔。
红脸白脸两合配，
权将谋划顺水推。

〔田仰坐于椅上抚须。

田　仰　（背唱）明言暗指藏首尾，
真情假意却问谁？
软语令其无路退，
再击快鼓紧相催。

〔田白氏与田仰对视一眼，前走两步挽住李贞丽。

田白氏　（唱）好妹妹呀好妹妹，
将说此话情难为。
老爷为官身劳瘁，
家眷实应共负背。
俺这厢嘴笨技乏非丹桂，
欲帮衬有心无力难作为。
妹妹你带露娇柳自葱翠，
若此去定可助咱旺门楣。

〔李贞丽看了看田白氏，又望望田仰，前走两步。

李贞丽　（唱）只是我为人妻妾已身退，
　　　　　　怎好又离家弃舍别枝飞。
　　　　　　纵使我甘担此任入军内，
　　　　　　老爷他失颜折面难立威。

〔田白氏对田仰打手势。

〔田仰会意，站起。

田　仰　（唱）好夫人好贞娘莫再说嘴，
　　　　　　事难料祸难防莫要伤悲。
　　　　　　老夫我不会将你等连累，
　　　　　　只心痛一时要物是人非。

〔田白氏走向田仰握住田仰的手，假意悲泣。

田白氏　（唱）老爷莫心碎，
　　　　　　或可峰路回。

〔田白氏转头看向李贞丽，急走两步拉住李贞丽的手。

田白氏　（唱）闻他空垂泪，
　　　　　　如何不心锥。

〔李贞丽回走两步看了看田仰，转身前走两步。

李贞丽　（背唱）这一时情真意切无以对，
　　　　　　　好一似箭在弦上头难回。
　　　　　　　想此番阖家遭祸难身退，
　　　　　　　莫不若遂此谋划或可为。

〔李贞丽回身行礼。

李贞丽　老爷，妾身自是通达词曲，若是以此能全老爷之事，也不辜负老爷之情。不若便让妾身去那军中便了。

〔田仰上前搀扶，假意含悲。

田　仰　不可不可，老夫如何舍得你去！

田白氏 老爷，妹妹如此，也算保得阖家。

〔田仰掩面。

田　仰 唉，到底难为贞娘！

李贞丽 妾身不敢。

田　仰 如此，事情紧急，夫人，你快带贞娘换装去罢。事毕我再叮嘱与她。

田白氏 是了。

〔田白氏携李贞丽开门走下。

〔李贞丽回头望了望田仰。

〔田仰眼望两人离去，抚须。

田　仰 唉，美人拱手，不知祸福呀！

〔暗场。

第四场

〔灯启。前场暗，场后高台上红色火光冲天。

〔呼喊打杀声响起。

〔不断有人影在火光前跑动，持兵刀打斗逃窜。

〔幕后伴唱：

自古兵骄伏灾祸，
何况敌军萧墙隔。
窝中内斗孽自作，
强龙败于地头蛇。
城中设宴假作乐，
高杰命归许定国。
倒戈引贼纵烽火，
北朝人马夜渡河。

〔高台上红色火光稍暗，前场两束追光分别打在仆从和婢女身上。

〔呼喊打杀声渐弱。

〔一仆从拎着包袱从左侧跑上，一婢女从右侧跑上，两人撞个满怀。

婢　女　哎哟！

仆　从　哎哟！

〔两人皆被撞倒，各自坐于地上。

〔婢女揉着肩膀。

婢　女　着急忙慌地去奔命不成！

仆　从　可不正是奔命去么！

婢　女　夫人叫你寻车夫去，你怎的跑来此处了？

仆　从　车夫跑得无有影踪，叫我哪里找去？

〔婢女看着从包袱中掉出落在地上的物件。

婢　女　这……这不是府中财物么？

〔仆从从地上收拾起物件往包袱里装。

仆　从　有一些是，有些不是。

婢　女　你装裹这些做什么？

〔仆从仰头向四周张望。

仆　从　养家糊口，立命安身。

〔婢女望向仆从。

婢　女　莫非你要私逃？

仆　从　是逃难去。

婢　女　府中正忙打点迁家之事，我等随行便可，何须逃难？

仆　从　你未听得清兵渡河的消息么？

婢　女　听得。

〔仆从收拾毕东西，把婢女从地上扶起。

仆　从　许定国引清兵南下，眼见便要覆朝。老爷可是南明的官！今后府中情势，可想而知了啊！

婢　女　这……外头兵荒马乱，你要逃去何处？

〔仆从将包袱背上肩头。

仆　从　总先离了这是非地。我正寻着问你，你可随我走的？

婢　女　我随你走？

〔仆从拉过婢女的胳膊。

仆　从　你我两下有意，此番另寻地界立业安居，如何不好！

〔婢女又羞又急，搅着衣角。

婢　女　这……可当真么？

仆　从　如何不真？若遭离散，再难见了！

〔婢女欲张口答应，又闭口思索。

〔仆从一把拉过婢女的手。

仆　从　哎呀莫再踟蹰，快打点些细软，走了便是！

〔仆从四处张望看视。

〔婢女娇羞掩面。

婢　女　（背）大难来时林鸟共飞，也算有情！（对仆从）如此，快走！

〔两人携手急走下。

〔田仰暗上。

〔追光灭，前场灯启，高台上的火光更暗些。

〔田府正堂，一桌二椅，桌后立一屏风。

〔田仰在屏风左右来回走动做翻找状。

田白氏　（幕后音）老爷！老爷哟！

〔田白氏怀抱一包袱急走上。

〔田仰被吓得闭眼扶胸口，转头看见田白氏后厉色。

田　仰　鬼叫些什么哟！

田白氏　不怨俺叫，这家下的仆婢反了天了！

田　仰　何来此说？

田白氏　逃了俩、窜了仨，剩下的干转悠尽打嘴架。

〔田仰继续翻找东西。

田　仰　说你平日疏于管教，现在好了！

田白氏　又怨着俺！

田　仰　清兵南下人人自危，莫做计较了吧，凑合打点了咱也快些走！

〔田白氏将包袱放在桌上。

田白氏　已打点得差不多了，只是这些金贵之物，必得检验一番，若掉包才坏事。

田　仰　你便快些。

〔田白氏坐下检看东西。

田白氏　老爷，你说，那李氏她……

田　仰　她也实在有命无运，方去军营便已动乱，只怕……

田白氏　怕？

〔田仰从屏风后掏出一沓银票，喘着气转身坐下。

田　仰　只怕不得殒命，也遭人抢去了。倒是可惜。

〔田白氏翻了个白眼。

田白氏　由得她去，少份拖累咱倒得便。

〔田仰觑眼看了看田白氏，赶忙止住叹息。

田　仰　哎呀罢了，快些点验。

〔田仰与田白氏各自点验手中的银钱。

〔正堂的灯光稍暗，高台上火光渐亮，一束冷光打在高台上。

〔幕后音：隐隐约约的呼喊打杀声。

〔李贞丽上，手里提着一个小布包，脸上抹着黑灰。

李贞丽 （唱）乱纷纷兵嚷马嘶火光烁，
凉飕飕风侵罗衫身单薄。
闹喧喧车来人往各避祸，
惊颤颤提裙移步心无着。

〔李贞丽前行几步。

李贞丽 （唱）摘金翠涂黑脸自寻家舍，
地不熟路不知难坏娇娥。
那田府虽也是伤心院落，
却不愿孤此身如絮漂泊。

〔李贞丽向前方眺望。

李贞丽 眼见得门户灯笼上，正是一个田字，总得回来了哇。

〔李贞丽自高台慢慢走下。

〔幕后的呼喊打杀声渐息。

〔灯光整体转亮。

李贞丽 往日府前尽是家丁，怎的这般冷清，莫非迁家去了？

〔李贞丽慌忙状走向正堂。

〔田仰与田白氏正打包桌上的包袱。

李贞丽 老爷！夫人！

〔喊声吓怔了田仰与田白氏。

田白氏 你……你怎的回来了？

〔李贞丽走上前向田仰哭诉。

李贞丽 此番得回，甚是不易。

〔田仰轻拍李贞丽的背以示安慰。

田　仰 回来便好，回来便好。

〔田白氏冷眼旁观对田仰皱眉。

〔田仰不自然地收回手走向座椅。

田白氏 咳，难道你未去得军中？

〔李贞丽拭泪。

李贞丽 方至军中，未及见得将军，便见兵将喊杀起来，说是将军殒命。好生吓人。

田白氏 你却还得逃出？

李贞丽 妾身混进逃窜的杂役中，这才侥幸得出，军中早已遍地横尸了啊！

〔田仰落座。

田　仰 莫怕莫怕。

田白氏 算你有些福气。

〔田白氏转身继续整理包袱。

李贞丽 老爷今番如何打算？

田　仰 只待打点财物，便要迁家。

李贞丽 城内尽是避难之人，咱府也得快着些了。

田　仰 正是。

李贞丽 妾身可帮衬些什么？

田　仰 你便……

〔田白氏转身拦住李贞丽，打断田仰的话头。

田白氏 老爷只说迁家，并未提得你罢。

李贞丽 夫人何意？

田白氏 战乱之中迁家不易，自是能轻装便简行，你可明白？

〔李贞丽怔怔摇头。

李贞丽 妾身不明。

田白氏 你这身娇体弱，肩扛手提皆不成行，非是帮衬，倒添累赘。你若顾念老爷，便该知晓个中轻重。

〔李贞丽身体一震。

李贞丽 你……

〔田仰欲上前打圆场。

田　仰 夫人……

〔田白氏看了田仰一眼。

田白氏 此番迁家人多物杂，自是能去便去、能除便除，她这样的闲人，拖累着做什么？

田　仰 好歹贞娘也是正经妾室。

田白氏 烟花之人，供你取乐两日便了，算什么正经人！

〔李贞丽向一旁退走两步。

李贞丽 （背唱）拼此身逃难归本觉心热，
却未想寒冰水当头浇泼。
午间方求得我助其避祸，
此时却翻脸面不由分说。

〔田仰拉田白氏前走两步。

田　仰 （唱）阖家迁不多得她这一个，
可怜见弱女子身孤命薄。
况今日为帮咱险境远涉，
怎好又忽翻脸折桥过河。

〔田白氏狠狠瞪了田仰一眼。

田白氏 （唱）到底这军中计未有结果，
到底她全身退未遭曲折。
你这般好言劝踟蹰难舍，
莫不是恋美色流连良多？

〔李贞丽走向田白氏。

李贞丽 （唱）想妾身自入府本分谨恪，
竟不知与夫人何故不合？

田　仰 （唱）老夫我难将这孤女弃舍，
断不可抛贞娘独自过活。

〔田白氏回走坐下，以手叩桌。

田白氏 （唱）狐媚女俺自是眼看不过，
想前番窃宝镜全无妇德。
今避祸依仗俺娘家得所，
老爷呀，细思量慢打算再做定夺！

田　仰 这……这……

〔田仰左右顾看李贞丽与田白氏。

田　仰 哎呀罢了！

〔田仰背身向一旁。

〔李贞丽眼见田仰不再袒护，退步掩面。

李贞丽 （背唱）见此情景心凉彻，
枉我痴心付江河。
都道是烟花女戏逢场做，
俗世人才更是自私凉薄！

〔李贞丽定心回身。

李贞丽 （唱）事至此权将这情由说破，
为烟柳受不得泥污水浊！
俺护得老爷面不做争扯，
那宝镜本是他私下赠得。
悍妒眼自难容她人在侧，
计较心自催生尖酸喉舌。
纵落得食糟糠居无定所，
不与你这等人鼠蛇一窝！

〔田仰回身。

田　仰　不料竟有这等气性。

〔田白氏恼怒站起。

李贞丽　你!

〔李贞丽向田仰行礼。

李贞丽　老爷，贞丽虽则怯弱，却也不可白白受辱，还请老爷休了妾身，权作断绝!

〔田仰欲答话。

田白氏　哼，慢着!

田白氏　（唱）在府内享吃穿软枕高卧，
也不算辜负你几月蹉跎。
纵今日下休书斩断纠葛，
又怎能由得你快意抉择?

〔田仰皱眉。

田　仰　老夫休了她去，便也完事。何苦如此?

田白氏　方才未听得她的指骂么?莫逼得俺状告你于我父!

〔田仰叹气走向座椅，打包桌上的包袱。

田　仰　罢，罢，娶个夜叉，怎生不怕?

李贞丽　不休却又如何?

田白氏　休定要休!只是俺家买了你来，礼金怎可白白送人。（田白氏面露得意，前走抱臂）权将你指与那做信差的老兵，如此也算送个人情。（转向田仰）老爷，意下如何?

〔田仰欲言又止，略踟蹰后看向别处，摆摆手不说话。

〔李贞丽强作镇定，胸口起伏。

〔田白氏走进李贞丽，面带调笑。

田白氏　能得如此，算是你的福气！

〔李贞丽嘴角冷笑。

李贞丽　自是福气。

〔幕后音：老爷，箱笼装车毕了！

田　仰　哎呀不可再做耽误！

〔田仰一手抓起一个包袱作势欲走。

〔田白氏走向桌子拿包袱。

田白氏　你便在此等候，若经逃跑，定要捉你去见官的！

〔田仰经过李贞丽。

田　仰　贞娘，你自珍重。

〔田白氏经过李贞丽。

田白氏　等俺路过驿站，便知会那老兵来此。啊呀，想他拖着那条瘸腿，定要多耽搁些时候。你莫心急！

〔李贞丽身体摇晃了一下。

李贞丽　（怔怔地）瘸腿……

〔田仰回走拉田白氏。

田　仰　莫再说罢！

〔两人急走下。

〔李贞丽手中提着的小包裹落下，配音特别响，好似一块大石头的落地声。

李贞丽　同林鸟遇难各纷飞。（嘴角勾起一丝浅笑）呵！果真如此。

〔暗场。

第五场

〔幕后音：流水声、浪花激荡声由小渐大，偶有鸭叫声。

〔字幕：两年后。

〔驿站官暗上。

〔灯启。

〔舞台高台幕布上水光浮动，有几处飘起白色炊烟。

〔高台边一处茅屋，茅屋旁放置一堆柴火。茅屋前放置一只风炉。

〔杨龙友着平常衣服在前，艄公在后，两人划船上，身形摇摆。

艄　公　（唱）流水似旧，
长堤连远丘。
江风慢走，
近岸好泊舟。

杨龙友　（唱）津寒怀袖，
不觉又临秋。
夕霞红透，
归鸟鸣啾啾。

〔艄公握住竹竿。

艄　公　龙友老爷，这近岸的茅屋便是驿站，咱可靠岸？

杨龙友　莫慌，且唤人来问问。

〔艄公将船稳住。

艄　公　哎！驿站可有人喂！

〔驿站官从茅屋中走出。

驿站官　在此！

杨龙友 官家，通州一带书信，可有转来不曾？

驿站官 今日早间便转来了！

杨龙友 如此，咱便靠岸去吧。

〔艄公撑杆泊船，与杨龙友两人身形摇摆着接近河畔茅屋。

〔伴随锣鼓点。

〔驿站官前走搭手扶杨龙友踱步下船。

〔艄公泊船，后坐于船头。

杨龙友 多谢。

驿站官 见老爷的气度，想也在朝为官？

〔杨龙友笑着摇头。

杨龙友 南明已亡，老夫之官，（抬手指江水）随水去了。

驿站官 老爷定居高位，想俺这些差役式微，虽是改朝，却无妨碍。

〔驿站官蹲下对风炉扇风。

〔杨龙友抚须。

杨龙友 立命安身，无须高位。你才是有福的。

〔驿站官笑。

驿站官 方听得老爷问询那通州书信，可要俺取来一看么？

〔杨龙友拱手。

杨龙友 劳烦官家。

驿站官 且坐。

〔驿站官走进茅屋。

〔杨龙友神色欣喜地走向艄公。

杨龙友 他烧水哩，咱借他这风炉炊些粥饭可好？

〔艄公抬头望望天色。

艄　公 日落尚有一个时辰，咱至下处再炊，也不迟呀。

杨龙友　这不是可省下些使费么！

〔艄公抚须大笑。

艄　公　（唱）伴得老爷半载走，
酒茶词曲听不休。
倜傥潇洒贵官胄，
如今竟知油米愁。

〔杨龙友笑着摇头。

〔舞台另一侧老兵与李贞丽划船上，两人皆着粗布衣裙，身形摇晃。

杨龙友　（唱）船家莫要羞老朽，
乱世安身需节流。
锱铢斤两心中有，
方得惜福稳行舟。

〔艄公点头，站起向舟中取锅碗米粮。

艄　公　老爷所言不差。待俺取来炊具，向那官家借火便是。

〔杨龙友回身蹲下看火。

〔老兵撑船。

老　兵　娘子，已至驿站，俺泊船了。

〔李贞丽探身望河面。

李贞丽　风缓水慢，正得时哩！俺便取那书信出来。

〔李贞丽向舟中取信。

老　兵　是了。

〔两人身形摇摆渐进河畔。

〔伴随锣鼓点。

〔驿站官自茅屋中走出，手拿一沓信件。

驿站官　（对杨龙友）书信在此，老爷自翻看罢。

〔杨龙友站起转身，接过信件翻看。

杨龙友 多谢。

〔驿站官看见泊船而来的老兵。

驿站官 大哥今日来得晚了。

老　兵 下游水溜，行路难哩。

〔老兵泊舟。

〔杨龙友叹气，将信件递与驿站官。

杨龙友 并无老夫所寻之信。

驿站官 赶是老爷寻人？

〔驿站官接过信。

杨龙友 逃难途中失了家眷。

驿站官 于通州么？

杨龙友 是了。

老　兵 乱中走失，实没奈何。

驿站官 扬通毗邻，或许信在扬州？这位大哥正送扬州信件，不若老爷翻找看看？

老　兵 此言有理。

杨龙友 烦劳官家。

老　兵 娘子，信可取来？

李贞丽 来了！

艄　公 来了！

〔李贞丽与艄公同时各从船中走出，李贞丽手拿信件，艄公手拿锅瓢。

〔杨龙友笑。

杨龙友 人家唤得娇娘，你倒来凑热闹！

〔驿站官与老兵大笑。

艄　公　俺非娇娘，（举起锅瓢）只送锅瓢。

杨龙友　（对驿站官）官家，见你生火，便想借炉炊锅粥米，可能使得？

驿站官　怎不使得，自便就是。俺再与你取盆净水来罢。

杨龙友　实在多谢。

〔艄公随驿站官进屋取水。

老　兵　这便是扬州一路的书信，俺这腿脚不便，且让内人送与你去。

杨龙友　（拱手）有劳。

〔李贞丽身形摇晃，老兵稳舟，李贞丽踱步上岸。

〔李贞丽前走将信递与杨龙友，后定定看着他。

〔杨龙友看着李贞丽，缓缓接信。

杨龙友　你……可是李贞丽么？

李贞丽　龙友老爷？

杨龙友　贞娘，啊呀，不想此处相逢！

〔李贞丽见礼。

李贞丽　实在难得。

〔杨龙友看了看老兵。

李贞丽　啊，这是俺的夫君，俺是随他送信来的。（向老兵）此乃江南故友，曾熟识的。

〔杨龙友拱手。

杨龙友　老夫有礼。

〔老兵拱手。

老　兵　小官见过。贞娘，你二人且叙些旧事，久站腿乏，俺向舟中歇息片刻。

李贞丽　官人且去，莫忘加身被褥。

老　兵　放心。

〔老兵一走一拐地走向舟中。

杨龙友 贞娘，你既嫁入田府，怎又到此？

李贞丽 奴家命苦，如今又不在田家了。

〔杨龙友抚须，面带质疑。

〔李贞丽旁走一步。

李贞丽 入得田府宠爱加身，谁料嫡妻悍妒，连番作践，（叹气）田仰畏妻，逃难时便弃将奴家赏与这老兵了。

〔李贞丽拭泪。

〔杨龙友欲轻拍李贞丽脊背做安慰，又收回手。

杨龙友 （唱）事从权劝你代嫁将场救，
却未想身陷囹圄入深沟。

李贞丽 （唱）俺这厢命途多舛无归咎，
但问那香君我儿路何谋？

杨龙友 （唱）一从你嫁入朱门歌楼朽，
香君她摘翠叠裙哭不休。
好在那侯生与她成佳偶，
今时已双入空门各远游。

〔李贞丽惊讶踱步。

李贞丽 他二人竟如此造化。

杨龙友 （唱）国破山残杨柳瘦，
江乡不似旧温柔。
人生聚散难参透，
个人福祸个人修。

〔李贞丽欠身见礼。

李贞丽 （唱）幸逢旧友，
拔点烦愁。

〔杨龙友摆手。

杨龙友 （唱）今见你面润身安归处有，
权将那伤怀旧事付东流。

〔李贞丽点头。望了望自家的小舟，面露微笑。

李贞丽 （唱）往年月着锦揽翠眠诗酒，
不料今布衣荆钗歌舞休。
镇日里烹煮浣洗涤素手，
却不想寝枕草毡睡更熟。

〔杨龙友笑。

杨龙友 （唱）人道那苦尽甘来福长久，
你也算蓬转南北得居留。

〔李贞丽轻轻摇头。

李贞丽 （唱）经流年心如静水难起皱，
全伴得我夫度日坐船头。

〔杨龙友点头。

杨龙友 如此甚好。
李贞丽 他虽腿脚不便，待我却是极好。
杨龙友 那便妥了。

〔驿站官与艄公抬锅走出茅屋。

艄　公 这官家的清水，甘甜着哩！煮粥定当可口！

〔李贞丽见此背身拭泪。

杨龙友 你我还需赶路，快些煮吧。
驿站官 扬州来的书信，可有老爷寻的？
杨龙友 方未看过，且来翻找。

〔杨龙友翻看手中的书信。

李贞丽 怎的杨老寻人?

杨龙友 去岁逃难失了家眷，今已安居，便来寻的。

李贞丽 定可找见，杨老心安。

艄　公 小娘此言正是。哎哟！俺的江米！

〔艄公不慎将米撒在地上，蹲下欲拣。

艄　公 你等快来帮俺拾捡，没得拾到明早去了！

〔众人笑。

杨龙友 让你不专心哉！

〔几人背身蹲下帮忙拾米。

〔老兵从舟中走出，身形摇晃。

老　兵 闻得贞娘一番旧事，俺亦心伤。她不弃俺，俺自好生待她，二人安身一世便好。

〔老兵摇晃着走向船头。

老　兵 贞娘！将近日落，需行路了！

〔李贞丽站起回身。

李贞丽 唉，便来。（转身对驿站官）官家，近日书信尽在此了，劳烦登上记簿。

〔驿站官站起点头。

驿站官 嫂子放心。

〔驿站官继而蹲下帮艄公炊饭。

〔杨龙友站起。

〔李贞丽走近杨龙友，郑重行礼。

李贞丽 杨老，今日一别，不知何时再见，还望珍重。

杨龙友 贞娘亦是。啊，那当日的三百财礼，老夫未曾忘却，来日定当送与。

〔李贞丽笑着摆手。

李贞丽 今时布衣终身，用不得那许多金银，杨老莫挂怀了。

〔李贞丽前走欲登舟。

李贞丽 后会有期了啊。

〔杨龙友拱手目送。

杨龙友 后会有期!

〔老兵扶李贞丽登船，李贞丽站稳后给老兵擦汗。

李贞丽 只说盖被，竟捂出汗来了。吹风伤寒怎处?

〔老兵憨笑，拉了拉李贞丽的手。

老　兵 不妨事的，走吧。

〔李贞丽立于船头，老兵立于船尾撑船，两人身形摇晃，下。

〔杨龙友眼望两人离去。

杨龙友 （唱）悠悠萍水亲如旧，
故恨新愁几时休?
灶上米香难长久，
且看清江沧浪流。

艄　公 老爷，这米香哩！来候饭罢!

〔杨龙友笑而回走。

〔三人围炉，饮茶畅笑。

〔高台幕布上的水光映照出火红云霞。

〔幕后伴唱：
残霞似旧，
新愁不休。
人生福祸难参透，
江乡似旧尚温柔。

〔暗场。

〔幕落。

〔剧终〕

范蠡与文种

编　剧：姜锋（戏文系 2012 级）

最是情真难落笔，泪及深浅总关人

——毕业大戏《范蠡与文种》创作阐述

时光荏苒，直至我在剧尾敲完“幕落”两字，方才意识到四年的国戏生活当真要远去了。从去年九月敲定毕业作题材，到今天完成定稿，逾半年的时间里，几经推翻，几番修改。感谢恩师——郝荫柏老师对我始终如一尽心尽力、孜孜不倦的教诲和帮助。数次深夜中的反馈回复，屡屡不厌其烦地提点鼓励，字字真切，句句恳挚，令我既感动又惭愧。仅以用心创作回报。希望它能为我四年的学习画满一个句号，不损师门荣，不辱恩师情。继而扬帆，开启新的征程。

一、创作主旨

《范蠡与文种》的创作，取材于春秋时期“吴越争霸”事件，属新编历史剧范畴。在整体符合史实基础上，根据表达需要对部分情节进行了虚构和细化，对历史人物展开新的挖掘与再塑，取舍编排下，努力赋予历史以新寓意，丰富故事以戏剧性。

情节上，《范》剧将笔墨从妇孺皆知的勾践与夫差身上转移，继而挖掘吴越争霸背后，一对性格迥异却举足轻重的传奇人物——范蠡与文种。讲述了一对挚友从决心投越，到辅佐勾践复国灭吴，及至最终或抽身出逃，或自刎尽忠的不同结局。

重点围绕范蠡与文种二者关系及各自动作进行设计。以横跨近二十年的“吴越争霸”事件为背景，塑造了两人不同的性格和选择。一个长于计谋、善言察色、左右逢源，既有明哲保身的油滑，又有立身旷达的态度；一个虽恃才放旷、不屈清高、满身酸腐，却尽忠尽责，迂了一辈子倔了一辈子。

剧本传达的思考上，创作中尽最大可能，避开既有观念里“关于出世入世”的传统态度，抛去二人结局隐含的对错之分。立足人物本身，力图为无论文种、范蠡，寻找到潜藏在骨子里的性格动因；以两个——既“讨厌”又可爱的人物形象，模糊了人生选择，不分好坏对错，只留遗憾叹息。

我希望通过创作这样一部戏，照进现实，照应当下。照应那些在生活、人生中，虽有心做“文种”却转而成“范蠡”的无奈；照应每一个失意人背后或忿忿、或不甘、或无力、或释然的孤傲与不屈；去直击和拷问每一个怀有“处世哲学”的“伪范蠡”的心灵！

二、剧情阐述

老吴王对越战死，夫差登基。本该是举国悼哀，伍府里，仆人百姓却张灯结彩，载歌舞，庆新生。众人沉浸在新王新篇章的希望与欢愉中。恩人托孤，伍子胥临危受命，加封亚父相国。一边是欢天喜地；一边是五味杂陈，悲且不安。偏此时，大夫伯嚭上门道喜，生生碰壁，恨恨然记下因果。

这一切看似荒诞却又自然地喧嚣，便为接下来的故事，为故事中每一个人的结局，为全剧的感情基调，悄然埋下伏笔。

才子范蠡久落尘野，与时任楚国宛令的文种益师益友。二人相互赏识，一拍即合，决心投奔越国。恰逢会稽之战，勾践惨败面临覆国。范蠡文种算准战机，闯营拜帐，却并未得到勾践礼遇。无心琐事的勾践，此刻正忧心忡忡。一则大势已去军马丧尽，再战已无力回天；二则苟且受降，又恐部下残将一时难平，更将自己绑了毙命，或是送与吴国邀功。既为大王，又求平安，故作威严的勾践，犯了难。

如此大王，却给文种留下了狂傲不堪的勇夫印象。向来提着心气儿的文种出言不善，激怒勾践；范蠡请缨，却返招捆绑。勾践一句无心之语，将二人认作吴国奸细，却意外发现激起了众将们对敌国怒火。勾践惊喜，众将越是仇恨，自己越是平安。便将范文二人作了奸细。

文种清高不堪受辱，直言勾践困境——早已翁鳖，吴国岂会再派奸细多此一举，道破自己并非奸细。勾践一气之下，吊起二人，取来弓箭。索性众将并未轻信，催促勾践射杀敌人。勾践张弓放箭，思量间，若想忍辱蛰伏，满帐将士，无一用处。只能将最后希望寄予“二奸细”身上。

偏此时，若不杀“敌人”，又难以安抚众怒。勾践举弓，最终将箭头对准望风而动、圆滑逢迎的范蠡。千钧一发，勾践用力拉断角弓，吓得范蠡脱口承认“奸细”身份，将计就计。范蠡且服软保命、再作徐图的态度，与勾践的心思恰好暗合。勾践大笑，顺势抓住救命稻草，解了范蠡绑绳，令范蠡“从实”招来。尚不明就里的范蠡只得谎称夫差派二人待总攻时趁乱取勾践首级。众将更怒，但见勾践反倒一副笑脸，范蠡不明。

此时，勾践命人再取弓箭，递给范蠡。范蠡捧着弓箭糊涂，勾践直言，既是奸细又愿投降，便替大王射箭，射杀吴敌。一时，众将燃兴，更擂鼓。范蠡张弓，箭对文种。文种见范蠡如此不堪，大骂小人。范蠡看过文种，又看众将忿忿，回头再望一脸笑意的勾践，握着弓箭瞬间明了。原来手中弓箭好似越王抛出的橄榄枝。犟头文种催促范蠡快快射杀自己，范蠡又气又笑，便要好好治一治文种清高矫情。拉弓，放箭。再一次，也故意将弓拉断。勾践见范蠡果真明白自己的意思，高兴地大笑。众将则不满，范蠡进言，不如把“奸细文种”绑了送回吴军，让他们自己人杀自己人，岂不快哉解气？勾践叹服，范蠡此一举既给了自己台阶，又放了同伴。只气得文种，意与范蠡绝交。文种走后，吴军总攻。范蠡勾践，不言自明，一个做戏誓必战死，一个拼命阻拦劝降，二人一出戏，解了勾践燃眉。

星夜栈道，文种牵马郁郁而行，此时的文种自然已想明了方才勾践的意思。只恨自己平生性子孤傲倔强，清高不逊，悔恨间，自讽自嘲。范蠡适时赶来，告知刚替文种讨了个相国的名头。臊得文种想回，不敢回，一番劝说，文种只说是为越国百姓而回，强拗着脖子回了营。

越军投降。

吴国，伍子胥校场练兵，飒飒军威。已被文种收买的伯嚭请来大王夫差一旁观望，在与伍子胥攀谈中，故意言指相权赫赫更比夫差，亚父了得。挑唆君臣关系。然而一切了然于胸的夫差，左右弥合，一边点拨奸臣伯嚭过分，一边恭敬侍奉亚父伍子胥。夫差眼里，便知谁忠谁奸，不过棋子，左右平衡罢了。伯嚭请上事先等候前来替勾践称降的文种。伍子胥主张杀勾践，绝后患。伯嚭则被收买力主留勾践。文种见机借“亚父”敲打挑唆夫差。夫差犹豫，若收了越国杀越王，恐越民激愤，即便占了地盘，也难统治。夫差不动声色，是杀是留，抛给伯嚭，伯嚭借王上王的由头，让夫差下了台阶。伍子胥欲劝，又见夫差对自己甚为尊敬，只得哑言。

越国，捡回一命的勾践带着夫人，准备前往吴国做夫差的奴隶。大臣相送，一时悲喜难抑。勾践知道自己愈是悲惨，则百姓臣民，愈聚人心。勾践夫人，跪下求范蠡文种立誓，不忘大王今日之辱，誓必复仇。范蠡突然以自己更擅计谋，而文种更善治国为由，提出要换下文种，由自己陪勾践去往吴国。如此情形下，众人哀愤，文种无法拒绝，只得答应。临行前，勾践一曲背井离乡的歌谣，唱得众臣民群情激昂，举杯送大王。

吴国为奴的日子，苦不堪言。勾践夫妇睡马棚，做杂役，吃馊饭，被人欺。勾践郁郁，夫人为其宽心，夫妇二人苦中作乐，食青菜萝卜戏言鸡鸭鱼鹅，你一口我一口，笑声背后，惹尽了心酸。范蠡悄悄一旁观看，泪下两行。又恐如此折磨，磨平了勾践复国之心，上前询问。勾践指着横梁苦胆直言，每日卧薪尝胆，血恨从不曾忘，只待时机，赴汤蹈火在所不惜。

另一边，忠心耿耿为报老大王知遇之恩的伍子胥，手持“上斩亲王下斩臣民”的传国宝——吴王剑来到夫差殿，意图死谏。殿内唯有二者，别无他人。夫差背身而坐，口口亚父，声声相国，却始终不肯转身面见伍子胥，只一味同往常一样，句句请“亚父落座”。如此软刀子刺肉，急得伍子胥怒火中生，失言“端的为何要自己一直坐一直坐？！”夫差平静的回答中，却字字可怕：向来是，亚父落座，怒火自消。伍子胥恍然，无奈亮出老大王赐给自己的吴王剑，命令夫差“杀勾践，绝后患”。夫差方才转身，却不曾跪下听令，反而拔出佩剑。伍子胥定睛，竟然同自己手中御赐吴王剑如出一辙。伍子胥慌神。夫差挥动宝剑，寒光凛凛，直逼伍子胥。夫差戏言，令伍子胥猜猜，究竟两把剑，哪一个是真正的吴王剑？话里有话，伍子胥心神不宁。夫差直言，自己一直想同亚父做个比试，便是要比一比，两人手里的吴王剑，究竟谁更利更锋？若是亚父胜，便依了杀勾践。伍子胥哑然，明了自己再劝谏也无用，不如应了，到底他勾吴的基业，便由天定。寒光烁烁，两人持剑绕圈，二人持剑绕行，由远及近，举剑轻触，又各自退回。霎时——似两声狮吼虎啸。年迈的苍劲与奋勇的初啼混在一起，混向一处，直冲霄云！之间勾践故意抛开手中剑，伍子胥一时难收，径直向夫差肩膀砍去。夫差倒地。不曾料到的伍子胥慌了，瘫坐在那张“一直坐一直坐”的椅子上。夫差笑言，亚父终究还是落座了，亚父输了，你那把是吴王剑，我这把叫——夫差剑！

消息传来，范蠡跑去告知勾践夫差重病被刺，却不想撞见文种向勾践汇报国事。文种治国练军，意图起兵勤王。范蠡阻挠，道出要勾践为夫差尝粪示弱的计策。终于，积压在这对挚友身上已久的矛盾爆发。文种指责范蠡计谋不堪，为人不齿。范蠡直言文种迂腐桀骜，鲁莽坏事。一时间，兄弟二人情谊散尽。一旁勾践，看在眼里，心头不忍。二人虽性格迥异，便皆是如此忠心，怎能因自己毁了他人情分；再者，肯如此尽心尽力帮助自己逃出复国，除此二人再无希望。勾践一番动情言语，随即跪地，为大王者叩首臣子，谢救命忠诚之恩。范蠡文种震恸，自责不已，君臣三人终于一心。

数年后，伯嚭奉诏来到伍子胥府。树倒猢狲散，伍府人去楼空，一片萧然。已然眼瞎的伍子胥，摸索而行，衣衫虽烂了，却依旧不失严谨整齐。伯嚭不忍，匆匆宣了夫差下的死诏，欲走，被伍子胥唤住。伍子胥询问伯嚭外面情形，言称自己耳边总能听见越军攻城的号角。伯嚭终于不忍，直言伍子胥落得如今地步，可怜亦可恨。许是慨叹他人命运，预见自己，伯嚭隐隐动容。伍子胥察觉，笑称，善恶从头终有报，只争来早与来迟。一时激怒伯嚭，伯嚭直言伍子胥自负，当初夫差不杀勾践，是考虑到维护统治需要，而非伍子胥心中所想。伍子胥请伯嚭将吴王剑带回，送还给夫差。伯嚭直言，夫差诏中便要伍子胥用吴王剑自裁。伍子胥彻底崩溃了，散乱了头发，踉跄着，剑指苍天，大叫恩人老吴王千不该万不该。终归是命运难逃，难逃命运。

伍子胥自刎，几年后，越国反攻，吴国灭亡。

战胜后，勾践称霸春秋，一片山呼万岁中，文种拖着残躯，迎来了勾践夫人。夫人带了酒菜，与文种敬酒。敬文种多年来，几番生死，几经蛰伏，功劳赫赫，足以千古。知恩图报，夫人只管敬酒细数文种功劳，却不敢开口。文种早知夫人来意，推杯换盏间，亦不曾推辞功劳，亦不曾邀功请赏。反倒仍旧一副当初熟鸭子嘴硬，强言一切皆为自己。愈是如此，夫人愈发不忍，给文种跪下了。文种惨笑，当初求我救命，如今求我速死。文种生为越国百姓，如今死便也是为了越国平安。夫人涕泪涟涟，文种笑意盈盈。夫人留下勾践“赏”给文种的“吴王剑”掩面而去。

盈盈月夜，文种望剑举杯，想起了早已辞官离去的挚友范蠡。“高鸟尽，良弓藏，狡兔死，走狗烹”。文种举杯，遥敬远方的兄弟。月光下，范蠡亦然忆起兄长。二人隔空，放声大笑，你来我往，一杯一杯。文种笑言范蠡“奸滑”，范蠡戏称文种“迂腐”。笑着笑着，二人忍不住落泪。范蠡痛骂兄长，一辈子性情倔强，便知你是期盼自己一腔热血不曾错付，到头来，既知前有伍子胥，为何仍不回头去？偏不死心，偏不死心，早就看透，偏不承认！文种对答，早就看透，偏不承认，不是不认，已难抽身，既难抽身，干脆否认，咬牙横心，万般皆认。一霎时，再无言语。范蠡别过身子，不再对月。文种颓然，缓缓地，敬了范蠡最后一杯酒，下辈子还做兄弟，共赴平生。范蠡背身，无言摆手。文种洒洒，请了！

随后，捧剑高声道：伍子胥呀伍子胥，想不到到头来，我也有了这柄吴王剑！终究他谁是昏君，又谁是忠臣？！

三、创作感悟

一如我的阐述题目——“最是情真难落笔，泪及深浅总关人”。

此番创作，我最大的感悟便是：写戏即写人。写人难，写动情之人难，写真情之人难。

总归是关乎于人的创作，所以我的阐述将围绕“人物”“情感”两个母题，进行纵向深入的展开。

1. 人物塑造：

全剧虽以范、文二人形象塑造为主，却也在二者行动及矛盾展开的同时，力图将“吴越争霸”中其他次要人物的性格做到极致鲜明。因此，在人物创作处理上，做了以下几个步骤。

第一步：人物筛选

历史上，吴越争霸涌现出许多颇具传奇色彩的人物。为表达需要，仅以塑造范、文形象为主，就必然要对一系列事件进行筛捡，选取能够彰显人物性格的情节进行编排刻画。于此基础上，再对情节所涉及人物进行筛选。砍掉过于庞杂的人物关系，仅选取几对既对立又有共性的人物进行刻画。

如初稿时，可简单的归成：“范蠡与文种”“夫差对勾践”“伍子胥对伯嚭”。

同时，因为本剧算是一出男人戏，故而，我有意绕开传统讲述中“西施”的部分，却又考虑到可看性，在副线中加入一个虚构的角色——“勾践夫人”。历史上勾践夫人虽留墨不多，但本剧中，实足占据了一席之地。这一角色的设置，既为勾践被俘后的境遇融入了情感上的感染力，又对主线范、文二人的动作设计上提供了表现的空间，如：夫人跪地请范文起誓，及夫人代替勾践对文种行不义不悌之事。

此外，夫人这一角色，看似众多男人铁血中的一束红花，实则，夫人的几个动作皆是男儿之举，亦可看作是勾践的化身。她多角度、多维度地对主要人物和次要人物进行了补充与描摹。且为全篇男人戏码的英气中，增色了一丝柔情。

第二步：人物关系

进行了基本的人物筛选，在初稿中，我简单地将几组人物进行了归纳与对比（如上不再赘述）。

然而，初稿完成之后，通篇下来，虽每一人物均有照顾和表现，然而也出现了如下两个问题：

（1）人物主次难分，为展现次要人物性格占据过多的篇幅，抢了戏；

（2）人物过于脸谱化，人物关系简单，人物间区分不大，存在假大空的感觉。

于是，修改中为解决以上两个问题，我做了很久的思考和准备。

首先解决人物主次难分：

次要角色抢了主角的戏，便证明，我在创作中尚未捋清楚两位主角的行动线索和人物关系。于是，沿着范、文二人相识相处——达成共识——矛盾初显——渐起分歧——矛盾爆发——解决回归的步骤，再次对情节进行了大刀阔斧的筛选，最终删掉了逾三分之二的篇幅，再度创作。

捋清主角人物关系后，又对每一阶段二者的动作即行动线进行了确定。如此确保了修改以后，主要人物篇幅不跑。此时，再回看次要人物性格的描摹。初稿中，用大篇幅描摹次要人物的根本原因，在于创作时，我并不曾将所涉及的人物琢磨透，仅简单地用情节堆砌性格，最终便又出现了问题2中人物脸谱化，简单化，难以区分的假大空现象。

至此，人物性格塑造上，便可归为一处——这些人究竟是谁？

第三步：人物定位

对人物定位这一问题的解决，也是我后期修改最为耗费精力的一项。

这些人究竟是谁？

值此，我不得不又回看当初确定选材时的创作冲动或是初衷。

之所以写范蠡和文种，我最初的想法，仅仅是因为想挑选一组性格鲜明迥异的人物来进行刻画，如此创作起来简单省力，事半功倍。

然而，真正起笔之后发现，虽然两人在历史评价中截然不同，但除去最终结局及笼统的被大伙儿称为一个豁达一个执念贪图之外，其人生轨迹和人物特质近乎相同。才华横溢，功劳赫赫。究竟如何予以真正区分？

在翻过一些历史资料和人物评价之后，站在角色当事人的角度，我曾试图替每一个人的选择和动作，作出自认尚且合乎情理的解释与猜想。随后，努力在现实生活中，或是自己身上，或是周围人，找到我所要创作的人物特质，继而进行深入的感悟和罗列归类。

如此，以大见小，又聚小成大。渐渐想明白人物的同时，又无意间找到了剧本表达上所指出的现实方向和现实意义。

例如对“文种”的认识与理解：

起初，对文种的塑造仅有一个想法，想要写出与大众印象中截然不同的“文种”来。

大多数人印象里的文种，通常是自负的，居功自傲的。他迷恋权欲，贪图虚名，不如范蠡的豁达与圆滑。在当下社会普世价值中，范蠡般左右逢源、肯低头善钻营、能屈能伸方才是收获成功的聪明之人。那么文种身上，便找不到令人移情的特质了吗？渐渐我发现，我从自己身上嗅到一丝似乎能够简单解释文种结局的原因，“自命清高”“孤傲不逊”。然而无论自嘲自省，这两种点均不能算作令人移情的特质。直到一天，我见到身边一位好友的父亲，一起吃饭，在这位父亲醉酒后，我找到了我想要的笔下的文种。

朋友的父亲好喝酒，每餐必饮。

年轻时，曾在恢复高考之际考取了某医科大学，却在报道前夕失手伤人，被迫远走当兵。在部队几年，先入党，又因不耻歪风邪气，几番错失机会，退伍回到地方。婚后，与妻子经商，靠经营海参生意小富。于20世纪90年代初，万元户少见的时代，便拥有了不只一辆轿车，经常出入五星饭店。长期的挥霍，加之膨胀后，在经营上与懂得海参养殖的妻子意见不一，逐渐败落。朋友高中时，父母离婚。父亲没有工作，每日照顾其起居饮食。母亲则远走国外。概括说来，这位父亲先前的五十年中，几番因性格错失改变人生的良机，而今盛年已过，虽算不得碌碌无为，却多少有些意兴阑珊，心有不甘，因此好喝酒。

我见到这位父亲的时候，是在朋友以第一名的成绩考到北大研究生的庆功宴上。只一桌六七人，亲朋好友。朋友优秀如此，作为父亲当晚自然少不了醉酒，高兴！因为父母离异的关系，朋友对其父亲的态度多少有些疏远。在他看来，一个较为称职的父亲，应是为家庭在外打拼，而非多年来围着锅台灶边，洗洗涮涮。在他眼中，他的父亲眼高手低，大能耐全在嘴里，空话多于行动。席间，谈到将来孩子去向的问题，是远居，还是回来父亲身边。朋友是这样回答的：几天前我看到一位学长发的朋友圈，照片上是三五发小，背景是他所在城市的夜色，上面配了一段话说，长大了才知道，曾经努力考了那么多的试，不过是为了离开小时候的家。

那一刻我突然发现，这位原本笑了一晚上的父亲眼中闪过一丝黯然。

接下来的画面，刻在我脑海中，始终不能忘记。

朋友的父亲借着酒劲，笑了。一手拦着酒瓶，一手比比画画笑着说：我一直教育他，告诉他将来不用想着我，能走多远走多远，老了不给儿女添负担是福气。我说过很多次，我说你爸爸这辈子就喜欢海，等你爸老了，别买墓地，浪费钱，火化了把我骨灰都撒海里，我顺着海漂，不管你走到哪儿，想我了，瞧见海就找见你爹了，多好！伟人才这么干！

五十大几的爷们，抱着酒瓶子笑嘻嘻说完这一番话，惹得我好一番暗暗抹泪。

酒席后，和朋友谈及他父亲。

我坦言说，你爸让人心疼，你是不是过了。

朋友眼里也泛了泪，说了这样一番话：我爸这一辈子，他知道自己欠在哪儿跌在哪儿。我从小他就教育我，别在他犯错误的地方摔着，他把希望放到我身上，但他自己不改，一辈子不肯改。那天他在家里自己喝醉了，突然跟我说，觉得他老了，他说他没大本事，不是他没本事，是这个世道变了，世道变坏了！

说到这儿，朋友不说了，我故意转了头，好让他擦泪花。

那天回来，我心里虽然酸楚，但是我找到了我想要的“文种”。

一个一辈子不肯低头认错、逞强斗狠的人，不是不知道自己哪儿错了，是不想承认自己错了。或是现实不许，或是性子不许。年轻时心高气傲，心气儿高了一辈子，被人说“活得太累”说了一辈子，到老结局和自己想的要的不一样，让他突然转了性，他肯么？不肯，已然老了，已然如此，我若转了性，从了你们，那不等于承认了我一辈子失败活错了？于是，变着法儿地不低头，变着法儿地逞强斗狠。就如同朋友的父亲一样，虽是嘴硬，可话里也有悔恨，有低头，有让人心疼的无奈和悲哀。

我发现，原来我笔下的文种，便是如此。

生活中，有多少失意的人怀揣如此令人心疼的逞强和无力，就会有多少人被文种的结局打动移情。

至此，心中有了情感的体验，笔下的人物便如同有了生命一般，自顾自得便活了起来。至于其他人物，如夫差、勾践、伍子胥等，虽不如我对文种这一角色体会之深，却也于此有所收获。

如何创作出真性情活生生的人物来？须得是半虚半实之间，既有其复杂的多面，又要找到他单纯执着的一点，大概人物不分好坏，而关乎性情。

2. 情感的生成与传递

四年的创作学习，我发现，那些大多看过了直呼过瘾的好戏里，让我记忆尤深的向来是戏中某人，而非某一情节。人能记很久，情节几日便抛诸脑后了。

大体，情节为塑造人物而服务，而人物之所以能被印在脑子里，大约源于他身上夹带的情吧。因而，情难落笔，泪总关人。

回看剧本，我常想，创作时情来自于何处？

之前听过一位前辈言论：一场戏动不动情，在于写戏的人有无戏感，戏感是天生的。擅自对此看法发表评论虽有些妄自尊大，但几年学习下来我的感觉是——动情来自于戏感不假，但戏感来源于生活，来自对生活的观察。

情真，自然意切。真，便指生活。

作为一个强调情感体验的人，我发现在生活中观察久了，下起笔来再动情便要容易一些。渐渐摸索下，我找到了自己在创作上擅长或是得心应手的地方——关乎普通人。然而虽算优点，却也是一处制约自己的屏障。自古以来的传统是——文章合为时而著，歌诗合为事而作。想要有所突破，应当走出自己的领域，去关注更多的现实生活，更多的家国大事。这便要求我作为一个创作者，不断地丰富和充实自己，毕竟仅有一双善于发现的眼睛远远不够，还要有一颗能够得出更为深刻的思考的头脑和慧心。

大概，无论时代如何变换，潮流涌向哪里，好的剧本，好的创作，永远为现实主义留有一席之地吧！

3. 创作收获

说到收获，之前一直概念模糊的“主题先行”，恰好此番创作中，也有了些许新的体会。

在以往的创作中，我总习惯于先将想要表达的主旨和情感事先列好，进而围绕着创作主旨进行人物的构思和安排。大概这便是所谓“主题先行”吧。写出的作品，往往较为空洞。

如同此番毕业创作初稿一般，当我回头进行修改和思考时，抓住了人物重新编织剧本，便会有强烈而深刻的体会——仿佛情感和主题是随着人物和情节走向而逐渐明朗的。或者说，我在摁住了人物之后创作时，起先并没有一个意识，最终想要表达的情感和主旨是什么，仅有一个大概的模糊方向。而创作的过程，便也是自己揭开谜底的过程。

于此，最大的收获和感悟是：当主题不再先行，好的作品便告别了说教，方才真正能够引起观者的思考和震荡。

4. 创作中的困难

诚然，在创作中我也遭遇了很多力不从心的困难。

例如老师指出的，经常容易醉心于文字的雕琢与形式的编排上。形式和文字皆应为人物和戏本身服务。喧宾夺主，倒适得其反。

再如，对全剧节奏的把握上，繁简失调，过于细碎，说得太细，有时反将出戏的地方盖过了，剧本的张力难以显现。

又或是唱念安排上，唱词过多，时常驮了包袱，散了情绪。

这些都是我日后需要改进和加倍领悟的地方。

四、说在最后的话

完成毕业作之后，我常想——

“大学四年学习戏文创作，我究竟收获了什么？”

作为一个考过三年的“老生”，我曾两度考取了戏文专业文考证。许是命里结缘，最终还是来到了国戏。先前从未接触过戏曲的我，自迈进国戏的那天起——从最初的抵触、无感、好奇，到渐渐有了兴趣发现和主动去探索戏曲的美，再到最后生了这份由衷的感谢。

四年，国戏和戏曲给了我一种前所未有的体验。这份体验里，有对美的认识，对情感的认知，有对艺术的领悟，有对传统的理解，有对当下创作的把握。甚至，因为我是中国戏曲学院的学生，这个身份为我赢得了许许多多的机会和尊重。从最初的遗憾，到如今即将离开，着实生出了很多不舍。我觉得自己来对了地方。戏曲是有魅力的！戏曲所饱含的情感，戏曲的写意，戏曲所具备的文学性，戏曲所独具的中国美，这一切，在四年的创作学习中，给了我无尽的体会和灵感。

于是，我得出结论——

“大概四年的学习，给了我创作的根。”

戏曲让我在这个全民浮躁的当下，慢了下来。因为，戏曲是慢的。只有当人慢了，才能留心身边的美，才会发现，才能思考，才肯感受。

大一写散文写小说，学韵辙，学平仄，学唱词，学念；大二写小戏，学整理改编，学创作，学观摩；大三写大戏，写话剧，写电影。作为中国戏曲学院戏文系的学生，我们的课程从来没有离开过戏曲。我们写戏曲，看戏曲，进剧场，学戏曲。在这里，我能接受到中国戏剧舞台创作上最优秀的老师；接触到中国艺术理论中最前沿的思考。我可以从各个不同的老师课上听中国的、听外国的、听戏剧的、听影视的、听美学的、听哲学的问题，听他们自己思考，然后反听到自己内心的声音。

我记得，曾在观摩鉴赏课上，王强老师如此说过：作为一名学习艺术、学习创作的学生，我们该有自己的思考，我们应该做走在这个时代这个世界最前沿的思辨者。我们要读萨特，读布莱希特，去读弗洛伊德，读黑格尔。显然我不是一名够格的戏文系学生，因为我的懒惰和放纵，并没有完成任务。但我仍旧觉得创作给我带来了思考，让我学会了反思，让我开始珍惜生活。

还有一番令我记忆深刻的话——是读大二时，颜老师在小戏写作课上说过的。大体意思是，我们不要为学戏曲难，写戏曲难，而犯头疼。时间久了就会发现，正因为我们学过、写过戏曲，无论是再写话剧还是影视，都会有取之不尽的感悟和用之不竭的技巧。

我想，我来对了地方！

感谢四年来诸位老师们给予我的教诲，戏曲给予我的一切！给予我创作的机会，给予我独特的情感体验，给予我对审美的不断追求与攀升，给予我各种荣誉和身份。还有，给予我的这些成长和好运！

写戏如同做人，永没有剧终一说。

好的作品经得住时间的沉淀，每每回头，每每有崭新的体会。四年时光虽匆匆而过，但愿创作能够与我长留。

美的东西，永远不会因为时间久了而蒙尘，只要你愿意走进它！

2012级戏文系　姜　锋

指导教师　郝荫柏

时　间：春秋末期

地　点：吴越两国

人物表：

文　种——越相，范蠡生死知己，越国功臣。

范　蠡——越将，文种生死挚友，越国功臣。

勾　践——越王，范、文二人主公。

夫　差——吴王，辖权臣伍子胥、伯嚭。

伍子胥——吴相，吴王亚父，万人之上。

伯　嚭——吴大夫，逢迎通越。

夫　人——越后，勾践妻子，越国夫人。

序

〔幕启。

〔黑暗中，传来孩童们的吟咏声。

〔外：

满天月亮一颗星，

千万将军一个兵。

明眼人说颠倒话，

聋子听了笑盈盈。

满天月亮一颗星，

东西大路南北行。

明白人生过颠倒，

小儿闲话老翁听！

〔一声吆喝：去旧迎新喽——

〔霎时，转了音乐，喜庆，热烈。

〔伍府仆人们拎着红灯笼涌上。

〔众人洒扫铺陈，一片张灯结彩，热闹非凡。

〔两个扫地青年迈步人前。

扫地甲 （唱）人逢喜事精神爽，

扫地乙 （唱）万象更新气昂昂！

扫地甲 （唱）扫地人，

扫的是，

旧尘旧土旧时运；

扫地乙 （唱）掌红灯，

映照这，

新朝新君新篇章。

丫环们　（唱）抹头面，
着红裳。
扑香粉，
贴花黄。
男丁们　（唱）心里头悄悄藏着吻——
丫环们　哪个藏了哇？！
男丁们　（唱）藏着美梦，
飞上枝头做凤凰！

〔哄笑中，丫环们掩面逃到人后。

男丁们　（唱）阖闾死，
夫差王，
吃了败仗发新粮；
减赋税，
免徭役，
还能回家娶婆娘。

〔众人放下活计。

众　仆　（唱）来路短，
去路长，
打扫了庭院宰猪羊。
老王府，
铺新土，
笔直的大路通朝堂！
扫地乙　（唱）戏台上木偶悬着线，
众　仆　嘘！
扫地乙　（唱）守山的老虎他——
众　仆　（唱）他睡龙床！
扫地甲　（唱）有道是一朝天子一朝相，
扫地乙　（唱）谁料想辅王议政，相爷亚父、伍白头他——

众　仆　叫老爷!

扫地乙　（唱）他他他，他奶奶的梅开二度还真强!

〔众人哄笑。

〔外：阿哼——

〔猛地一声清嗓，干脆严厉。

〔众人紧忙收了笑，仔细着。

扫地甲　嘘——老爷!

〔舞台转了光，压抑、黑暗，家丁们隐去。

〔凄凉的笛声兀得响起，似有雷电和落雨声。

〔追光渐亮——伍子胥怆然肃立，高高地，朝远处眺望。

〔他双手奉诏，一身孝服，白发苍苍。

伍子胥　（唱）眼中泪，
心内悲。
泪悲人，
人不归。
归来一纸空留恨，
恨不兄弟共居危。
沥血叩心忠君事，
竭忠尽智难报晖。

大王啊!

痛别大王把身跪，
道些肺腑与兄随。
伍员不为名千古，
伍员不将富贵追。
也非伍某贪权欲，
从来无意耀门楣。
偏偏一纸诏书下，
恩义两难不由推。

禽鸟尚施反哺义，
牲畜更行跪乳为。
岂能空披人皮袄，
岂敢妄作窃国贼。
愚弟不负托孤意，
盼兄安睡享慈悲。
但愿王儿得天道，
励精图治远是非。
可叹薄情多百姓，
李家走了张家陪。

〔角落里，伯嚭一脸忿忿然。

〔只见他——手持一柄金算盘，五短身材。

伯　嚭　气煞伯嚭！

（唱）从来逐利多权贵，
百姓几人问兴衰。
离了伍府把步迈，
又羞又臊脸发白。
好心登门去道喜，
岂料反被轰出来。
不忠不孝是伯嚭，
恩义两全入他怀。
贼伍厮伯蠢材，
忒糊涂痛不该！
搭台唱戏你欠我，
他日定将这人情债且捞回来！

〔雷声渐大。

〔伍府的家丁们散落着，

〔扫地人带头，一伙人站得笔直，胸前举着酒碗。

〔外：大王令——吉时到，去旧纳新——

众家丁 （高喊）去旧！纳新！

〔外：立——！

〔众人一饮而尽，饮罢高举酒碗。

众家丁 （齐声）谢大王！

〔随即，将酒碗痛摔在地。

〔轰隆，一声闷雷——

伍子胥 老臣伍子胥——拜送大王。

〔静场。

〔伍子胥缓缓拜倒。

〔舞台重染昏暗，凄凉中，伯嚭处寒光凛凛。

伯　嚭 （清唱）是非成败转头去，
哼哼且看——（恨笑）
几人稳坐钓鱼台？

〔切光。

第一场

〔楚国乡野。

〔范蠡扛着锄头草庐前耕作。

范　蠡 （唱）天地悠悠，
天地悠悠山河秀，
山外青山楼外楼。
人称我旷世奇才沉塘坳；
我道他稀里糊涂一沙鸥。
放眼看战国纷乱多争斗；

叹流民你争我夺只为那一口粥。
有心来把乾坤转，
小小玺印实难求。
倒不如，学范蠡，
青山做伴林为友，
乱世之中辟静幽。

〔外：书童（接唱）：

地是床来天作被，
风霜裹体草当裘！

范　蠡　（笑）呵呵，童儿好厉害一张嘴！

〔书童奉茶上，范蠡落座。

范　蠡　怎么，好大的怨气！
书　童　……（只管倒水）
范　蠡　莫不是吞了哑药，要做个哑童儿？

〔范蠡取杯，书童拦住。

书　童　（故作正色）先生，照惯例，您要先问我问题！
范　蠡　烈日当头，实在口渴——（再取）
书　童　先生！（摇头）
范　蠡　好好，问问题。
书　童　先生该问，（学腔调）今日饮的是生茶，还是熟茶呀？

〔书童摇头晃脑，引得范蠡大笑。

范　蠡　哎呀呀——你这个顽劣的童儿！
书　童　先生倒是问呀！
范　蠡　是呀，今日饮的是……
书　童　（递杯）先生想喝什么茶？
范　蠡　（闭眼）夏日炎炎，生茶清纯。（饮茶）
书　童　如何？

范　蠡　欠些甘甜，想必是熟茶。
书　童　先生再尝。
范　蠡　（又尝）似又无熟茶的醇香？

〔书童接过茶杯，斟满递回。

书　童　先生果真风雅！白水而已，也能品出许多滋味——
范　蠡　（接杯）白水？

〔外：哈哈哈哈——
〔突然几声大笑，文种兴致勃勃上。

文　种　（唱）这个先生太荒谬，
　　　　日子过得不知愁。
　　　　喝水也能品成茶，
　　　　没钱还要逞风流。
范　蠡　敢情是文兄的主意！
书　童　见过宛令大人。
范　蠡　好哇，人小鬼大，竟合起外人戏耍自家先生！
文　种　（作揖）文某不才。
范　蠡　（唱）尊一声兄长文种听分辨，
　　　　人世间逞风流无关金钱。
文　种　哦？
范　蠡　（唱）解忧愁，
　　　　掷千金寻一碗粗茶淡饭；
　　　　得意处，
　　　　睡茅屋也美作世外桃源！
文　种　好一番自在随心！愚兄敬你——

〔书童斟水，二人饮杯。

文　种　（唱）一杯茶沁心脾芳香四溅，
范　蠡　（唱）两杯酒醉得我意马心猿。

文　种　（唱）三寸舌歌不尽诗词经赋，

范　蠡　（唱）四下里叹流年把酒问天！

〔再敬。

文　种　（唱）贤弟你不贪富，

范　蠡　（唱）志气孬不图权。

但求醉情于山水——

文　种　（唱）抚琴好奏鸳鸯弦。

范　蠡　知我者文种也。

文　种　请！

〔再饮杯。

〔文种移步，拾起锄头，细细端详。

文　种　（唱）小小薅锄墙边靠，

不声不语不招摇。

春来培土秋收果，

翻飞也作浪白条。

偏你生在农田里，

几人识得好功劳？

他日煅作尚方剑，

不枉来世走一遭。

范　蠡　（唱）好生一番惊人语，

平地听雷震心潮。

我只当他性风雅，

我只当他乐逍遥。

我只当他为官堕，

我只当他清水交。

往来也曾把酒论，

且做醉话煨佳肴。

今日倏尔吐心迹，

莫非幽壑伏潜蛟？

书　童　宛令大人好霸气的才情！

文　种　不及你家先生一二。

范　蠡　（唱）承蒙大人多关照，

屈尊俯就将我瞧。

山鸦怎敢比鹰隼，

野汉跳梁慰辛劳。

文　种　（唱）贤弟何必卑言语，

倒将兄弟情分消。

范　蠡　（唱）为人不该攀权贵，

文　种　（唱）便脱这云履与官袍；

范　蠡　（唱）须知身后三千嘴，

文　种　（唱）但凭心迹鉴诼谣。

范　蠡　（唱）长幼尊卑终有序，

文　种　（唱）意气相投犯不着。

范　蠡　（唱）饮酒纵杯误公事，

文　种　（唱）家长里短断不消；

范　蠡　（唱）倘若百姓多辱骂——

文　种　骂什么？

范　蠡　（唱）民骂官疏于政务懒机要！

文　种　这这这——

（唱）不曾见，

哪一个撞钟地和尚他道行高？！

书　童　大人真妙语！

〔范蠡上下打量褪去靴袍的文种。

书　童　先生？

范　蠡　（唱）自然是人逢知己千杯少，

难得意放浪形骸醉今朝；

只怕是醒来寻不见乌纱冠？（指了指文种长冠）

书　童　哎呀呀——

〔文种拔了发簪，将长冠取下。

文　种　呵，好一句醒来不见乌纱冠！

书　童　大人？

文　种　（唱）笑一声杀猪焉用我宰牛刀！

〔语罢，反将长冠掷地。

书　童　大人！

〔书童连忙拾起，回身奉还文种。

〔文种不屑，书童两下为难，捧回先生旁。

书　童　小童今日方才识得，好一个傲骨铮铮的宛令大人！

范　蠡　（唱）你看他信誓旦旦，
信誓旦旦口若悬河侃侃谈。
从来是文人骚客多卖弄，
为赋清高言不惭。
慷慨陈词易，
心口如一难。
是深是浅需见底，
是人是鬼好心安。
果真乡野逢知己，
也不枉我此一番——
兜兜转转费尽了周章将他盘！

〔书童会意，悄然下。

范　蠡　兄长——

文　种　贤弟这般刁难，莫不是要将我轰出门外？

范　蠡　常言道——
（唱）罗雀门庭无俗驾，
竹林深处觅英豪。

往来谈笑皆高士，
推杯换盏名九霄。
愚弟岂能赶兄长，
于情于理两不饶！

文　种　你怕我——
（唱）醉翁喜醉不醉酒，
归隐好渡青龙桥。

范　蠡　（唱）甘贫乐道本快事，
故弄玄虚双刃刀。
大人本是无心柳——

文　种　哼——
（唱）柳偏成荫被矮瞧！

范　蠡　实实为大人着想！

文　种　那便是了！我当你是贤弟知音，你当我沽名钓誉的大人！

范　蠡　（赔笑）你瞧？！兄长果真错怪我了！

文　种　果真错怪你？哼哼（嗤笑）……
——果真是，
（清唱）虎藏龙山中住，
古来圣贤门槛高！

〔文种拂袖，转身欲去。

范　蠡　兄长要走？

文　种　怎么？不怕在下沽名钓誉，污了你的净土！

范　蠡　兄长口口声声唤我挚友，挚友推杯换盏，也该——

文　种　如何？

范　蠡　推心置腹呀！

文　种　……

范　蠡　啊？哈哈哈……

文　种　如此说——我留，污你的美誉；我走，倒成我小气？

〔文种起步难迈，收脚难落，一时难堪。

文　种　这走也不是，留也不是，左右皆错，我倒寸步难行！

范　蠡　贤兄三思！

文　种　可恨！可恼！

范　蠡　愚弟玩笑，兄长莫急——

文　种　（唱）一霎时气得我心如火燎，

便知他是玩笑性偏不饶！

也非我肚量窄心胸矮小，

也不是文种孬脸皮儿薄。

火的是步步退左右皆错，

恍惚间乱阵脚举棋无招。

我虽有扶摇意会击千里，

却未尝钓沽名作弄分毫。

慕盛名觅知音图个畅快，

共幸事解烦忧好诉心巢。

我急不为遭戏弄，

我恼不因被矮瞧。

如雷的性子压不住，

似干柴遇星火一点就着。

只道是辱斯文穿衣蔽体，

恨不能赤诚见掏心来瞧！

今日迈步出门易，

天地茫茫茫茫天地，

何处再寻我志同道合的莫逆交？

罢了！

〔文种径直而去。

范　蠡　兄长——

文　种　（不曾回头）……文某改日拜会。

〔范蠡忙正衣冠，弯腰作揖。

范　蠡　范蠡不才，斗胆向先生请教！

〔文种止步。

〔静场。

范　蠡　敢问……

文　种　……

范　蠡　若兄不弃，可愿同范蠡共赴一番平生志向？

〔静场。

文　种　平生志向？

〔文种涂涂转身——

〔四目相迎。

〔切光。

第二场

〔战场。

〔勾践引一队人马中了吴军埋伏。

〔一番厮杀。

〔越军不敌，勾践艰难脱身，丢盔甲，受轻伤，逃回营前。

勾　践　（唱）倾巢精锐，
兵陷重围！
实指望出奇兵攻他不备，
谁料想贼夫差画好圈套将我追。
连吃败仗险丢命，
弃盔甲扮作农夫把营回。

可恨我十万兵马悉数去，
仅剩下五千散将困墟堆。
偏不信苍天助吴不助越，
小会稽难立我一国之君丈夫碑。

来啊——（勾践退步，解下草帽蓑衣撇向一旁）
升帐！

〔外：大王回营——

〔帐内，众将跪地分列。

众将士 末将等，叩见大王！

〔勾践行至案前。

〔外：报——

〔哨兵上。勾践背对众人，换盔甲正仪容。

哨　兵 禀大王，营外有百姓求见！

勾　践 百姓？

哨　兵 说是自楚地而来。

〔勾践不答。

哨　兵 请大王示下。

勾　践 你是都城口音，安城来的？

哨　兵 ……？（不明就里）

勾　践 家中还有些什么人？

哨　兵 回大王，小的家住安城，上有老母兄长。

勾　践 不曾娶妻？

哨　兵 去年刚生儿子。

勾　践 参军多久？

哨　兵 自大王即位前便追随左右。

勾　践 哦。

〔勾践穿戴妥当，回身落座。

勾　践　你是哨兵！

哨　兵　回大王，是哨兵。

勾　践　去吧！下去后，自行去领五十军仗。

哨　兵　大王？

〔勾践挥袖，左右拖下。

勾　践　还跪着做什么？

〔适时传来刑杖声；众将盼顾，无人敢起。

勾　践　起来说话！

众将士　谢大王——

勾　践　见诸位愁眉紧锁，似有心事？

众将士　……（无人敢言）

勾　践　莫不是见到孤王活生生地回来吃了一惊？啊？啊哈哈。

众将士　（忙跪倒）末将无能！

勾　践　孤王与爱卿们说笑了，堂堂越国男儿，哪有无能之辈！

众将士　某等不曾救大王于水火，罪该万死！

勾　践　自家兄弟，提不得死字。

〔外：回禀大王——

〔哨兵再被拖上。

士　兵　此人不堪刑罚，已经断气。

勾　践　还差多少？

士　兵　二十军棍。

勾　践　打完，埋了。

士　兵　诺。（拖下）

〔外：大王——容我面见大王！

〔范文二人帐外叫殿，舞台转暗。

〔台光渐亮，二人于众将纠缠下，被引至帐前。

范　蠡　（唱）千里行来多颠沛，

兵荒马乱入仕难。

文　种　（唱）急驱飞驰不可待，

投奔明君不卸鞍。

范　蠡　（拱手）参见大王！

文　种　（拱手）

〔众将刀枪架起。

众将士　大胆刁民——

勾　践　好没规矩的村汉。

众将士　中军营帐，岂容私闯！

勾　践　来啊——

众将士　有！

勾　践　绑了拿下！

文　种　这？

范　蠡　慢！

勾　践　如何？

〔范蠡拱手跪地。

范　蠡　（唱）越军帐内身跪倒，

拱手屈膝拜英豪。

勾　践　他倒知书识礼——

范　蠡　（唱）大王在上多恕罪，

且听刁民说根苗。

论情不该下犯上，

论理军法罪难饶。

勾　践　你倒通晓军纪！

范　蠡　（唱）纵有千般万般错，

不比大王差分毫。

众将士　大胆！

勾　践　且让他说——

范　蠡　（唱）我兄弟进帐未言语，
　　　　　　便缚了手脚下军牢。
　　　　　　素闻越国多礼义，
　　　　　　原来麻绳把客招！
文　种　贤弟好口才！
范　蠡　（拜倒在地）刁民斗胆！
勾　践　如此，便与你个自报家门的机会！

〔众将收了阵仗。

范　蠡　（唱）但见诸将收兵器，
　　　　　　忙偷擦额上涔涔滴。
　　　　　　抖激灵，
　　　　　　撑足了胆量说瞎话，
　　　　　　提脑袋，
　　　　　　倒他打一耙直发虚。
　　　　险呐！
文　种　贤弟，还不快快报上家门呐！
范　蠡　兄长提点的是。
　　　　（唱）先谢过大王不杀意，
　　　　　　贸然闯帐是情急。
　　　　　　我兄文种官宛令——
文　种　见过大王！
勾　践　宛令？（轻笑）
范　蠡　（唱）乡野草民名范蠡。
　　　　　　我兄弟扬鞭自楚地，
　　　　　　千万里，
　　　　　　马不停蹄星月披。
　　　　　　一为勾践英名故，
　　　　　　乱世豪杰堪相识；
　　　　　　二为越王贤君故，

诸子百家无不知。

但求效力于麾下，

倾尽所学展王旗！

勾　践　原是两匹千里马寻我这个伯乐来了。

范　蠡　大王不弃！

勾　践　好！

〔勾践起身。

勾　践　你来，看！出了这帐外三十里地，便是吴军的大营——

范　蠡　哦。

勾　践　你二人现在便冲了进去——

范　蠡　冲了进去。

勾　践　——直奔中军！

范　蠡　直奔中军。

勾　践　之后，一刀——取了那吴王夫差的性命！

范　蠡　这个……

勾　践　再提着那厮首级回来，孤便许你个一等将军，如何？

范　蠡　大王说笑了！

勾　践　怎么，不能？

范　蠡　回大王，是不敢呐！

勾　践　不敢？哈哈哈……（大笑）

文　种　岂有此理！

勾　践　（唱）叫一声白面书生听清楚，

大丈夫威风八面气如虹！

孤王这帐下将帅多奇俊，

随我身经百战劫余生！

哪个无血债，

哪个洗得清！

拼的是驰骋疆场刀光与剑影，

讲的是两军对阵手下不留情！

你手无缚鸡力，
身无尺寸功。
叫你杀敌你不敢，
何谈拜在孤帐中！

文　种　分明强人所难！

勾　践　轰了出去——

众将士　得令！

勾　践　若还不走，绑了战前祭军！

〔众将拿了二人。

范　蠡　大王！

〔范蠡不甘。

范　蠡　常言道，两军对战不对阵，帐中早已定输赢——

〔勾践闻言，示意左右。

范　蠡　兄长与我虽无上阵杀敌之力，却有运筹帷幄之能！

勾　践　如你所言，倒还轰不得？

范　蠡　一腔赤胆，大王明鉴！

文　种　明鉴？

（清唱）只怕是，
是敌是友他难鉴，
是黑是白更不明！

难呐！

勾　践　（唱）似这般——
伶牙利嘴信誓旦旦，
放厥词，
花言巧语不羞不惭。
若不是，
居心叵测早有打算，

又谁会，
明知山中虎，
偏偏向虎山！

文　种　（唱）入得虎穴不见虎，
谁料泼猴占了山。
任人唯才真天子，
莽汉诸侯草台班。

范　蠡　（唱）这边厢满腹经纶天上住，
那地里唯我独尊性刁钻。
寻一个千载难逢好机会，
展雄才施抱负，
难遇这英雄末路孤立立急切切进退两难！
可怜我双膝跪地话说尽，
端的他挺直腰杆颈不弯。

贤兄啊，
分明这，
雪中送炭你提议，
何时肯放下一身酸？

文　种　难呐！（嘲讽勾践）

范　蠡　苦哇！

勾　践　你二人这出戏，还要作到何时？

范　蠡　哎呀，糟了！

文　种　呵，准是他又将你我认作了吴国的奸细！

范　蠡　千万误会不得，大王——

文　种　蠢喔！

勾　践　还不从实招来？！

文　种　招？

众将士　招哇！

〔众将又将刀枪架起。

文　种　不如大王猜猜，我们是夫差派来的人，还是那伍子胥——养的狗哇？

范　蠡　哎呀兄长！

文　种　啊？啊哈哈哈！

众将士　哇呀呀大王——（跃跃欲试）

勾　践　让他接着说！

文　种　吴军早已杀得你困守会稽，无路可退，又何必再派奸细多此一举？

勾　践　你！

文　种　蠢呐！好蠢的大王——

〔勾践恨恨然。

勾　践　（咬牙）来呀！绑了贼人——与我吊起来！

范　蠡　兄长呀，你呀你……

〔文种斥鼻，二人被吊起。

勾　践　（唱）呆竖儒口无遮拦忒放肆，
　　逞熊胆乱我军心兵将前。
　　倘饶他众将眼里作何想？
　　若生变落魄君王怎周全？

范　蠡　（唱）恼兄长明知误会偏添乱，

文　种　（唱）叹勾践榆木脑袋看不穿。

勾　践　（唱）最可恨旧怒偏又添新火，（左右思量）

文　种　（唱）他早是瓮中之鳖活命难！（一旁勾践计生心头）

勾　践　来啊！取我的弓箭！

范　蠡　（唱）一见越王怒火起，
　　不由寒意涌心间。

文　种　（唱）几句话儿难吞咽，
　　何来心胸掌霸权？

勾　践　（唱）请了弯弓二回看，
　　众将抖擞现威严。

范　蠡　（唱）兄长且听一声劝，

识得大局顾周全！

勾　践　（唱）弓箭好比救命草，

救我勾践危难间。

文　种　（唱）只怪文种拖累你，

来生牛马报前缘！

勾　践　（唱）举弓众将生怒目，

取箭怒目更睁圆。

本来将帅情难抑，

一见吴军恨自燃。

范　蠡　（唱）油盐酱醋皆不进，

苦了范蠡老大难！

勾　践　（唱）家仇国恨逢绝境，

他二人竟保我平安。

范　蠡　（唱）纵使贤兄才八斗，

还不是臣子跪堂前。

文　种　（唱）好男儿跪天跪地跪父母，

偏不为一时荣辱献媚颜！

勾　践　（唱）且看我拉弓再把这雕翎放——

范　蠡　哎呀，使不得，大王！

〔勾践张弓，箭头时而指向文种，时而对准范蠡。

〔左左右右，犹犹豫豫，惹得众将好不焦急。

文　种　（唱）叫一声可怜的勾践，

你忒不堪！

勾　践　看箭！

〔勾践掉转箭头直指范蠡——

〔千钧一发。

范　蠡　我招！

〔咔嚓——箭不曾射出，弓却被拦腰拉断。

范　蠡　我全招!

勾　践　你瞧，天不让我取尔命，到底你命不该绝呀!

〔勾践将断弓扔向一旁。

众将士　大王?

勾　践　不急，先放他下来。

文　种　范蠡你?!

〔范蠡被松绑。

范　蠡　回大王，我二人却是奸细不假!

文　种　你胡说什么——

勾　践　往下说!

范　蠡　夫差命我二人混进营帐，只待吴军总攻之时，好趁乱取你的首级!

勾　践　好哇!

文　种　哎!

范　蠡　(跪地)小人愿将功补过!

勾　践　再取弓来——

〔勾践示意范蠡接过。

范　蠡　(手捧弓箭)大王这?

勾　践　开弓难有回头箭，既然进了大营，便出去不得。

范　蠡　大王是要我?

勾　践　拉弓——替孤王射箭!

范　蠡　替大王射箭?!

〔范蠡捧弓，有将士擂鼓。

〔鼓声一下下、一声一声敲打着，催促着范蠡。

〔鼓声渐重，范蠡徐徐拉弓，瞄准文种。

文　种　贤弟你，你当真要——

范　蠡　(唱)恍恍惚似懂非懂，

展弓箭范蠡迷糊。

难不成假大王是真糊涂；
认了我真细作脱口而出？
且看这一屋的怒火压不住，
见吴军更擂鼓，
杀机难掩好似那天涯亡命徒！
这厢里越王要我拉弓箭；
那一边吴军胜势如破竹。（不由收了弓箭）
越国早已是囊中物，（放回箭囊）
倘活命——（双手捧弓）
唯有缴械投降徐作图。

〔范蠡思及如此，步步后退。
〔不想正撞上身后的越将怒目圆睁。

哎呀！（了然于胸）
再看这手里弓和箭，
回身瞧那座上的主。
范蠡呀范蠡，
你自诩聪明一世，
偏怎的也犯糊涂！

文　种　范蠡！

范　蠡　（唱）但听一声亲切语，
寻声问源放眼瞧。

文　种　我当真是错看了你呀——

范　蠡　（唱）险些忘了他贤兄长，
还熟鸭子嘴硬不求饶。

文　种　你倒是张弓箭！

范　蠡　兄长！

文　种　你快快布雕翎！

勾　践　范蠡！

众将士　哇呀呀……（鼓声更重）

范　蠡　（唱）且看我，
　　　　　　拈弯弓，
　　　　　　取雕翎，
　　　　　　端直了燕尾搭虎筋。
　　　　　　休怪愚弟多得罪，
　　　　　　今日偏要治上一治兄长你这——
　　　　　　一身酸病臭矫情！
　　　　看箭！
文　种　范——蠡！
　　　　〔咔嚓——弓又拉断。
　　　　〔勾践忍不住大笑。
勾　践　范蠡呀范蠡，好你个范蠡！
范　蠡　大王莫怪。
勾　践　你莫不是也要说——
　　　　〔勾践指了指天。
勾　践　是这天，不让你取他的命？！啊？啊哈哈哈。
文　种　你二人要杀便杀，莫要羞辱他人！
勾　践　你瞧瞧，只怕是你这弓，它白白地断了哇，哈哈哈……
众将士　大——王？！（愤愤不满）
勾　践　（忙收笑）这，（故作正色）来啊，再取弓箭！
范　蠡　慢！
众将士　嗯？！
范　蠡　回大王，罪臣虽愿归降，但众将怒火难熄——
勾　践　爱卿的意思是？
范　蠡　便取了这奸细的性命吧！
文　种　你！
勾　践　好哇，哈哈哈！
范　蠡　臣斗胆，此奸细已然暴露身份，留下是死，倒不如把他送回吴军——

众将士 送回吴军？！

范　蠡 回去也是死！

众将士 这……

范　蠡 让他们自己人杀自己人，岂不快哉？

文　种 好你个范蠡！

勾　践 吴军杀吴军？这个计谋高哇！（饶有兴味）解气！

〔众将犹豫。

勾　践 来呀，孤王做主，吊了半天不想再看他一眼，快快解了送去吴军大营！

〔文种被解绑放下。

范　蠡 兄长——

文　种 休要叫我！

范　蠡 兄长莫怪！

勾　践 快快送走——

〔众将押了文种欲下。

文　种 怪只怪，文种眼拙识君错；竟然是知人知面不知心！

范　蠡 兄长——

〔文种下。

〔外：报！报——

勾　践 何事惊慌！

〔一兵卒连滚带爬，慌不择步，上。

士　兵 前线战报！

勾　践 速速讲来！

士　兵 吴军……

〔外：杀呀——杀——

勾　践 吴军杀来了！

士　兵　我军正被包围，怕是，怕是要……

〔勾践抽刀，一脚将士兵踹开。

勾　践　（举刀）怕什么，苍天助越不助吴——来呀！

众将士　（皆拔刀）有！

勾　践　不要命的，这就随孤王杀出去——

众将士　杀！

范　蠡　慢！

〔范蠡忙上前拦住。

〔众人躲，范蠡拦；众人躲，范蠡再拦！

〔一番纠缠，范蠡跪倒在勾践身前。

勾　践　你又来！

范　蠡　大王切莫莽撞！

勾　践　你倒让与不让?！

范　蠡　大王——

勾　践　你与我让啊！

〔勾践起脚反将范蠡踢翻在地，范蠡伏在地上——

范　蠡　（唱）劝大王，
莫出帐，
慢举刀，
细思量。
此刻帐外杀机起，
莫要送死——
便宜了那野心狼！

勾　践　（唱）贼夫差，
忒张狂；
恨得某，
牙根痒！

三万精兵团围剿，

烧了某上千草料与军粮！

你既说某去送死，

某倒看是你先死还是我先亡？

看刀！

〔勾践举刀。

范　蠡　大王？！

〔定格，静场。

〔舞台上不见了众将，仅一束追光将勾践与范蠡笼住。

〔黑暗中，只见二人换了笑容，凝眸对望。

勾　践　勾践谢过——范将军！

范　蠡　大王英明！

〔勾践放声大笑，那笑声刺耳，愈来愈大，愈笑愈欢。

〔切光。

第三场

〔星夜，山间小路。

〔文种牵马而行，望见头顶一轮皓月。

〔月光盈盈，冰凉凉洒在文种的身上，不免多生几分凄凉。

〔文种停了脚步。

文　种　文种啊文种！唉——

（唱）孤寂寂一轮月，

哀凄凄满天星。

〔文种回望四周，空无一人。

端的是你茕茕孑立！

有谁问你冷冷冰冰?

〔文种不由得拢住披风。

思人生磕磕碰碰，
碰碰磕磕只为着，
你一身的傲骨傲骨一身响铮铮!

罢了，走罢!

〔文种欲跨马前行。

〔不料马儿不肯，反将文种摔下。

〔文种再扽马绳，马儿扬起前蹄，一声嘶鸣——

文　种　（唱）贼马儿又臭又硬，
骑不得牵还不行。
只当你脚踏飞燕，
以为你翩若游龙。
纵有这万般能耐，
还不是困坐牢笼。
马再好也怕骄横，
切忌着钓誉沽名。
见伯乐合该顺应，
逞英雄孤掌难鸣。

〔外：范蠡（唱）：
离了那江河湖海，
潜蛟龙寸步难行。

〔范蠡上。

〔文种见范蠡，转身跨马，偏马不从命。

范　蠡　兄长又何苦为难马儿！他便知我要追你，实在心疼我呀!

〔文种再牵马，马不动。

文　种　（指马）到底是吃里扒外的东西！分不清远近，理不明亲疏!

〔文种解下马鞭、披风。

文　种　你便也随了去罢！（丢了一旁）

范　蠡　兄长啊兄长，你教我追得是好苦哇！

文　种　呵，你不去追你那威风八面的大王？倒来追我做甚！

范　蠡　我有喜事说与兄长呀。

文　种　哦，喜事？

范　蠡　怎么？兄长不听！

〔文种迟疑，片刻，转身。

文　种　莫不是勾践封了你个一等的将军——

范　蠡　哈哈哈——

文　种　文种给你道喜了！

范　蠡　哎呀呀兄长——

文　种　（慌忙）唉，我不是你的兄长啊！

范　蠡　兄长！

文　种　我哪里配有你这般——八面玲珑的贤弟呀！

（唱）想当初，

端的谁隐居山林为清静；

恨最恨达官显贵吃人心。

却如今又是谁屈膝跪地全不顾；

为求官摇尾乞怜胡乱云！

范　蠡　是我，都是我——

文　种　（唱）我弟不曾生媚骨，

我弟不当座上宾。

我弟岂能改心性？

我弟更将是非分！

怪只怪文种眼拙识君错，

却原来认人相面忘问心。

趣不投缘何能够成知己？

人各志就此分道不认亲！

范　蠡　（唱）兄长莫要再使性，

范蠡低头了！

文　种　你低得什么头哇——

范　蠡　（唱）就随范蠡还军营。

纵有千般万般错，

愚弟日后定还情。

文　种　（唱）丈夫不伍奸与佞，

文种怎同小人行？

范　蠡　（唱）兄长冤我实难罄，

且让愚弟详陈情。

你我初到越营地，

红口白牙空无凭。

纸上谈兵难为用，

莫怪勾践不留情。

卑躬屈膝不叫奉，

语笑逢迎待分明！

文　种　（唱）他口口声声尽在理，

倒成了文种不讲情！

范　蠡　（唱）范蠡如何兄知晓，

贤兄为人弟也明！

当日咽得草庐脱袍辱，

今朝如何不肯忍一箭疼？

兄长若是还不恕，

便再吊范蠡谋公平！

〔范蠡单膝跪地，拱手求情。

文　种　（唱）方才忿言离军帐，

而今回还面何容？

范　蠡　哈哈哈，贤兄莫怕，便知兄长性情！

（唱）越军大败遭围困，

勾践欲降恐骂名。

众将前我让他把台阶下，

替兄长换得了那相国名！

文　种　你是说……

范　蠡　（唱）盼望兄长随弟去，

快马加鞭共还营。

文　种　回越营……

〔文种为难。

文　种　不，不不！

〔文种退，范蠡跟。

范　蠡　（唱）贤兄跨马莫犹豫，

相爷回营奔前程！

相爷！（单膝拜）

文　种　天老爷呀天老爷，你为何偏偏，就爱看我文种——出丑呢？！

〔静场。

〔切光。

〔幕后，文种：贤弟呀，兄长我还有最后一句——

（黑暗中，马蹄声声）

范蠡：兄长快些！

文种：我，我回去，可是为那越国百姓呀！

范蠡：啊？

文种：啊！

范蠡：啊哈哈哈哈——

文种：你看你！

（马儿嘶鸣，马蹄声声分外清晰）

〔暗转。

第四场

〔吴军校场。

〔伍子胥站立高台，挥舞军旗，操演战阵。

〔鼓声隆隆，字字铿锵。

〔众将闻令而动，万口同声，飒飒军威，气势恢宏。

伍子胥 （呼）汤汤泗水，
荡绝鼠獐。（众将：——起）
大风泱泱，
沦卷平冈。（众将：——攻）
思吾男儿，
生死如常。（众将：——迫）
铮铮铁骨，
巍巍虎狼。（众将：——击）
纵横沙场，
辅正朝堂。（众将：——投）
攘奸除佞，
固国安邦。（众将：——掷）
浩浩正气，
佑我吴疆！（众将：——杀）

〔外：大王巡营！

伍子胥 鸣金！

〔众将士收拢阵型。

伍子胥 迎大王！

众将士 跪——

〔伯嚭上。

伯　嚭　（唱）金算盘，

细盘算，

算来了宝马香车玉石山。

巧伯嚭，

计多端，

一张嘴食两家饭。

甚么？

你咒我，

大忠似奸头要断？

哈哈哈，

我教你！

乱世为官难难难。

且看！

伍子胥　（跪地）老臣伍子胥，见过大王！

伯　嚭　呦——老相爷？

伍子胥　（抬头）是……你？！

伯　嚭　你？

〔伯嚭转着眼珠儿，指着自己。

伯　嚭　嗨！您说您这跪的——可不就是我么！

伍子胥　哼！（拍拍衣服，起身）

伯　嚭　老相爷又不辞辛劳，练兵呐？

伍子胥　（回身）你们也起来罢——

〔众人起身。

伯　嚭　便又不练了？

伍子胥　今日解散，歇息去吧！

众将士　谢丞相！（下）

伯　嚭　老相爷当真——一言九鼎呀！（竖拇指）

伍子胥　（不睬）你懂些什么……（转身要走）

伯　嚭　我？我是不懂，这仗也打了，仇也报了，相爷还这般日夜练兵……

伍子胥　（回身）你怕了？

伯　嚭　我……我当然怕老相爷你的身子——吃不消哇！（别有意味）

伍子胥　你可知，磨刀不误砍柴工？

伯　嚭　磨刀砍柴？不知相爷下一步，还要砍什么柴呀？

伍子胥　刀磨快了，第一个砍的么？

伯　嚭　第一个砍的——

伍子胥　便是你！

伯　嚭　你！

伍子胥　哈哈哈哈！

〔外，夫差：来呀——伯嚭带路！

〔夫差上。

夫　差　（唱）径万里兮度血海，

为父仇兮登高台。

登高台兮览天地，

渺尘埃兮小夫差。

伯　嚭　大王来的好时候，相爷他——

夫　差　亚父不过一句玩笑罢了，他磨他的刀，你不做刀下柴就是！

伯　嚭　我不做刀下……（急忙跪地）奴才万万不敢！

伍子胥　（欲跪）大王——

夫　差　（扶起）亚父多礼，王儿怎受得起——

伯　嚭　大王恕罪！

夫　差　你一定要孤王来，不会就为看亚父如何练兵吧？！

伍子胥　大王倘若训话，老臣就唤他们回来。

夫　差　不慌！

〔夫差上扶起伍子胥坐到一旁太师椅上。

夫　差　亚父辛劳，练兵有方，今日一见，果然威风。又打了胜仗，王儿这便传令犒赏三军，加封亚父——

伍子胥 帽子够多了，戴不下。

夫　差 ……一等将军，直辖三军？

伍子胥 （起身）你又胡来——

夫　差 （忙将伍子胥按回）亚父的令，便是王儿的令！能者，多劳哇！

伍子胥 这……

〔伯嚭跪在一旁，侧耳听着。

夫　差 （转身）你还有什么洋相，快快耍完！

伯　嚭 （抬头）回大王，奴才，奴才想着伍相爷在校场练兵，便请了您来，一同商量越国使臣求和的事儿。

伍子胥 你是说勾践派人请降？

伯　嚭 大王！（望向夫差）

夫　差 亚父问你！

伯　嚭 回大王，不，回相爷，候了多时了！

伍子胥 来者可是范蠡？！

伯　嚭 说是勾践的相国文种。

伍子胥 文种？

夫　差 亚父认得？

伍子胥 （摇头）倒是范蠡小有耳闻，听说投了勾践……

夫　差 亚父的意思是？

伍子胥 叫他进来便是。

夫　差 （转而面向伯嚭）还不快滚去宣来！

伍子胥 慢！

夫　差 亚父？

伍子胥 不知——大王打算如何料理越国？

夫　差 亚父的意思是？

伍子胥 杀勾践，吞越国！

夫　差 杀勾践？

伍子胥 杀！

〔暗转。

文　种　万岁万岁万万岁——

〔吴国殿。

〔文种伏在地上，夫差端坐，伯嚭侍立，伍子胥就座一旁。

文　种　下臣文种，叩拜大王。

伍子胥　你是勾践的说客！

〔文种不动不语。

伯　嚭　大王？

夫　差　亚父问你——

文　种　我是大王的下臣！

夫　差　呵，大王，哪一个大王？

文　种　自然是座上的大王。

伍子胥　你不是越相？！

文　种　我是吴王的下臣！

伍子胥　（唱）觑着他伏身埋首，

　　　　低姿态难掩图谋。

勾践呐勾践，

　　　　莫不是你还抱痴心，

　　　　作妄想来日出头？

　　　　起身唤左右，

来呀，

　　　　堵住他雌黄口，

　　　　绑了他吊城楼。

　　　　做一个杀鸡且把猴儿儆，

　　　　昭告他天下与九州。

　　　　勾吴起，

　　　　顺洪流！

文　种　相爷且慢！

（唱）挺身面圣先拱手，
恕臣眼拙事不熟。
上有大王龙床坐，
缘何相爷强出头？

伍子胥 你！

伯　嚭 哎呀，文大人不敢胡言，伍老相爷乃是大王的亚父！

文　种 亚父恕罪。

伍子胥 你，你们？！好哇——
（唱）原来是，
一黑一白一前一后，
演双簧唱堂戏早有预谋！

伯　嚭 相爷恐要冤煞伯嚭！

伍子胥 （唱）是忠是奸是实是冤，
是杀是留是非昏头！

伯　嚭 大王，小奴怕是再不敢张嘴说话了。

夫　差 你这条舌头，早该割了喂狗！

伯　嚭 哎呀，大——（欲言又止，慌忙遮口）

夫　差 （唱）休争一时气，
再白少年头。

伍子胥 这……（扯袖遮白头）

夫　差 （唱）亚父常忧心，（扶下伍子胥衣袖）
了却夫差愁。
生米煮熟饭，
且听木舟还何求？（送伍子胥落座）

伍子胥 大王圣明。

文　种 大王——

夫　差 孤王想听听勾践的意思，你起来说话。

文　种 （起身）我主来意明了，愿国土皆献，但求百姓平安。

夫　差 便这些？

文　种　除此，我主愿拱手称臣，为奴为隶。（再跪倒）

伍子胥　为奴为隶？

伯　嚭　为奴为隶！哎呀呀，恭喜大王！

（唱）千古奇闻从未见，
大王称臣图周全。
大王听调大王遣，
我家大王势比天！

伍子胥　贼子胡言！

（唱）费心血背水一战，
围困了越王一干。
折了我多少将士，
苦了那百姓几番。
称奴隶实为活命，
待天明暂求瓦全。
乘胜机杀了勾践，
绝后患逐鹿中原。
错良机心慈手软，
灭越国难上加难！

文　种　（唱）伍相国谈虎色变，
我越国不比从前。
此一战损兵折将，
升降旗举步维艰。
留越国苟延残喘，
灭越国致起衅端。
大王若杀鸡取卵，
怕只怕唇亡齿寒。
诸侯乱不惧争斗，
若独大腹背为难。
到头来内忧外患，

莫不如早做周全。
越国愿粮税皆献，
众将士缴械归田。
从此后再无征战，
给大王叩头请安！

夫　差　叩头请安？哈哈哈，他勾践当真言语如此？

文　种　千真万确！

夫　差　为奴为隶，只求活命？

文　种　越国即刻并入吴国，越地民生皆由大王统辖。

夫　差　只怕吴越民风，一时难融啊！

伍子胥　大王——

夫　差　亚父？

伍子胥　（摇头）留不得呀！

夫　差　留不得？还是，杀不得？

〔夫差踱步。

夫　差　（猛地看向伯嚭）你怎么看？

〔伯嚭捂着嘴，指了指伍子胥，又冲夫差摆了摆手。

夫　差　你这条舌头孤王看还是不要留了！

伯　嚭　大王容禀——

（唱）急煞煞憋坏伯嚭，
哎呀呀大王详查！
老大王战死不假，
本该是戴孝披麻；
可叹得大王忠孝，
为报仇一路拼杀。
到如今攻城拔寨，
破越国手到擒拿。
论雪恨打了胜仗，

直逼他勾践献茶。
难得这无上荣耀，
多少人青睐有加。
杀勾践徒增暴虐，
留勾践白璧无瑕。
添赋税吴国受益，
比从前踵事增华。

我的大王啊！

劝大王好生思量，
王上王显赫闻达！

夫　差　（笑）王上王，你呀你呀——罢了罢了！

伍子胥　大王？

夫　差　亚父放心，孤王有数！便散了吧——

二　人　恭送大王！

夫　差　（清唱）给大王口头请安，
王上王显赫闻达！
有意思，有意思，哈哈哈。

〔夫差下。

伍子胥　这议得叫什么事呀！唉——（欲下）

伯　嚭　相爷留步！

〔伍子胥止步。

伯　嚭　咱明人不说暗话，敢问老相爷，那勾践与您是不是有什么私仇哇？

伍子胥　（转身）——你！

伯　嚭　啊哈哈哈！

文　种　（依旧俯首跪地）恭送相爷！

伍子胥　你们？！

〔切光。

〔暗转。

第五场

〔越国，渡口。

〔范蠡率众人送别文种勾践夫妇。

〔三人一袭素衣，徐徐而行。

〔幕内合唱：

吴山青，
越山青，
重重青山相送迎。
云淡淡，
风轻轻，
伤心人知离别情。
马萧萧，
车辚辚，
寥寥离绪意难平。
人停停，
泪盈盈，
执手相望步难行。
家亡国破今何在？
但见长亭连短亭。

〔行至江边，勾践依依不舍；艄公撑船等候。

勾　践　（唱）行行迟，
行行迟！
只说是难离桑梓，
又谁道桑梓难离？

文　种　大王，恐要误了时辰，于情于理说不过呀——

〔勾践颔首。

范　蠡　大王，此一去吴国，狼入虎口，当事事谨慎小心！

〔勾践点头。

夫　人　委屈大王了。

勾　践　夫人委屈了。

夫　人　大王委屈——

勾　践　夫人委屈——

夫　人　（掩面而泣）喂呀——

〔勾践见夫人落泪，不忍。

文　种　大王，该走了！

〔勾践替夫人拭泪，欲迈步上船。

范　蠡　且慢——

〔范蠡跪地。

范　蠡　范蠡斗胆，愿以身替文相，随大王赴吴为奴！

文　种　贤弟这是？

范　蠡　（唱）一见大王把泪拭，
痛煞范蠡难再持。
此一去，
狼窟虎穴凄凉地；
端的是，
凶险莫测归无期。
既忍辱，
必除敌！
此行唯有万全计，
方保家国有来时。

文　种　（唱）贤弟句句真情意，

为兄感念欲语迟。
道是家国多难日，
正值壮士受命时。
苟利社稷生死以，
岂因祸福避趋之。

范　蠡　（唱）细细思——

文　种　（唱）细细思！

范　蠡　（唱）兄弟虽共凌云志，
各有千秋却为实。

文　种　（唱）论长短——

范　蠡　（唱）四封之内百姓事，
抚民生产弟不及。
说短长——

文　种　（唱）说短长，
四封之外敌国制，
立断权谋属范蠡！
罢了，你去。

〔文种取下行李，挎在范蠡身上。

范　蠡　兄长……

文　种　（摆手）大事为重！

勾　践　相国……

文　种　（回身）盼大王忍一时之痛，换霸业宏图！

勾　践　勾践谢过二位了！

夫　人　大王不能跪，奴家跪得——

〔夫人言罢跪倒。

勾　践　夫人……

夫　人　奴家这一跪，盼望二位臣工记得——你们的大王所受的今日之辱！

〔文种范蠡双双跪地。

二　人　臣领命——

夫　人　我要你们起誓，将来抛头颅洒热血，定不忘取那贼人的性命！

二　人　誓死效忠大王！（叩首）

〔艄公：开船喽——

〔众人起身登船。

〔勾践迟步。

夫　人　大王为何不动？

勾　践　勾践想起儿时乳娘常常哼唱的一首歌谣。

〔夫人下船。

夫　人　（替勾践掸去身上尘土）大王可愿唱与奴家？

勾　践　（歌）拜谢乡亲又别离，

追梦求生飞东西。

两眼含泪牵母手，

与父相拥声带凄。

儿郎最是难放下，

年迈双亲幼妹弟。

待到功成归桑梓，

春风遍野合家齐。

待到功成归桑梓，

春风遍野合家齐！

〔歌罢，勾践登船径去，终不肯回头再看一眼。

〔众人拭泪。

〔幕内歌声隐隐。

〔身后，文种携众臣举杯跪了一地——

〔众人：（念）

皇天祐助，前沉后扬；

祸为德根，忧为福堂。

威人者灭，服从者昌；

王虽牵制，其后无殃。
君臣生离，感动上皇；
众夫哀悲，莫不感伤。

〔文种高呼——臣请荐脯，行酒二觞！

〔切光，暗转。

〔勾践和夫人戴着脚镣居于马棚。

〔乌云密布，一声雷响。

勾　践　变天喽——

〔夫人从马棚走出。

夫　人　（为勾践披上衣服）大王，回去吧，莫要淋湿了！
勾　践　你唤我什么？
夫　人　大王——
勾　践　（苦笑）大王！
（唱）贤妻休把为夫臊，
天底下哪个大王着囚袍。
脚拴郎当铁，
栖身饲马槽。
吃的是糟糠剩菜下脚料，
顾不得新鲜腐败差分毫。
洗厩喂马担洒扫，
卑躬屈膝世人嘲。
再不是那人中凤，
再不过那御河桥。
再不临朝金銮殿，
再提不得盘龙刀。
昔日的光景心头绕，
谁想得到，
想得到勾践竟困地狱牢。

愤恨叫天天不应，
梦中解忧酒一瓢。
都怪我连累了夫人一同受苦。

夫　人（唱）叫大王我的夫君你坐好，
妻为你捏捏肩背去疲劳。
想昔日徒论尊卑不亲密，
到今朝苦中作乐琴瑟调。
为妻我怀有三谢心头绕，
盼大王休要自抑听根苗。
谢我夫封妾为后赐金宝，
也享了锦衣玉食乐逍遥。
二谢你能屈能伸把气忍，
两军前不曾自戕将我抛。
三要替越国百姓来相谢，
做大王为保家国甘坐牢。
只叹我身着裙钗非男子，
恨不能跨马持枪披战袍。
奴有幸得君奉君伴君侧，
定把那富贵落魄一起熬。
白头好同偕老，
同偕老不分抛。
待到那重见天明出头日，
我夫妻相扶与共同还朝！

勾　践　夫人！

夫　人　夫君宽心——

〔外，小厮：吃饭了——
〔小厮上，将食盒放好欲下。
〔夫人打开食盒。

夫　人　这，又是馊的，如何盛与大王吃？

勾　践　夫人！（摆手示意罢了）

〔小厮下。

夫　人　待我分拣干净再呈夫君。

〔勾践扶起夫人奉回落座。

勾　践　夫人坐好。

〔勾践分拣好食物，夹起口青菜，递到夫人嘴边。

勾　践　今日里食物果真丰盛，有鸡有鸭，还请夫人享用！
夫　人　（隐泪）大王——
勾　践　夫人快尝尝这鸭肉如何？

〔夫人含泪吃下。

夫　人　鲜嫩！

〔夫人又夹与勾践。

夫　人　夫君享用——
勾　践　（吃下）鲜呐！鲜嫩至极！哈哈哈哈——

〔夫人回身，范蠡不知何时溜上。
〔范蠡站作一旁。

夫　人　哦，范将军来了。
范　蠡　范蠡见过夫人。

〔夫人下。

勾　践　（浅笑）你来了——
范　蠡　大王！
勾　践　（摆手）无有水了，不能以茶待客。
范　蠡　范蠡不渴。
勾　践　我这个大王是越做越出息喽！
范　蠡　（唱）看大王自嘲自笑，

直教人好不凄凉。
落魄堪比离家犬，
何似猛虎落平阳？
范蠡虽有心不忍，
为复国收拢心肠。
禀大王——
末将我心有一问，
询大王如何端详？

勾 践 将军但讲无妨。

范 蠡 （唱）想当初会稽围困，
损兵将我军投降。
寻对策范蠡出计，
送大王敌国为羊。
到如今吃透苦楚，
复国心有无彷徨？

勾 践 （唱）将军请往梁上看，
横梁上，
吊着苦胆供我勾践日夜尝。
尝一口，
我的心肝脾胃齐翻涌；
第二口，
苦得我频频作呕泪成行。
再把这苦胆水中涮，
饮下它家仇国恨心儿藏！
勾践誓死永不忘，
待时机，
定率他千军万马、万马千军，踏破吴国把血债偿！

范 蠡 大王！

〔范蠡跪地。

勾　践　将军请起——

范　蠡　范蠡今日立誓，誓保大王周全！

〔又一声雷鸣！

〔切光。

第六场

〔吴王金殿。

〔伍子胥持宝剑站立殿门口。

伍子胥　（唱）站在了殿门外我神思倦怠，
为家国劝君王忧怅满怀。
伍员呵，
你可知伴君如虎难自在；
大王呵，
你可知亲宦结党阴谋埋。
官官相轧人情冷，
帝王心思实难猜！
非是我贪权逐利多闲事，
受嘱托为报先王把众议排。
空怀着满腔忠心深似海，
却奈何夫差桀骜混黑白。
信谗臣不杀勾践留后患，
救吴国老夫我拼死也要把圣意裁！

〔伍子胥正衣衫，来至殿前。

〔夫差背身端坐案前。

〔殿内空空荡荡，只摆放了一张椅子。

伍子胥　老臣伍子胥见过大王！

夫　差　噢，是亚父来了！

〔夫差不曾转身。

夫　差　不知亚父所为何事？

伍子胥　大王背身何故？

夫　差　亚父坐！

伍子胥　老臣深夜至此不为讨座，乃是要尽一尽臣子的本分！

夫　差　臣子的本分？哦——

〔伍子胥见夫差始终不曾转身，强压怒火。

伍子胥　大王！

夫　差　王儿在。

伍子胥　大王？！

夫　差　回亚父，王儿在。

伍子胥　罢了！老臣听闻，大王白日曾去看过勾践？

夫　差　看过了。

伍子胥　老臣还听闻，大王意图放了勾践？！

夫　差　又是何人在背后嚼孤王的舌根？

伍子胥　敢问大王是真是假？

夫　差　亚父休要动怒，仔细身子。

伍子胥　我问你当真要放了勾践？！

夫　差　我？

伍子胥　假还罢了，若是当真——

夫　差　如何？

伍子胥　老夫第一个不准！

〔静场。

〔轰隆——一声雷动。

夫　差　亚父坐。

伍子胥　夫差——你转过身来！

夫　差　亚父不坐？

伍子胥　我究竟为的什么要一直坐一直坐？！

夫　差　向来是，亚父落座，自然气消。

伍子胥　夫差呀夫差——

夫　差　亚父虽是亚父，总还有君臣的规矩。

伍子胥　规矩？老夫今日就教教你——什么是吴国的规矩！

〔伍子胥亮出先王宝剑。

伍子胥　你与我看清楚了！这是何物？！

〔夫差淡然转身。

伍子胥　你且说话！

夫　差　你举着我父王的宝剑做什么？

伍子胥　你还记得你的父王——

夫　差　自然！

伍子胥　好，那你可记得这宝剑的用处？

夫　差　用处么——上打亲王下斩黎民。

伍子胥　吴王剑乃你勾吴一族传承之物，上接宗祖下传圣明。

夫　差　却为何在你的手中？

伍子胥　而今，你父老大王临终托付于我，命我持剑监国——

夫　差　持剑监国？

伍子胥　夫差跪地听命！

〔夫差走下殿。

伍子胥　夫差跪地听命——

〔轰隆——又是一声闷雷。

〔夫差未曾跪下，笑脸望向伍子胥。

伍子胥　（不罢休）夫差你跪地——

夫　差　（停住脚）相爷纵是喊破了喉咙，夫差也不会跪的。

伍子胥　你！

夫　差　是……孤。

〔夫差拔出身上佩剑——明晃晃，刀光逼眼。

夫　差　你看这是何物？

伍子胥　吴王剑？

〔伍子胥回看手中宝剑，竟如出一辙。

夫　差　该换相爷猜猜，哪个是真哪个是假呀？

伍子胥　这，自然是兄长不曾骗我。

〔夫差挥动手中宝剑，威风凛凛，直逼伍子胥。

夫　差　（备战姿）相爷一试便知！

伍子胥　你……你待如何？

夫　差　孤一直想同相爷，哦不，同亚父做个比试——

伍子胥　比什么？

夫　差　若你的吴王剑锋利更胜我手中这柄，便依你，杀勾践！

伍子胥　非要如此？

夫　差　非要如此！

伍子胥　（思忖片刻）那好！总归你勾吴的基业，伍某尽心了！

〔伍子胥双手握剑，与夫差对峙。

〔二人持剑绕行，由远及近，举剑轻触，又各自退回。

〔两人远远静着候着，盯着对方，屏住呼吸。

〔霎时——似两声狮吼虎啸。

〔年迈的苍劲与奋勇的初啼混在一起，混向一处，直冲霄云！

〔一声惊雷，电光火石间，夫差故意抛开手中宝剑，伍子胥愣难收手，竟直向夫差肩膀劈去。

〔当啷——夫差宝剑掉落在地。

伍子胥　（手握剑）你……你这又何必？

〔夫差直挺挺朝后仰去。

夫　差　你输了，我这柄叫——夫差剑！

伍子胥　夫差剑？！

〔当啷——又一声。

〔伍子胥慌不择乱，扔掉手中宝剑，瘫坐在那把仅有的太师椅子上。

夫　差　（倒地）亚父，你终究，还是落座了！

〔轰隆隆——雷声大作。

〔暗场。

〔黑暗中伍子胥颓然：大——王！

〔暗转，马棚。

〔范蠡跑上：机会来了，机会来了！

勾　践　何事慌张？

〔范蠡定神，见文种于勾践处。

范　蠡　兄长怎会来此？

勾　践　相国训了新兵，特地赶来向我报喜。

范　蠡　莫非兄长有所计划？

文　种　贤弟方才说什么机会来了？

〔范蠡巡视左右。

范　蠡　刚探来的消息，夫差——卧病。

文　种　卧病？这算什么机会！

勾　践　莫不是将军想我趁乱逃去？

文　种　如此，我这便回转营地，率兵奇袭！

范　蠡　纵然兄长兢兢业业强国兴兵，怕也一时难敌那伍子胥的精锐呀！

文　种　那你的意思是——

范　蠡　（唱）叫大王，

莫着慌，

且听范蠡计陈详。

此计不用派兵将，

此计无需损刀枪。
此番定能还越地，
只恐大王戏难装！

勾　践　你说我做便是。

范　蠡　大王要亲自为夫差……

文　种　怎样？

范　蠡　为夫差……

文　种　你是要大王的刀枪架住了你的脖子，方才肯说么！

范　蠡　要为夫差尝粪呐！

勾　践　什么？

文　种　胡来！
（唱）荒唐计策忒荒唐，
何忍大王污秽尝？
千金九五岂受辱，
便是常人也嫌脏。
勤王计策千千万，
将心比心你发狂！

范　蠡　（唱）兄长切莫拘对策，
自古奇兵度陈仓。
荒唐病须荒唐治，
疑难杂症对偏方。
此番夫差虽重病，
不过静养且卧床。
上下言他失足落，
人人皆知刀剑伤。
偏偏举剑非善类，
勾吴相爷威名扬。

文　种　你的意思是——

范　蠡　（唱）范蠡计策忒明了，

不做野狼改称羊！
主仆离间好机会，
大王千万细思量。

文　种　（唱）贤弟休要再言语，
旁门左道面无光。
纵使今朝好得救，
来日青史怎书详？
秽行岂由大王做，
你若想吃你来尝！

范　蠡　哎呀，兄长你——

文　种　大王，为人臣子者当为主解忧，范将军既出此下策，不如请他代劳！

范　蠡　你！分明胡搅蛮缠！

文　种　分明你粗鄙不堪！

〔二人互不相让，各自一旁。

勾　践　唉！
（唱）那一旁强忍悲屈吞闷气，
这一厢言辞凿凿步步逼。
只说是半路君臣难能倚，
为的谁倾囊授计、生死不惜、食尽苦楚、手足相离；
只说是良禽择木臣择主，
偏又谁锒铛入狱、手无缚鸡、孤立立、虎落平阳任犬欺。
想勾践与他们有什么恩惠情谊，
便胜了当日兵败家国破，
众叛亲离更投敌。
自陷囹圄，
自陷囹圄卑奴役，
更不记，
更不记春归人暖情可依。
却如何今日里，

脸发紧麻头皮，
呛酸了鼻子涌泪滴。
若无二人齐心力，
谁肯助某身无虞？
罢了——

勾　践　二位臣工的心思勾践收下了！

范　蠡　大王何出此言。

文　种　为人臣子应当的！

〔二人仍不肯回身。

勾　践　只可惜，我不是当初呼风唤雨的大王，破烂一身，无以为报。

〔勾践屈膝跪倒。

〔二人一惊，欲扶，勾践摆手。

勾　践　谁言男儿膝下金，跪天跪地跪恩人！

〔勾践俯身叩头。

勾　践　勾践谢恩了！

〔至此，范文二人百感交集。

范　蠡　（唱）人如醉，

文　种　（唱）神也颓；

范　蠡　（唱）道不出滋与味，

文　种　（唱）分不得喜与悲；

范　蠡　（唱）辨不明错与对，

文　种　（唱）理不清是与非！

〔二人偷偷拭泪。

〔一左一右将勾践搀起。

范　蠡　（唱）天呀天，
你欺善扬恶冷人泪！

文　种　（唱）更摧心，

颠倒众生戏苦悲。

范　蠡　（唱）还口口乾坤声声轮回，

偏又谁？

偏又谁不偷不抢、不卑不亢、不屈不折、甘做牛马苟以生死，

端的是不伦不类，

不上不下不明不灭不人不鬼！

文　种　（唱）偏又谁？

偏又谁矢口昧心、暗箭伤人、逆天违众、气骄志满作福作威，

端的是一如既往，

谈笑风生吐气又扬眉！

可堪我兄弟认天不认命，

却偏偏要斗他翻手云雨覆手雷！

范　蠡　（唱）且忍悲，

勾　践　（唱）且忍悲——

范　蠡　（唱）待奉陪！

文　种　（唱）待奉陪收了英雄泪，

范　蠡　（唱）暂藏泪，

勾　践　（唱）暂藏泪——

文　种　（唱）藏泪再吞是与非！

范　蠡　（唱）是非荣辱从头论，

勾　践　（唱）枕戈饮血，

文　种　（唱）君臣一心，

范　蠡　（唱）共愤同仇，

勾　践　（唱）荡天下舍我其谁，

三　人　（唱）荡天下舍我其谁！

〔切光。

第七场

〔是夜，伍相府。

〔偌大的相爷府，别了往日的喧嚣，楼空人去。

〔伯嚭手执王令站立。

〔阴风阵阵，掀起昔日的红灯，破败了一地残景。

伯　嚭　（清了清嗓）伍子胥何在？

〔回声荡荡，无人应。

伯　嚭　（仗足胆量）伍子胥快快接旨！

〔幽暗深处，伍子胥手持宝剑缓缓上。

伍子胥　有劳伯大人了——

〔伯嚭一惊。

〔回身——伍子胥乌着一双眼，四下摸索而行。

〔衣衫虽已烂了，却依旧不失严谨整齐。

伯　嚭　你又装得什么鬼，做什么怪！

伍子胥　（拢了拢残发）伯大人若心中无鬼，还怕得甚么？

伯　嚭　伍子胥快快跪下领旨。

伍子胥　老朽“眼聋耳瞎”，膝盖也跪不得了，有劳大人念大声些。

伯　嚭　（念）罪民伍子胥……

伍子胥　罪民？哦，罪民伍子胥。

伯　嚭　行事猖狂，桀骜不驯，假以送幼子齐国为质之名，通敌叛国……

伍子胥　通敌叛国？！

伯　嚭　算了算了（将圣旨扔在地上）你自己看吧！

〔伍子胥拾起圣旨，掸去尘土，揣在怀中。

伍子胥　不消看了，看不到了！

〔阴风涂涂。

伯　嚭　大王的意思准你全尸，自行了断。

〔伯嚭转身径直欲去。

伍子胥　大人留步——

伯　嚭　你还有什么要言与大王的话，我一并带了？

伍子胥　敢问大人，如今外面的日子，还太平么？

伯　嚭　你不说，我便去了！

伍子胥　老朽的耳边总听到有越军的号角声——

伯　嚭　……

伍子胥　莫不是勾践回来了？

伯　嚭　罢了……（叹气）

伍子胥　大人？

伯　嚭　（唱）道一句相爷休客气，

尊一声两朝元老伍子胥。

你莫怪我忘恩义，

也非是小人难敌。

纵然曾抽薪釜底，

纵然也饮恨难依。

却如今，

却如今，

看着你凄凄晚景，

看着你晚景凄凄。

想昔日，

好一个威风八面相国府，

怎的是树倒猢狲散尽众人离。

眼看你高楼起，

眼看你楼岌岌。

世上有因必有果，
因果福祸且相依。
尝将冷眼观螃蟹，
看它横行到几时。
却原来却原来，
善恶到头终有报，
相逢何必曾相识。

伯嚭祝相爷，一路好走！

〔言罢，拂袖而去。

伍子胥 慢呐，我也有一句送给大人。

〔伯嚭止步。

伍子胥 （清唱）同是天涯沦落人，
怕争来早与来迟！

伯　嚭 你！

伍子胥 老朽还求大人，将这柄宝剑送回去。

伯　嚭 还是相爷留着用吧！

伍子胥 怎么，你不肯帮我将死之人？

伯　嚭 大王的旨意，我怎敢抗旨——

伍子胥 你是说——

伯　嚭 你不是先王钦赐的吴王剑么，便抱着它抹了脖子，快见先王去吧！

伍子胥 你是说，你是说夫差要我命丧这柄吴王剑？！

〔伍子胥不肯相信。

伯　嚭 倒对得起你！上斩亲王下斩黎民呐！

〔伍子胥颓然慌神。

伯　嚭 当真是——自作孽不可活！

〔伯嚭下。

伍子胥 自作孽，不可活！自作孽不可活！哈哈哈（转笑为哭）呜呜呜！

〔伍子胥踉跄着——散了须发，乱了衣裳。

伍子胥 大王啊，你听到了么？老朽便知是难逃一死，却也万万不曾想——

〔伍子胥双手捧剑。

伍子胥 竟是它要了我的命呀！

〔遂即挥剑，直指苍天。

伍子胥 （恨言）大王呀！

（唱）唤一声老大王，
老臣的恩人你不该。
千不该，
万不该，
不该予臣相国位，
不该托臣辅王的差。
不该撒手独自去，
不该留臣暗伤怀。
想当初不该容臣吴国住，
不该助臣把家仇血恨来洗白。
留下这天大的恩情难为报，
注定是要臣拼死拼活拿性命埋。
老臣虽死不足惜，
吴国的江山恐坍台。
大王你地下若有知，
瞧瞧你的儿孙好夫差。
莫怪伍员气量窄，
我死后定是那越国还债来！

〔伴唱：
信奸佞，

错忠良，
悠悠千古说断肠。
世上本来谁得鹿？
人生何处不亡羊。
莫道忠奸难为辨，
向来板荡识忠良！

〔幕内旁白：公元前484年，吴国大夫伍子胥，惨遭夫差赐死。相传，伍子胥自刎前，曾对其门客说："我死后，请将我的眼睛挖出，悬于东门之上，我要亲眼看着吴国灭亡。"伍子胥死后九年——公元前473年，夫差自刎，越王勾践吞并吴国，成为春秋史上最后一位霸主。

〔鼓声阵阵，乐声隐隐。

〔在此期间，伍子胥横了宝剑，高举头顶。

〔只见他和着鼓声，一步一步踩得结实，登上高楼。

〔灯光微弱，伍子胥渐渐消失在黑暗中。

〔唯有高处一盏红灯笼，微微放光。

〔暗转。

第八场

〔昏暗中，红灯若隐若现。

〔吴氏宗祠——夫差颓唐地跪在祖宗牌位前。

〔伯嚭上。

伯　嚭　启禀大王，臣回来了。越王勾践不接受我们对他的臣服。

〔夫差勉强站起，来到伯嚭身旁。

〔突然仗剑，刺透伯嚭。

伯　嚭　大王？（倒地）

〔幕内伍子胥大笑。

夫　差　相国？相国！

〔夫差挥动宝剑，四下寻找。

夫　差　你瞧，寡人终还是听了你的话杀了勾践。勾践他，他就躺在我的脚下。你快看呐相国！

〔静场。

〔复又跪地。

夫　差　夫差以为，留下勾践，可以收服越民。吴越，民情不同民风难容，夫差，夫差，（愈发激动，继而平复）夫差昏聩！夫差桀骜！夫差，错了！

〔夫差饮剑。

夫　差　吴国，无国了！

〔伍子胥：懦夫——

夫　差　亚父？

〔伍子胥：懦夫！

夫　差　亚父！

〔伍子胥：你忘了先王之仇吗？夫差你忘了先王之仇吗！

夫　差　不曾忘，寡人不曾忘。

〔伍子胥：难道你忘了你的臣民，你忘了吴国百姓吗？！

夫　差　夫差，不敢忘呐！

〔伍子胥：懦夫，懦夫！

〔当啷——夫差再也握不住手中宝剑。

〔暗转，灯启。

〔勾践一身戎装，携范蠡文种等众将站立。

〔迎面高台上，夫差一步一步缓缓走下，走向勾践。

勾　践　夫差，没有想到我们会如此相见吧？

〔夫差无言。

勾　践　你恐怕更没有想到寡人——会打败你。

夫　差　夫差，确实不曾想到。

〔静场。

夫　差　勾践，你想如何处置寡人？

勾　践　寡人，把你发配边陲，让你安度晚年。

夫　差　夫差虽已是败寇之身，还要再求越王，恳求越王。

勾　践　讲！

〔夫差持剑单膝而跪。

夫　差　保我宗庙，保我臣民。

〔静场。

〔勾践走向夫差。

众将士　大王？！

勾　践　夫差你记着——从今日起，吴国的一草一木一山一石，尽归我越国名下。你的臣民，便是寡人的臣民。寡人，定会善待。

〔夫差垂头。

勾　践　但是，吴越边境的界碑不会存在了。因为，吴国将不会存在！你，记下了吧！

〔夫差双膝跪地，双手奉剑——夫差剑。

〔勾践单手抓剑，随后高举。

〔众将跪地山呼：万岁万岁万万岁！

〔切光。

〔黑暗中——仅剩那一盏红灯微弱。

范　蠡　世事一场大梦，

（清唱）人生几度秋凉！

文　种　那灯！灭了。

〔暗场。

第九场

〔字幕：一年后（公元前472年）。

〔月夜，文种独坐花园饮酒。

〔勾践夫人上。

〔凄凉的笛声兀自响起。

〔文种自顾自饮杯斟酒。

〔宫女取了食盒，被夫人唤下，勾践夫人亲自摆碟筛酒。

夫　人　（敬酒）相国——

〔文种不理。

夫　人　奴家敬相国！

〔文种自饮，夫人饮杯。

夫　人　（自斟）奴家此番前来，受了大王的嘱托。

文　种　呵——

夫　人　（再敬）替大王敬相国千秋功劳。

〔夫人再饮。

文　种　夫人过誉了，怎知是千秋功劳？不敢当！

夫　人　（起身）大王称，相国公有十大功劳！

文　种　十大功劳？敢么这一是？！

夫　人　一敬会稽解燃眉——（饮杯）

文　种　哈哈，会稽之战，勾践被困，走投无路，该敬该敬！

夫　人　（斟酒再饮）二敬吴国险求情！
文　种　文种只身赴敌，买通伯嚭，叫阵伍子胥，该敬该敬！
夫　人　三敬夫差刀下苟夺命，相爷送我蛰伏江边亭。
文　种　（摆手）这四么——
夫　人　四谢相爷治国功，日夜辛劳勤政务，悄然练兵待天明！
文　种　……（饮杯不语）
夫　人　五谢文种赤胆心，为尽忠手足反怒起争鸣。
六谢你信我怜我助我，誓出旦旦歃血为盟一腔傲骨肯逢迎！（饮杯）
文　种　（夺酒）夫人怕是要醉了——
夫　人　（再斟再饮）七谢贤臣八敬友，九敬你开国定太平！
文　种　这十么——
夫　人　这十么……
文　种　（倒酒反敬）老朽，敬夫人了！

〔文种偷拭泪，再饮杯。

夫　人　相国！
文　种　说吧，这第十功么——

〔夫人起身跪地。

夫　人　（颤抖声音）十谢你——

〔文种转身闭眼。

夫　人　十谢你为民为国不惜一死——

〔文种突然摆手。

文　种　不要说了，不要说了！
夫　人　相国公，我勾氏一族，对不住你了！

〔文种脊背颤抖，夫人跪地掩面。

〔良久。

文　种　（转了笑）好哇，好哇！好一个十全十美，想我文种，无憾了！

〔夫人起身，取来宝剑。

夫　人　相国公，这柄剑……

文　种　（接过）这柄剑莫不是吴王剑。

夫　人　（扭头）大王赏你的。

〔文种奉剑连连点头。

文　种　好，好……

〔文种欲跪，夫人忙扶。

文　种　老臣，谢过大王了。

夫　人　（终难自持）作孽呀！

〔夫人转身径去，不敢回头。

文　种　夫人——

〔夫人止步。

文　种　劳烦夫人回过勾践，老臣从未有悔。

夫　人　相国——

文　种　从未有悔！

夫　人　相国为何不学范蠡将军辞身就去，究竟为何呀！

〔文种持剑，摇头摆手，夫人藏泪隐去。

〔盈盈满月，剑光烁烁。

〔文种捧剑望月。

〔外：（念）

文种我兄——
高鸟尽，
良弓藏；
狡兔死，
走狗烹。
越王为人，

长颈鸟喙。
可与共患难，
不可与共乐。
盼兄自保，
珍重珍重！

〔月光下，范蠡亦饮杯独酌。

文　种　贤弟，是你么？
范　蠡　（倒酒）兄长！

〔文种放下宝剑，取来酒杯。

文　种　（笑）你呀你呀！
范　蠡　兄长莫笑我！

〔二人隔空对饮。

文　种　好你个范滑头呀——
（唱）叫一声范滑头，
你坑我害我连累我，
不招呼一封书信便辞行！
范　蠡　范蠡给兄长赔罪了！
文　种　你当罚酒才是呀，倒酒倒酒！
范　蠡　（唱）兄长且慢罚愚弟，
想当初，
莫不是你错了良机让范蠡！
明知这留越理政是死路，
随勾践敌国为奴有生机。
同样的功劳不同命，
同样是心知肚明你装成谜！
文　种　好哇，你又呛我的声！
范　蠡　哈哈哈，明明兄长你放不下一身功名！

文　种　我放不下?!

范　蠡　你放不下!

文　种　你忘了?

范　蠡　我忘了!

文　种　(清唱)为人不该攀权贵，须知身后三千嘴——

范　蠡　呵呵——兄长啊兄长!

文　种　你倒唱与不唱?!

〔二人忆起初识时范蠡逼得文种脱靴去袍之景，又再演起。

范　蠡　我唱，我唱!

(唱)便从兄长熟鸭嘴，

免得纠缠不依饶。

为人不该攀权贵，

文　种　(唱)便脱这云履去官袍;

范　蠡　(唱)须知身后三千嘴，

文　种　(唱)但凭心迹鉴诼谣。

范　蠡　(唱)倘若后世多辱骂——

文　种　骂什么?

范　蠡　(唱)骂的是你贪权图贵穷叫嚣。

文　种　这这这——

(唱)不曾见，

哪一个活人心甘情愿蹲死牢?!

〔范蠡闻言，忍泪停下。

范　蠡　兄长……

文　种　还有我头上的长冠未去呀，你倒唱呐!

〔范蠡拭泪，复作笑意。

范　蠡　(唱)只怕你舍不得这乌纱冠?(指了指文种长冠)

〔文种拔了发簪，将长冠取下。

文　种　哎呀呀，好一个我舍不得这乌纱冠！

（唱）笑一声，

杀猪焉用我宰牛刀！

〔语罢，文种再次将头上长冠掷地。

范　蠡　（泛了泪腔）兄长！

文　种　哈哈，痛快！痛快呀！

〔笛声再起，无限悲凉。

范　蠡　兄长呀兄长，弟便知你是期盼自己的一腔热血不曾错付，到头来，既知前有伍子胥，为何仍不肯回头去？

〔文种渐收笑声，换了呜咽。

范　蠡　偏不死心，偏不死心，早就看透，偏不承认！

〔文种收泪。

文　种　早就看透，偏不承认，不是不认，已难抽身，既难抽身，干脆否认！

范　蠡　兄长——

文　种　咬牙横心，万般皆认！

〔静场，一霎时，再无言语。

〔范蠡转过身子，不再对月。

〔文种颓然失神。缓缓地，走到桌边，斟酒举杯。

文　种　贤弟，容我再敬你这最后一杯酒。

（清唱）文种举杯把知己敬，

敬贤弟你知我识我惜我手足惺惺情谊浓。

临行唯有深深拜，

愚兄有千言万语皆成空。

愿贤弟从此策马扬鞭去，

离樊笼快意人生享安宁。

倘若兄弟再相逢，

　　定饮它万盏千杯千杯万盏醉纵横。

下辈子，还做兄弟，共赴平生。

〔文种洒酒。

文　种　请了！（抛去酒杯）

〔月光下，范蠡背身，无言摆手，渐渐隐去。

〔文种取了宝剑，哭哭笑笑。

文　种　想不到哇，想不到！想不到到头来，我也有了这柄吴王剑！

〔文种捧剑高声。

文　种　赠宝剑留全骸，赠宝剑留全骸！好一个狠心决绝的霸王主，好一个不知死活的文不才！伍子胥呀伍子胥，你说，终究他谁是昏君，又谁是忠臣？！

〔定格。

〔笛声里，又响起孩童们的吟咏声。

〔外：

　　满天月亮一颗星，
　　千万将军一个兵。
　　明眼人说颠倒话，
　　聋子听了笑盈盈。
　　满天月亮一颗星，
　　正经世界逆着行。
　　明白人生过颠倒，
　　小儿说给老翁听！

〔幕落。

〔剧终〕

红高粱

编　剧：齐心楚（戏文系 2012 级）

毕业作《红高粱》的创作阐述

《红高粱》改编自莫言的小说《红高粱家族》，刻画了在高密这样一个充满生命力却又略带神秘色彩的土地上发生在“我爷爷”余占鳌和“我奶奶”戴凤莲身上的故事。小说的主要内容由两条线索组成，一条是在余占鳌的带领下，高密人民自发反抗日军最终壮烈牺牲；另一条线索则是余占鳌和九儿之间大胆又炽热的爱情故事。小说的女主人公九儿出生在一个破落的地主家庭，父亲好赌成性，在九儿十六岁那年她就被迫嫁给身患麻风病的财主单扁郎。但没想到在出嫁的路上却与轿夫余占鳌暗生情愫，两人在九儿回门的路上在高粱地里野合。随后余占鳌将单扁郎杀死，与九儿生活在一起，把高粱酒生意经营得红红火火。但好景不长，日军很快侵占高密东北乡，残暴行径让九儿和余占鳌忍无可忍，最终兄弟们在余占鳌的带领下向日寇奋起反抗，壮烈牺牲。

《红高粱家族》的改编度很高，前有张艺谋的电影版，后有周迅的电视剧版，甚至戏曲版的也早有编剧尝试过。面对这些大师，我自知差距很大，无法达到他们的高度，但吸引我想要继续改编的原因还是源于对这个故事的喜爱。在我看来，莫言笔下的高密东北乡是十分具有魅惑力的、神秘的。首先是因为那一大片让人无法侧目的红得耀眼的高粱地，那如鲜血般的红高粱无疑是最蓬勃生命力的象征。其次是小说中人物的刻画。带着一身匪气、疾恶如仇的余占鳌，总是让人又爱又恨、大胆泼辣、敢爱敢恨的九儿以及一生至忠至诚最后却被残忍杀害的罗汉，这些角色都特别打动我。这样一群最普通也最不起眼的农民，却用自己独有的姿态突破世俗的禁忌去爱去生活；但他们又绝不仅陷在儿女情长里，当自己的生存受到威胁时，他们扛起大刀，誓死也要保卫自己的家园。虽然最后他们牺牲了，但红高粱地里这一群可爱的人却以自己的方式谱写了一个至情至性的故事。

我改编的这版《红高粱》依旧围绕两条线索展开：九儿和余占鳌的爱情发

展轨迹与余占鳌率领众人抗日。但与小说《红高粱家族》不同的是，剧本以九儿和余占鳌的情感发展为主线，抗日为辅线。余占鳌和九儿原本也只想踏踏实实地过日子，但当日本人步步紧逼忍无可忍之际，他们最终选择反击。因此在剧本安排上，共分为六场及序幕，最后一场是表现余占鳌带领烧酒锅上的弟兄们与日寇同归于尽的情节，第五场是表现这种抗日情绪的积淀，只有积累到一定程度，最后才能全力爆发出来。第一场是九儿出嫁以及在出嫁路上与余占鳌暗生情愫的场景；第二场是高粱地里野合，也是两人情感的爆发；第三场是单家两兄弟妄图与九儿争夺家产；全剧两人情感上达到高潮则是在第四场，在这一场中九儿与余占鳌最终确立关系。

剧本的主要人物分别是：九儿、余占鳌、十八刀、单家两兄弟。当然，还有一些戏份不是太多的人物，例如：豆官、罗汉大叔、九儿父亲等。

九儿是小说中的女主人公，也是我着力塑造的一个人物，是全剧的灵魂人物。作为本剧的女主角，九儿从一出场就不是一个逆来顺受的女性角色，她大胆泼辣、敢爱敢恨，旺盛的生命力就像蓬勃生长的红高粱。在第一场九儿出嫁的这场戏中，与小说相比，在背景上稍做调整：由小说中的九儿出嫁前就知道自己被卖给单扁郎转变为九儿被蒙在鼓里，她是在出嫁的路上在轿夫们的戏谑之中得知真相的。之所以做这样的改编，是因为我认为如果有这样一个小插曲，会在第一场中就让观众感受到九儿泼辣的性格，她绝不是受人摆布的女性，哪怕是亲爹也不行。因此在得知实情之后，九儿的态度非常坚决，立马要求轿夫把自己抬回去。同时九儿又是一个对待爱情敢于打破传统思想的禁锢，勇于直面自己内心声音的女性。面对余占鳌的爱慕，九儿不顾世俗如何看待，她只遵从自己心底的感觉。当单家两兄弟嘲笑九儿爱上一个土匪时，九儿坚定地反击，表示只要自己爱这个人，哪怕他是土匪，在自己眼中也是旁人无法相比的英雄好汉。九儿的智慧在第三场和第四场中都有体现，她巧妙利用怀孕之事将单家两兄弟打发走；面对十八刀的死缠烂打，九儿佯装得了麻风病，让十八刀的计谋未能得逞。

男主人公余占鳌是个让人又爱又恨的角色。一方面他疾恶如仇，杀人越货，是个地道的土匪头子；可他又有一腔热血，讲义气，爱得坦坦荡荡。当他认定了九儿是自己的女人之后，只要九儿有困难，余占鳌会用自己的生命保护她；他爱得坦坦荡荡，即使当他误以为九儿染上了麻风时，也义无反顾地跟九儿在一起。余占鳌虽然是乡间匹夫，但粗野中尚带一丝温存，他用也许过于直接的方式向九儿表明自己要与她在一起的决心。余占鳌又是一个带着匪气的英雄，他身上有一个男人的担当和血性，当得知罗汉大叔被日本人杀害之后，立马组织起一支抗日队伍，誓死也要为罗汉报仇。

单家两兄弟虽是创作时加进去的人物，但在全剧中也有不可或缺的作用。单老二和单老三出现在剧本的第三场和第四场中，主要以第三场争夺家产为主。之所以加入这样的情节，主要是出于对人物塑造的考虑，通过九儿与单家两兄弟的交锋，突出九儿果敢干练的性格，让九儿不仅仅是一个敢爱敢恨的女性形象，更是一个可以独当一面的女掌柜，使九儿的形象更加丰满。

罗汉这个角色在原小说中出现次数比较多，但在本剧中我刻意减少了他的戏份，这么安排是因为想突出九儿和余占鳌的情感线，但罗汉大叔的角色之所以不能没有是因为他被日本人残忍剥皮杀害这一情节是最终让九儿和余占鳌决定与日军同归于尽的导火索。

十八刀这个角色虽然只在第四场中出现，但他却是九儿和余占鳌最终确立关系的催化剂。九儿与余占鳌情投意合，但推动两人情感发展进程的却是十八刀。如果不是他威胁九儿交出一百块大洋要不就火烧单家，余占鳌危难之际英雄救美，或许九儿也不会那么笃定余占鳌对自己的感情，因此在这一场中九儿和余占鳌之间有了一种患难之际见真情的感觉。如果说之前两人的感情源于两情相悦，那么从这一场开始，两人之间不仅有甜蜜的回忆，还有共患难的情意。

除了人物角色，所有改编者在改编这部小说时不得不提到的就是“红高粱”。它可以是一种具象，是高密东北乡特有的产物；同时也是一种意象，在小说中被赋予了生命的意义，它是野性而又蓬勃生命力的象征。在本剧中，红高粱也是很重要的一个舞台布景，第一场戏就是在序幕中伴随着两层密密麻麻的红高粱屏障的拉开而开始的；第二场戏中九儿和余占鳌的野合也是发生在红高粱地里的；最后一场余占鳌和其他人埋伏在高粱地里等待敌人的到来，最终牺牲时也是倒在高粱地里。因此红彤彤的高粱地不仅见证了九儿和余占鳌的爱情，更铭刻了余占鳌等人与敌人顽强拼搏的斗争精神。

本剧整体的语言风格都是比较直抒胸臆、朴实无华的。因为无论是九儿还是余占鳌，他们都是再普通不过的高密人，这样的语言风格与他们的身份更加吻合。虽然整体风格一致，但每个人的风格却各有侧重。例如九儿的语言风格就以泼辣、干练为主；余占鳌以粗野、阳刚为主；而十八刀的语言风格则是偏刁蛮和匪气的。

如果小说中人物的个性魅力是吸引我改编的第一个原因，那另外一个就是小说整体传达出的那种虽然不修边幅、离经叛道却又十分感染人的原始野性的生命力，正如作者莫言所说："高密东北乡是最美丽最丑陋、最超脱最世俗，同时最圣洁最龌龊，也是最英雄好汉最王八蛋以及最能喝酒和最能爱的地方。"余占鳌与九儿并没有解救国家和人民于危亡之中的使命感和主动意识，他们有的只是最原始也是人类最本能的求生意识——当自身安危受到挑衅之时站起来反抗的生命力。

我的毕业作从开始构思到现在，数易其稿，终于完成了。想表达的东西很多，但当我完成最终这一稿回过头再看时，发现还是有很多不足和没有表达出来的地方。恳请各位老师多提宝贵的意见，帮助我继续修改。

生活是创作最好的来源，希望我可以用心领悟生活，把生活的滋养融入到今后的创作中，积淀自己作品的厚度。

2012级戏文系　齐心楚
指导教师　曲志燕

人物表：

九　儿——家境贫寒，被迫嫁给单扁郎，为人泼辣、正义、敢爱敢恨。

余占鳌——当地有名的轿夫，性格粗野、狂暴而富有原始正义感，集善恶美丑于一身。

罗汉大叔——单家酒坊酿酒师，至忠至诚。

十八刀——土匪头领，因喜爱九儿而一心想让她成为压寨夫人。

单扁郎——烧酒坊的掌柜，患有麻风病。

九儿爹——整日吃喝嫖赌。

单老二、单老三——单家的两兄弟，勾结日本人。

豆　官——九儿和余占鳌的儿子。

序　幕

〔伴唱：

东北乡，人万千，
阵势列在墨河边。
余司令，阵前站，
一举手炮声连环。
日本鬼子魂儿散，
谁也不敢走上前。
女中豪杰英雄汉，
齐心设下巧机关。
高粱酒洒高粱地，
高粱地里火连天。

〔在一片红高粱地里，聚集着二十几个人，他们个个扛着腰刀，一边跳舞一边宣誓，突然舞台前方出现一束追光，众人屏气凝神，嘴里喊着"向小日本开炮，开炮！"伴随着一阵连续的"哒哒哒"的枪声，舞台上的人纷纷倒下。追光打到躺在地上的一男一女，这一男一女慢慢站起来……

〔幕后音响起：这是我爷爷和我奶奶，他们这场和日本人的抗争一直在村子里流传到今天，村子里的人都称这场抗争是"悲剧"，要说起这件事，一切都还得从我奶奶出嫁那天说起……

第一场　迎亲

〔伴随着两层红高粱屏障徐徐拉开，舞台上响起喜庆的唢呐和喇叭声，四个轿夫抬着一顶花轿边走边颠轿，走在最前面的是四个吹喇叭唢呐的乐手。

余占鳌　伙计们！

（唱）迎亲把轿颠呐，

不颠不热闹啊！

众轿夫　（唱）号子嘛喊起来呐！

呦嘿呦！

〔九儿从轿中探出头。

九　儿　（唱）坐在轿中暗思忖，

何时能见新郎君。

只见田间高粱地，

红红彤彤似我心。

余占鳌　轿上的小娘子，别光偷着看哪，跟哥哥们说几句话呀！这长长的路程你也不嫌闷得慌。

轿夫一　对啊，说话解闷，唱戏解乏呀！哈哈哈哈！

轿夫二　唱个调子听听！

轿夫三　你偷着看也不管用哪！哈哈哈！

余占鳌　小娘子，哥哥们抬你一回不容易啊。

轿　夫　是啊，不容易啊。

九　儿　（唱）九儿我，嗓子亮，

方圆十里名声扬。

可我偏偏生性犟，

就要把那歌喉藏。
叫我唱来我不唱，
不怕针尖对麦芒。

轿夫一 呦，怎么没声了？

余占鳌 看来是哥哥们颠得不够狠呀。弟兄们！

众轿夫 嘿！

余占鳌 都说咱杠把子班颠轿是把绝活，今儿也不能含糊，主家给了钱，咱就得出把子力气，沾点喜气，是不是！

众轿夫 是！

余占鳌 颠！继续颠！小娘子你可坐稳喽！哈哈哈哈！

〔吹鼓手在轿后猛地吹响了大喇叭，发出“砰咚——砰咚——”的声音，轿夫们开始跳着舞颠着轿。

〔轿夫们一边颠一边喊着“嘿——嘿——嘿”

众轿夫 （唱）客未走，席未散，
四下寻郎郎不见。
洞房里面新娘坐，
新郎心中似油煎。
何时能见新娘面，
钻进洞房嘛盖头掀，盖头掀。
抬眼细把新娘看，
哎呀呀，哎呀呀。
俏新娘子赛天仙！

余占鳌 小娘子，舒服么！

九　儿 （唱）你们几个别得意，
一朝河东转河西。
九儿我稳坐轿子里，
看谁先摔个狗啃泥！
听闻新郎家业大，
方圆十里称第一。

见着新郎把状告，
叫我一路受委屈。
好好的大道你不走，
偏要颠轿耍赖皮。
到时候，
看你们心虚不心虚！

轿夫一 哟，还别说，这小娘子还真是个硬骨头！咱们都颠成这样了，她还是一声不吭！

余占鳌 这倔性子老子喜欢！

轿夫二 你喜欢有什么用，这小娘子早晚都是单麻子的人。

余占鳌 哼，我看上的东西什么时候有得不到的！娶不着我还抢不着不成！

众轿夫 这话也就老哥哥你敢说了！

余占鳌 那单麻子的身子，能治得了这倔脾气的小娘子？

众轿夫 哈哈哈哈，倒也是！

九　儿 你们笑什么？

轿夫二 我们笑你黄花大闺女，什么都不知！哈哈哈哈！

余占鳌 兄弟们，看来这小娘子还什么都不知道，咱哥几个给她说道说道！

众轿夫 得嘞！

众轿夫 （唱）走浪步,大麻脸，
芝麻小眼儿只认钱。
只呀嘛只认钱，
只呀嘛只认钱哪。

九　儿 说谁大麻脸，你们才是大麻脸！再来点劲儿！

余占鳌 甩轿子！

众轿夫 （唱）鸡脖子，五花脸，
头上虱子穿门帘儿，
哎呀，哎呀，哎呀呀呀。

余占鳌 十字步！

九　儿 给劲儿啊！

余占鳌 磕轿子！

〔轿夫们更加放肆地颠轿。

余占鳌 小娘子，你可不能让单扁郎沾身啊，沾了身，你也烂啦！

〔九儿不吭声。

余占鳌 再给我颠！

众轿夫 （唱）丑新郎，眯缝眼，

眯缝眼把盖头掀。

掀开盖头抬眼看，

我的天！

好似仙女下凡间。

麻脸把眼眯成线，

不错眼珠嘴流涎！

哎呀，哎呀，哎呀呀呀，

我的个小乖蛋啊，我的个小乖蛋。

〔"咔嚓"一声轿把断了。

余占鳌 （挥手示意）停！

九　儿 这就停了？！有本事接着颠！

余占鳌 小娘子，哥哥服了。

九　儿 那你们把话给我说清楚！

余占鳌 说什么话？

九　儿 别跟我装傻。

余占鳌 哥哥们真没跟你装傻，你让我们说什么？

九　儿 （气鼓鼓）谁是那个大麻脸，谁又是那个鸡脖子！你们今天不说清楚，姑奶奶还就不走了，看你们怎么交差！

〔众轿夫你看看我，我看看你，坏笑。

轿夫一 还能有谁。

轿夫二 就是你那个财大气粗的新郎官啊。

〔众轿夫哈哈大笑。

〔九儿踉跄下轿。

轿夫三　小娘子你别下来啊，哥哥们还没颠够呐。

余占鳌　都闭嘴！赶紧的，把轿把子修好。

〔轿夫们急匆匆地修好了轿把。

九　儿　（唱）人人心中似明镜，
就我还在鼓里蒙。
亲爹推我进火坑，
我不及那黑畜生！
我爹……我爹竟然为了一头大黑骡子就把我卖了（后退两步）。

余占鳌　小娘子，上轿吧，哥哥们赶时间。

九　儿　（一把拽下盖头，斩钉截铁地）把我抬回去！

〔众轿夫一片嘘声，回过神来。

轿夫一　抬回去？从来没有出嫁的花轿再抬回去的。

轿夫二　是呀！从来没有呀！

轿夫三　不过，嫁给那个麻风病真是糟蹋了！

九　儿　我叫你们把我抬回去！

余占鳌　抬回去？这嫁出去的闺女是泼出去的水，晚了！

九　儿　（唱）抬回去，找我爹爹来算账，
偷偷摸摸把我诓。
他吸大烟，搓麻将，
家当全被他糟践光。
他骗我，单扁郎身体壮，
家里还开着烧酒坊；
骗我过去有福享。
爹呀爹，
你怎这般狠心肠！

轿夫一　原来你是让你爹给卖了呀！好狠心的爹啊！

九　儿　所以你们一定要把我抬回去！

轿夫二　抬回去是不可能了，认命吧！

轿夫三　对呀，认命吧！

轿夫一　嫁鸡随鸡，嫁狗随狗吧！

轿夫二　嫁出去的姑娘泼出去的水啊，认命吧！

九　儿　（唱）九儿从来不信命，

说认命是人无能。

我从小自恃长得俊，

一心想嫁好郎君。

谁料娘亲过世早，

九儿我有娘生来没娘疼。

如今落得这般景，

只能与命来抗争！

我今天话也撂这了，哥哥们今天帮我一把，来日必有重谢！

余占鳌　俗话说吃人家的嘴软，拿人家的手短，我们既然拿了单家的钱，就得给单家办事，小娘子，哥哥们对不住啦，上轿吧。

九　儿　把我抬回去，付你们双倍钱。

众轿夫　这个……

余占鳌　这钱也得分个先来后到，我们先收了单家的钱，小娘子你这钱，恕哥哥们收不起！

〔余占鳌给九儿盖上盖头，直接把九儿抱进轿子，九儿挣扎。

九　儿　你们怎么这么不识抬举，有钱不……

〔九儿话没说完，突然间从高粱地里窜出来一个蒙面土匪，腰间别着用红绸布包着的手枪。

土　匪　都不许动！

〔轿夫们一愣，面面相觑。

土　匪　看什么看，快掏钱，要不老子把你们崩掉。

〔土匪说着拍了拍腰里别着的家伙。

〔轿夫和吹鼓手们从腰里摸出一串串铜钱，扔到土匪脚前。

土　匪　解裤带！

〔轿夫们纷纷解下裤带，余占鳌动作慢吞吞的。

土　匪　动作麻利点！把钱和裤带都搁到这儿来！

〔轿夫和吹鼓手把腰带扔给土匪，余占鳌走向土匪。

土　匪　（一只手摸着腰间的家伙，紧张地）你站住，你再往前走我一枪崩了你！

〔余占鳌轻蔑地把腰带扔给土匪。

〔土匪把钱串子用脚踢拢成堆，眼睛死死地盯着轿子里的九儿。

土　匪　你们，都给我滚到轿子后边去！（用手拍拍腰里别着的家伙）

〔轿夫们慢吞吞走到轿后。余占鳌走在最后，他猛回转身，双目直逼土匪。土匪用手紧紧捂住腰里的红布包。

土　匪　不许回头，再回头我就毙了你！

〔土匪按着腰中的家伙，脚不离地蹭到轿子前，掀开轿帘，扯掉九儿的盖头。目瞪口呆地看着九儿。

土　匪　（缓过神）下轿，跟我走！

九　儿　我凭什么跟你走？（九儿端坐不动）

土　匪　凭什么，凭我能一枪崩了你！

九　儿　你崩了我？那更好，反正我活着也没什么意思了。

土　匪　我只图财，不图命！

九　儿　呦，只要钱呀，那我就更没有啦，我爹就是因为没钱才把我卖了。

〔九儿意味深长地看一眼余占鳌，余占鳌目不转睛地盯着九儿。

土　匪　没钱，那就给我当个花媳妇儿吧！

九　儿　成啊，最起码我看你有胆量，拿得起枪啊。

〔余占鳌突然跃起扑倒土匪。

〔众轿夫和吹鼓手也都跟了上去。

土　匪　爷们，饶命啊！

余占鳌　你是谁？

土　匪　我……我是这村里的。

余占鳌　你为啥要干这个？

土　匪　爷，小人家中有八十岁老母，不得已才吃这碗饭，饶了我吧。

〔余占鳌弯腰，把土匪腰里那家伙拔出来，扯掉红布，是一个弯曲的小树疙瘩，众人嗟叹不止。

〔土匪跪在地上，连连磕头求饶。

余占鳌　劫路的都说家里有八十岁老母。

〔轿夫吹鼓手们发声喊，围成一个圆圈，对准土匪施展拳脚。

土　匪　（抱紧脑袋）爷们手下留情，小的再也不敢了！

余占鳌　下次要是再让我看见你，就一棍子打死你！

〔众人把土匪扔进高粱地里，土匪仓皇而逃。

九　儿　（唱）回想起刚才的惊心一幕，
竟是低看了这无赖轿夫。
原以为他也是临阵发怵，
却不想竟然敢只身前扑。

这余占鳌倒也是个英雄汉，不如我再求他一求。

〔九儿刚要张嘴，余占鳌二话没说，将九儿扛回轿子里。

〔九儿撩起盖头，欲下轿，余占鳌把九儿按回去，二人对视。

余占鳌　（低沉地）别让单麻子沾身。（放下轿帘）上来雨了，快赶路！

〔传来雷鸣声，灯光渐暗，一行人下。

第二场　野合

〔三天后。

〔九儿被绑住手，骑着骡子走在高粱地里，九儿的爹在前面牵着骡子和九儿。

九　儿　爹呀，你把我松开，我不跑。

九儿爹　你是我的种，我还不知道你要干什么？

九　儿　我是你的种，你难道就不知道我不想嫁！

九儿爹　闺女，你好大的福气啊，你公公要送我一头大黑骡子，我把毛驴卖去……

九　儿　你女儿就值一头骡子！

九儿爹　你公公要给咱家还账！

九　儿　谁欠的账，还不都是你，跟我有什么关系！你凭什么把我卖了！

九儿爹　凭什么，就凭我一把屎一把尿地把你一个女娃子拉扯大！

九　儿　爹呀，他是个麻风……

九儿爹　麻风好啊，他死了家产都是你的。

九　儿　爹呀爹，

（唱）为了一头骡子你把我卖，
想到这里我啊我，我心生悲哀。
可怜我心中恨没人理睬，
独留我一人把苦日子挨。
但求一人把我救出苦海，
好让我跳出火坑、逃出虎口、苦尽甘来！

〔九儿用力从她爹手中拽下绳子。

九　儿　驾，驾。

〔九儿驾着骡子快走下场。

九儿爹 闺女，你跑那么快干啥。

〔九儿爹追下场。

〔九儿骑着骡子上。

〔突然出现一个蒙面土匪，挡住了九儿的去路。

〔蒙面人向九儿走近。

九　儿 啊，你是谁？别过来！

〔土匪一把把九儿抱下骡子。

九　儿 你把我放下来！（九儿挣扎）

（唱）平白里遭此劫难，

细思量心里发酸。

前脚爹爹把我卖，

后脚土匪把我拦。

如今是命悬一线，

不知能否活过今天。

从此后闭了双眼，

再没有任何忧烦。

自此不见那单麻脸，

想到这我却也心中释然。

〔土匪把九儿放下，九儿平静地站着与土匪对视。

九　儿 你是谁？

〔土匪不吭声。

九　儿 你蒙脸干啥？

〔土匪仍旧沉默。

九　儿 我知道你是谁。

〔余占鳌摘下面罩。

余占鳌 我知道你爹要送你回麻风病那儿了。

九　儿 那你为啥要拦住我？

余占鳌 我知道你不愿嫁给他。

九　儿 与你何干？

余占鳌 我喜欢你。

九　儿 与我何干？

余占鳌 我要你做我余占鳌的女人。

九　儿 这话你跟单麻子说去。

余占鳌 他算老几。

九　儿 口气不小。

余占鳌 我想跟你睡觉。

九　儿 我沾麻风了。

余占鳌 我连那腰上别枪的土匪都不怕，害怕什么麻风。

九　儿 那是个冒牌土匪，冒牌枪。

余占鳌 我又不知道他是冒牌货。

九　儿 （“噗”的一声笑了出来）我不答应呢？

余占鳌 那就由不得你了。

〔余占鳌扛起九儿向高粱地里走去。

九　儿 余占鳌你放我下来，余占鳌！余占鳌你这个混蛋，再不放开我我就……

〔九儿冲着余占鳌的肩膀使劲地咬了下去，余占鳌疼得把九儿放了下来。

余占鳌 你咬这么狠干啥！不干拉倒！

九　儿 （唱）我与你算一算陈年旧账，

我九儿也有那明镜心肠。

原是你把良心丧，

把什么江湖道义挂嘴旁。

我好求歹求，求你将我放，

你充耳不闻颠轿狂。
如今跑来装人样，
我有难时你怎不帮！

余占鳌 当初是当初，现在是现在。

九　儿 哼，你说得容易，进火坑的不是你！

余占鳌 是我！我陷进了思念你的火坑！

九　儿 看来刚刚那一下还是不够狠。

余占鳌 我说的是真的，你嫁人那天我就喜欢你了。

九　儿 为啥喜欢我？

余占鳌 颠轿那天，我们那么折腾你，你都不服软。

九　儿 你们就是想看我求饶，我偏不让你们得逞。

余占鳌 当时我就觉得轿上这个小娘子不一般。

〔九儿没接话。

余占鳌 果然，我还从来没见过哪个女人见到土匪还能像你一样镇定。

九　儿 冒牌的土匪，有什么好怕的。

余占鳌 那也不一般！连我余占鳌都怕了。

九　儿 你不说你不怕吗？

余占鳌 我看见你就不怕了。

九　儿 （羞红脸低头，随即故意昂起头）你……你让我嫁我就嫁，你当我是什么人？

余占鳌 假土匪你都夸他有胆量，为什么我就不行！罢了。
（唱）心中早已有答案，
这个女子不一般。
颠轿花步不服软，
今日反抗是必然。

余占鳌 那天的事儿算我余占鳌对不住你，我跟你道歉。今天的事，当我没说（转身要走）

九　儿 你说你是真心喜欢我的？

余占鳌 （回头）对啊，咋了？

九　儿　过来。

余占鳌　咋?

九　儿　抱我。（低头扯衣角）

余占鳌　啊?

九　儿　（大声地）抱我进高粱地里。

（唱）仿佛心中的骄阳被唤醒，
仿佛黑夜有了美丽的星辰。
就在这一瞬间我得到了爱情的滋润，
就在这一瞬间我拥有了自己的灵魂。
多希望时间就停在这一瞬，
我和他守住这永恒的爱情!

〔余占鳌抱起九儿走进高粱地里。

〔舞台上一束追光打在两人身上，音乐起，用舞蹈来演绎两人的野合。

〔两人从高粱地里走出来。

余占鳌　你还要跟你爹回单家?

九　儿　除了回去，也没啥别的办法。

余占鳌　整天对着麻风病，你不窝火?

九　儿　你以为我想嫁啊，我也是没办法……

（唱）对着麻风病，
草草过此生。
横竖不过一条命，
横竖不过是一生。
嫁给麻风病，
如同做苦刑。
单家天天看紧我，
走到哪里都有人盯。
晚上把我房门锁，
白天跟准我行踪。

单家待我如人犯，
买我只为添人丁。
单扁郎早就苟延残喘，
又怎能跟我把娃生。

〔九儿说着就哭了起来。

余占鳌　他们竟然这样对你！
九　儿　我爹把我卖给了单家，他们自然不拿我当回事。
余占鳌　气死我了！
九　儿　要怨只能怨我没个疼我的爹娘。
余占鳌　不过九儿，现在你也不用怕了。
九　儿　（擦干眼泪）啥意思？
余占鳌　单家那两个老头都死了。
九　儿　都死了？
余占鳌　嗯！
九　儿　啥时候的事？
余占鳌　就你回娘家这几天。
九　儿　咋死的？谁干的？
余占鳌　不知道，发现的时候爷俩都已经死了。
九　儿　死了倒也干脆，嫁到单家的这几天我没睡过一个安生觉。不过……这样单家就只剩我一个人了。
余占鳌　我听说这单家还有两个兄弟。
九　儿　是吗？
余占鳌　你怕了？
九　儿　我怕啥，横竖都这样了，有什么好怕的。
余占鳌　我就喜欢你这股劲儿！哈哈哈！

〔九儿爹气喘吁吁上。

九儿爹　九儿，九儿，你在哪？你慢点！
九　儿　我爹在喊我，咱俩若想成美事，还不能心急。我走了。

余占鳌 你尽管走，我在后面保护着你。

〔九儿走出高粱地。

九儿爹 闺女你干啥去了？

九　儿 我上茅房了。

九儿爹 你上个茅房咋这么久？

〔九儿骑上骡子继续往前走。

〔高粱地里传来粗犷的歌声。

〔幕后伴唱：

高粱地，连成片，
好事藏在高粱间。
高粱地里表心愿。
高粱地里鱼水欢。

第三场　争夺家产

〔两个月后，单家烧酒坊。

〔单家两兄弟带着一帮伙计来到烧酒坊上。

〔九儿在舞台右侧屋内做针线。

九　儿 （放下针线，脸上洋溢着幸福）

（唱）想起来这两月与情郎甜蜜相待，
我不禁喜笑颜开。
我们私下里把那天地拜，
相守一生不分开。
不怕那流言传得快，
身正不怕影子歪。
只可恨单家兄弟多作怪，
满嘴胡言道理歪。

还好九儿我有人能依赖，
才能使我宽心怀！

〔单家兄弟上。

单老二 快去把你们少奶奶请过来，我们有要事要跟她商量。

〔追光给侍女，侍女进屋，舞台右侧亮。

侍　女 少奶奶出事了！

九　儿 怎么了？

侍　女 单家的老二和老三一大早带着一伙人来到咱们烧酒坊了，说是要见您。

九　儿 他们又来干什么，就说我身体不舒服，打发他们走。

侍　女 他们说有事情跟少奶奶商量。

九　儿 好，那我就去见见他们，你去后院把罗汉大叔叫过来。

（唱）三天两头往这跑，
欺负我寡妇心力憔。
这也不好，那也不好，
鸡蛋里面骨头挑。
说什么我张罗家事经验少，
女人怎能把重担一肩挑！
还不是想把我赶，
他们好鸠占鹊巢！
我且会一会这两个多事佬，
让他们瞧一瞧——
什么叫，
女中豪杰把重担挑！

〔切光，灯光打到舞台正中。

九　儿 二叔三叔来啦，我这身子不舒坦，就没去迎接两位叔叔。

单老二
单老三 （合）用不着。

九　儿　呃，不知二位叔叔来是有什么事？

单老二　我们今天来是为了单家的大事，这祖宗立下的规矩，烧酒坊传男不传女。

九　儿　扁郎他尸骨未寒，两位叔叔就……

单老三　没办法，哥哥虽然过世，可这烧酒坊还得照开不是？这如今就你一个女人，怎么当家？

九　儿　这不还有罗汉大叔嘛，他来得早，许多事情他能担待。

单老二　他就是一伙计，怎么能当家。

九　儿　那两位叔叔的意思是？

单老三　大哥和扁郎都死了，这烧酒坊上没男人，按照规矩，这烧酒坊就应该是我和你二叔的了。

九　儿　叔叔不是不知道我爹把我卖给了单家，要是把我赶出去，九儿无处可去了。

单老二　我跟你三叔也不是狠心的人，我们可以给你点儿钱，能不能活下去就看你的造化了。

九　儿　不管怎么说，我是单家明媒正娶进来的。

单老三　我说你这丫头片子，还挺拿自己当回事。

单老二　明媒正娶有什么用，他们都死了，现在这个家就是我跟你三叔做主。

九　儿　（唱）小人露出真面目，

人面兽心真狠毒。

欺负我柔弱孤苦，

心有余而力不足。

可我偏偏不发怵，

自家产业别人休想来插足！

〔九儿忽然计上心来，做呕吐状。

九　儿　两位叔叔刚才说祖宗的规矩是传男不传女？

单老三　那当然。

九　儿　两位叔叔且听我说……

（唱）新婚三日相依赖，

无端被杀难释怀。
扁郎虽说身子弱，
怎知没有他的孩？

单老二 什么？你怀孕了？

单老三 不可能，绝对不可能。

九　儿 （“噗”一声笑）两位叔叔……（欲言又止）

单老二 你笑什么？

九　儿 我是笑，两位叔叔又不是女人，难道竟比我还清楚这女人的事？

单老三 你！

单老二 哈哈哈，你蒙我们呢，就扁郎那身子……

九　儿 二叔，扁郎还尸骨未寒，叔叔就讲这话不太好吧？叔叔刚才说，单家后继无人了，现在九儿怀孕了，还请叔叔收回刚才的话。

单老三 哼，那又怎样，谁知道你怀的是哪个野男人的种。

单老二 这全镇上传你跟余占鳌的事传得火热，谁知道这孩子……

单老三 万一这要是个野种，单家的脸可就丢大了！

九　儿 两位叔叔口口声声说这不是单家的孩子，可有什么证据么？

单老二 哼，就算你怀了单家的种，可要是个女孩，这烧酒坊还得是我和你三叔的。

九　儿 那就请两位叔叔再耐心等些日子。

单老二 （唱）这个女子另眼看，
诡计多端不简单。

单老三 （唱）搬出孩子来糊弄，
看她怎把谎话圆。

九　儿 （唱）现如今兵马乱人心善变，
别以为我不知你们是那狗汉奸。
说什么酒坊姓单，
说什么世代单传。
转眼间把家国背叛，
血汗钱孝敬那日本军官。

九儿我虽是女流辈，

却也能是非了然在心间。

单老二 （唱）耍花招拖时间跟我作对，

单老三 （唱）且等上几个月把情况观。

单老二 （唱）生下个女娃娃看她咋办，

哈哈哈哈！

单老三 （唱）奈何她十张嘴也不能把黑白颠！

单老二
单老三 （合）哈哈哈哈哈！

单老三 二哥，到时候你我将这高粱美酒献给太君哈哈哈哈。

单老二 这升官发财不在话下！

九　儿 那就请二位叔叔先请回吧，孩子生出来我会通知你们的。

单老三 哼，看你还能得意几个月！

单老二 三弟，咱们走！

第四场　九儿被抓

〔一个月后，单家烧酒坊。

〔罗汉和众伙计上。

罗　汉 伙计们，都铆足了劲儿干起来啊！酿新酒啦！

众伙计 哎！好嘞！酿新酒喽！

〔众伙计列阵，跳酒神舞。

罗　汉 （唱）九月九酿新酒，

众伙计 （唱）烈日在咱头上头。

日头底下酿新酒，

新酒能消千万愁。

日头底下酿新酒，

新酒换来米和油。

咱的高粱酒，
神仙不得求。
咱的高粱酒，
美名世间留。
喝了咱的酒，
此生再无忧。
喝了咱的酒……（突然被打断）

伙　计　（匆匆忙忙跑上）罗汉大哥不好啦！不好了！

罗　汉　什么事这么忙慌？

伙　计　十八刀来了，他带着一帮人闯进来，弟兄们没挡住。

罗　汉　他来干什么？咱们与他井水不犯河水的。

伙　计　这十八刀一进门，就嚷嚷着要找少奶奶，让咱们把少奶奶交出来。

罗　汉　你带几个人去后院守住少奶奶，我去前面见他。

〔切光，灯光再亮时舞台上站着十八刀、罗汉、九儿和众伙计。

十八刀　哈哈哈，九儿，好久不见，别来无恙。

九　儿　我呸，十八刀虽说你是土匪，但我以前敬你是条汉子。

十八刀　嗯？

九　儿　没想到也只会用这些下三滥的手段。

十八刀　怎么了？

九　儿　欺负女人家你算什么本事。

（唱）你本是堂堂男子汉，
枪杆子就该对准那鬼子和汉奸。
没想到你这般不要脸面，
欺负我手无寸铁家中没有儿男！

十八刀　啊哈，反正我现在得到你了，随便你怎么说。

九　儿　你今天突然来抓我，到底是为啥？

十八刀　你别装了，这单家老头都死了，你还留在这干啥，跟我走，我保证你顿顿吃香的喝辣的！

九　儿　我九儿嫁进了单家，就是单家的人。

十八刀　（愠怒）我今天要是非带你走呢？

九　儿　（夺过十八刀手里的刀，把刀对着自己）你知道的，我什么都做得出来。

罗　汉　少奶奶，别跟他说了，这种土匪是听不懂的！

十八刀　呵呵，好大的口气！那我今天就要血染烧酒坊了。

〔罗汉欲动手，被九儿拦下。

九　儿　十八刀，你口口声声说喜欢我，那你就这么对我啊。

十八刀　嘿嘿，那我该咋对你，你说。

九　儿　至少咱俩说话，不能有这么多人围着吧。

十八刀　哦对对，你们都下去。

罗　汉　少奶奶，这…….

九　儿　罗汉大叔，你也下去吧，你放心，他不敢伤我。

罗　汉　（唱）少奶奶自是心中有妙计，

女中豪杰名不虚。

我等暂且先回避。

看少奶奶如何与他虚与委蛇。

〔众伙计和罗汉大叔下。

十八刀　九儿，你做我的压寨夫人吧，以后没人敢欺负你。

九　儿　我不做，谁稀罕。

十八刀　哈哈，你就是嘴硬，你要是不稀罕干嘛把他们都支走，就咱俩啊？

九　儿　你干嘛老缠着我啊。

十八刀　哼，说起这个我就来气！

（唱）早想娶你当压寨夫人左右伴，

没想到却被那麻风病儿占了先。

算那老天爷子没瞎眼，

让他遭人陷害赴黄泉。

十八刀　九儿，你就从了我吧！

九　儿　反正我今天是落你手里了，再说老天爷让单扁郎死得早，我又何必强撑。

十八刀　九儿你的意思是……

九　儿　我想通了，与其辛苦撑着一个家，倒不如做个压寨夫人痛快。

十八刀　你这么想就对了嘛!

〔十八刀欲上前抱九儿，九儿全身挠痒痒。

十八刀　（警惕地后退）你怎么了?

九　儿　（边挠边说）我痒。

十八刀　哪里痒?

九　儿　（挽起袖子）全身痒，胳膊最痒。

十八刀　单扁郎碰过你没?

九　儿　碰过了，不过你别害怕，我这不是麻风。

十八刀　你别过来！你肯定是染上了麻风！别过来!

九　儿　（上前靠近十八刀）我问过大夫了，死不了的……

十八刀　（急忙往后退）你别过来，我可不想染上麻风。

九　儿　你不是喜欢我吗，来呀。

十八刀　单扁郎碰过的女人我十八刀不要!

九　儿　（唱）你不过逞那匹夫勇，
事到临头便认怂。
说什么对我心动，
全都是情假意空。

十八刀　弟兄们!

众伙计　大哥!

十八刀　给我把单家大院围起来，把这个女人给我绑起来!

〔众伙计把九儿绑了起来。

九　儿　十八刀，你这是干啥!

十八刀　干啥？你，我是不稀罕要了。但老子今天也不能白跑一趟，告诉你们烧锅上的，交出一百块大洋，我就放了你们少奶奶，要不我就一把火烧了单家!

九　儿　劫不了人就劫财。哼，还真是一日为匪，终身为匪。

十八刀　呵，看你还能逞能多久，交钱！

九　儿　你别为难他们，现在我是当家的，要钱哪，没有！

十八刀　那就别怪我十八刀不客气了！

〔余占鳌跑上。

余占鳌　给老子住手！

十八刀　余占鳌？你来干什么？

余占鳌　老子倒要问问，你来这干什么？

十八刀　收个保护费而已。

余占鳌　九儿是我的女人，你要收保护费也该先问问你余爷爷。

十八刀　你的女人？

余占鳌　怎么你还不知道？

十八刀　哼，你说是就是，那还要问问九儿承不承认。

九　儿　余占鳌你快走，单家的事你掺和什么。

十八刀　哈哈哈哈，看了吧，九儿根本就不认你。

余占鳌　只要是九儿的事，老子管定了！你到底放不放人！

十八刀　九儿现在在我手里，要么你给我一百块大洋，要么就跟我打一架，你自己选。

余占鳌　你要是打输了呢？

十八刀　那我立马放人。

九　儿　余占鳌你别逞能啊。

（唱）我已身染麻风病，
不值为我动真情！
你早日离了这是非地，
觅得良人度此生。

余占鳌，我不值得你这么做！

余占鳌　（唱）闻此言我心中一震，
九儿啊，你怎就不知我的心！
为了你，我不惜丢掉这条命，

有了你，你我共奔好前程。

我余占鳌堂堂男儿有血性，

今日向你来证明！

九儿，为你打，值！

十八刀 别啰嗦了。

余占鳌 今天就让你看看你余爷爷的厉害！

〔余占鳌与十八刀打斗。

〔十八刀被余占鳌制服。

余占鳌 （唱）这一架打的是人心大快，

望九儿她能心中明白。

我余占鳌并非是市井无赖，

只盼望九儿她能苦尽甘来。

十八刀他算是不识好歹，

这也算老天爷有意安排。

哈哈哈，十八刀，你就这么点本事不成？

十八刀 （跪在地上）好汉饶命，好汉饶命！我保证以后绝不再动九儿！

余占鳌 这次饶你一命，还不快滚。

〔十八刀仓皇而逃。

九　儿 为啥要帮我？

余占鳌 九儿，我想让你光明正大地做我的女人。

九　儿 我九儿这辈子也只认你！不过我还是要再问你一遍，你真的不怕染上麻风病？

余占鳌 九儿，到现在你还不明白吗？我连那真刀真枪都不怕，又怎会怕这麻风病！（余占鳌端过一碗高粱酒）

（唱）满满高粱酒一碗，

能治百病能御寒。

就算把那麻风染，

为你而死也心甘。

〔余占鳌把高粱酒递给九儿。

九　儿　（唱）满满高粱酒一碗，
捧在手上沉甸甸。
十九年来挑重担，
无人心疼无人怜。

〔余占鳌抱住九儿。

余占鳌　九儿，从今以后你跟我在一起，谁也不敢再欺负你！

九　儿　当真？

余占鳌　我余占鳌说话什么时候不算数过！

九　儿　那我也告诉你，我没得麻风，那是骗十八刀的。
（唱）施巧计试出那真假情感，
方才能找到这天赐良缘。
到如今终不再是孑然凄惨，
人生路可算是有了靠山。

余占鳌　我的女人，果然胆识不一般。

〔两人一起捧着高粱酒。

九　儿
余占鳌　（合唱）满满高粱酒一碗，
过去岁月在心间。
今后同舟共济永相伴，
相依为命不畏难。

余占鳌　九儿，快干了这碗高粱酒！

〔九儿接过酒，一饮而尽。

九　儿　从来没人对我说过这样的话，
（唱）像千年枯井清泉冒，
像久旱甘霖浇。
像洪涝独木抱，

像干柴烈火烧。
想不到啊想不到，
我与土匪筑爱巢。

〔余占鳌和九儿正相拥在一起，单老二、单老三突然闯进来。

单老二 哎呀哎呀，你们这对……单家的脸都让你丢尽了。

余占鳌 谁让你们进来的！

九　儿 二叔三叔你们来干啥？

单老三 干啥？我倒要问问你俩这是在干啥。

九　儿 这是我的家，我想干啥就干啥。

单老二 哎哟，你听听，这真是不知廉耻啊……

单老三 可不是吗，光天化日的。

余占鳌 什么别的男人，九儿就我这一个男人。

九　儿 二叔三叔要是没事的话就请回吧。

单老三 哼，你倒想赶我们走，好跟这野男人……

余占鳌 （欲打被九儿拦下）你说啥！
（唱）你二人别不识趣，
现在走还来得及。
你们再胡言乱语，
小心我扒了你们的皮！

单老二 怎么着，余占鳌，你还想给她出头（指九儿）？说破天你余占鳌也就是个土匪！

单老三 一个土匪的野种还想跟我们抢家产！

九　儿 既然二叔三叔都说到这份上了，那九儿今天就把话说明白！我肚子里的孩子就是他余占鳌的，我早晚也是要嫁给他的！

单老二 这话你也说得出口！

九　儿 （唱）我想嫁，便坚定不摇摆，
管他流言洪水来。
我愿嫁，哪怕他终日为匪无家产，
只要他铮铮铁汉自清白。

不求那屋棚瓦舍黄金盖，

只求自己称心怀。

你们别以为我不知道你们打的什么主意，只要我在一天，你们就别想把这酒坊给那日本人！

单老三 你别不识时务！

九　儿 （唱）闻此言深知那人心已坏，

不由得心生悲哀。

再多言也只是徒增无奈，

倒不如把他们赶出家宅！

我的事情用不着两位叔叔操心，两位要是没什么别的事就先回吧。

单老二 呦，这是赶我们呐？

九　儿 既然你们都听出来了，那就请吧！

（唱）自家事不用外人闲话好歹，

不知道到底是谁心怀鬼胎！

余占鳌 （唱）你们勾结日军一心想把酒坊卖，

吃里扒外你们散尽家财。

单老三 （唱）我二人才是那单家一脉，

单老二 （唱）何时轮到你们在这指桑骂槐！

单老三 （唱）不知到底是谁耍无赖，

单老二 （唱）今日就把那丑话说开！

我告诉你，别给你台阶你不下！这是我们单家的事，我们还就管定了！

九　儿 （看一眼余占鳌）我们余家的事用不着你们给台阶！

〔单老二、单老三欲上前。

余占鳌 （拦）谁要是再往前走，老子就打断他的腿！

〔单家兄弟被余占鳌的气势吓住。

单老三 不知羞耻！

单老二 哼，咱们走！

〔单老二、单老三下。

余占鳌 九儿，你刚刚说咱们余家？

九　儿 怎么，不愿意呀？

余占鳌 愿意，愿意！

〔余占鳌高兴地抱起九儿转圈。

〔余占鳌放下九儿。

九　儿 从你为了救我跟十八刀决斗的那一刻，我就决定了！

（唱）几个月来命多舛，
人间世事多苦酸。
亲爹拿我作交换，
不如几块大洋钱。
得知夫君麻风病，
缩在墙角不敢前。
新婚三日突暴毙，
晴天霹雳无人怜。
二叔三叔抢家产，
隔三岔五找麻烦。
后院操持烧锅事，
前院叔叔来为难。
可怜腹中儿命苦，
娘定会让你保平安。
生性犟不服输独当一面，
可毕竟女儿身势薄力单。
九儿并非不忌惮，
除了坚强能哪般！
我也想，有个怀抱暖一暖，
我是他牵肠挂肚的心尖尖。
酸甜同他讲一讲，

苦辣与他谈一谈。
有福我们一起享，
有难我们一起担。
不怕茶粗饭淡，
只求相爱人在身边。

〔切光。

第五场　宣誓

〔五年后，烧酒坊。

〔豆官、九儿上。

豆　官　娘，娘，今天是九月九！

九　儿　豆官知道九月九都要干什么吗？

豆　官　知道！罗汉大叔都告诉我了，九月九要祭酒神还要酿新酒。

九　儿　豆官想不想跟着娘和爹一起祭酒神呀。

豆　官　想！可以祭酒神喽！

〔余占鳌上。

余占鳌　九儿，时间差不多了，该祭酒神了。

九　儿　嗯，罗汉大哥那边准备得怎么样了？

余占鳌　罗汉一早就出去送酒了，估摸着这一会儿该到了。

九　儿　这往年的祭酒神大会都是罗汉大哥操持，今年他不在，我这心里总不踏实。

余占鳌　罗汉大哥不在，这不还有我嘛。

〔两人相视一笑。

〔伙计上。

伙　计　少奶奶，弟兄们都准备好了，可以开始了。

九　儿　好，让他们都过来吧。

〔众伙计上。

余占鳌　摆碗！

〔伙计们在桌上整整齐齐摆上一排瓷碗。

余占鳌　倒酒！

〔伙计们抱着酒坛子把每只碗里都倒上酒。

余占鳌　祭酒神啦！

〔每人都端起一碗酒，只有豆官没端。

九　儿　豆官，你咋不端酒呢？
豆　官　娘，我不敢喝……

〔九儿端起一碗酒走到豆官面前。

九　儿　豆官，咱们烧酒锅上的孩子，从小就要会喝酒。
豆　官　（抿了一小口酒）娘，不好喝，不好喝。
余占鳌　豆官，男子汉就得大口喝酒大口吃肉，快喝！
九　儿　豆官，只有喝了这碗酒，你才能成为真正的男子汉！
（唱）我的豆官小宝贝，
端起酒碗把众人随。
喝下这碗高粱酒，
愿你事事心不违。

〔豆官端起酒喝尽。

豆　官　娘，辣……辣得慌。
众　人　哈哈哈哈哈哈哈！
余占鳌　这才是爹的好儿子！兄弟们，端起你们的酒来，咱们开始祭酒神啦！

〔音乐起，众人在余占鳌的带领下边唱边跳。

余占鳌　弟兄们！

众伙计 哎！

余占鳌 （唱）九月九酿新酒，
烈日在咱头上头。

众伙计 （唱）日头底下酿新酒，
新酒能消千万愁。
日头底下酿新酒，
新酒换来米和油。
咱的高粱酒，
神仙不得求。
咱的高粱酒，
美名世间留。
喝了咱的酒，
此生再无忧。
喝了咱的酒，
再无有他求！
好酒，好酒，好酒！

余占鳌 弟兄们今天都尽兴地喝啊，管够！等祭完酒神，咱就酿新酒喽！伙计们，那我们就放开喝了！啊哈哈哈哈！

〔一伙计匆忙跑上。

伙　计 余当家、少奶奶，不好了出事了！

九　儿 顺子，你不是跟着罗汉大哥送酒去了么，这么快就回来了？

伙　计 少奶奶，出大事啦！

余占鳌 啥大事，酒坛子在路上摔碎了？

伙　计 不是啊余当家，是罗汉大哥……

九　儿 罗汉大哥咋了？

伙　计 我们送酒的路上遇上了日本人，他们要征收保护费，罗汉大哥不肯交，日本人就砸碎了咱们的酒坛子….

九　儿 然后呢？

伙　计 然后罗汉大哥就打了其中一个日本兵，日本兵一气之下就开枪打死了

罗汉大哥，然后……（越说越小声）

余占鳌 然后什么，你倒是说呀！

伙　计 然后，日本鬼子剥下了罗汉大哥的皮，挂在高粱地里示众！

九　儿 （跌坐在地上）剥皮示众！你说剥皮示众。这帮日本鬼子把罗汉大哥剥皮示众！

〔余占鳌扶住九儿，顺势跪地。

伙　计 少奶奶！

九　儿 （唱）霎时间天旋地转，

一口闷气在心间。

好似五脏六腑在肚里搅拌，

那疼痛苦不堪言！

人已死还被这般糟践，

日本兵你们太不堪！

此仇不报阴曹府里怎相见，

此仇不报面对伙计有何颜！

〔九儿失神地坐在地上。

余占鳌 那罗汉现在人呢？

伙　计 我想把罗汉大哥抬回来，他们不让……

九　儿 日本鬼子欺人太甚！

（唱）抢粮占地气难咽，

逼咱修路苦难言。

本想井水不把河水犯，

忍气吞声求平安。

怎想求全并未换罗汉，

鬼子我要你把人命还。

余占鳌 （唱）老子一向拿枪杆，

劫富济贫在心间。

平生最恨强凌弱，

行侠仗义敢为先。

余占鳌 九儿，只要你一句话，我现在就去找小日本算账！

〔九儿挣扎着自己站起来。

九　儿 仇是一定要报的。

（唱）出门送酒遭厄难，
鬼子阴狠又凶残。
酒坛无端被砸烂，
好比剜他心尖尖。
罗汉大哥为人善，
只懂奉献无怨言。
不娶妻来没生子，
高粱酒是他心挂牵。
酒坊是他安身处，
咱们就是他后援。

余占鳌 九儿，你说得对！

（唱）家人有难家人管，
消灭鬼子心安然。
小日本想把地盘占，
那就把他杀个片甲不留，不让他们祸害世间！
咱们现在就去给罗汉大哥报仇！

九　儿 咱们齐心协力！

伙计们 少奶奶，我们都听您的！

九　儿 这件事情不勉强，怕死的不用去。

伙计们 我们不怕死，我们也要去给罗汉大哥报仇。

九　儿 那好。

〔九儿端起酒坛，余占鳌摆好碗。

〔九儿把高粱酒倒得满满的。

九　儿 （高高举起酒碗）为罗汉大哥报仇！（摔碗）

众伙计 （高高举起酒碗）为罗汉大哥报仇！（摔碗）

〔幕后伴唱：

一口干，高粱酒。

冤报冤，仇报仇！

〔切光。

第六场　激战

〔三天后，高粱地。

〔余占鳌和伙计们埋伏在高粱地里。

余占鳌 兄弟们，都打起精神来，一会儿只要看见小日本过来了，就给我铆足了劲儿打！

伙计们 放心吧余当家。

豆　官 爹，日本鬼子咋还不来？

余占鳌 好儿子快长大，跟着爹一起打日本人愿意不？

豆　官 嗯，愿意！

余占鳌 不过跟着爹打仗可能会流血，怕不？

豆　官 （摇摇头）不怕。娘说了，男子汉流血不流泪。

余占鳌 哈哈哈，不愧是爹的好儿子！好儿子，爹知道你愿意跟着爹打鬼子，但是，豆官，你听爹的，待会儿要好好藏起来。

豆　官 为什么要藏起来，娘让我跟着爹来打鬼子！

余占鳌 豆官，你听爹说，万一爹不在了，你娘以后要靠你照顾。

豆　官 爹你要去哪？

余占鳌 爹呀，爹要去一个到处都是高粱酒的地方。

豆　官 那我也去！娘说，只有能喝高粱酒，才算是真正的男子汉！我要当真正的男子汉！

余占鳌 （唱）儿子你要快快长，

余家靠你来挑梁。

爹的话你定要放心上，

照顾好你的亲娘。

从今后孤儿寡母相依傍，

怪只怪小鬼子逼我把枪杆子上了膛！

已然踏上不归路，

铁了心抛却那儿女情长！

兄弟们，我余占鳌今日要是回不来了，这烧酒坊还望你们照应！

伙　计　余掌柜，你放心，只要我们有一口气在，就不会让少奶奶和小少爷受委屈！

〔大家相视无言，余占鳌给伙计们跪下。

〔众伙计也涂涂跪下，抱拳相拜。

豆　官　爹快看，那边来了个大绿车！

余占鳌　兄弟们都准备好，跟小日本拼啦！

余占鳌　放炮！吹唢呐！

〔舞台上一阵阵红光闪过，“嗒嗒”的枪击声和唢呐声交织在一起，烧酒坊的兄弟们一个个倒下。

〔余占鳌用枪杆子撑着从高粱地里坚定地站起来。

豆　官　爹，你受伤了，呜呜呜呜……

余占鳌　豆官儿，男子汉不能哭。爹就是受伤了也要跟小日本拼到底！

（唱）大男人流汗流血不流泪，

打鬼子枪林弹雨突重围！

一腔热血胸中腾沸，

吓得小鬼子魂魄飞！

〔九儿挑着扁担上。

豆　官　娘，爹受伤了。

余占鳌　你咋来了？

九　儿　兄弟们都……

余占鳌 弟兄们都牺牲了，你来干啥！

〔九儿愣。

九 儿 （回神，坚定地）我来给你们送酒送饭。

余占鳌 九儿！

〔九儿把酒洒在伙计们流血的尸体上。

余占鳌 九儿你快走，再不走就没时间了！

〔九儿把高粱酒坛放下。

九 儿 （唱）我哪能走——
未帮罗汉来报仇。
我哪能走——
兄弟尸身还未收。
我哪能走——
留你独自在这头。
我哪能走——
被占地盘还未收。
我哪能走——
高密还未获自由。

余占鳌 （唱）你快走——
罗汉之仇我自有计谋。
你快走——
带着豆官莫为我忧。
你快走——
大丈夫就是要把血流。

余占鳌 走！

九 儿 留！

〔远处传来“哒哒”声。

〔余占鳌与九儿一愣，相视。

九　儿　来不及了。

〔九儿搬起酒坛往高粱地里泼。

余占鳌　你这是干啥?

九　儿　（唱）谁说女子不顶用，
九儿偏要来抗争。
高粱地来作见证，

〔九儿用火将倒满酒的高粱地点燃。

〔九儿突然中枪，渐渐倒下。

（虚弱地）高粱酒伴着我最后一程。

余占鳌　（嘶吼）九儿!

豆　官　（哭）娘!

余占鳌　（唱）九儿你睁眼看一看，
看看我们的小豆官。
你忍心就这样把我们抛闪，
你忍心就这样离开我们的身边!
九儿啊，
我求你再来看一眼，
再看一眼这高密的河川。
在这里我们明誓愿，
在这里我们建家园。
九儿啊，
你醒一醒看一看，
就算死我们也要把手牵!

〔九儿睁开眼，手颤抖地抚摸着余占鳌的脸。

九　儿　（唱）我九儿自小受苦难，
亲娘与我没亲缘。
亲爹用我把钱换，

想来真是心中寒。
直到与你来相见，
希望重新被点燃。
我不顾他人劝，
我不顾流言传。
只求与你永相伴，
只求与你结良缘。
到如今我身中枪弹，
无法与你把这一生走完。
我不求你报仇怨，
只愿你拉扯大我们的豆官。

（九儿摸摸豆官）豆官，娘不能看着你长大娶媳妇儿了，你原谅娘……

豆　官　（痛哭）娘！我不要你走，娘，我喝了高粱酒，我是男子汉了，（抽泣）我保护你！娘你别走！

〔九儿闭眼，手垂下，死。

〔日本人的汽车被火点燃爆炸的声音。

余占鳌　小日本，老子跟你们拼啦！

〔余占鳌拿起枪扫射！

〔一阵枪击声过后，余占鳌倒下。

〔余占鳌爬到九儿身边，拉起九儿的手。

余占鳌　（唱）高粱地，连成片，
高粱上头红日残。
高粱地里报仇怨。
你我同葬高粱间。

〔豆官伏在余占鳌、九儿身上。

〔幕后音：
娘，娘，上西南，

宽宽的大路，长长的宝船。

娘，娘，上西南，

骝骝的骏马，足足的盘缠。

娘，娘，上西南，

你甜处安身，你苦处化钱……

〔豆官慢慢站起来，摸干眼泪，将余占鳌身上的枪挎在自己身上。

〔切光。

〔剧终〕

滕王阁

编　剧：闪帅（戏文系 2012 级）

毕业大戏《滕王阁》的创作阐述

一、创作主旨阐述

本剧以气象万千、生机勃勃、海晏河清、欣欣向荣的初唐气象为背景，以众所周知的历史文学著名典故“时来风送滕王阁”为整部剧的故事蓝图，将文学史上著名神童王勃历经宦海沉浮后赴会滕王阁留下不朽骈文与诗作的天才故事呈现给世人。本剧具有高度浓缩性，仅仅选取诗人王勃短暂一生中的一个闪耀瞬间，围绕精彩瞬间来营造戏曲故事。全剧一波三折，情节曲折丰富，尝试运用现实主义手法与浪漫主义手法相结合，巧妙塑造一代才子王勃围绕江南名楼滕王阁发生的传奇故事。剧中，只有王勃是真正的历史人物，宇文渊，宇文斓，吴子赋等人物均为虚构。本剧是典型的才子佳人题材戏曲，却没有简单地停留在才子佳人的俗套里。本剧是以才子佳人这种常见的戏剧模式来全方位、多层次塑造一代文豪王勃“慷慨于君侯，有气存乎心”的精气神的。一代文豪、一世雄才，乘船看望贬官在交趾的父亲，心胸浩荡、不坠青云志的才子途中邂逅知己佳人，一步步将平生高雅志趣付与婵娟，王勃与宇文斓心心相印，诗稿里结缘，风浪中治病。偏偏同船的还有觊觎宇文斓的纨绔子弟吴子赋。吴子赋趁宇文父酒醉时骗得其许下吴子赋与宇文斓的婚约。宇文斓自从结识才子王勃，心中有了所属。王勃也深知其情义。可是滕王阁盛会上，吴子赋趁都督兴起，奏请与宇文斓完婚。兴奋得意的吴子赋嘲笑王勃“文场得意，情场失意”时，偏偏宇文小姐失踪……最终，穷则善其身的才子与抛弃荣华富贵的佳人云游天下。

本剧中，王勃与宇文小姐的语短情长始终牵动着观众的心弦。二人的柔情缱绻始终伴随着四伏的危机。才华横溢、一身正气的王勃与崇尚高雅的小姐宇文斓情意相投，堪称落花有意流水有情，阳春白雪传雅曲，高山流水遇知音。他们美好纯洁高雅的爱情令人歆羡。而胸无点墨的奸邪小人吴子赋贪恋美色，纯粹低级趣味。其所作所为恰好与真君子王勃形成鲜明对比。高雅与流俗，正直与邪恶，留与观众细评说。

才子佳人戏是历代戏曲作品中的重要类型，历久弥新，经久不衰。而王勃的一生并未留下风流倜傥之事。不顾实际，想当然地把王勃作为普通意义上的才子来敷衍才子佳人戏未免失真且无创新驱动力，本剧是在充分尊重历史实际的基础上适度创新，以才子佳人传统戏剧形式来凸显王勃穷且益坚不坠青云之志的文豪气节，雄才形象的。

二、题材的理解与评析

1. 题材来源综述

本剧故事发生于唐朝初年，在充分尊重历史的基础上发挥了大胆想象来创作本剧。借才子王勃赴会滕王阁前后发生的故事演绎其集满腹才情，傲然风骨，儿女情长，家国情怀，高雅情趣，青云壮志于一身的翩翩佳公子形象。描写王勃的史料和文学作品丰富，本剧参考了《旧唐书・文苑・王勃传》《新唐书・文艺・王勃传》《唐才子传》《醒世恒言・马当神风送滕王阁》。尤其是冯梦龙的《醒世恒言・马当神风送滕王阁》，是本剧的创作蓝本，本剧的创作思路和灵感很大程度上来源于此。

在广泛搜集历代有关王勃故事的资料以外，本剧还参考了一些描述古代文豪和才子佳人的文学作品，如近年的越剧《柳永》，京剧《诗杰王勃》，昆曲《李清照》，昆曲《红楼梦》。

2. 题材类型评析

本剧属于古代才子佳人题材戏曲，但是并不仅仅囿于该题材传统，不落进司空见惯的俗套。本剧兼具历史题材和传奇题材的成分，即在尊重历史史实的基础上进行合理大胆的创新。本剧兼有悲喜色彩，试图营造一种悲剧中的喜剧，喜剧中的悲剧之气氛。有喜有悲才是真。本剧总体色调是喜剧，然而，王勃与宇文小姐终究挡不住社会的压力，只有选择云游天下才能两情相悦。这出人意料的喜剧结尾暗含淡淡的忧伤，众所周知，滕王阁盛会后的王勃，渡海惊悸而死，一代才子英年早逝令人扼腕叹息。本剧是非正邪分明，立足于正确的价值观，扬善惩恶。

本剧注重人物和情节的顶层设计，力图规避戏曲的类型化，不陷入唯美的爱情故事，而是重点围绕中国传统文人风骨气节做文章。此处的创新驱动体现在洋溢于全剧的阳春白雪与铮铮傲骨情怀。一切线索与诗情画意甚至檀郎婵娟都是为了凸显辞对清华，浩然正气。重视但不以文辞华美、情节巧妙为目的，高洁的思想是本剧的灵魂。本剧具有一定的戏剧教育功能，试图让观众在欣赏戏剧的过程中潜移默化地受到古代正直文人优秀品德的熏陶。

《滕王阁》这部戏曲作品，是完全立足于古代题材的。之所以选择这个题材，是因为唐朝那段尘封的历史为我留下了纵横驰骋的空间，有关王勃的记载与文学资料虽然看似丰富，实则是只言片语，星星点点。滕王阁故事中的具体细节，人物关系，人物性格，音容笑貌许多都荡然无存了。这些因素恰好为我提供了虚构情节，编织人物关系，重塑性格，挖掘人物行为动机的契机。由于距离产生美感，观众往往对古代题材戏曲情有独钟。而中华文化具有传承性，国人的审美心理代代相传，这更激发了创作本剧的动力。古代题材作品传承了中华民族传统文化精神，时代虽有变化，但古人与今人心理结构、道德观念没有根本的变化。这些观念很好地融于本剧之中。戏曲源自中国古代沃土。创作古代题材剧本比较符合民族的、大众的审美习惯。

3. 与同类题材剧作的对比

戏曲史上，才子佳人剧自成一部，此类题材浩如烟海。文人雅士剧也不胜枚举。最近搬上舞台的京剧作品《诗杰王勃》一度吸引了众多观众的眼球。《滕王阁》与《诗杰王勃》相比，相似之处很多，例如：都透射出了中华文化在五千年历史长河中不因时代而变迁的永恒意义。不过区别也非常明显。《诗杰王勃》展现了王勃坎坷的仕途经历和苦涩的爱情故事，从其少年得志发展到人生低谷，时间跨度非常大。《滕王阁》则具有高度时空浓缩性，事件、人物、情节设计更加合理。《诗杰王勃》大量引用王勃的瑰丽词句来丰富戏曲作品，虽云出彩却有掉书袋的嫌疑。本剧少量引用王勃诗句，更多瞩目于王勃的心绪。编剧力图化作剧作主人公，替王勃写诗对句，以达到丰富人物形象，增添适应剧情发展的真实感之目的。在《诗杰王勃》中，编剧把王勃笔下名句“落霞与孤鹜齐飞，秋水共长天一色”中的“落霞”这一物象具体为了一位多情佳人，颇具创新思维。然而此处的奇思妙想有一丝匪夷所思，恐落霞本非王勃这位清华公子意中之红粉美人。这部《滕王阁》中也努力塑造了多情小姐，只是这里的小姐乃宇文斓，是根据《滕王阁序》中“宇文新州之懿范”进行的合理而大胆的假设。

本剧较之同类题材剧作，突出特点是真实度比较高，虚构人物脱胎于客观实际。用最接近传统戏曲的创作手法来探索戏曲的内在魅力。不故作标新立异之巧，不过分渲染才子佳人缠绵悱恻的柔情。醉翁之意不在情，在乎高雅之格也。

三、阐述剧作法理论在毕业作中的具体运用

1. 营造绝妙戏剧情境

在剧本写作中，人物关系的设置越不均衡、不调和、不相容，越有可能构成绝妙的戏剧情境。在情境中，事件是外在的因素，人物之间独特的关系是内在的因素。在本剧中，我将人物设置成性格、秉性、品质、涵养不同者。利用事件可以造成人物有动势的戏剧情境。人物面对突然发生的事件，往往成为他们生命旅途的转折点。本剧开头，王勃与众人本是互不相识的陌路同船人。因为一次治病救人，又因为一篇诗稿被风吹走，结识一群前往滕王阁赴会的旅客。巧遇与自己有故事的小人吴子赋，正直的宇文渊，崇尚高雅的小姐宇文斓。通过这一绝妙情境，打破了原本的独立，人物联系起来，迅速推进了戏剧发展 。

2. 安排戏曲“行进”类表演

戏曲“行进”类表演最能集中显现其艺术特征。戏曲可以通过精彩的行进表演推进情节发展。《滕王阁》剧本中，很大一部分情节是发生在舟中的。从风雨飘摇治病救人到诗稿风波，再到狭路相逢，众人的谈笑风生等都发生在小舟中。虚拟的小舟在本剧开头一直伴随着剧情发展。演员在虚拟的小舟中进行各种表演。此外，王勃与宇文小姐出游相逢偶遇这一情节生动演绎了行动类表演的唯美画面。戏曲行进场面的安排不单为了表演，同时也为戏曲结构提供了极大自由。虚拟性的表演，使舞台时空转换更为灵活。

3. 遵循戏曲语言的特殊性，追求雅俗共赏的戏剧模式。

戏曲语言是舞台上的。由于面对不同观众，且表演过程稍纵即逝，所以要

求戏曲语言不能像案头文学那样典雅蕴藉，而应力求通俗易懂，俗中见雅。弃俗扬雅将失去观众，追求打油诗似的唱词则难有传世经典问世。我们应该追求“词格俱妙，大雅与当行参间，可演可传”的戏曲语言。《滕王阁》这个剧本中，唱词力求做到深入浅出，意深词浅。剧中人物语言争取符合人物身份，即便是大诗人王勃，也不能出口之章全部是华美辞藻，那样会令参差不齐的受众降低欣赏欲，故剧中王勃语言化雅为俗，贵在自然。宇文小姐的语言则浅显而不失含蓄。小人物的语言则俗而不鄙。

四、剧本分场概括

第一场是整部戏曲的开端，在一个风雨飘摇的秋日，坐船将要去滕王阁参加盛会的宇文斓小姐突发疾病，被乘船路经此地的王勃所救。二人各自暗生情愫。风浪中，满船之人惊慌，唯王勃处变不惊，写诗掷于江中，风浪平息。众人赞叹。第二场中戏剧加入了偶然因子，两船行驶途中，王勃的诗稿飘至宇文斓小姐丫环之手。满船之人才知晓著名文人王勃就在附近。王勃与吴子赋早有过节，二人晤面，吴子赋被驳得哑口无言悻悻而去。宇文渊极为赏识王勃的才情，将王勃介绍给舍妹宇文斓。宇文斓久闻王勃才气，有幸得识非常高兴，又见王勃器宇轩昂，文静儒雅，非常赏识。王勃亦颇为赞赏宇文小姐如兰气质。官船来接宇文兄妹，宇文渊本想邀请王勃与众人同赴滕王阁盛会，被吴子赋劝阻。宇文斓强烈希望与王勃临别见面，在宇文斓的再三恳求下，宇文渊同意帮助妹妹实现心愿。第三场设计布局比较有创意，小姐与王勃舱内话别，闻风前来突袭的吴子赋被宇文渊巧妙阻挡。第四场是整部戏曲的重要节点，小姐要在换官船前拜祭水神庙，在庙旁凉亭偶遇出游的王勃。二人互诉衷肠。原来吴子赋乃奸邪小子，趁着宇文斓父亲酒醉之时骗其随口许婚。宇文斓誓死不从，婚礼作罢。王勃颇为担忧小姐命运。吴子赋眼线赶来，二人辞别。王勃在打算四处闲游之际受舟人鼓舞决定趁着徐徐清风抵达洪都滕王阁参加盛会。第五场是一出精彩的智斗戏，吴子章与吴子赋兄弟极力阻拦王勃赴会，聪明的宇文斓小姐巧妙通过阎都督夫人推荐王勃成功。第六场是历史上著名的王勃作序滕王阁的文学典故。滕王阁盛会上，少年王勃意气风发，思如泉涌，闳中肆外，一序惊天。第七场隐隐有明代谢榛“结句当如撞钟”的意境，剧情在最后关头陡然峰回路转。吴子赋向王勃道贺，却忽然得知小姐失踪，气急败坏派人寻找。王勃心情沉重辞别洪都，掀开舟中帷帐惊见宇文小姐端坐舱中，二人云游天下。

五、创作感悟

这部名为《滕王阁》的戏曲作品是我的一部精心准备而又尚不完美的得意之作。众所周知，不论是史料记载还是文学作品，历朝历代关于王勃赴会滕王阁，并且一挥而就创作永垂不朽的骈文《滕王阁序》才压四座的故事不胜枚举。我自幼钦慕这一段千古佳话，学习戏曲文学以后，萌生了一个大胆的想法，就是把王勃滕王阁的故事搬上戏曲舞台。两年来我始终沉浸在这样一个让我兴趣盎然的梦想中，我查阅搜集了大量资料文献，对于高才博学，光昌流丽的初唐才子王勃有了一个比较全面、具体、客观的认识。这些在很大程度上为我把握和塑造主人公王勃提供了帮助。在付诸实践的创作过程中，写作进度是时快时慢的，历经多次修改，力求把浩如烟海的素材和旁征博引的资料完美地融合进剧本中，为剧情服务。在这个辛苦的创作过程中，我得到了指导老师的鼎力相助。在导师的指引、启发、鼓励下，我以高度认真的写作态度创作了这部戏曲作品。客观来讲，此剧尚未尽善尽美，难免存在瑕疵。尽管如此，它依旧是我大学四年本科学习的一个里程碑。我会在今后的学习工作中再接再厉、勇攀高峰。

2012级戏文系　闪　帅

指导教师　谢柏梁

人物表：

王　勃——字子安，初唐四杰之一，诗文冠世，二十六岁。

宇文渊——江南名儒，二十七岁。

宇文斓——宇文渊之妹，十九岁。

吴子赋——吴子章之弟，不学无术，心术不正，膏粱子弟，二十六岁。

吴子章——阎都督女婿，三十岁。

李　琪——吴子章妻，知书达理，明辨是非，二十八岁。

靳　童——王勃书童，忠诚可爱，十二岁。

小　梅——宇文斓丫环，冰雪聪明，十四岁。

张　二——吴子赋家奴，二十岁。

老　伯——船夫，忠厚神秘，扑朔迷离，六十岁。

小姑娘——老伯孙女，活泼可爱，十岁。

阎都督——求贤若渴，重视人才，年高德劭，五十岁。

众侍从

第一场　风波情愫

〔时间：唐高宗年间一个风雨飘摇的秋日

〔地点：九江中的两艘客船上

〔幕启。

〔风雨大作，乌云密布，电闪雷鸣。江波汹涌。船颠簸得厉害。

〔全船人乱作一团，杯盘狼藉。所有乘客跌跌撞撞。吴子赋跌倒。

吴子赋　张二！还不快来扶我！

〔张二上，张二上前搀扶，自己也摔倒。

吴子赋　快！快！快！那儿有码头，船夫！快靠近码头！

〔宇文斓忽然晕倒在地。

小　梅　小姐！

宇文渊　小妹！小妹！（跌倒在地）

张　二　（上前搀扶）宇文老爷，您没事吧？

〔众人将宇文斓平放在床上。

宇文渊　吴贤弟，我小妹昏迷不醒，这可如何是好？

吴子赋　小弟也焦虑，可是船上无人懂医术。这万一误了滕王阁盛会，再……（倒）

宇文渊　贤弟！贤弟！

〔江风怒号，吹来一叶轻舟。王勃、靳童上。

王　勃　（念）若夫怀放旷寥廓之心，非江山不能宣其气；负郁闷怏不平之思，非琴酒不能泄其情。

（唱）宦海沉浮君莫叹，

　　　汹涛安稳五湖船。

慷慨对策登霄汉，
瓦釜雷鸣落紫烟。
卿云灿，宝剑辞乡发宏愿。
养浩气，御沟不若翠微泉。
云遮岸，今日里，江上青峰归墨翰。
宦游人，飘飘乎，疏磬涵风笑逝川。

宇文渊 （喊）这位仁兄，可懂医术？我家小妹和一位朋友晕船不省人事。小妹尚待字闺中，倘有三长两短，我怎么对得起早逝的父母？（哭）

靳　童 大人莫急，我家王公子略懂医术。

宇文渊 请王君相助，务必相救！

王　勃 兄台不必客气，我这就前往医治。

〔两船相连，王勃来到宇文渊船上。见到吴子赋略一吃惊。

王　勃 （微笑）这位公子只是一时惊厥无大碍，修养片刻即可。

宇文渊 如此稍慰我心，那舍妹？

王　勃 令妹玉体本就娇弱，受风寒，疾在心肺。

宇文渊 请王公子速救舍妹！

王　勃 在下自当尽力。（伸手欲施救，略一犹豫）

（唱）雨横杨柳秋风岸，
巧逢仙子渡同船。
娇容绝胜芙蓉院，
闺中俊秀若芝兰。
君不见佳丽地花枝招展？
浓脂粉水西桥令色巧言。
邂逅这一泓江海舟中媛，
诚惶恐心旌摇曳享华年。
小姐她待字闺中不该垂青眼，
思虑乱心心相印刹那暗缠绵。
这时节望闻问切恐人见，
折杀我多情书生把壶悬。

小　梅　王公子，快救救小姐！

王　勃　这……也罢。

（念）自古心端气自正，

不信瓜田李下生。

〔王勃拿出随身携带的麝香放在宇文斓胸口，众人都焦急地观望。忽然，宇文斓微微一动。王勃微笑，众人兴奋。

宇文斓　（苏醒，做睡状唱）病快快来福气有，

凤凰于飞心悠悠。

清华公子风骨秀，

含情脉脉送孤舟。

小　梅　老爷！小姐快醒了。（宇文渊面露笑容）

王　勃　仁兄，令妹还需静养一段方能康健。

宇文渊　多谢王兄了！

靳　童　少爷！狂风巨浪不止，咱们上岸避一避吧。

王　勃　生死在天，有何可避？铺纸！

靳　童　啊？（递笔墨纸砚，王勃略一思索，慨然书诗四句）

（念）唐盛非狂楚，

江渊异汨罗。

平生仗忠节，

今日任风波。

宇文渊　泰山崩于前而面不改色，王兄真乃雄才也！

（唱）泰山崩颓不变色，

旷世雄才实难得！

有幸共君同船坐，

染得仙气散沉疴。

不知王兄大名是？

王　勃　落拓江湖宦游人。（话音未落，将诗稿抛掷滚滚江中。风浪骤息。）

仁兄告辞了。

宇文渊　后会有期。

〔幕落。

第二场　翰墨知交

〔时间：前场第二日

〔地点：宇文渊兄妹和吴子赋所在的船上。

〔幕启。宇文兄妹、吴子赋正在舱内交谈，江水湜湜。

宇文渊　（手执滕王阁图）好一派大唐气象！

吴子赋　（手摇折扇，得意地）哈哈，滕王阁耸立于赣江之滨，背城面水，为江南第一名胜啊！此次阎都督将之修葺一新，更加蔚为壮观啊！（宇文渊看毕将图递给小梅，小梅送与宇文斓观看。宇文斓面露喜色）滕王阁盛会在即，阎都督已派官船前来迎接，故我们到了马当进入九江地界后，只能在船上沿途观光石钟山和鄱阳湖的美景了，还请宇文兄与令妹见谅啊！（心旌摇曳，笑眯眯地看着宇文斓，宇文斓脸色由喜转怒）

宇文斓　（唱）良辰美景胸襟畅，
寻花浪子太轻狂！
尔这厮恬不知耻甚模样！
本小姐岂是那风尘红妆。

〔舱外声音起。

小　梅　（念）早是他乡值早秋，
江亭明月带江流。
已觉逝川伤别念，
复看津渡隐离舟。

靳　童　还给我！

小　梅　还给你？你也会写诗啊？

靳　童　（得意洋洋）这是我家少爷的诗稿。

小　梅　何以证明是你家少爷的?

靳　童　你不识字啊?没看见有我家少爷的落款吗?

小　梅　王勃，王勃是你家少爷?

靳　童　那当然，不是我家老爷，难道还是你家少爷?（声音惊动舱内宇文斓）

宇文斓　（喊）小梅，你在争什么?

〔小梅上，靳童紧随其后上。

靳　童　把诗稿还给我!

小　梅　（递给宇文斓）江风吹来一诗稿，被我拾起。这位书童硬是不请自来跳上咱们船，还说是他家少爷写的。

宇文斓　（低头浏览）真是好诗。（看靳童）你家少爷姓王名勃?

靳　童　是啊。

宇文斓　就是那位绛州才子，十四岁举幽素科的大诗人王勃?

靳　童　正是。

宇文斓　（含情脉脉唱）绛州才子从天降，
江风岚气染芬芳。

宇文渊　就是曾在沛王府担任过修撰的王勃?

靳　童　不错啊。

宇文渊　（钦慕赞许唱）诗赋远播天下唱，
名冠四杰震大唐!

吴子赋　（不怀好意）就是写《檄英王鸡》被逐出王府的王勃?

靳　童　（怒）是又怎么样?

吴子赋　果真流落到此。
（心术不正唱）王府宾朋万人仰，
丢官失爵游四方。

宇文渊　王勃君现在何处?

靳　童　（惊惧）你们想干什么?

宇文渊　哦，小童误会了。王勃君乃当今大诗人。我们早怀敬意，只是无缘相见。上回承蒙王勃公子出手搭救，我们不胜感激，想当面再次道谢。

靳　童　哦，那好办，我们船太小，老爷，你们船大，就请我家老爷过来一趟？

宇文渊　有劳小童！

靳　童　我现在就去通报。

〔靳童下。

宇文斓　兄长，小妹要先回避一下梳妆打扮后，当面致谢恩人。

宇文渊　嗯，如此甚好。

〔宇文斓下。

吴子赋　宇文兄，此等狂士，如今已是落魄之人，还是不见为好。传出去怕有损宇文兄名声。

宇文渊　弟此言差矣，古人有训，不可以人废文，亦不可以文废人。我等文人相见，有何不可？何况昨日王勃还曾为贤弟和舍妹治病啊。

吴子赋　哦？是他？（略一思索，站起）小弟另有要事，告辞了。

宇文渊　请便。

靳　童　（音）我家少爷前来造访！

宇文渊　请！

〔吴子赋欲下，止，背身立于角落。靳童与王勃上，王勃神采奕奕，神情潇洒。

宇文渊　王兄！上次蒙王兄风雨中慷慨施救却不知名姓，原来阁下就是王勃兄，久闻王兄大名，今日得见，荣幸之至！

王　勃　（抱拳还礼）宇文兄乃当今名士，幸会幸会！

宇文渊　（指躲在角落里的吴子赋）这位是……

吴子赋　（不情愿地转过身）呃……

王　勃　（回头注意到吴子赋）哈哈，真是狭路相逢啊！不想在此与吴君见面。

吴子赋　王君久违了，多谢王兄相救。君不在沛王府高就，何致流落至此？

王　勃　呵呵，吴君真是健忘，我正要面谢你告密有功，才使我王勃今日得以领略山川之美秀，采集天地之灵气啊。

（唱）王朝报晓风波骤，

谁知鹦鹉在前头？

浩歌长啸千杯酒，

浮云万里好神州。

吴子赋 王君言之差矣。王君写斗鸡檄文难道不正是为讽刺警示而作？我不过代为传递而已。

〔宇文斓上，于暗处倾听。

王　勃 哦，如此传递，吴君得以高升耶？

宇文斓 （略有所悟状）奸险小人！

吴子赋 子赋不才，不过一官半职，可是堂堂的沛王府修撰居然沦落至此，岂不可悲可惜？

王　勃 （唱）自古雄才多磨难，

何惧霹雳出晴天？

荣辱寻常何须叹，

是真名士自安然。

重重块垒一日掩，

道道烟霞百年餐。

不是谪居得游宦，

焉知大唐好河山。

吴子赋 （羞愤）宇文兄告辞了。（撩衣下）

宇文渊 王兄请，王兄似乎与子赋弟有过节。

王　勃 （笑）宇文兄有所不知，当年我在沛王府任修撰，那些王公贵族们常常以斗鸡嬉戏取乐。这些人身居高位，不问苍生，只顾斗鸡。成日以斗鸡嬉戏淫乐。我写篇檄文略施讽谏，有何不可？谁曾料想：

（唱）一篇檄文黑云翻墨，

英王沛王本无干戈。

惹怒龙颜飞来横祸，

谪居宦游远离铜驼。

吴子赋当年也在沛王府供职，此人包藏祸心，悄悄将此文添油加醋呈给皇上。

宇文渊 （皱眉）哦。

王　勃 不久传下圣旨，说我王勃身居王府修撰之高位，不图报效，反作檄文，谬言犯上，挑拨离间，逐出王府。

宇文渊 （神情凝重）没想到子赋弟是如此小人。

王　勃 那些王公贵族，不问社稷，不思进取，成日只顾斗鸡淫乐。我至今未曾后悔自己当日愤而作檄文的警世之举。

宇文斓 （躲在暗处，充满崇敬）此真君子也！

宇文渊 家父与阎都督是世交，此番盛情邀我兄妹赴洪都参加滕王阁盛会，家父与吴家也是世交，故而吴子赋前来迎接我们，不想子赋是个心术不正之人。

〔小梅、宇文斓上。

小　梅 老爷，小姐到！

宇文渊 这位是舍妹阿斓。

〔宇文斓与王勃互相行礼。情意缠绵。

宇文斓 （唱）王公子悃愊无华正气凛。
大诗人昆山片玉温润君，
若檀郎玉树临风添气韵，
赛扬雄文章辞赋举天闻。

王　勃 （唱）果然是美玉韫来价难问，
宇文公家藏国璧几销魂。
咸阳道曲江桃花虽艳嫩，
怎比得眼中碧莲散芳馨。

〔宇文斓与王勃目不转睛对视。小梅轻唤：小姐。二人才回过神来。宇文斓、王勃落座。

宇文斓 在闺中常拜读王君之诗文，深为敬仰。今日有幸一睹君容，实为学生之大幸。

王　勃　承蒙垂爱。小姐闺中俊秀，我不过一介寒士耳。（笑）

宇文斕　（捧诗稿）适才有幸拾得王君诗稿，得饱眼福。现在理应奉还。

王　勃　啊，哈哈。一时兴起，信笔涂鸦。小姐若不嫌弃，请雅正。

〔宇文斕含羞将诗稿抱紧。

〔吴子赋上。

吴子赋　宇文兄，宇文小妹。阎都督迎接咱们的官船马上到了，船已靠岸。请二位收拾行囊准备登岸换船吧。

王　勃　就不耽误诸位行程了。告辞。（下）

宇文渊　贤弟，行装已让侍女收拾。愚兄有一事与贤弟商量，不知可否。

吴子赋　宇文兄有话请讲。

宇文渊　王勃年少才高，十四岁举幽素科，授朝散郎。今乃大唐四杰之一。理当邀请他同赴滕王阁之盛会啊！

（唱）王氏三株此枝俊，
　　少年辞章四海闻。
　　才压九曲黄河汛，
　　气凌五岳踏青云。

吴子赋　王勃不但受当今皇上斥责，被逐出王府，且因擅杀官奴被定死罪。幸遇皇上大赦天下才保全性命。这种人怎能登阎都督之官船，赴滕王阁之盛会？都督若怪罪下来，愚第可担当不起啊。

宇文斕　我身体尚未恢复，不宜登岸换船。

吴子赋　啊，这可如何是好？还望宇文兄劝令妹顾全大局，待到达洪都，再请郎中诊治。

宇文斕　（作不理状）那我也要先上岸祭拜水神庙。

吴子赋　小弟另有要事，先告辞。（下）

宇文渊　我妹身体可好些？

〔宇文斕背对哥哥生气，不语。

宇文渊　邀请王君之事已向子赋弟谈过。

宇文斓 兄长一片苦心，小妹刚才已经听到了。既然人家以势欺人，小妹亦不为难兄长，只有一事相求，还望兄长应允。

宇文渊 何事？妹可直言。

宇文斓 离船前，妹要与王君再见一面。

（唱）萍水相逢罹恶浪，
玉树临风气调昂。
疾风劲草除病恙，
仰仗王君慨而慷。
此间临别空惆怅，
苦盼与之话短长。

宇文渊 妹当知男女授受不亲之礼啊。

宇文斓 那王君乃是正人君子，危难中伸手相救小妹。

宇文渊 子赋弟亦在船上，若是被他窥见……

宇文斓 若要论理，王君为救人已经触摸小妹身体，妹就该为王君之妇了。

宇文渊 岂有此理！妹妹何以出言不逊呢！（宇文斓闻声而哭）婚姻自古依父母之命，为兄爱莫能助。

小　梅 （整理行装）没有订婚也算数吗？

宇文渊 下人休得多嘴。

宇文斓 （抽泣）如今父母仙逝，长兄当父，理应替妹妹做主，兄长既然如此，小妹就不去洪都了。

宇文渊 好吧，为兄想办法。

〔幕落。

第三场　临别肺腑

〔时间：前场第二天清晨。

〔地点：九江马当岸边王勃小舟中。

〔幕启。

小　梅　（音）王公子，我家小姐造访。（宇文斓独自来到王勃舱中，王勃起身相迎）

宇文斓　公子！

王　勃　（施礼）宇文小姐！

宇文斓　蒙公子危难中相救，再生之恩，肺腑之情，小妹……愿以身相报。

王　勃　啊，小姐错爱，我除了文章一无所有，如今早已行无定踪，居无定所。何敢痴谈儿女私情啊。

（唱）一席话诚惶诚恐卿错爱，

我王勃空有文章济世才。

行居乱吟赏烟霞乾坤外，

何敢谈儿女情长落尘埃。

宇文斓　君不必妄自菲薄。无论文章人品，皆令小妹敬重爱慕。只觉相见恨晚，语短情长。

王　勃　小姐情深义重，崇尚高雅，勃当引为知音啊。

宇文斓　此去洪都滕王阁有一盛会，遍邀名士学儒，但愿王君能同赴一程。

王　勃　此事尚难定夺，父亲受勃牵累，被贬到了边关交趾，我本前去探望父亲，来马当纯属顺路一游。

〔张二、吴子赋上。张二欲闯。

小　梅　哎！老爷，老爷！（王勃与宇文斓一惊）

宇文渊　发生何事？

小　梅　他打我。

宇文渊　你先进去吧。（小梅下）是为何因？

张　二　她挡我的道。

宇文渊　岂有此理，打狗还看主人面。这未免欺人太甚了吧。

〔吴子赋上前扇张二一巴掌。

吴子赋　还不快给我滚！

张　二　是是是。（下）

宇文渊　究竟所谓何事。

吴子赋　听说王勃与小姐共处……

宇文渊　胡说！王兄与我和小妹在舱内话别，我们与王兄萍水相逢，我仰慕他的才情。临别叙谈，有何不可啊？王兄是你和舍妹的救命恩人，方才我看见你匆匆而来，特在此迎接，想必贤弟也是来找王勃临别叙谈吧？

〔王勃走出。

王　勃　哈哈哈哈哈！看来我王勃真是与吴君有缘啊！临别还要见上一面。

宇文渊　（微笑）以我之见，既然有缘，何不捐弃前嫌，同赴滕王阁之盛会呀？

吴子赋　赴会滕王阁，或可文章留名，或可获取赏金。按王君之处境不失为权宜之计。可惜邀请名册并无王勃，不如待我回洪都补办一席如何？

王　勃　不必费心。一座宏伟高阁，偏偏以滕王命名，滕王贵为太宗皇帝之弟，骄纵失度，声色犬马，建此高阁不过图一己之私，歌舞淫乐耳。

吴子赋　听君一席话，似乎还要赋一篇滕王阁檄文了？

王　勃　哈哈，那倒未必。滕王阁堪称江南临观之美，令人叹为观止。倘勃有幸登高一赋，或许留下一篇美文亦未可知。宇文兄告辞了。

宇文渊　后会有期。

〔王勃正欲离开，宇文斓掀起船帘走出。

宇文斓　王君留步。多谢相救之恩，不知何日再能相见。

（唱）帘下秋波江南梦，
怜君潇洒月明中。
今日河梁凰去凤，
何年回首望归鸿？

王君此去？

王　勃　小姐玉体珍重。

（唱）清风气调数我辈，
疏雨空瓢笑酒杯。
爱月怜山廿六岁，
未尝降身匍匐卑。
悠游骑鹤扬州醉，
多情小姐勿伤悲。
自是有缘天作美，
无尘琪玉嵌心扉。

吴子赋　啊，刚才忘了向王君介绍，宇文小姐乃我子赋夫人也。

王　勃　啊？

宇文斓　休得胡言，既未订婚，更未成婚，谁是夫人？

吴子赋　这可是令尊大人生前亲口许婚啊，不信，宇文兄可以作证。

宇文渊　愚弟怎可如此造次，不顾小妹的颜面，若小妹执意不允婚，我也不管了。

王　勃　哼。

〔众人散场。

〔幕落。

第四场　水神奇遇

〔时间：前场当天中午

〔地点：水神庙

〔幕启。

〔王勃与靳童游山玩水。水神庙赫然出现在眼前。

靳　童　这就是水神庙？

王　勃　对，我们走。

〔来到山庙门口，王勃在石壁上题诗。

靳　童　（念）马当山下泊孤舟，

岸侧芦花簇翠流。

忽睹朱门斜半掩，

层层瑞气锁清幽。

靳　童　老爷。那儿有座凉亭，可俯瞰四围。我们去看看吧。

〔同下。

〔宇文斓与小梅上。

宇文斓　不知道这水神庙能遇到王君否？

小　梅　小姐，不要急，好人自有天照应。

〔王勃、靳童在水神庙外临江处观赏风光。

王　勃　真是个水天一色，落霞孤鹜，妙不可言也。

（唱）醉笔倚风飘水涧，

落霞孤鹜丽人天。

靳　童　（兴奋）老爷，我好像看见小姐和小梅向山上走来。

王　勃　（兴奋）在何处？

靳　童　在……

王　勃　没有人，你是不是看错了？

〔宇文斕与小梅来到水神庙前。

小　梅　小姐快看，水神庙！

宇文斕　总算找到了。

小　梅　看啊，小姐，墙上有王公子写的诗。

宇文斕　他果然来过了。（二人继续前行，朝一座凉亭走去，接近王勃与靳童）

靳　童　老爷！（手指不远处）

〔宇文斕与小梅上，进入凉亭。

小　梅　小姐，看！

〔王勃快步走上凉亭与宇文斕会面，小梅与靳童下。

宇文斕　若不能再见王君，小妹我会遗恨终生。

王　勃　小姐当多加珍重。

（唱）一介书生无顾忌，
　　小姐声名须怜惜。
　　道声珍重离别意，
　　情深万丈九江知。

宇文斕　我此来只为向郎君一诉衷肠，便死也无憾。

王　勃　小姐切莫伤感，我当洗耳恭听。

宇文斕　公子！我——

（唱）华筵上酩酊大醉疏谨慎，
　　吴子赋骗家君随口许婚。
　　可怜我肝胆欲裂千古恨，
　　无奈何长跪灵前哭母亲。
　　叹悠悠小人得志左券稳，
　　惨戚戚家父贬谪遽离分。

待兄长雁塔题名龙墀近，
势利徒觊觎婚事不轨心。
似这般见异思迁无情分，
我岂能飞蛾蹈死入侯门？

这种势利小人，我岂能与他结为连理。此次前往洪都，我本不愿同行，无奈兄意难违，

王　勃　（唱）同是天涯羁旅客，
海上风高摧羽翮。

宇文斓　（唱）知君芸阁落田舍，
青云志在慷慨多。

王　勃　（唱）林泉明月年如鹤，
伤秋几度悔投罗。

宇文斓　（唱）随君海角抵天末，
并蒂莲花秋水遮。

王　勃　（唱）是非处处尘埃惹，
凤凰于飞五行隔。

宇文斓　多谢公子！

王　勃　小姐多情，在下自当……只是到了洪都，若他重提婚事，又当如何应对？

宇文斓　我欲寻找机会言明退婚，若不应允誓死不从。

〔小梅、靳童气喘吁吁上。

小　梅　小姐！小姐！我看见张二领着人过来了。

宇文斓　自从结识郎君，我已心有所属。先将闺中女红送君留作纪念。

王　勃　小姐情重，我定珍藏不弃。

小　梅　小姐，快走吧。（小梅扶宇文斓下）

〔王勃打开手帕，响起宇文斓声音：

（念）不羡牡丹争艳媚，
轻看杨花逐风飞。

愿效素梅伴君子，
花洁诗雅永相随。

〔老伯、小姑娘上。

〔撑船老伯系船，一小姑娘在一旁唱歌：

（唱）长江鄱湖交汇口，
浪击声声若洪钟，
两座石山像钟鼎，
水分两色泾渭明。

老　伯　啊，客官，可要乘船游览名胜古迹？

王　勃　正有此意。不知附近有何好去处？

小姑娘　客官，请去石钟山观光游览，那里湖光山色神奇秀美。

王　勃　哈哈，刚才那首动听的歌谣是谁人所作啊？

小姑娘　是爷爷教我唱的。

王　勃　敢问老伯，这石钟山是否汉代《水经注》之石钟山呢？

老　伯　所言极是。石钟山因水经闻名，且晋代陶潜公还有诗为证呢。

王　勃　可是不为五斗米折腰的大隐士陶渊明？

老　伯　对！太对了！依我看，客官是一位有大学问的读书人，理当前往一游。请！

〔众人上船，老伯抬头远望，正看到树丛中的张二。张二逃窜。

靳　童　（拿出钱）老伯，给。

老　伯　已经有人替二位付钱矣。

王　勃　哦？老伯，那位客人可留姓名？

老　伯　他没说，我也没问。

〔王勃与靳童惊奇不已。

老　伯　（笑）这石钟山的来历，民间还有一段美丽传说呢。

靳　童　老伯，您快说啊！

老　伯　王母娘娘蟠桃盛会缺大钟两口。二郎神负责监造，而后派大力士搬运。大力士抬头忽见仙女踏云端，一不小心两口大钟落进鄱阳湖。哈哈哈。

王　勃　（唱）石钟覆地威名振，
　　　　　　风浪惊涛写石文。
　　　　　　阙廷岂知山海韵，
　　　　　　沧江日暮小儒吟。

老　伯　这有学问的人啊就是与众不同。客官可是绛州才子王勃？

王　勃　正是，请问老伯何以知晓？

老　伯　见时便知。
　　　　（唱）虽无华踞锦簇绚，
　　　　　　郎君神采若神仙。
　　　　　　词美义壮雄才现，
　　　　　　言谈举止不平凡。
　　　　子既有满腹文才，当往洪都滕王阁盛会献赋啊！为何错此千年难遇之良机？

王　勃　此前已有数人邀请，我亦有意赴会，但唯恐耽搁南下看望父亲。如今看来，这洪都福地堪称物华天宝，人杰地灵。我正欲一吐为快啊！

老　伯　客官既有此意，老夫甘愿效力送你一程。

王　勃　不胜感激，只是滕王阁盛会在即，尚有数百里水路，不知何日方能到达。

老　伯　客官正逢大运，吉星高照。此去顺风顺水，保你直达洪都，不误赴会。

王　勃　老伯莫非中原水神化身，降世济民？

老　伯　哎，水神有灵，不可妄言。老夫当向江河拜祭，求水君神助是也。

〔幕落。

第五场　智荐才子

〔时间：前场两天后

〔地点：洪都都督府

〔幕启。吴子章、吴子赋、李琪、宇文兄妹、小梅等上。

吴子章　宇文兄别来无恙。恭候阁下多时了。

宇文渊　吴兄大礼隆重，小弟受宠若惊。来，舍妹一同拜谢。

吴子章　令妹真是天姿国色，闭月羞花。正好与内子见过。

李　琪　多年不见，妹妹都已经出落得如此……

小　梅　小姐，看！王勃老爷也来了。

〔众人眺望都督府外滕王阁江边。

宇文渊　真是时来风送滕王阁啊。

吴子章　此何许人也？

吴子赋　哦，兄长（耳语）。

吴子章　宇文兄妹一路风尘，快请都督府下榻。

宇文渊　都督既然广招天下文士，何不请王勃兄一同前往呢？

吴子章　王勃乃一介寒儒，怎可与宇文兄同行？不过既然来了，当以宾客相待。管家，按身份安排食宿。

吴子赋　兄长，王勃既是一方名士，又曾在马当晤面，还是由我迎接为好。

吴子章　那好，有劳小弟了。宇文兄，请！（吴子赋送吴子章、宇文兄妹下）

〔王勃、靳童上。

靳　童　小姐和小梅也才刚到，快走。

王　勃　不必追赶，宇文兄妹有官府迎接。

靳　童　有眼无珠。

王　勃　（念）从来君子安贫，

当知达人知命。

咱们有幸神助来到滕王阁，先去登高览胜！

〔吴子赋上，四处张望不见王勃。张二胆怯而上。

张　二　老爷。

吴子赋　怎么回事？人家比你还先到了。

张　二　苍天作证，我亲眼看见他登上去石钟山之船。

吴子赋　如今说这些还有何用？滚！（张二下）回来！随我去找王勃！

〔阎都督、吴子章上。

阎都督　子赋，你这样急匆匆所为何事？

吴子章　哦，小婿吩咐他去滕王阁布置会堂。

阎都督　嗯，子赋啊，疾风知劲草，一定要认真准备！

吴子赋　是，谨记都督教诲。（下）

阎都督　贤婿，你这篇文章果有增色。可与滕王阁媲美矣。

吴子章　仰仗岳父大人点石成金。

〔李琪上。

李　琪　小女特来请安。

阎都督　爱女有何事？

李　琪　宇文公生前曾遗诗二首，特呈送一览。

阎都督　诗品高洁，弥足珍贵。何人送达？

李　琪　宇文公千金阿斓小姐送达。

阎都督　她人在何处？

李　琪　正在门外。

阎都督　快快有请。（看吴子章，面露不悦）此事为何不报？

吴子章　恐岳父大人公务缠身。

阎都督　子章婿今后做事需周到。

侍　卫　宇文斓小姐到！

〔宇文斓上。

宇文斓 见过都督大人。

阎都督 免礼，赐座。

宇文斓 谢都督大人。

阎都督 汝兄宇文渊可到洪都?

宇文斓 一同到达，正在书房阅读。

阎都督 如此甚好，正可赴会滕王阁！我已遍邀天下名儒，明日滕王阁必定盛况空前!

宇文斓 小女有一事禀告都督。

阎都督 何事?

宇文斓 都督容禀——

（唱）涧底寒松本潇洒，
鹤到烟空吐风华。
王勃文章经天下，
满腹琳琅似谢家。
雅好慷慨堪倚马，
潘陆词锋络绎花。
黄钟毁弃鸣釜瓦，
独留才子泛海槎。

我兄在马当偶遇绛州才子王勃，他亦抵达洪都。此君少年英才，名冠大唐四杰。不知可否邀请参加明日的滕王阁盛会呢?

阎都督 王勃?

吴子章 （紧张）啊，王勃属于不请自来。请帖已经送出，名册容当补上。

阎都督 （点头）本都督一向唯才是举，今日当为阿斓记上一功!

侍　卫 都督大人，豫章太守求见。

阎都督 正堂叙话。阿斓一路风尘仆仆，先去休息一下吧。（阎都督、宇文斓等下）

吴子章 卿何以陷夫君于尴尬境地?

（唱）芳卿你何故陷夫尴尬地，
这时节如此举动有玄机!

李　琪　（唱）向都督荐人才天经地义，
　　　　　　夫君你适才应对我生疑。
李　琪　为都督举荐人才有何不对？倒是夫君一番辩解令我无地自容。
侍　卫　吴子赋老爷求见！
李　琪　夫君这位兄弟还需多加管教啊！（下）

〔吴子赋上。

吴子章　你在忙何事？
吴子赋　哦，在滕王阁忙于布置会堂。
吴子章　哼！明明是在家中忙于布置新房。若是误了滕王阁盛会大事，你的婚事休想为兄做主！
　　　　（唱）四面楚歌灵台乱，
　　　　　　小弟无知添忧烦！
吴子赋　小弟知错，小弟遵命就是！
吴子章　先差你将王勃请帖送达！
吴子赋　这是为何？怎么？
吴子章　不可小视宇文斓，她方才直接过来禀告了都督。
吴子赋　何人引荐？
吴子章　休要再问。抓紧办，我还找都督有事。（下）
吴子赋　莫非王勃到了洪都，时来运转了？

〔画外音：
　　王勃　果然一派大唐雄风，瑰丽壮观，气势非凡啊！
　　靳童　太漂亮了！
　　王勃　洪都果然好景致！
〔王勃、靳童上。

吴子赋　王君，你让我找得好苦啊！
王　勃　有劳吴君大驾，真不敢当啊！
吴子赋　自金陵至马当，也曾同舟共渡啊。
　　　　（唱）有缘与君同船渡，

江湖游赏享清福。

王　勃　（唱）十世修得一面晤，

别来常念笑颜朱。

哈哈哈哈。

吴子赋　能在洪都相见也算是缘分。本当在码头迎候。

王　勃　不必客气。我每到异地，都以先睹观赏风景为快事。

吴子赋　王兄以为洪都风景如何啊？

王　勃　君子登高必赋：

（念）洪都风景最繁华，

仿佛参差十万家。

水绿山蓝花似锦，

连城带阁锁烟霞。

吴子赋　好诗！哦，王兄，这是滕王阁盛会的请柬，请君收下。

〔幕落。

第六场　一序惊天

〔时间：前场第二天

〔地点：洪都滕王阁

〔幕启。天下名儒学士鱼贯而上滕王高阁。

侍　从　进士郭敬之到！进士刘璋旭到！沣州学士宇文渊到！绛州学士王勃到！

〔王勃与宇文渊到，宇文渊迎入上座。王勃被安排在末座。滕王阁佩玉鸣鸾，鸣钟击磬。众人对王勃指指点点，议论纷纷。王勃端坐阁中，目视画栋雕梁。

王　勃　（唱）一望洪都心旌颤，

意气风发为谁怜？
筵席灼灼朱衣满，
青云壮志未曾阑。
色丝不负男儿愿，
烟霞满纸踏云轩。
也效兰亭风骨炫，
君为凤翥我翔鸾。

侍　卫　都督大人到！（众人肃静）

阎都督　（意气风发）帝子旧阁乃洪都绝景！本都督今修葺一新，欲求贤才为此高阁作序，还望诸君幸勿推辞啊！

吴子章　（气定神闲，唱）
今日里人逢喜事精神爽，
该着我马蹄秋水妙文章。
洒潘江成竹在胸多酝酿，
不信那王勃子安少年狂。

〔侍从抬书案笔墨文房四宝上。众学士推辞不受。行至王勃处，王勃慨然优雅接过笔墨。众人大骇。

吴子章　这？
（唱）虎尾春冰出冷汗，
士之有名不虚然？

王　勃　（潇洒地展开卷轴）上酒来！

众　人　此人不知阎都督是让子婿作序，在盛会上一展雄才？……此学士狂妄！

阎都督　（向侍从）此何方人士？

侍从甲　此乃绛州学士王勃。

阎都督　哦。观其所作，报与吾知。（拂袖而去，进去帘内观望）

侍从乙　豫章故郡，洪都新府。

阎都督　此老生常谈，谁人不会？

侍从丙　星分翼轸，地接衡庐。

阎都督 此故事也。哈哈。

侍从丁 襟三江而带五湖，控蛮荆而引瓯越。

侍从甲 物华天宝，龙光射牛斗之墟。人杰地灵，徐孺下陈蕃之榻。

阎都督 （神情稍悦）此子意欲与我相见也。哈哈哈。

侍从乙 雄州雾列，俊采星驰。台隍枕夷夏之交，宾主尽东南之美。

阎都督 此子之才，信亦可人！

〔王勃挥毫落纸如云烟，文不加点。震惊四座。

侍从丙 落霞与孤鹜齐飞，秋水共长天一色。

阎都督 此真天才，当永垂不朽矣！（豁然跃起，披衣出帘来到会堂）

侍　从 （立于王勃身旁，念）临别赠言，幸承恩于伟饯。登高作赋，是所望于群公……请洒潘江，各倾陆海云尔。

〔众人喝彩。

王　勃 都督大人，哩语成篇，肯望指教。

阎都督 呈上。（侍从呈上，都督细细观赏）好好！帝子之阁，风流千古，有子之文，我等今日之雅会，必将名传于后世！

吴子章 （愤而站起）此乃先儒旧文！抄袭为己作当以盗窃论！

阎都督 不可妄论。

吴子章 早有传诵，我试诵最后一段：呜呼，胜地不常，盛宴难再。兰亭已矣，梓泽丘墟。

〔众人吃惊。

王　勃 （唱）博闻强识夸才俊，

德祖杨公不若君。

哈哈，子章兄真是王平阅市，张松一览。此文到底是新文还是旧文，后文尚有诗八句，诸君可有知者？

〔众人默然。

王　勃 既然无人知晓，且待吾写来。（落座提笔）

侍　从 （念）滕王高阁临江渚，

佩玉鸣鸾罢歌舞。
画栋朝飞南浦云，
珠帘暮卷西山雨。
闲云潭影日悠悠，
物换星移几度秋。
阁中帝子今何在？
槛外长江空自流。

阎都督 妙！气势非凡！意在言外！对仗工整，诗中见画！序文与诗作浑然天成！子章婿轻慢了王勃君！

吴子章 （羞愧难当）王兄序文文词瑰丽，气势非凡。子章自愧弗如！

众　人 真乃一序惊天啊！

宇文渊 （站起）王君之作性，令婿之记性，真可谓双璧矣！

〔众大笑。吴子赋若有所失，郁闷。

〔歌舞升平。

〔幕落。

第七场　云游天下

〔时间：前场第三天

〔地点：驿馆门前码头。

〔幕启。

〔王勃与靳童正在收拾行李，准备南下探望父亲。吴子赋上。

吴子赋 子赋来给王兄报喜了！

王　勃 诗会已过，还有何喜？

吴子赋 一则，王兄序文都督将上呈皇上御览，岂非大喜？二则，都督已经恩准，定于后日为小弟与宇文斓小姐完婚。呵呵，岂非双喜临门？

（唱）明朝得有佳人抱，
腹无诗书气也骄。
纵君文才九天啸，

丢了泰山取鸿毛。

哈哈哈，宇文小姐是我的了！

王　勃　二则何喜？

吴子赋　呵呵，都督恩准小弟与宇文斓小姐完婚。恭请王君光临婚礼！此有一说，不知君知否：文场得意者，往往情场失意。哈哈哈哈。

侍　从　二少爷，二少爷，不好了！宇文小姐失踪，不明去处。

吴子赋　怎么搞得？还不快找？

侍　从　房内院内找遍了，不见人影。

吴子赋　给我满城去找！（愤怒下）

〔王勃、靳童来到船边。老伯系船恭候。

老　伯　哈哈哈，客官，我已等候多时了。请！

〔王勃心情沉重，上船，久久凝视滕王阁。

王　勃　（念）高阁浮天万物森，
个中龙凤眼前人。
江山宣我林泉性，
箜篌知君诗酒心。
孺子雄才凌日月，
山人雅意染乾坤。
春风秋雨等闲度，
沧浪情遥翰墨醇。

老　伯　客官，看您似乎大有心事啊，洒脱豪放中隐隐含伤感。

王　勃　唉，老伯，您有所不知——
（唱）小姐她飞来横祸前程黯，
我与她凤凰于飞永无缘。
滕王阁不堪回首帘尽卷，
从今后谁人共我夕阳闲？

老　伯　客官，吉人自有天相。外面风大，快进船舱吧。

〔王勃掀开帘子准备进舱内，忽然看见端坐舱中的宇文斓。

王　勃　（激动）小姐！

宇文斓　王郎！

〔靳童、小梅拉开帘子争先恐后地看热闹。

〔舞台音乐相爱在须臾，情坚不可摧。愿为比翼鸟，双双俱远飞。

〔伴唱：

明月潇潇海上风，（赵嘏）

辞根散作九秋蓬。（白居易）

十年一觉扬州梦，（杜牧）

犹恐相逢是梦中。（晏几道）

〔幕落。

〔剧终〕

非烟传

编　剧：吴锦蓉（戏文系 2012 级）

毕业大戏《非烟传》的创作阐述

一、创作主旨阐述

本剧以晚唐咸通年间为大时代背景，透过步非烟、赵象、武公业三人间的感情纠葛，着重表现步、赵二人的爱情悲剧，刻画步非烟具有代表性的悲剧女性形象。晚唐的洛阳城内，才貌俱佳的步非烟与其他女子一样对爱情有着美好的憧憬。乞巧节时，月老庙前，非烟与赵象结缘。怎料非烟继母嫌贫爱富，硬生生拆散一对璧人，把非烟嫁给财仕兼备的武公业为妾。出嫁当日继母和武公业的一系列安排又让步、赵二人两生嫌隙。嫁入武府后，非烟受尽凌辱，后与赵象见面方明了真相。二人在丫环珠翠掩护下只偷会数月就被告密，武公业鞭打非烟至死，赵象抢回非烟骨灰盒，照其遗愿葬去南山后殉情。步、赵的爱情始终多灾多难，最后赵象为之殉情，蕴含了凄美之感，也留下无尽的想象空间。

步非烟与赵象的爱情阻力来源于几类人。一是步非烟的继母。继母的贪财势利是步非烟悲剧婚姻的直接原因。二是武公业，他贪恋步非烟美色，娶到手后又常常对其实施“家暴”，最终亲手打死了步非烟。三是大夫人丫环绮儿、媒婆、随从等配角的阻力。可以说，步、赵二人的坎坷爱情是多重因素造成的，他们与这个时代格格不入，只想一块儿隐居南山，过上男耕女织的日子，铜臭社会容不得他们，所以最终他们只能以死来摆脱肉身的束缚、世俗的目光。他们的死，是必然的，不可避免的结果。

《非烟传》所表达的只是一个人的悲剧？对于封建社会的女性来说，即便再有才学，也抵不过“女子无才便是德”的礼数；即便再渴望婚恋自由，也抵不过“父母之命，媒妁之言”的规矩。在步非烟的身上，带有一股叛逆思想，追求自由，一生得到一次真爱，死亦无惧，这代表了历史上少数有进步思想的女性。然而她的愿望只能死后“实现”，是一种无奈，也是封建社会女性命运的共性。

步非烟不幸的故事，虽与时代密不可分，但即使放在今天来看，仍然有可圈可点之处。虽说如今的社会几乎都是恋爱自由，婚姻自由，但事实上“门当户对”的思想依旧大量存在，世俗的眼光对爱情仍是一种限制。物质世界得到了极大满足，精神世界却变得空虚了，这也不禁令人感叹，如今的爱情也“变质”了。这时候，回看步非烟和赵象的爱情，又会不知怎的觉得多了一份浪漫与纯粹。

二、题材的理解与评析

1. 题材来源综述

本剧改编自唐代传奇小说《非烟传》，构思极大拓展了故事情节，人物关系更加错综复杂，人物形象更立体可感，着力突出才貌双全的步非烟在封建社会时代背景下的悲惨命运，及其与赵象的悲剧爱情故事。在步非烟身上既具有她独特个性，又带有历史上封建社会妇女的命运共性。本剧中步非烟的“红杏出墙”有着令人悲叹的缘由。随着情节发展，其悲剧结局不可避免。

取材方面，参考了部分有关女性爱情婚姻的文艺作品。诸如昆曲《牡丹亭》、昆曲《墙头马上》、甬剧《典妻》、豫剧电影《泪洒相思地》、评剧《杜十娘》、评剧《万花船》、小说《法国中尉的女人》等等。

2. 题材类型评析

本剧依托传统戏曲的形式，在晚唐社会封闭、功利的时代背景下，讲述一个才情兼备的女子在无奈中一步步走向死亡的悲剧故事。紧紧围绕三人纠葛的情感关系展开，体现情与礼、世俗与理想的尖锐碰撞，从不可调和的矛盾中揭示主旨。它并非传统的才子佳人戏，也不可能是皆大欢喜的结局。

事实上，剧本的架构已经跳脱出原传奇故事的简单情节，思想上更是做了更深层次的挖掘。所以虽然还是步非烟、赵象、武公业，但人物形象得到了极大的丰富，悲剧性也得到了极大的延伸，带有一种反思，一种启示。

3. 与同类题材剧作的对比

纵观中国戏曲史，由唐传奇改编的剧本占据了十分重要的地位，并且大多数成就很高。可以说，唐代传奇故事是戏曲剧本的源泉和宝库之一。比如，郑光祖的《倩女离魂》之衣钵便是唐传奇中陈玄佑的《离魂记》。元稹的《莺莺传》被王实甫改编成了《西厢记》，而唐传奇《霍小玉传》《南柯太守传》《枕中记》在明代著名剧作家汤显祖的笔下也依次改编成了《紫钗记》《南柯记》和《邯郸记》……

唐传奇如此受剧作家喜爱是有原因的，首先是故事奇特出彩，其次是情节人物稍显单薄，便于剧作家二度创作的发挥。而今，站在现代人的角度改编唐传奇，自然在思想上会与古代有所差异。例如《西厢记》《离魂记》这些作品，大多以喜剧结尾，给人以慰藉。在那个封建时代，女性地位已经十分低下，和平年代少之又少，人们并不太需要戏曲作为警醒世人的媒介。相反，到了当代社会、和平年代，物质资料充裕了，精神世界却开始贫乏，人们需要悲剧来提醒人们反思。

三、阐述剧作法理论在毕业作中的具体运用

1. 一波多折、悲喜交接的情节设置

情节是戏曲剧本的关键，“波澜不惊”的剧，太平缓而缺少可看性。因此本剧设置了多重矛盾，人物命运经历了人生大起大落，从而更好地渲染悲剧气氛，充分调动观众的感官，使观众始终为剧中人物命运担忧。而本剧也不是“为悲而悲”，剧本起始是非常欢快的，这与后面的情节发展形成强烈对比，悲剧性也更浓。一悲之后会穿插一喜，悲喜相交，这样就不易使人产生审美疲劳。且更符合人生常理——悲中寓喜，喜中含悲。

2. 运用李渔结构理论“立主脑”“密针线”“减头绪”

李渔在《闲情偶寄》中的第一章便谈戏曲结构，可见结构之于戏曲剧本就好比骨架之于人体。首先要“立主脑”，这就要求我应该按照“一人一事”去谋篇布局，明确最佳切入点。李渔用“基址”与“点血”来定义，“选址”正确方能建立稳固的戏剧构架，在“点血”中生发出全部戏剧情节。“密针线”则需使剧本逻辑更严谨、情节更紧凑。“减头绪”则要做到不为煽情而增添对情节不起推动作用的细枝末节，尽量使文本更精炼，以保持戏曲剧本的连贯性。

3. 开放式结局留足遐想空间

本剧希望能以暗示的形式表现最终人物结局，第七场中男主人公赵象前

来抢灵，在丫环珠翠的帮助下抢回了女主人公的灵盒，而珠翠也当着宾客的面揭开了武公业的丑陋面目，武公业灰头土脸赶紧躲进内屋，他会不会因此丢失官职呢？武公业的结局可由观众联想。珠翠失去了小姐步非烟，也无法待在武府，她又何去何从呢？男主人公赵象抢回了灵盒，要按照非烟的遗嘱葬去南山，并表示自己愿意以结束生命的方式陪伴非烟，以表真心。故事就在赵象离开武府灵堂，缓缓走去之时拉上帷幕，给观众留下无尽想象空间。赵象和非烟的魂魄究竟会不会相聚？答案自在观众的心中。结果过于具体，反而会丧失了戏曲“言有尽而意无穷”的韵味。同时，赵象与非烟摆脱的只是肉身，他们却得到了精神上的永恒，也升华了主旨。事实上，虽是悲剧结尾，却蕴含了新的希望。

四、剧本分场概括

按照戏剧中“起、承、转、合”的结构，本剧共分为七场。

第一场为铺垫，讲述晚唐咸通年间的一个乞巧节夜，在洛阳城内月老庙前，女主人公步非烟与医馆郎中赵象初识，并在宴会散场后顺路回家途中加深了解，情愫暗生。而与此同时，当晚落座贵宾席的曹参军武公业也为非烟美色迷住。第二场承接上一场，剧情按照第一场的发展来进行，此时步、赵相恋已数月，赵象向非烟继母提亲，却遭势利的继母嫌弃，紧接着继母又答应了提来厚礼的武公业。第三场则承接第二场，为小高潮。迎亲之日，非烟被媒婆弄晕背入花轿，赵象赶来抢亲却因得不到轿中非烟回应而沮丧离去。步非烟被迫与武公业洞房花烛，加深了非烟的悲剧性，而立于墙外的赵象近在咫尺，却救不了自己心爱的人。第四场为情所伤的赵象云游数月才归洛阳，从非烟贴身丫环珠翠口中得知非烟受尽其夫凌辱，越墙送药，二人见面才知真相，事情得以发生转机。第五场为步、赵二人密会，计划私奔，却不料为武府丫环琦儿听见，且此前顺手摸得二人信件。第六场为大高潮，琦儿向武公业告密并上交信件，武公业欲捉赵象未遂，便鞭打非烟让她认错，而非烟此时已宁为玉碎不为瓦全，武公业遂恼羞成怒将非烟鞭打至死。第七场为“合”，赵象在珠翠和非烟魂魄帮助下抢回非烟灵盒，武公业也即将遭到报应。赵象遵照非烟遗嘱，葬去南山，同时决心为之殉情，相会黄泉。

五、创作感悟

由于是根据唐传奇故事改编的剧目，许多情节需要调整，原小说中情节略为单一，戏剧冲突不够，所以为了塑造人物形象，突出主题，我在人物设定和情节设置上下了一番功夫，力求做到“立主脑”、“密针线”和“减头绪”。在创作过程中，我也遇到过不少麻烦，比如我要以古人的角度去思考他们应该如何说话，如何对待爱情和婚姻，为此我也查阅了不少书籍，观摩了不少戏。在剧本初稿完成后，非常感谢导师给我提出了一些情节上、唱词上的宝贵建议，经过多次修改和反复揣摩，剧本终于成型，这个过程也使我对戏曲剧本创作有了新想法和新思路，也让我明白任何一个剧本都来之不易。创作过程的艰辛与喜悦带给我前所未有的体悟，这是我人生道路上的一次收获，也相信这会在我未来的工作学习中转化为一笔丰厚的财富。

2012级戏文系　吴锦蓉

指导教师　陈云升

时　间：晚唐咸通年间

地　点：洛阳

人物表：

步非烟——步家小姐，精通乐器，饱读诗书。

赵　象——武公业邻居赵家的公子，医馆郎中，才学过人。

武公业——河南府功曹参军。

珠　翠——非烟贴身丫环。

继　母——步非烟后母。

绮　儿——武府大夫人贴身丫环。

媒婆一人、随从若干、丫环若干、舞女若干、宾客若干、游人若干、管事一人

第一场　初识

〔晚唐咸通年间乞巧节夜。

〔洛阳城月老庙前、步府门外。

〔乞巧节夜，洛阳城南月老庙前挂满彩灯，络绎不绝的青年男女在此驻足。

〔游人嬉闹声夹杂着欢快丝竹声，好不热闹。

〔伴唱：

织女忙将锦缎纺，
驭云踏星会牛郎。
灯下迷解忧思忘，
片片春心满池塘。
阁中秋娘新曲唱，
座上潘郎彩笔忙。
红线相牵月同赏，
佳人含羞赠香囊。

〔舞台右边，若干年轻男女忙着猜灯谜；舞台左侧，几个女伴蹲着放莲花灯，才子们在一旁观看。舞台中间，几位佳人芳心暗许，将亲手缝制的香囊赠予了意中人。

〔非烟从他们中间穿过，略为羡慕，兀自摇摇头。

非　烟　天上牛郎会织女，人间璧人排成双。可惜娘亲嘱咐我不得随意赠人香囊，这些姑娘委实令人羡慕呀！

〔随后她拿出自己刚刚在月老庙中抽到的签文。

非　烟　（念）因荷而得藕，有杏不须梅。

〔此时，赵象急匆匆地从另一边赶来，正欲入庙便与出神的非烟撞了个正着。非烟用来击瓯的一根玉箸掉落在地，她却并未察觉。

赵　象　（拱手）哎呀呀！小生无意冲撞小姐，还望小姐莫要怪罪才是！

非　烟　（施礼）公子大度，是小女子一时出神才……

〔一名舞女打断非烟，要她即刻候场准备登台。

舞　女　非烟姐，赶紧随我去候场吧！

非　烟　恕非烟无礼，先行一步，告辞！

〔非烟跟随舞女疾步往演出的方向走去。

赵　象　（望着非烟离去的背影）非烟？真是好名字。

〔言罢赵象转身欲走，却意外踩到某物。赵象抬起脚，屈身将一根玉箸拾起。

赵　象　玉箸乃击瓯之器，莫非是方才那位小姐遗留之物不成？

〔此时即将登台的步非烟才知少了一根玉箸，焦急不已。

〔赵象立即前去归还玉箸，非烟简言谢之，遂登台表演。周身围绕着若干绿裙舞女，台下欢声一片。

〔新任河南府功曹参军的武公业在随从陪同下坐在右边贵宾席上不停地喝彩。

非　烟　（唱）金樽玉露闲情致，
　　　　壁人芳灯曲连诗。
　　　　莫对红娘问前世，
　　　　千金难遇合欢时。

武公业　妙也！妙也！台上这位绝色佳人什么来头？

随从一　大人，待小的把管事叫来一问便知。

〔非烟继续表演着，过了一会儿，一名管事来到武公业身后。

管　事　小的拜见曹参军！

随从二　我们家老爷想知道这台上表演的美人是何身份？

管　事　大人好眼光！她就是名响全洛阳一等一的佳人——步非烟！（竖大拇

指）

武公业 噢？步非烟？

管　事 她擅长秦地音乐，色艺双绝，尤其工于击瓯。非烟姑娘生得目秀眉清，行步又端庄可人，才学更是赛书生！

〔武公业连连点头，乐不可支。

武公业 不单绝色，还才华横溢啊！不错！本大人喜欢！

（唱）美貌无双兼才气，
　　身形婀娜舞多姿。
　　府中俗粉已赏腻，
　　绝色在骨不在皮。

〔武公业大笑。曲毕。步非烟与众舞女谢幕。武公业与众宾客一同叫好鼓掌。

〔众宾客逐渐散去。众下。

〔非烟准备回府，见到赵象，便前来言谢。

非　烟 （施礼）非烟谢过公子！

赵　象 （拱手）小姐多礼了，方才是小生冒犯在先，况且归还小姐之物也是理所应当。

非　烟 公子分明有恩于非烟，又何出此言？只是眼下小女子须得回府邸，他日定当报答公子之恩。

赵　象 不知小姐家住何处？

非　烟 小女子家住安河街步府，须往北走。（指着舞台左方）

赵　象 正与我同道，我看天色已晚，若小姐不嫌弃赵某，可愿同行之？

非　烟 这——

赵　象 想必小姐信不过赵某，那怪赵某多言了！（拱手）

非　烟 公子言重，得与公子同行，乃非烟之幸也！

〔二人一前一后缓缓往左方走去。

赵　象 今闻小姐琴声，若感遇知音也！

（唱）高山流水情之厚，
伯牙子期意难求。
虽好丝竹无处奏，
行医素日山中游。
此等良机再难有，
愿弃草药学击瓯。
望与小姐成益友，
琴瑟和鸣解忧愁。

非　烟　赵公子切莫抬举小女子！

（唱）非烟并非闺门秀，
得君赏识心悠悠。
林中草木多灵透，
往来必有神韵留。
公子采药山居久，
欲通音韵无须忧。
浸染药香有巧手，
琴技熟络不难求。

赵　象　这分明是小姐抬举了小生才是！

非　烟　（浅笑）若是公子想学击瓯，非烟定当全力辅佐公子。听闻公子精通医术，小女子也素来仰慕行医之士。近日我继母患上眼疾，双目红肿，吃了大夫开的药方却未见好，不知赵公子可有其他方子？

赵　象　双目红肿之症须外敷患处，取川黄连三分，黄柏、白矾、铜青各一钱用水煎浓，露一宿，时抹洗之。

非　烟　多谢公子，可惜小女子愚笨，恐难记下这几味药名。

赵　象　小姐不必担忧，正巧赵某这还剩半瓶洗目之药膏，若是不嫌弃，小姐可先拿回去，明日赵某再过来送新药。

非　烟　（接过药）多谢公子！若还要公子送药，非烟实在难为情。不知公子药馆在何处，非烟改日去取。

赵　象　赵某就在城北固元医馆。

非　烟　哎呀！非烟糊涂，怎就把固元医馆给忘了？去年我腹痛多日，身边的小丫环替我去那儿开了方子，只吃了几回就见好了，原来是公子给开的方子！

〔寒风音效起，兼杂树叶簌簌声。非烟打了一个寒噤，不禁环抱起双臂。

〔赵象见状脱下自己的长披风，给非烟披上。

非　烟　赵公子，这——

赵　象　更深露重，小姐还是披上为妙！

非　烟　若是公子因非烟染上风寒，非烟的罪过可就深了！

赵　象　小姐莫担心，赵某乃是郎中，区区风寒又奈我如何？倒是小姐若病了，赵某可也要一同病下了——

〔赵象忽觉此话不妥，二人皆羞得侧过身去。

非　烟　（背唱）听他言娇羞频绯如梦境，
遇他怎惹情暗生。
未负此夜韶光景，
莫非月老来显灵？

〔二人继续沉默着往前走，赵象为化解尴尬之气便欲转移话题。

赵　象　听小姐谈吐如兰，不知小姐可是好读诗书之人？

非　烟　公子言语也甚是文雅，不瞒公子，非烟确乎喜好诗书甚于女红。

赵　象　这是为何呢？

非　烟　这——还望公子莫笑才是。
（唱）自古皆夸无才好，
稳执针线步窈窕。
我偏要将那左芬作比照。
都道咱官门出身命儿娇，
为何女子偏要躲闺房束玉脚？
说是金丝雀，实是笼中鸟，

不若荒郊自逍遥。

赵　象　小姐思虑之深远，实令赵某自愧不如呀！

非　烟　赵公子过谬也！（往左后方望了望）哎呀，公子，还有几步便是我家，非烟就此别过公子，改日登门道谢！

赵　象　那，小姐请回吧！告辞！（拱手）

〔非烟向赵象屈膝施完礼后踏入门内，忽地转身又踏出门来，脱下披风还给赵象。

非　烟　谢过赵公子！

赵　象　非烟小姐，不知……不知哪位公子今日有幸收到小姐的香囊？

非　烟　非烟不曾赠过香囊。

赵　象　如此——

（背唱）疑是姻缘前生定，

怎可负她一片情。

心泛涟漪怎可静？

斗胆将这情愫倾。

非　烟　赵公子，天色已晚，家母怕要担心我了。

赵　象　小姐快些回屋去吧。

〔非烟颔首，娇羞地小跑至府内，赶忙合上门。

〔门内的非烟拿出那支签文。

非　烟　因荷而得藕，有杏不须梅。此姻缘签文须以谐音相解，正是因何而得偶，有幸不须媒者。莫非月老所言之人，便是赵公子？

〔非烟小心翼翼地收好签文，一时忽觉面容发烫，欣喜地小跑下场。

〔赵象看着那扇门出神，随后颇显不舍地缓缓离去。

〔光灭，暗转。

第二场　提亲

〔数月后。

〔步府内。

〔赵象与非烟已相恋数月，并私定终身。

〔舞台中央布置为简陋的正堂。中心位置有一桌二椅，桌上有几个果盘。桌子前方的两侧各有几把椅子。

〔全光起。一个丫环扶着步非烟的继母，从后面的屏风缓缓走至前厅，来到中心位置的椅子旁。

继　母　（唱）多年枕畔无人伴，
寡居岁月难上难。
继女非烟慕者满，
提亲说媒惹她烦。
向来对她严看管，
怕有市井小户缠。
抚养至今盼就盼，
嫁个财主或高官。

〔非烟继母坐下。

继　母　人争一口气，佛争一炷香。老爷子留下的钱财快不够家用了，寻思着若不快些把非烟嫁给个富贵人家，到时候变卖宅子，遣散下人，我这老脸可往哪儿搁？

〔守门人上。赵象从右侧上场两手提着几样朴素的礼物，走至步府大门前。

赵　象　这位小哥，在下特来向贵府老夫人提亲，还望通报一声！（拱手）

守门人　（上下打量）那你等着吧。

赵　象　多谢！

〔守门人进到正堂内。

守门人　夫人，刚来了一个人，说是来提亲的。

继　母　（立刻站起身来）快叫他进来！

守门人　是！（转身欲走）

继　母　等等！来的是哪家公子？

守门人　这倒不知。

继　母　那样貌如何？

守门人　模样俊朗，可衣着颇显寒酸。

继　母　（坐下）一介穷书生也配来我府上提亲？

守门人　那小的把他轰走便是！

继　母　罢了，既来之，便让他先进来吧。

〔守门人应了一声，回到门边。

守门人　进屋去吧。

赵　象　有劳小哥！

〔赵象走进正堂，将聘礼双手呈上。

赵　象　小生赵象，拜见老夫人！特带来一双聘礼，向老夫人求娶令爱！

〔步母闭上双目，让丫环捶肩。

继　母　你是谁家的公子？

赵　象　回夫人的话，家父……赵拓，原是朝中五品官员，后被撤职。父母前几年都相继过世了。赵某自幼跟随南山张仙医学医术，如今在洛阳城北固元医馆行医施药。

继　母　（半睁着眼睛）公子相貌堂堂，一表人才，可惜家道中落呀。（顿了顿）我家小女已经定过亲事了，公子还是请回吧。

赵　象　（上前几步）夫人，这是何日之事？

继　母　（抿了口茶）就这几日。

赵　象　（跪下）夫人，我与非烟双双情意相投，还望夫人成全！

继 母 （狠狠放下茶杯）我家非烟可是要嫁给达官贵族的凤凰之命，岂能由你糟践？

赵 象 夫人！

（唱）赵某虽无富贵命，
才情绝非逊公卿。
如若夫人把亲应，
愿为非烟求功名。

继 母 （唱）由来亲事父母命，
自主姻缘未曾兴。
何况非烟亲已定，
无理相退怎可行。
执来六礼金银锭，
琳琅珠宝一片情。
劝汝长梦醒，
求功名，说得轻。

赵 象 夫人！

继 母 来人，送客！

〔守门人强行将赵象拖拽至门外，将聘礼一并扔出后紧锁上门。赵象用力敲打门，见之无可奈何，遂拾起聘礼，离开赵府，下场。

〔另一边，武公业骑马招摇过市，其后跟随一名媒婆和数名挑着聘礼的随从。

〔至步府前，武公业下马，媒婆走至门前敲门。

媒 婆 快快开门！曹参军来提亲了！

守门人 （打开半扇门，探出头来，仔细打探）曹参军？来提亲？

媒 婆 没看见这是曹参军吗？快去通报你家夫人！

守门人 是！小的这就去！

〔守门人赶紧把两扇门都一齐打开，小跑至正堂。

〔媒婆和随从们跟随武公业走进步府。

守门人　夫人，又有人来提亲了！

继　母　日后再有此等穷书生来提亲，不必来通传了。

守门人　这次是——是——

继　母　是何人？大惊小怪的。

〔武公业、媒婆和随从步入正堂。随从放下聘礼。

媒　婆　是曹参军武公业武大人！

继　母　（上前施礼）不知曹参军前来，有失远迎，还望恕罪！

武公业　罢了，免礼吧！

继　母　来人，给大人看座！把最好的雨前龙井拿出来给大人上茶！

〔武公业落座，喝茶。

媒　婆　姐姐你可是有福气了，曹参军亲自带来聘礼登门提亲，这亲事不如就此定下吧！

武公业　把箱子打开。

〔随从把聘礼的礼箱纷纷打开，步母蹲下，用手抚摸这件件珍品。

继　母　（乐不可支）大人太客气了，只怕小女配不上大人您哪！

媒　婆　姐姐可别谦虚，全洛阳城谁不知晓非烟才貌俱佳呀。恐怕也只有武大人正与非烟相衬了！何况他二人的生辰八字可以说是天造地设的一对儿啊！

继　母　（站起身，略带疑惑）可我听闻大人已娶了七个夫人了，这——

媒　婆　虽说非烟是做妾，可大人喜欢非烟，定会享不尽荣华与富贵的！

继　母　（颇为不悦，坐回正位）妾？我虽不是非烟生母，可她年方二八，提亲者亦是络绎不绝。大人还是请回吧！

武公业　（站起身）步夫人！

（唱）娶妻皆奉父母命，

唯对非烟肺腑倾。

此番特来把亲定，

足见武某动真情。

媒　婆　（走至步母身边，低声）姐姐，多好的一门亲事，只要非烟得宠，还少得了你的吃穿？何况以曹参军的官位，你哪里得罪得起？再说了，这非烟——又不是你亲生骨肉。

继　母　这——（思索片刻）也罢，小女非烟承蒙大人厚爱，这亲事——

武公业　多谢夫人！（拱手）

媒　婆　大人，您该改口了！

〔非烟闻讯赶来，踏着急促的小碎步上。

媒　婆　非烟姑娘来得正好，步夫人你瞧瞧，这一对儿多般配呀！

非　烟　（白了媒婆一眼，走至步母身侧低声言）娘亲，你为何拒了赵公子？

继　母　你要嫁那穷酸郎中？叫为娘颜面何存？

非　烟　可娘也不该将女儿随意许配给他人呀？（嫌弃地瞥了一眼武公业）

继　母　武大人可是大官！一来咱得罪不起，二来咱也不必变卖这宅子了！

非　烟　您当日所患眼疾正是赵公子治好的呀！

继　母　是他？可一事归一事，难不成他治个小病你便要以身相许了？

非　烟　反正非烟不嫁，若我爹爹娘亲还在，他们断不会应！

〔非烟抹泪小跑下场，步母气得拍了拍桌子。

继　母　来人！

守门人　小的在。

继　母　（对其耳语）把小姐反锁屋内，大婚之前不得外出！

守门人　是，夫人。（小跑下）

继　母　（拘礼）小女脾气略倔，让大人笑话了！

武公业　无妨！本大人就是爱这倔性子！

〔正堂内一阵笑声。灯灭。

〔众下，暗转。

第三场　迎亲

〔三日后。

〔步府外、武府洞房内、赵府前院。

〔舞台左侧布置成洞房，主道具一桌、二椅、一床、一屏风。舞台右侧有一堵高墙。后三场布景不变。

〔舞台中央光起。武公业穿戴红色婚服骑在马上，其后是迎亲的下人、乐队和花轿。

〔唢呐吹奏的喜乐起，爆竹音效渐强。

媒　婆　新娘子来咯！

〔武公业别过头伸手示意奏乐暂停。

〔非烟凤冠霞帔，戴着红盖头，被媒婆背上了花轿。

武公业　（把手一挥）走！

媒　婆　起轿！

〔轿夫抬起花轿，乐队开始奏乐。武公业骑着马，忽然赵象从人群中闯入，武公业之马受惊，高抬前蹄，武公业被迫勒马，停下来，车队也跟着停下来。

随　从　（揪住赵象衣领）尔等何人，竟敢挡住曹参军迎亲之路？

赵　象　（望向武公业）非烟与我情意相投，为何要生生拆散我们？

武公业　（仰天大笑）荒唐！非烟分明心甘情愿嫁于我！

赵　象　（唱）不顾着她心意横刀夺爱，
哪里管这姻亲是福是灾。
陷我于这般无奈，
火海刀山亦要来。

武公业　（唱）穷酸草民也敢轻将我赖，

绝等喜事岂能空口胡猜。
若非烟踏出轿外，
便许她随你离开。

随　从　大人！这——

武公业　（抬起手掌示意随从闭嘴）本大人自有分寸。

赵　象　你……你可当真？

武公业　君子之言，一言九鼎。不过非烟若是不肯出来，可莫怪本大人不客气！

〔赵象急匆匆扑到轿前，连声疾唤非烟，并拍打轿门，轿内却无半点动静。赵象欲掀开帐幔入内，却被两个轿夫拦住。

武公业　（不耐烦地）还说你不是诬陷本官？给我打！

〔几名凶神恶煞的随从将赵象拖到一旁一顿棒揍。

武公业　罢了，大喜之日别沾了晦气，起轿吧！

〔随从归位。轿夫抬起轿子，乐队又开始吹奏。迎亲队伍启程朝舞台方走去。赵象艰难地爬起，踉跄地追着花轿，声嘶力竭地叫唤着非烟。

〔诗队伍和赵象皆走出舞台中心光圈，中央追光灭，喜乐声渐弱。

〔爆竹音效起，喜乐声渐强。

〔少顷，音乐音效渐弱至消失。追光打在舞台左侧洞房内。

〔非烟斜躺在床上，缓缓立起身，揉揉头部，掀开红盖头，疑惑地环顾着四周，又迟疑地望着自己，忽觉不妙，尖叫着站起身来。

非　烟　（走到桌前）这是何处？（揉着头）我不是刚喝完媒婆端来的莲子粥，怎地睡着了？哎呀！难不成——这是武府！（啜泣起来）赵公子，你现在何处？为何不来救非烟呢？

〔屋内全光起，丫环珠翠推门而入，惊得非烟连往后退了几步。

珠　翠　小姐莫怕，我是珠翠。

〔珠翠赶紧关上门，非烟小跑来到珠翠跟前。

珠　翠　迎亲之前，管家将我锁在柴房，接走你后才许我来这服侍你。

非　烟　这些事由往后再细说。你既能来到房内，我们便能逃出去！

珠　翠　（点头）小姐，此刻他们正在喝酒，我们赶紧逃吧！

〔武公业醉步上，与几个随从往房间走来，嬉笑声、吵闹声渐强。

非　烟　糟糕！来不及了！

珠　翠　哎呀小姐这可如何是好？我先出门拦住他！

〔珠翠迅速踏出门外并把门死死合上，武公业提着酒壶在随从簇拥下一路醉态走到门口。

武公业　娘子！（饮酒）娘子！为夫来了，还不快出门迎接？

武公业　（指着珠翠）你？你不是我娘子！快快让开，别耽误大爷我洞房！

珠　翠　姑爷且慢！小姐她——

武公业　你让还是不让？

〔珠翠两只胳膊伸开挡住房门。

武公业　（恼怒地）就凭你还想拦住我？（一只手把珠翠拉到一旁，踹开房门）

珠　翠　小姐小姐！姑爷硬闯了！

非　烟　珠翠……你下去吧。

珠　翠　小姐……是……

〔珠翠抹泪下，宾客、随从也皆散去。

〔非烟坐在圆桌旁的椅子上。武公业合上门，赶紧走到非烟身边。

武公业　娘子！你让为夫等得好心急啊！

〔武公业近看非烟，发现非烟已哭成泪人儿。

武公业　娘子为何哭得如此厉害？（伸手欲替其拭泪，手被非烟打开）

非　烟　一身酒气！（掩鼻）

武公业　待我散散酒气。（甩袖子，拍打脸颊）酒醒了，醒了！

非　烟　嫁于你非我所愿，皆是逼不得已而为之。

武公业　娘子你！

（唱）美人落泪令酒醒，
吉时欢喜将亲迎。
请娘子收泪珠莫再任性，
为夫定携白首不负深情。

非　烟　（唱）武府一入随天命，
覆水难收无路行。
且先把那规矩定，
事不强求话肯听。

武公业　（拱手）娘子所言，武某已存心间。眼下，该饮交杯酒了吧！

〔武公业走至圆桌另一边的椅子旁坐下，把两只杯子分别放在两人面前，拿起酒壶斟满两杯酒。

武公业　（举起酒杯）娘子，你就依我这一回，喝了这杯酒吧！

非　烟　那你先允了我一个条件！

武公业　什么条件都允了！

非　烟　此话可是当真？

武公业　君子一言，四十匹马都难追回！

非　烟　好，夜里我睡里屋，你睡外屋。

武公业　（站起来）这这这……娘子我……

非　烟　既是如此，你非君子，交杯酒不喝也罢！

武公业　好好好，我的小祖宗都依你！

〔举起两只酒杯，非烟接过一只，两人交换手饮下交杯酒。

〔饮完酒，武公业乘其不意抱起非烟，并吹灭蜡烛，随即舞台灯光灭。

非　烟　你放开我！刚许的诺，转眼就忘了么？

武公业　我是你的夫君，不是什么君子！

〔舞台右侧追光起，赵象席地而坐，右臂倚靠着一堵墙。

赵 象 非烟当真是心甘情愿嫁作他妇了么？（哽咽）为何不同我说呢？这是为何？

〔赵象边说边用头部轻撞墙面，缓缓从袖兜里拿出短笛，笛声如泣如诉，好似女人呜咽声。

〔追光灭，笛声渐弱逐渐消失。暗转。

第四场　解隙

〔成亲两个月后。

〔武府后院、非烟房内、赵府前院。

〔舞台左侧与中间的布置维持上一场不变：左侧为非烟房间，中间为屋前庭院。墙外有一棵高大的榆树。

〔全光起，鸟语阵阵。

〔非烟右手捂着左肩的伤口，从左侧屋内屏风后上，缓步走至妆奁前坐下对镜梳发。

非 烟 自打嫁与那武公业，他就将我幽禁于府内，稍有不顺他的心意呵，就拿长鞭抽打我。（长叹一声）比不过山林鸟，更算不上金丝雀，苟且偷生又有何趣？（抹泪）若是爹爹娘亲还在，兴许也不至于嫁给他做妾……

（唱）痛思双亲今不在，
继母刻薄贪钱财。
草率联姻武公业，
轻将小女深渊埋。
终身姻缘变买卖，
身不由己却不见故人来。

〔赵象从右后侧上，身后背着一篓子草药，手里提着大药箱。

赵 象 （边走边吟诵）朝与佳人期，日夕殊不来。佳肴不尝，旨酒停杯。寄言飞鸟，告余不能。俯折兰英，仰结桂枝。

〔赵象走到墙边，放下背篓和药箱，靠墙坐下休息，并用袖口擦汗。

赵　象　进南山采药两月有余，（望望背后的墙）非烟，就在里面吧，也不知她——怎又说起她了，想必她定是锦衣玉食，吃穿不愁，哪里还想得起我这穷酸的江湖郎中。（摇摇头）

非　烟　珠翠说，赵郎那日来劫亲，我却昏迷不知。许是伤了他的心，他才离了家不知去处。

〔珠翠从右后方上。

珠　翠　自打小姐成亲，我每日都去赵公子医馆，也不知他何时回来，唉——

〔赵象起身，背起草药篓，提起药箱欲往回走，珠翠渐渐走近高墙，发现了赵象，不由得一惊。

珠　翠　哎呀是赵公子！你可算回来了！（小跑至赵象跟前）

赵　象　是——珠翠?

珠　翠　我每日都去医馆找你，你有所不知，我家小姐她——

赵　象　（别过身去）我与你家小姐已无纠葛，若为你家小姐之事前来，恕难奉陪了！

珠　翠　（又走到赵象跟前，赵象却不看她）赵公子，（叹气）小姐她——

（唱）小姐心意未曾变，
亲事无奈夜难眠。
武府施计将她骗，
珠翠被锁难通言。
不怕此时怨，
不怕归来嫌。
徒忧公子行路远，
山高雨多有急弯。
唯恐此生再难见，
心如槁木泪涟涟。
不思茶饭日夜念，

何人把她怜?

赵　象　（惊诧）你！你所说可是当真?

珠　翠　珠翠敢以性命起誓，方才所言句句属实!

赵　象　这这这——到头来竟是错怪了非烟！那她过得可还好?

〔非烟羸弱之姿慢悠悠地打开房门小碎步走至庭院中。

珠　翠　（摇摇头）不好，姓武的不让小姐出门，还时常鞭打她！小姐浑身是伤呢!

赵　象　（无力地后退几步）未曾料到，姓武的竟如此对待非烟!

〔赵象打开药箱，从里面掏出一个红色药瓶和一个蓝色药瓶，递给珠翠。

赵　象　红瓶外敷，白瓶内服。快拿回去给非烟用吧!

珠　翠　小姐外伤易治，可相思病却无药可医呀!

赵　象　这——可我如何入得了武府?

〔珠翠环顾四周，若有所思，而后兀自点点头。

珠　翠　公子，翻过这高墙，正是小姐的屋子呢!

赵　象　可这墙院太高，小生可如何翻得过呀?

珠　翠　（在院墙边转了小半圈）公子，你看这棵春榆树长势甚好!

赵　象　姑娘聪慧，我在山中采药多年，爬树难不倒我赵象!

珠　翠　那公子当心，慢些爬。

〔赵象把大药箱搬到墙脚下，踩上药箱，努力了一番，爬上了树干，再爬了一会儿，身子终于够到了墙檐。

珠　翠　公子小心些，我得回去给你俩把风了。

〔珠翠下。

〔赵象探出头去，望见了非烟，轻声唤了唤她的名字。

非　烟　（抬头）哎呀！是赵……赵郎……你……

〔赵象翻过墙，一跃而下，跌倒在地。

赵　象　非烟！

〔非烟赶紧将他扶起。赵象拍拍身上的泥土，非烟也用绢帕替他拂去手上的尘，又忽地退后几步。

赵　象　若非今日遇着珠翠，我还不知你竟过得如此凄苦——

〔非烟望着他，不禁落泪。

赵　象　（唱）你我双双遭蒙骗，
幸得珠翠实情言。
可怜我非烟，
困于武府苦自咽，
受他欺凌受他鞭。
不告而别无颜面，
立誓定当除恶奸。

〔非烟赶紧用手捂住赵象的嘴，轻轻摇头。

非　烟　（唱）苟且于世无他念，
只怕赵郎受牵连。
命如柳丝福分浅，
不怨继母不怨天。

〔赵象拥着非烟，却碰到了她左肩的伤口，非烟疼得轻哼了一声，随后捂住伤口。

非　烟　（唱）知你非寡义，
奈何媒所欺。
清风将恨寄，
身在魂已离。

赵　象　我带了药来，险些忘了。（掏出两瓶药）让赵某替你擦药吧！

〔珠翠从左后方上场，跑到二人跟前。

珠　翠　小姐，大人就快回府了！

非　烟　（拿过药）赵郎，你快回吧！

赵　象　（牵过她的手）我定会常来！

〔非烟望着他，点点头。灯灭，暗转。

第五场　密会

〔第二年乞巧节夜。

〔武府后院、非烟房内、高墙外。

〔舞台布景不变，非烟房内亮光，其余处灯光昏暗。武府大夫人身边的丫环琦儿手里端着一盘子布料从左侧上。

琦　儿　听闻老爷最近赏给那步氏不少珍宝，我家大夫人颇为不悦，命我今日以送布之由来打探虚实。

〔她走到非烟房前，叩了叩门。

琦　儿　琦儿奉夫人之命，前来送布料，不知可否进屋？

〔见无人应答，琦儿伸手轻推门，门一下子开了，琦儿张望着。

琦　儿　屋内灯火通明却无人应答，罢了，先进去吧。

〔她走进屋内，把盛布料的托盘放在书桌上。

琦　儿　这屋室简陋如常，未曾见着什么珍宝啊！

〔忽而看见一个精致的琉璃盒。

琦　儿　咦？（试探性地）夫人在吗？夫人？珠翠？

〔她赶紧合上门，又来到桌前，打开琉璃盒。此时非烟和珠翠已快走到门前。

〔琉璃盒里只有一封信，琦儿狐疑地拿起信，刚好珠翠推开门，琦儿吓得赶紧把信收到怀中。非烟和珠翠走进房内看到琦儿，吓了一跳。

珠　翠　琦儿姐？你来此作甚？

琦　儿　我，我，今日乞巧佳节，我奉大夫人之命，送些老爷前日赏赐的布料给步夫人。

〔琦儿端起托盘给她们瞧。

非　烟　烦劳琦儿姑娘替非烟转达谢意。

〔琦儿点点头，赶紧慌张地跑出了房门。珠翠合上门，琦儿站在门外准备偷听。

珠　翠　小姐，素闻那琦儿有偷盗之癖，得好好瞧瞧哪儿丢了东西呀！况且那大夫人一向不喜小姐你，今日竟主动送布料，想必事有蹊跷！

〔门外的琦儿听得咬牙切齿，从怀中拿出那封信，打开看后惊讶得捂住嘴。

非　烟　先不提此事，珠翠，戌时已至，想必赵公子要来了，你去墙外瞧瞧吧。

〔珠翠应了一声，琦儿赶紧躲到房子的侧面处。珠翠出门后环顾了一圈，走到墙边。

珠　翠　（暗语）瑞香风引思深夜。

赵　象　（暗语）知是蕊宫一驭来。

〔赵象爬过墙头，跳下来。珠翠指了指房门，赵象颔首，小跑入屋内。珠翠跟在后面，待赵象入屋内便锁好门，站在门外把风。

〔琦儿小心地探出半个头，望望手中的信。

琦　儿　待明日老爷回府，呈上书信，看她如何狡辩！（暗自偷笑，随后缩回了头）

〔屋内，赵象执起非烟双手。

赵　象　（唱）夜念日思盼相见，
独将幽恨小庭前。
沉沉良夜与谁侃？

星隔银河月半天。

非　烟　（唱）无力严妆倚绣栊，
暗题蝉锦思难穷。
近来羸得伤春病，
柳弱花欹思欲浓。

赵　象　几日不得见，全凭书信托音，今日一见，怎又消瘦许多？

非　烟　我身子不打紧，每日传信倒也有趣。

赵　象　（唱）珍重佳人赠回信，
彩笺芳翰伴长吟。
薄于蝉翼难寄情，
密似蝇头未写心。
日数落花墨香沁，
只思轻雨洒幽襟。
夜梦伊人身忽醒，
裁作长谣寄绿琴。

非　烟　得君此情，非烟无悔。

〔两人携手走至书桌前，非烟坐下，赵象站在一旁。

赵　象　待我将南山木屋搭建好，就一同离开武府，隐居山林可好？

非　烟　（唱）画檐春燕须同宿，
兰蒲双鸳不独回。
素闻南山桃源美，
等闲花里双双归。

〔非烟从怀中掏出一个绣好的香囊，赠给赵象。

赵　象　这个是？

非　烟　去年今日，身旁女眷挨个将绣好的香囊赠予意中人，真真羡煞非烟也。今年乞巧佳节，非烟总算能赠君香囊了！

〔赵象接过香囊嗅了嗅。

赵 象 朝饮木兰之坠露兮，夕餐秋菊之落英。木兰秋菊与非烟高洁之质极为相称，赵象定会珍藏。（收好香囊，从书桌上拿起一本书卷）《山海经》确乎有趣。

非 烟 赵郎也坐下吧。（给书桌前的椅子腾出一块儿地）

〔赵象捧着书卷坐下，二人共读一书，不时笑出声。随后定格。

〔光灭。暗转。

第六场　祸起

〔隔日夜。

〔武府后院、非烟房内、高墙外。

〔布景同上。

〔武公业站在舞台左侧一角，琦儿屈身站在他侧后方。追光打在二人身上。

武公业 （恶狠狠地）你说非烟偷情？若是拿不出证据，本大人可不会轻饶你！

琦 儿 （赶紧跪下，双手奉上那封信）奴婢所言句句属实，老爷可以瞧瞧这信。

〔武公业接过信，快速读了一遍，气得欲撕毁信件，转念一想，接着右手颤抖地把信放入宽大的袖中。

武公业 你可曾撞见过他二人相见？

琦 儿 奴婢昨夜亲眼见到那赵象越墙而入，进了夫人的屋。

武公业 赵象！我武公业誓要将你碎尸万段！

〔电光闪过武公业狰狞的面颊，追光灭，打雷音效起。

〔非烟屋内灯亮。丫环珠翠扶着手执团扇的非烟从屏风后走出来。

非 烟 （咳嗽两声）珠翠，你去煎药吧。

珠　翠　好，我这就去。屋内这么闷热，许是要下雨了，我先把窗打开透透气。

〔非烟屋外场景暗光起。武公业来到自家墙角边，手中拿着一束长鞭。珠翠将木窗打开。

武公业　今日夜里定要将这对奸夫淫妇抓个现行！哼！

〔珠翠推门而出，武公业立刻靠墙蹲下。

〔非烟走到窗边张望。赵象轻步从舞台右侧上场，小跑至墙角边，爬上树。

〔赵象爬到墙头，与倚窗而立的非烟相互招手示意。这时武公业站起身。

非　烟　（望见武公业大惊）赵郎，当心！

〔此时赵象已迈过一条腿，武公业扯住赵象的衣尾，半截短衣被撕扯下来，赵象抱住树干滑到地面，随后踉跄地跑下场。

〔武公业怒不可遏，欲追之，但透过木窗瞥见屋内的非烟，便拽着那块儿布冲进非烟房内。

〔武公业一脚踹开房门，非烟并不看他一眼。武公业把赵象的衣角狠狠丢在她身上。

武公业　步非烟你个娼妇！（使劲拽着她的手）

〔非烟将头别过去，不语。武公业又取出袖中之信，在她眼前晃了晃，扔在她身上。

非　烟　（虽被拽疼却也不哭闹，仍不看他）欲杀，且快。

〔武公业气得把她从椅子上拽起来拖至屋内柱旁，反手捆绑在柱子上，扬起长鞭一阵乱打。

〔非烟也强忍着未喊一句疼，而武公业累得满头是汗。

武公业　（捧着非烟的脸）步非烟，你可知错？可愿悔过？（一道电光闪过）

非　烟　（鄙夷地笑了笑）生得相亲，死亦何恨？

（唱）当初嫁你非我愿，

眷侣离散苦难言。
好似炼狱将身绊，
心死何惧赴黄泉？

武公业 你——（巨雷声接二连三响起）
（唱）言语激我怒气满，
难道真想作飞烟？
恩怨此夜来了断，
神仙菩萨救你难。

〔武公业复执鞭笞之。珠翠端药上场，走至门外，听见鞭声，赶紧冲入屋内，见状惊得连盘带药全掉地上。

珠　翠 （跪在武公业跟前，哽咽地）老爷！老爷！小姐身子本就柔弱，禁不起这鞭笞呀！

武公业 且滚开！奴才不得插嘴！

珠　翠 （扑到非烟身上）小姐！小姐！你何苦这样倔？只要你服个软，他定不会再抽打你的！

非　烟 （摇头）屈膝于他，吾宁自裁！

〔武公业踢开珠翠。

武公业 步非烟，且问你最后一回，你可知错？

非　烟 （唱）无意再争辩，
无心图苟全。
神形俱已倦，
杀之勿多言。

非　烟 （微弱地）珠翠，起来！递我一杯水。

珠　翠 （抹泪站起）是！小姐！

〔珠翠转身倒了一杯水，武公业坐在圆桌边的凳子上休息，拿着酒壶一饮而尽，然后摔碎在地。雷声紧跟闪电响起。

〔珠翠端到非烟嘴边，将水喂给她。非烟喝下一杯水，凑到珠翠耳边。

非　烟　（唱）你我多年共患难，
有如姊妹伴身边。
此去徒留嫁妆奁，
收好早早归乡间。

珠　翠　（大哭）小姐，珠翠，珠翠不会离开小姐的……

非　烟　（耳语）待我死后，将我的灵盒，交给……赵……赵公子，葬我于……南山……

珠　翠　小姐，珠翠……明……明白了！

〔非烟的头耷拉下了，珠翠使劲摇晃非烟身子，可非烟没有任何动静。

珠　翠　小姐！小姐！你可醒醒啊小姐！

〔武公业急忙把非烟从柱子上解开放入怀中，与珠翠一同摇晃着非烟的身子。大雨的音效响起。

武公业　非烟！固然是磐石，也比你心软呀！
（唱）你待我薄情寡义，
夫妻间好似散棋。
只道你可知我意，
谁料再会已无期。

珠　翠　（边哭边用两只手拍打推攘着武公业）你还我小姐！还我小姐！我要向衙门告状，官府老爷一定会替小姐做主的！

武公业　（忽而大笑）你连你家小姐最后半点清誉也不想保全了？再者，官府会听信你一个丫环的一面之词？

〔珠翠无力反驳，自顾自地趴在非烟身边哭泣起来。

武公业　来人！

〔两名随从上。二人推门而入，见非烟尸首略惊恐。

〔武公业咳嗽一声。

二随从　（单膝跪地，拱手）不知大人有何吩咐？

武公业 将她……（别过头去，挥手）焚化了吧！

二随从 是！

〔灯灭，雷雨音效渐弱。

〔暗转。

第七场　抢灵

〔非烟死后第二日。

〔武府内正厅。

〔舞台中间布置成白色的灵堂。灵台正对观众席，上面摆放白烛、焚香炉、灵牌及非烟的灵盒。

〔风声渐起，魂旦扮非烟滑步上场，追光跟上。

非烟魂 （唱）一片愁心碎，
独陷孤坟堆。
玉殒香消身化鬼，
重回怕见赵郎悲。
才把香囊给，
就做燕纷飞。
去者长醒世人醉，
有情却难把家归。

〔非烟魂暗泣。随后见自己灵位，大怒。

非烟魂 （指着灵牌）爱妾步非烟之灵位，哼，生为武家之傀儡，死后怎可还作武家之鬼？

〔哀乐奏起。

〔非烟魂下场，追光灭。

〔灯亮。若干宾客坐在屋内两边，武公业接过下人点燃的香，对着非烟灵位拜了三拜，下人接过香，放入香炉中。

〔武公业转过身，对两边的宾客拜了拜。

武公业 多谢诸位能来我武某爱妾步非烟的灵堂！

宾客一 参军切莫太痛心，八夫人泉下有知也会走得安心些！

宾客二 曹参军节哀才是！恕我多嘴，八夫人怎就突然离世了呢？

武公业 爱妾年幼受冻落下病根，前阵子旧病复兴，武某寻遍天下名医也不得使其愈。谁晓得前天夜里雷电交加、风雨大作， 爱妾她——（用袖口拭泪）

宾客三 （对宾客二）徐大人还是不要再问了！武大人——

〔风声音效起，武公业与众宾客皆以袖掩面。

宾客四 哎呀！怎吹来这样大的风？

〔灯光明暗交替几次，众人皆有些惊恐。

〔武府门将从舞台右侧小跑上，至灵堂门口，赵象跟上。

门　将 报——有人硬闯——

〔门将话音未落，被赶上来的赵象一脚踹倒在一旁。

武公业 一群废物！

门　将 小的们不知怎的，全然不得靠近那厮！

〔众宾客被这不速之客惊扰，开始交头接耳议论纷纷。

赵　象 你你你竟连非烟全尸都不肯留！罢了！若是肯把非烟灵盒交还我，便饶你狗命！

武公业 大言不惭！就凭你？

〔武公业从身后抽出长鞭，欲擒住赵象。

〔光暗，座下一阵哗然。武公业在黑暗中摸索赵象身影，赵象在暗中摸到了非烟灵位前，又顺势摸到了灵盒。

〔光起。

武公业 诸位大人！恕武某方才未言实话。此人正是谋害爱妾之元凶！

赵　象 分明是你害死非烟，却反诬陷于我！

武公业 赵象引诱非烟不成，便惨将其杀害！

〔众人皆对赵象恶言恶语相加。

宾客一 把他送官府吧！

宾客二 对！送官府！

宾客们 （异口同声）送官府！送官府！

〔珠翠上场，挡在赵象身前。

珠　翠 我乃非烟小姐贴身丫环，我可作证，小姐实为武公业鞭打而死！

（唱）佳人才郎本相配，
却差他人强说媒。
施诡计拆散这鸳鸯一对，
到头来将她往深渊里推。
困于武府徒遭罪，
日日受刑多少回？
这滋味，难体会，
武公业，把命催。
玉肌伤累累，
好端端的佳人化青灰。

〔宾客一片哗然。

武公业 一个丫环，胆敢污蔑本官！

珠　翠 试问大人可敢当着老天爷与诸位宾客之面起誓，自己未曾杀害我家小姐？

武公业 有何不敢？我武公业从来行事光明磊落，非烟之死与我无关，苍天可鉴——

〔话音未落，雷声四起，风声愈烈。

珠　翠 老天爷作证，我家小姐就是为他所害！

武公业 胡说！

〔又是一声巨雷，宾客交头接耳，议论纷纷。

宾客一 （对宾客二）哼，终于揪住武公业的把柄了！

宾客二 （对宾客一）此等良机甚是难得，就算他权势再大，今日在场诸多宾客都已知晓此事，扳倒武公业指日可待了！（二人偷笑）

宾客一 武大人身为朝廷命官，竟做出此等暴戾之事！

宾客二 人命关天，纵是天子犯罪也当与庶民同罪啊！

〔武公业仓皇逃下场，众宾客、随从皆一同往武公业逃跑方向走去，下场。

珠　翠 （抽泣）赵公子，小姐临终前嘱托珠翠定要将骨灰交予你手中，让你带她去南山。

赵　象 赵某明白，你且保重。

〔赵象摸了摸灵盒，笑了笑，转身往右边去。

〔非烟魂上场，滑步至赵象跟前，赵象看不见非烟。

非烟魂 赵郎！

〔赵象愣住，停下脚步，四处张望。

赵　象 （叹气）许是我太思念她了吧！

〔赵象摇摇头，继续往前走。

非烟魂 （望其背影）赵郎——赵郎呀——

赵　象 （仰望四周，左右踱步）非烟？真是你？

非烟魂 是我。

赵　象 想来我能入得了武府，也是你在旁相助了？

非烟魂 （唱）非烟不曾羡肉体之富贵，

只求死后魂魄有家可回。

如今此生不悔受之无愧，

愿化青灯一盏长伴君归。

赵　象 佳人不在，结之何为？（拿出香囊）不过两日，便阴阳两隔。

（唱）忧思重重不得寐，
往日种种不可追。
世人皆作对，
不若魂相陪。

非烟魂 （唱）生前相见不得允，
相见还愁却别君。
香魂自此山林遁，
一双飞去入行云。

〔赵象缓缓往前走去，非烟缓步跟上。

赵　象 （收好香囊）同葬南山去，得脱铜臭身……

〔随后赵象大笑。

〔音乐起，光渐隐去，直至光灭。

〔剧终〕

林源记

编　剧：王昭（戏文系 2012 级）

《林源记》创作阐述

一、创作主旨阐述

本剧根据著名作家茅盾先生创作的《林家铺子》改编，描述日本侵华后上海附近的一个小市镇林家百货小商店由挣扎到倒闭的故事，因在剧中，林家铺子悬挂的牌匾上为“林源记”，所以取名《林源记》。原著中描写到，那时的中国内忧外患，小说透过林家铺子的倒闭，反映了民族商业破产的厄运。

主人公林老板的遭遇可悲却非常令人同情，正是基于这点，我觉得他身上非常有戏可挖。他是一个精通生意经的老实本分的小商人，林老板从祖父手里继承下林源记，他不浪费，做生意巴结，没有害过人，没有起过歹心，是地地道道的规矩商人；在“时势不好，市面冷清得不成活，素来硬朗的铺子今年都打饥荒”的时节下，他竭尽全力、绞尽脑汁，渴望安定和平，想以自己辛勤的劳动来维持一家人的生活，他从没有想过要去剥削和谋害他人，他的特性是精明而不强悍，能干而又懦弱。可悲的是他目光短浅，在日寇入侵的民族危亡时刻，一心只顾着自己“做生意，渡难关”。但是在那个国破黑暗的年代，由于“捐税重，开销大，生意又清淡”，最后终于被敲诈勒索得倾家荡产，而他自己也不得不选择了逃亡。林老板的悲剧命运，不仅仅是林家一家的悲剧，而是当时整个中国社会的悲剧，主人公林老板和林源记的悲剧在三十年代的中国比比皆是。茅盾只剖析一点而显现了大千世界，其批判的锋芒尖锐指向那无法让人安身立命的社会。林源记的倒闭，就是当时社会的缩影，它以一个小小的侧面牵动了一个时代的脉搏。

2015年我国隆重纪念中国人民抗日战争暨世界人民反法西斯战争胜利七十周年，站在当今和平的年代，我们有必要回眸过去，牢记历史，铭记当今和平生活的来之不易。茅盾在《现代文学家的责任是什么？》一文中指出：“文学是为表现人生而作的，文学家所欲表现的人生，绝不是一人一家的人生，乃是一社会一民族的人生。”从这一句话中，我们看出，茅盾的写作指导思想就是，力求在文学作品当中，表现当时的社会历史情况，写出当时人的思想情感，以文学作品表达他们的心声。本剧在尊重茅盾先生创作《林家铺子》的原旨上，深入挖掘林老板的人物形象，以林老板为主角，重点刻画以林老板为代表的老一辈，为了振兴家业而做出的种种努力，把林老板希望用诚实、勤奋的劳动来改变厄运、换取生存的梦想的破灭到最终的觉醒过程展现给大家，传递出只有社会稳定，勤劳的人们才能安居乐业的国泰民安的思想。

二、题材的理解与评析

1. 题材来源综述

《林源记》根据《林家铺子》原名《倒闭》改编而来，《林家铺子》是茅盾先生于1932年7月创作的短篇小说，该小说载于《申报月刊》第一卷第一期，后收入短篇小说集《春蚕》。

2. 题材类型评析

这类题材重点反映日本侵华给中国社会带来的深重灾难。如此大的社会事件很难把握，但这类题材匠心独运，通过小人物、小事件的展现，小而精致，以小见大地体现出一个大的社会背景，拉近了与观众的距离，发人深省。

3. 与同类题材剧作的对比

北京曲剧《茶馆》根据老舍先生同名话剧改编而成，于1998年12月5日在中央戏剧学院逸夫剧场首演。在不到一年的时间里演出过百场，从而荣获北京市文化局颁发的“百场奖”， 全剧以老北京一家大茶馆的兴衰变迁为背景，向人们展示了从清末到抗战胜利后的50年间，北京的社会风貌及各阶层人物的不同命运。故事讲述了茶馆老板王利发一心想让父亲的茶馆兴旺起来，为此他八方应酬，然而严酷的现实却使他每每被嘲弄，最终被冷酷无情的社会吞没。

江苏京剧院也根据老舍先生另一部作品《骆驼祥子》创作出了同名京剧《骆驼祥子》，在1998年第二届京剧艺术节上一鸣惊人。戏中以祥子买车的三起三落为情节发展的中心线索淋漓尽致地表现了旧社会人力车夫的苦难生活，艺术地概括了祥子从充满希望，到挣扎苦斗，直到精神崩溃，走向堕落的悲惨一生。有力地说明了在旧社会仅凭个人奋斗发家，只不过是一种幻想。反映了二十年代末三十年代初旧中国个体劳动者的悲惨命运。

无论是曲剧《茶馆》、京剧《骆驼祥子》还是《林源记》，都是展现动荡的社会使得社会底层小人物生存困难，勤劳致富的理想破灭，给当今我们生活在和谐的社会中的人们深刻的启迪。

三、阐述剧作法理论在毕业作中的具体运用

1. “一人一事”

突出主要人物和中心事件。本毕业作深入挖掘林老板的心理活动，始终围绕林老板一心要振兴林源记为主线，寿生、林小姐、林大娘等人物则众星拱月，互为表里，予以衬托战争前后的江浙农村的背景，林源记在“内忧外患”之中破产的必然命运，塑造一位让人感慨和同情的林老板。

2. “借题发挥，尺水兴波”

在尊重原著的基础上，融入当今的新元素，新思想。原著中有国民抵制日货的行为，近年来，社会上也曾出现过抵制日货的运动，站在当今的角度，重新认识抵制日货的利弊。再一点就是围绕林源记的倒闭大做文章，借助林老板这个人物，引发出对整个社会的思考。

3. 剧作规律及核心

根据“欲望、阻力、非常态”的原理，林老板一心要振兴林源记，做出了种种努力，从打九折到大放盘，到最后大卖“一元货”，林老板的每一步都充满着无限的辛酸，虽然林源记开始有点起色了，但当时外受日本帝国主义的军事、经济侵略；内有官吏的敲诈，利贷的剥削，社会动乱，同行的排挤，民不聊生，在这些困难面前，合理引出林源记倒闭的必然。以林源记的兴亡为核心，深入探究林源记倒闭的原因，并且揭示历史时局对于林源记悲剧结局的巨大影响，同时对于当时中国很大一批与林老板有相同命运的人，表达了深切的同情。

四、毕业作分场提纲

序：九一八爆发之际，林源记此时买卖还是那样兴隆，但山雨欲来风满楼，李记者的言语中，已经预示着一场大灾难的来临。

第一场：九一八后，各地的青年学生都掀起了抵制日货的运动。小镇上林老板的女儿阿秀，因穿了日货，遭同学鄙视而羞怒地回家哭闹。此时林老板正为商会借机发难，封锁林源记发愁，林老板不得不贿赂商会会长得到默许后继续出售日货。

第二场：林源记布置一新，重新开张，林老板准备大干一场，诚信经营，学习大上海，打九折卖货，谁知经过战争后，人们生活困难，第一天开张没卖多少货，朱三太太又来拿利息，林老板开始感觉到，现在的形势大变。

第三场：年关将近，为了度过年关，林老板打八折低价卖货，这样只能是卖得多赔得多，可为了应对各种债务实在无奈。就在上海方面的催债人催得最紧急的时候，下乡收债的伙计寿生回来了，解决了燃眉之急。

第四场：大年三十，一家人团圆过年，可林老板依旧为买卖的事忧心忡忡，这时，寿生把收债回来路上遇到的情景告诉了林老板，由于上海开战，逃来了许多难民，林老板受到启发，开始卖由生活必需品组成的“一元货”，一时买卖红火。

第五场：林源记买卖大好，遭到了同行裕昌祥的嫉妒，于是造谣林源记这是甩货准备大捞一笔卷铺盖走人，张寡妇、朱三太太等人闻讯前去索要在林源记存的本钱，林老板与寿生觉得谣言这样下去，买卖就没法做了，于是去找商会长说理，商会长乘机把打算将阿秀送给卜局长当小老婆的打想法告诉了林老板。

第六场：林家不同意让阿秀嫁给卜局长，商会长于是乘机扣押了林老板，同行裕昌祥见林家急等着用钱，于是跑到林源记要划走全部的“一元货”，此时林大娘因为担忧林老板的安危病倒了，寿生、林小姐于是做主把货划给了裕昌祥，凑够了钱，才把林老板赎回。

第七场：林老板被放出来回到林源记，一看铺子空了，愤怒不已。而此时，商会随时可能来抢阿秀，寿生于是出主意，让林老板带着阿秀出去躲避一阵，林老板眼见实在无奈，只好如此。临行时让寿生与阿秀拜堂成亲，一家人悲喜难言，林老板痛诉九一八以来社会的黑暗。

尾声：林老板带着林小姐逃走后，商会长大怒，封锁了林源记，朱三太太、桥头老七、张寡妇急忙来林家要本钱，官兵挡着林源记的门不让进。商会长带着人进入林家铺子，渐渐的要账的、看热闹的人多了，一度混乱。张寡妇的孩子混乱中被踩踏致死，混乱过后，林源记老匾掉在了地上，摔成了两半。

五、创作感悟：

茅盾先生的《林家铺子》早已是家喻户晓，是我国文学史上高峰。因此，我在改编的时候，诚惶诚恐，很怕无法全面理解茅盾先生小说的创作主旨，为此，我多次翻阅小说，观看改编的电影《林家铺子》，并查阅了许多资料。同时，我觉得既然是站在当今的角度进行改编，我又根据当今的许多社会现象和自己的理解，在《林源记》中加入了一些我的理解。在这个过程中，也遇到了许多困惑，也有不知所措的时候，此时，我们的毕业作指导老师多次给我分析讲解，并且从剧本的舞台呈现上多次与我深入交流，为我的创作打开了一扇全新的大门，受益匪浅。这个过程中，许多困惑迎刃而解，同时也加深了认识，更加坚定了自己的创作信念。

《林源记》作为我大学四年来创作的剧本之一，是我非常喜欢的一部。当然，由于我创作经验有限，无法达到预想的效果，这里面或许还有许多不足，今后我还会继续打磨这个剧本，请老师们多提意见，不断丰富剧本。

2012级戏文系　王　昭
指导教师　邹德旺

时　间：20世纪30年代

地　点：浙江杭嘉湖地区的一个小镇

人物表：

林老板——林源记老板。

寿　生——林源记的伙计。

林大娘——林老板的妻子。

林小姐——林老板的闺女。

商会长——当地商会的会长。

林家铺子伙计阿四

上海催债人

钱庄伙计二人

裕昌祥老板——林老板同行。

朱三太太、桥头老七、张寡妇他们借给林家本钱做生意，林家按月给他们利息。

李记者

当兵的两人

客官、老百姓若干

序

〔时间：1931年9月18日

〔林家铺子买卖兴隆，往来百姓络绎不绝，十分热闹，林家铺子的两个伙计忙得不亦乐乎。

〔林老板上，往来百姓纷纷恭喜林老板发财，林老板高兴地应酬。

客官甲 林老板好悠闲。

林老板 从早忙到现在才吃了饭，悠闲什么？

客官甲 忙的好，发财了。

林老板 哈哈，发什么，您多照顾。

〔客官甲下。

〔林老板看着铺子的好买卖，铺子上挂的“林源记”的老牌匾。

林老板 哈哈。

（唱）一派繁华盛平世，
万家货物林家集。
铺面玲珑货财聚，
十里闻名谁不知？

林老板 爷爷你在天之灵可以安息了。

〔画外音：林老板爷爷去世的时候

林爷爷 你爹没得早，林源记今后可就靠你了，你得撑住。

林老板 （年轻时候的声音）嗯嗯（哭泣）。

林爷爷 记住爷爷的话，只要货真价实，老实本分，咱的买卖就会红红火火。

林老板 记住了。

林爷爷 记住了吗？你说一遍，我要你说一遍。

林老板 货真价实，老实本分。

〔爷爷去世。

林老板 爷爷……爷爷……

〔林老板陷入沉思。

〔李记者匆忙跑上撞到林老板。

李记者 哎呀，不好意思，撞到林老板了。

林老板 哈哈，没事，没事，走，到我店铺里坐坐。

李记者 东北发生战事，我们记者部主任紧急召集我们开会，改天聚。

〔李记者下。

林老板 发生了战事。哈哈，管咱什么事。

〔收光。

第一场

〔伴唱：

全国涌动抵日货，
都因小鬼子把东北夺。
好人从此不好过，
林家从此起风波。

〔九一八事变后一个雨天。

〔林大娘正在点灯。

林大娘 （唱）屋子暗了把灯点，
世道纷乱怎纠缠。
无辜惹上不白案，
当家的为此事夜夜难眠。
好日子到头福祸返，
转眼烦恼到眼前。

世事难料悲悲惨惨，

祈求菩萨保佑平安。

大慈大悲的观世音菩萨，保佑平安……

〔林小姐放学归来哭着上场，坐在椅子上。

林大娘 哎呀阿秀，怎么了？

〔林小姐不理。

林大娘 饿了吗？我让吴妈给你买馄饨去。

林小姐 不吃。

林大娘 渴了吗？我给你倒水去。

林小姐 不喝。

林大娘 怎么了阿秀，快跟我说啊，别让妈妈着急了。

〔林小姐从书包里掏出文具盒，把里面的自动笔都扔了出来。又把外套脱了扔了。林大娘见状急忙去捡。

林大娘 别扔了啊，这可都是你平时最爱的小玩意，快穿上外套，下着雨，别着凉了。

林小姐 不穿，不冷，我不冷！（看着外套）哎呀都是东洋货，都是！妈妈。

（唱）为什么，东洋兵祸起东三省，

为什么，提日货人人怒冲冲。

同学骂我把洋货用，

班里乱成一窝蜂。

平日最把此物宠，

忍痛割爱好心疼。

林大娘 阿秀，你没错，喜欢就用。

林小姐 妈妈，同学都骂我，我不要这些东洋货了，我要旗袍，要旗袍，不然明天我穿什么去上学？

〔林老板手拿一封信上。

林老板 （非常生气）还上什么学！

林小姐 爸爸。

〔林小姐哭。

林老板 这是你们学校抗日会送来的信，说你明天要穿东洋货去上学，他们就要烧，真是无法无天！

林小姐 快给我做几件旗袍吧。

林老板 饭都快吃不上了，还做什么衣服，这个学咱不念了。

〔林小姐停止了哭泣。

林大娘 当家的，现在外面的情况怎么样了？

林老板 唉。

（唱）九月十八起征战，
全国上下连祸端。
日货如鼠人人打，
人心寸乱不知然。
商会借机来发难，
封锁店铺索银钱。
可恨狮子大开口，
沦落绵羊心不甘。
不是为了林源记，
拼死也要闹翻天。

林大娘 （唱）走向前来好言劝，
当家的息怒听我言。
钱财都是身外物，
破的钱财保平安。
今日忍得一时乱，
博得日后合家欢。

林老板 真是气死人，对面裕昌祥进的日货比咱们多了一万块钱的码子呢，就因为他小舅子在政府里当差，啥事没有。偏偏要封咱们的铺子，还烧了咱们三千多块的货物，你说现在谁的铺子里没有日货。

林大娘 别生这种闲气了，快去斋斋那些闲神野鬼，咱们林源记好快点开张啊。

林老板 窝囊，（很难为情）你那金项圈呢？我去当了，起码也得值个三百块。

林小姐 那可是我妈妈的嫁妆，祖传的宝贝，怎么能当了呢？

林老板 店铺一下亏损，实在没钱啊。我这马上让寿生去收收咱们的账去。

〔林大娘打开厨子，拿出了金项圈，忍不住摸了又摸，含泪交给了林老板。

林小姐 他们可真是强盗。

林大娘 （忍痛含泪）身外之物，快拿去吧。

〔林老板一把拿过金项圈，头也不回地快速下。

林大娘 大慈大悲的观世音菩萨，保佑我林源记渡过这个难关。

林小姐 妈妈，我冷。

〔林大娘抱住了林小姐。

林大娘 等过了年，咱们有了钱，就让你爸给你买新衣服。那些狠心的强盗都咬定咱们有钱，可咱们这几年来，一年一年的亏空，你爸爸做肥田粉生意又上了当，现在咱们店里都是别人的钱，等再过两年，你十九岁，招个女婿，我就是死了也放心了。

林小姐 不，我永远陪着妈妈。

林大娘 哈哈，乖孩子。救苦救难的观音菩萨，会保佑一切顺利的……

〔收光。

第二场

〔灯启。

〔林家铺子布置一新，货物摆放整齐，几个伙计正在忙着把“林源记”老匾挂上。

〔林老板一家人放爆竹庆祝开张，店门玻璃上贴满了“大廉价照码九折”的广告。

林老板 （唱）兴冲冲放鞭炮忙挂牌匾，
喜盈盈好一番旧店新颜。
今日里重开张自信满满，
学上海打折扣甩手放盘。
愿今后再不为琐事哀叹，
一心要林源记兴旺如前。

林老板 众位乡亲，今日我林源记承蒙大家照顾重新开张，所有货物一律九折，任意挑选，各位有需要的里面请。

〔老百姓们纷纷地指指点点夸赞货真价实，但没有进店买的。

〔商会长上。

〔特别傲慢地看着林家铺子。

林老板 商会长大驾光临，快，里面请，阿四快上茶。阿秀，给商会长拿刚从吉元斋买的点心。

林小姐 大坏蛋，还给吃点心，没门。

〔商会长听了很生气，一看阿秀的模样一阵坏笑。

林大娘 这孩子，怎么说话，家里没米了，快跟我买米去。

〔林大娘拉着阿秀下。

林老板　孩子不懂规矩，前几天要买衣服，没给她买，一直在气头上，商会长见谅。

〔商会长看着阿秀离去的身影。

商会长　不错，不错，哈哈，长得好标致。不坐了，我来就是给林老板重新开业道个喜，哈哈，我得回去了。

林老板　商会长慢走。

商会长　怎么样，四百块钱没白花吧，这一开张，整条街就属你这忙。

林老板　多蒙商会长罩着。

〔商会长下。林老板抹了一把汗。

小伙计　师傅，快看，大家都跑裕昌祥去了。

〔林老板观察了一会儿。

林老板　咳，还不照样都是只看不买。

小伙计　咱们价格本来就低，还打九折，咱们赚什么啊？

林老板　刚开业，咱们货真价实加打折，赚个老百姓的口碑。

小伙计　口碑有什么用，赚不着钱还不百搭。

林老板　哈哈，

（唱）口碑好似放长线儿把鱼钓，
远岸深水逐浪高。
事事远虑无近恼，
赚的人心好运交。

小伙计　还是师傅事事想得长远周到。

林老板　我这可是学的大上海的买卖经，打折买卖，在咱这新鲜，可现在大都市早就这样了。

〔一位年轻顾客来了。

小伙计　这位客官好，您要点什么？

客　官　我想买把洋伞。

〔林老板示意小伙计退后，林老板要亲自做这笔买卖。

林老板 喂，阿弟，买洋伞吗？

客　官 嗯，我想要那把。（说完指向那把伞）

〔小伙计急忙把伞撑开，塞到了那年轻乡下人的手里。

林老板 阿弟真是好眼力，这个洋伞货色好，还便宜。

（唱）实心骨子洋绸面，
结实耐用非一般。
蓝绿花纹最好看，
洋伞一把九角钱。

〔这位乡下客人看了又看。

客　官 确实不错，我买下这把了。

〔乡下人掏出钱正要给，一位老汉突然跑来把钱夺了回来。

老　汉 阿大，你昏了，还要买伞？！咱一船的硬柴才卖了三块多钱，还得买米呢，哪来钱买伞。

林老板 大叔，你看我这伞货色是靠得住的，才卖九角钱。

老　汉 货色是便宜，可没钱买啊。

〔年轻人把伞放下了。

林老板 喂，喂，阿弟，你说多少钱，咱还可以再商量，货色绝对没问题。

老　汉 货色是便宜，可钱不够啊。

〔老汉拉着年轻人逃走似的走了。

小伙计 这么便宜的货色去哪找啊，真是不识货。

林老板 （唱）前方征战狼烟滚，
后方局势步风尘。
好话说遍情已尽，
难博一笑寒透心。
难道是百姓腰包日渐紧，

平日闲货不再亲？

小伙计 师傅，要不咱还是进点低档货，照样卖现在这个价，兴许还可以多赚点。

林老板 馊主意。

（唱）货真价实不失信，

为人心底要本分。

今日卖货遭郁闷，

不可气馁要抖精神。

今上午没能开张，才半天，下午都振作起来。

小伙计 嗯，师傅说的是。

林老板 今天上午天冷，下午暖和了，街上的人兴许会多起来。

〔林老板打起了算盘开始算账，小伙计等着招揽客人。

〔街上人多了起来，四五位客人来到铺子前买东西，几位都买好回去了，铺子前还剩一位。

小伙计 这位客官，您要点什么？

客　官 我要副手套，再给我拿个脸盆。

〔小伙计急忙取好。

小伙计 一共一块一毛六分钱。

客　官 就一块钱吧。

小伙计 那可不成，今天我们头一天开张，所有货物本来就打九折了，再让钱，我们本钱都赚不回来了。

林老板 怎么阿四？

小伙计 这位客官一块一毛六的东西，非要让去掉零头。

〔林老板拿着算盘算了算。

林老板 这位客官真不够本了，可老主顾了，只好遵命。（用手拨了算盘一下）就给这些吧，真是本钱了，有需要的可常来照顾小店生意。

客　官 哈哈，林老板豪爽，一定一定。

〔客官下。

〔林大娘上。

林 大 娘 当家的，忙了一天了，吃晚饭了。今天买卖怎么样？

〔林老板摇摇头。

林 大 娘 花了四百块钱，又忙了一个晚上摆设起来，东洋货让卖了，生意却又冷淡了，唉。

林 老 板 上午就没开张，下午卖了十六元八角五分，还有八块钱是赊账。

林 大 娘 吴妈又要拿工钱了。

林 老 板 让她沉住气，再等等吧，实在困难。今天“大放盘”都是照本卖出去的，这开销实在没着落啊。

林 大 娘 那我回头再跟吴妈好好说说吧。

林 老 板 我刚才算了一下账本，“人欠”的账有一千三百余元，“欠人”的单是上海东升号就八百，合计不下两千啊。

林 大 娘 那这个年关可难过了。别在这发愁了，快吃饭吧，我先回去了。

〔朱三太太上。

〔林大娘出店，遇到朱三太太要进店。

林 大 娘 朱三太太，要买年货吗？

朱三太太 我找林老板有点事。

林 大 娘 那快进去吧，他在店里呢。

〔林大娘下，朱三太太进店。

林 老 板 朱三太太来了，阿四，快给朱三太太沏茶。

朱三太太 别忙了林老板，我不喝。

林 老 板 哦，那是来挑选年货吗？快里面坐。

〔朱三太太郑重地打开了她的蓝布手巾，里面有个折子。

林 老 板 我晓得了，明天给你送府上吧。

朱三太太 这都三个月了，三三得九，一共九块钱吧？不用麻烦你送了，我今天就拿着吧。明天是送灶日，我得买点东西了。我那三百块钱的老本可是我全部的家当了。

小 伙 计　朱三太太，今天刚开张，我们也实在是……

〔来一客人买东西。

林 老 板　（打断了阿四）行，既然朱三太太来了就拿回去吧，我正想明天去送呢，这样我倒省劲了。阿四快去招呼客人。

〔林老板把抽屉里所有的钱给了朱三太太，还不够，又从身上摸出一点钱，凑齐了全给了朱三太太。

朱三太太　我的救命钱。（用手卷包好）

林 老 板　瞧，这手绢多破了，买块新的吧，我们这有老牌麻纱白手帕，价格公道。

朱三太太　不不，我老太婆了，用不着。

林 老 板　肥皂、洗脸手巾也可以。

朱三太太　用不到，用不到了。

〔小伙计打发了客人下，朱三太太跑下。

小 伙 计　这下可好，好不容易见点钱都给人家了。

林 老 板　本来就是应该的，她要是在这吵吵起来，对咱林源记的买卖影响多不好。

〔林小姐上。

林 小 姐　爸爸，你看我这大绸子，四块二角，不贵吧。

林 老 板　你哪来的钱?

林 小 姐　挂账上了。

林 老 板　（皱了皱眉头）不贵，不贵。

〔林小姐进了内屋。

林 老 板　唉，那么性急，过了年买岂不是更好。

〔收光。

第三场

〔灯启。

〔林家铺子前稀稀拉拉有几个买东西的客人，林小姐、小伙计忙着招呼客人，林小姐也在搭手帮忙。

〔林大娘上。

林大娘 阿秀，没事就回家吧，别在这忙了。

林小姐 这会儿买卖好着呢，刚才有一客人买了五块钱的东西。

（唱）雾散天晴月轮满，
斗转星移运又翻。

林大娘 菩萨保佑，时来运转买卖是好了。你爸爸呢，怎么没见他呢?

林小姐 （唱）爸爸忙得满头汗，
迎客送货苦亦甘。
方才在此大气喘，
这会不知哪里蹿。

林大娘 哎呀，你爸就这样，只要买卖好了，他怎么忙都不嫌累。

林小姐 （唱）妈妈也该愁眉展，
拨开云雾换新颜。

林大娘 哈哈，妈妈我打心眼里也高兴。可他们大老爷们有用不完的力气，你个小姑娘家别累着。

林小姐 （唱）妈妈莫要把心担，
我如今能顶半边天。

林大娘 哈哈。

（唱）如今需对她另眼看，
心存志气不输男。
苦后磨砺人蜕变，

梅香芬芳耐苦寒。

（林大娘双手合十）我的女儿长大了。

林小姐 妈，放心吧，您回家吧。

〔林老板上。

林老板 阿秀我回来了，你就跟着你妈回家。

林小姐 爸，我能帮上忙。

林老板 好孩子，跟你妈回家做饭吧，给你妈搭搭帮手。

林小姐 嗯，好吧。

〔跟母亲下。

林老板 唉。

（唱）看她母子愁眉散，

怎忍把实情相告再受熬煎。

寿生一去音信断，

此事叫我眼望穿。

上海货东来催账，

难以支付愁锁颜。

方才钱庄把钱借，

钱未借到又催把旧账还。

今日八折价格贬，

赔本卖货大放盘。

同行对我笑眼看，

哪知我低价甩卖度年关。

小伙计 师傅，这个卖法，咱们是卖得多赔得多啊。

林老板 只能先这样了，等过了这个年，咱们的日子兴许就好过了。

〔上海东升号收债人上。

催债人 林老板，钱筹得怎么样了？

林老板 我这也是正在想办法啊。

催债人 我也是给老板打工的，老板让我来收债，您可别难为我啊，这都大过年的了，您总不能让我在这过年吧。

林老板 小店近来不顺，实在手头紧。

〔商会长上。

商会长 自从上次在这碰到了林小姐，这几日不知怎么了，就管不住我这脚了，这不又跑到林源记了。哈哈，那小妞长得真不错，送给卜局长当小老婆，卜局长一高兴……哈哈。

〔商会长来到林家铺子前。

商会长 听说今天买卖不错啊林老板，四百块钱花得值！

林老板 商会长，不知道都以为我买卖好，哪知道我都是赔本卖啊。卜局长那里还请商会长多美言。

商会长 没问题，哈哈。

林老板 商会长别在外站着，里面请。

商会长 咋没见你那乖女儿啊。

林老板 净在这添麻烦，我让她回家了。

商会长 哦，哦，那我先走了，你忙你的，省得我也给你添麻烦。

林老板 哪里话啊，怎么会……

〔商会长下。

催债人 我是看出来了。林老板，你真是个好人，一点嗜好也没有，做生意巴结认真，要放在二十年前，想不发财都不成。

林老板 唉，谁让咱赶上这兵荒马乱的年代，真不知道啥时候能过上太平日子。

催债人 是啊，现在捐税重，开销大，生意又难做，不过能混得下来也是你的本事啦。

〔林老板一脸无奈地苦笑。

催债人 你那收账的伙计能靠得住吗？还没来。

林老板 没问题，绝对没问题。

〔李记者跑过。

林老板 小李，出什么事了吗？

李记者 上海那边恐怕要开战了。（跑下）

催债人 这可怎么办，要是一开战这轮船停运，我可怎么回去？林老板，你就没点别的法子借钱吗？

林老板 刚去钱庄借钱，怪不得他们不但不借，还催我快还旧账，看来真的打起来了，我是实在没法子借钱了。

〔林老板、催债人急得团团转。

寿　生 （幕后唱）一路风霜天寒冻，
心急只顾拼命行。

〔寿生衣衫褴褛上。

林老板 （激动）寿生，你可回来了。怎么弄成这个样啊？

寿　生 （接唱）债主个个逞强横，
收罢账目急回程。
眼看回家暗庆兴，
谁知船行半路遇到抓壮丁。
可叹宝祥小伙计，
抗命不从一命终。
情急只得行上岸，
再挑小路急忙行。
昼夜不顾翻山岭，
终到家门未遇凶。
师傅，这是收上来的所有的账目。（撩起衣服，从衣服内侧掏出一个手巾包）

〔林小姐高兴上。

林小姐 寿生哥回来了，哈哈，寿生哥。（看到寿生，惊讶）怎么搞成这个样子？

寿　生　没事，我没事。

林老板　先别问了，阿四，快扶着寿生后房歇息。

林小姐　不，我来。

〔林小姐搀扶寿生下。

催债人　林老板，快看看收来多少吧？

〔林老板打开查看账目。

林老板　实在对不住，还差您一百多块钱。

催债人　就不能再凑点？

林老板　我把这几天的柜上见的钱都给你了，实在没有了。

〔寿生换了一身干净的衣服上。

寿　生　我们都是老主顾了，您就多照顾照顾吧，总不能没一点老主顾的情面吧，剩下这点钱等过了年一定给汇到上海去，再不走小心也碰到抓壮丁的。

〔催债人听了心里一惊。

催债人　好好，这也算是可以向老板交代了，年后一定得给汇钱。

林老板
寿　生　（合）一定，一定。

〔催债人下。

林老板　寿生，你可回来了。

寿　生　师傅。

〔收光。

第四场

〔灯启。

〔大年三十，烟花爆竹声络绎不绝。

〔林大娘准备了往常的一荤二素特意又添加了红焖肉。

〔林大娘、林小姐端着饭菜上。

林小姐 嗷，过年了，好开心，寿生哥，快来吃年夜饭。

（唱）张灯结彩迷花眼，

喜气洋洋过新年。

〔寿生上。

林大娘 寿生可算回来了，能吃上顿团圆的年夜饭。

（唱）寿生一去常挂念，

终得归来庆团圆。

寿　生 我这一去让师娘担心了，都是我不是。

林大娘 菩萨保佑，平安回来就好，你师傅怎么还不出来。

〔林老板愁眉苦脸上，郁闷地坐下，看着饭菜。

林老板 出来做什么？

林大娘 过年啊。

林老板 这年我是过怕了。近来买卖不顺，这年夜饭也不丰盛了，这是八仙楼的红焖肉，寿生你吃啊。

寿　生 师傅放开了心，等过了年，咱们买卖肯定会好起来。

林老板 希望如此吧。

寿　生 不是希望，是一定。

（唱）回来路上得准信，

本镇将来众难民。

他们缺衣少食无生活品，

将成咱们店铺新生力军。

林老板 啊，这怎么说呢？

寿　生 师傅，他们是城里来的，只是因为上海打仗不得不逃到咱们乡下，他们可是有钱人，初来乍到总得买些日用品吧，咱们快张罗这笔买卖，像脸盆、肥皂……

林老板 （打断寿生的话）对啊，像脸盆、牙刷、毛巾、肥皂、袜子就属咱们存货多，这买卖咱们绝对拿得下。

寿　生 是啊，别的不说，就脸盆，裕昌祥恐怕连十个都拿不出来。

林老板 哈哈，对对，咱们还是学习大上海的卖法，把脸盆、牙刷等日用品配成套，凑成一元钱，咱们大卖“一元货”。

寿　生 又是上海来的难民，绝对认可“一元货”。

林老板 哈哈，来，寿生，咱们喝一个。

（唱）长江后浪推前浪，

寿生晚辈见识长。

如风吹来云散荡，

为我解忧挑大梁。

来，咱们大家喝一个，咱们吃饱喝足就开始准备“一元货”。

〔灯暗转，店铺内。

〔林老板、林小姐、寿生、小伙计忙着准备“一元货”。

〔天渐明。

寿　生 师傅，咱这忙完了，天也明了。

林老板 哈哈，真是不知不觉。

寿　生 师傅，要不您回去休息会儿吧，我在这盯着。还有师妹也回去歇息吧。

林老板 没事，我要看看咱们大卖“一元货”。

林小姐 我也不累，寿生哥咱们开门营业吧。

寿　生 好嘞。

林老板 这样，阿四，你拿着“一元货”广告牌，去码头港口车站宣传宣传。

小伙计 我这就去。

〔寿生、林小姐开门。

〔大街上舞龙舞狮子，放鞭炮，非常热闹。

林 老 板 果然是新年新气象。

〔画外音：“一元货”，林源记大卖“一元货”。

〔许多难民上，走进林源记挑选一元货，一时间林源记大忙。

〔收光。

第五场

〔灯启。

〔朱三太太、桥头老七、张寡妇上，敲林源记的门。

朱三太太 林老板开门，开门……

桥 头 七 妈的，开门……

张 寡 妇 快开门……

〔林老板上。

林 老 板 各位别着急，“一元货”还多着呢。

〔林老板开了门。

桥 头 七 谁买“一元货”，快把我们的本钱给我们。

张 寡 妇 对，我们要本钱。

朱三太太 林老板，我们攒点钱不容易，都是我们的命根子，没了这本钱，我们怎么活。

林 老 板 啊，怎么了，你们的本钱在小店好好的，怎么会没了呢？

朱三太太 哎，我就实话实说了吧，我们听说你们要清仓处理存货，然后卷铺盖走人。

林 老 板 真是笑话，怎么会呢，我们林源记四代人的心血，百年老店，怎么会说关门就关门。

张 寡 妇 我们实在放心不下我们那些本钱，那可是我们全部的家当。

林 老 板 各位进来看看，我林源记货源充足，怎么会是清仓处理呢，我林某人担保，各位存我这儿的本钱、利息一分都不会少，来，我先把你们下个月的利息预支了。

〔林老板掏出了钱，放了三份。

林 老 板 各位要是相信我，就拿着这下月的预付利息，要是不相信，我也不拦着，我给你们本钱。

〔大家开始一阵嘀咕。

朱三太太 （思考状）林老板这么多年都是实在厚道人，不会骗我们的，我拿。

〔朱三太太拿了利息，张寡妇、桥头老七也跟着拿了利息，下。

〔林老板刚要关门，钱庄两个伙计上，

伙 计 甲 林老板别急着关门。

伙 计 乙 这是不欢迎吗，还是怎么着？

林 老 板 原来是钱庄的两位伙计，快，里面请？

伙 计 甲 倒是得里面坐坐，打今天起，我们在这“守提”，以后你们店的日收入的八成归我们钱庄。

伙 计 乙 直到换完我们钱庄的钱为止。

林 老 板 这哪行，都是老主顾了，我又不是不还……

伙 计 甲 甭说了，老板吩咐我们来的，有事您找他去。

伙 计 乙 我们就坐这，绝不打扰林老板的买卖。

〔寿生上。

林 老 板 寿生，你看，今这一开门都遇到什么事啊。

〔寿生思考了一会儿。

寿　　生 恐怕是有人看咱买卖好给咱们造谣吧。

林 老 板 那会有谁呢？

〔寿生、林老板思考状。

林老板
寿　生　（合）裕昌祥！

寿　生　绝对是裕昌祥嫉妒咱们买卖好，又没法竞争，才到处造谣。

林老板　我这就去找商会长，这样给咱们造谣，咱们可怎么做买卖。

寿　生　我跟师傅一块去。

林老板　你在这吧，看着铺子，我去去就来。

〔收光。

第六场

〔灯启。

〔林小姐和寿生在铺子里，焦急地等着林老板。林老板心神不定地回到铺子。

林小姐　爸爸，怎么去了这么久，您去的这些工夫，咱们已经卖了五十多块钱的货了。怎么样，哈哈。（见爸爸没说话）是不是狠狠地教训了造谣的。

〔林老板看着女儿，画外音响起：（商会长口吻）卜局长不知什么时候看到令爱了，喜欢上了。我也见过令爱，确实俊俏，只要你愿意，这婚事我做媒，就嫁过去了。

林老板　不、不、不！

寿　生　师傅，师傅，您这是怎么了？

林老板　寿生，你连日忙活铺子里的活，自从回来后也没休息好，你也累了，回屋里歇息去吧。阿四呢？

寿　生　他回家探亲去了。我没事，哈哈，师傅您不用担忧我。

林老板　叫你去歇息就去歇息，怎么这么不听话。

寿　生　嗯，好，我回屋歇息去了。

〔寿生下。

林老板 阿秀，叫你妈妈来。

林小姐 好。

〔林小姐下。

〔林老板起身仔细端详自己铺子的每个角落。

〔林小姐搀扶林大娘上。

林大娘 什么事，当家的。

林老板 （严厉中带着祈求）阿秀你出去玩吧。

林小姐 嗯。

〔阿秀出门，在外面偷听。

林大娘 菩萨保佑，咱们总算越来越顺了，买卖越来越好了。

林老板 （生气）别整天菩萨、菩萨的了。卜局长看上咱们阿秀了，要娶她做老婆。

林大娘 啊，（忍不住哭泣）我可不答应，去做他的小老婆，那是哪份苦，我可舍不得阿秀（失声痛哭）。

林老板 我也是这个意思，不过——

林大娘 咱们规规矩矩做生意，他们还能抢吗？

林老板 可他们这些人要使起坏来，比强盗还狠心呢。

林大娘 他们要敢胡来，我跟他们拼了这条老命，救苦救难的观世音菩萨……

〔林大娘起身跑出去。

林老板 你要去哪？

〔林大娘刚出门撞到正在偷听的林小姐。

〔二人相抱。

林小姐 什么也别说了，我听到了。

林大娘 （唱）一霎时我心中如有刀刺，
哪料到谣未止一波又逼。
春开花未舒展就遭暴雨，
风摇树无奈何叶落秋泥。

我苦命的女儿。他们要敢来我跟他们拼命。早点嫁给寿生多好。强盗，不怕天打的。

〔上来一批买“一元货”的。

〔林老板、小伙计招待。

〔两个身穿制服的人上。

制服甲 林老板在吗？

林老板 我就是。

制服乙 走，跟我们走一趟吧。

林老板 该来的还是来了。

〔俩身穿制服的人带林老板下。

林大娘 挨千刀的，你们带我当家的要干啥去（林大娘上去拦）？

制服甲 党部要问话。（一推林大娘，林大娘晕倒）

林小姐 你们是要打劫吗？强盗。

〔寿生忙上。

林小姐 妈，你怎么了？

寿　生 师娘，没事吧？

林大娘 （强打起精神）我没事，快把当家的叫回来啊。（一阵晕头转向）

〔裕昌祥吴掌柜带着一个伙计上。

寿　生 师妹，快扶师娘到后房歇息，我在这看着。

〔林小姐扶林大娘下。

吴掌柜 出什么事了，林大娘怎么了？

寿　生 哈哈，没事没事，老毛病。吴掌柜今天有空来，有何贵干？

吴掌柜 没事没事，我只想来划点货。（掏出一份单子给了寿生）

寿　生 （接过看了）啊，“一元货”的全部，我师父不在，我做不了主。

吴掌柜 你可以跟你师娘商量。

寿　生 实话说了吧，休想在我们这划货。

吴掌柜 好，那我就先回去，明天我还会来的。

〔吴掌柜带伙计下。

〔灯暗。

〔伴唱：

狂风怒吼雷电起，
乌云密布星月稀。
遥听风声断还续，
林家一夜燃眉急。

〔第二天，寿生与林小姐铺子内。

林小姐 我妈一夜都在叨叨着说我爸爸被他们弄死了，快把我爸爸救出来吧，我害怕。

〔林小姐抱住了寿生。

寿　生 放心吧师妹，他们不会胡来的，我这就去找商会长问问去。

〔林大娘踉踉跄跄上。

林大娘 （无精打采）当家的，当家的……

〔林小姐和寿生看到林大娘，急忙过去搀扶。

林小姐 娘，别着急，寿生哥现在就要去党部看看。

林大娘 他们把你爸爸打死了。

寿　生 师娘，不会的，再怎么说，他们也不会随便打死人的。

林大娘 不不不，当家的给我托梦了。我看得清清楚楚，这么长的棍子，这么粗（用手比划），打了一夜呀。

寿　生 不会的，我这就去看看。

林小姐 寿生哥，你快去吧。

寿　生 好，你照看好师娘。

〔林小姐点头，寿生下。

林小姐 妈。

〔搀扶林大娘坐下。

林小姐 （唱）眼见得寿生哥前去窥探，
心只愿此一去平安归还。

林大娘 （唱）为什么近日里接连遭乱，
一阵悲一阵喜悲喜难言。
为店铺一家人买好行善，
为店铺变卖了祖传项圈。
为店铺当家的饱受磨难，
为店铺日夜思何曾安眠。

林小姐 （唱）心疼爹娘深渊陷，
我只得强颜欢笑娘面前。
白日里，管店卖货脸带笑，
到夜晚，泪湿枕头睡不安。

林大娘
林小姐 （合唱）母女俩，泪眼看泪眼，
母女俩，心酸对心酸。

〔母女俩忍不住擦眼泪。

林大娘 这寿生去了这么久了，怎么还没回来。

〔钟声响，正午12点了。

林小姐 （唱）眼见得日当头已到饭点，
观不见寿生哥又把心悬。

林小姐 要不，我去看看吧。

林大娘 我跟你一块去。

林小姐 别了，一会儿就会回来，您歇息会儿吧。

〔林大娘不愿意回房休息，林小姐搀扶着林大娘强行下。

〔吴掌柜带伙计上。

吴掌柜 哈哈，林家如今临深渊，趁火打劫一锅端。

〔吴掌柜示意伙计敲门。林小姐出，开门。

吴掌柜 呦，原来是小老板在这，你爸爸怎么样了？

林小姐 别在这猫哭耗子假慈悲。

吴掌柜 小姑娘不懂事，寿生呢，我找他。

林小姐 他不在。

吴掌柜 那叫你娘出来。

林小姐 不就是要收购我家的“一元货”吗，用不着惊动我妈妈。

〔寿生上。

寿　生 谁要惊动我师娘？

林小姐 怎么样了，寿生哥？

寿　生 吴掌柜先在这坐着，我跟师妹说两句话。

吴掌柜 没事，你们慢慢地说，我在这等着。

〔寿生领林小姐转内堂。

林小姐 怎么样，寿生哥，快说啊？

寿　生 （唱）到如今层层雾才看明辨，
裕昌祥商会长羊狠狼贪。

林小姐 合伙欺负咱们没一个好东西，（着急）我爸怎么样了？

寿　生 （唱）劝师妹切莫要太把心担，
师傅他在党部康健如前。

林小姐 那怎么办，现在该做什么？

寿　生 （唱）步步逼虽招致手忙脚乱，
守镇静想办法救人为先。

寿　生 商会长问咱们要两百块，咱柜上这几天加起来去掉钱庄提去的八成，也就还有五十余块，要不……

林小姐 就给裕昌祥划货吧，别跟我妈商量了，省得她又担惊受怕的。

寿　生 嗯。事到如今也只好如此了。

〔转厅外，见吴掌柜。

寿　生　我们商量了一下，可以给你划货。

吴掌柜　哈哈，我就知道你们早晚得给我划货。

林小姐　但有个条件。

吴掌柜　说吧。

林小姐　我们要现钱交易。

吴掌柜　别开玩笑了，我知道你们急等着用钱，但也不能一下全结清啊。

寿　生　刚才我已经找过商会长，他答应了求情，卜局长是会给面的啊，说不定晚上就能回来，到时候这买卖我们可不做了。

吴掌柜　好说，好说，现钱就现钱。

〔收光。

第七场

〔灯启。

〔寿生搀扶林老板上。

林老板　我林源记就这么空了吗？

（唱）一番心血赴流水，

伤心店铺面目非。

留下空店活受罪，

空空荡荡把命催。

林老板　寿生，给我跪下，就为了我，你就自作主张把货都划给了裕昌祥，你这是救我还是想害死我。

〔寿生跪下。

〔林大娘、林小姐闻听林老板放出来，急忙上。

林大娘　菩萨保佑，菩萨保佑，当家的，你可回来了。

林小姐　爸爸，爸爸。您能平安出来就好，卖货也有我的意思，寿生哥起来吧。

〔林小姐把寿生拉起。

林老板 还不如让我死里面呢，货没了，债逼得又紧，好不容易见的钱又搭救了我，这是图什么？

林大娘 这是什么话，你能回来就好，不图这个图什么。

〔林老板看着一家人，忍不住落泪。

〔两个穿制服的人上。

林小姐 你们来干什么？

制服甲 这妞果然俊俏，怪不得卜局长整天催呢，（对林小姐）当然是有事了，不然谁会来这。哈哈。

制服乙 哈哈，林老板，上头让我们跟你说，要打仗了，你该支援点军饷了。

寿　生 前几天不是刚交了20块嘛，怎么又要交？

制服甲 哈哈，让你交，你就得交，这次50块。

林老板 还有王法吗？这不就是土匪吗？

制服乙 哈哈，谁让我们卜局长说了算呢。当然不想交也可以，把你闺女嫁给卜局长，到时候一家人了，卜局长还会难为你吗？

林大娘 活土匪，想抢我闺女，我跟你拼了！

〔林大娘欲打二人，寿生、林小姐拦着。

制服甲 没空跟你老太婆打架，咱们走。（对林老板）林老头，别不识好歹，记得明天去交，哼。

〔制服甲乙二人下。

寿　生 师傅，现在店是开不成了，卜局长那随时都有可能来抢师妹。

（唱）世事洞明讲进退，

　　点到为止莫再追。

　　莫再苦撑空流泪，

　　知难而退插翅飞。

林老板 什么意思？

〔寿生用手指蘸了蘸茶水，在墙壁上写了个“走”字。

林老板 什么，“走”？（林老板直摇头，眼泪流了下来）

寿　生 事到如今，别无他法了，只有这一条路了。

〔林大娘哭了，林小姐安慰林大娘。

林老板 （唱）见老伴哭啼啼面容憔悴，
更担忧女儿她岌岌可危。
听寿生及时走莫再迟悔，
可怎奈放不下百年老柜。

寿　生 师傅，不要再迟疑了，先出去躲躲再说吧。

林大娘 你该多为女儿想想啊。

林老板 （唱）此时间再难以十全十美，
为女儿不得不舍店相随。

寿　生 师傅，这是“划货”剩下的一百余块，您都带上，够花两个月的了。

林大娘 你们都走吧，我在这守着，他们不能把我个老太婆怎么着。

林小姐 妈，一块走吧。

林大娘 你们是出去躲躲，又不是不回来，我跟着你们，不得拖后腿添乱不是?

寿　生 师傅，你跟师妹走吧，师娘一个人在这也不放心，我留下照顾师娘。

林老板 唉，这兵荒马乱的，这一走还真就指不定……

〔林大娘从厨子里掏出个小包。

林大娘 说什么呢！这有两百多块，本来打算留着给阿秀做嫁妆，现在也别讲究这个了，分你们一半拿去。

林老板 不不，不要了，我跟阿秀两个大活人还能饿死吗?这钱留着，记得月月给朱三太太、桥头老七、张寡妇他们分利息，都是穷苦人，唉。

林大娘 我的身体越来越不行了，还不知道有几天活头。要不我做主，把阿秀许配给寿生，你看……

〔林大娘一手拉林小姐，一手拉寿生。两人拉住了手。

林老板 好，就让他们今天拜一拜。

〔林老板跑到柜上，找了半天找出了两根红蜡烛，点着了。

林大娘 你们小两口拜天地吧。

〔寿生与林小姐互相一笑，脸又羞得绯红，低下了头。林老板、林大娘坐下，寿生、林小姐跪在他们面前，行跪拜礼。

林大娘 （唱）操劳半生白发染，
终看小女配良缘。

林老板 （唱）往日家境多灿烂，
偏偏今日穷寒酸。

林小姐 （唱）爸爸不要太自谴，
良缘终成金不换。

寿　生 （唱）时过境迁风云变，
情真意切永相全。

寿　生
林小姐 （合唱）手捧清茶敬父母，
清茶一杯情义绵。
但愿父亲愁颜换，
但愿母亲福寿添。

林老板 哈哈，不生这闷气，好姑爷、闺女快起来吧。

〔林老板、林大娘接过茶。

林大娘 （唱）往日此茶清香淡，
今日却把五味含。
这茶入口怎奈咽，
心中恼火吐怨言。
看女儿才成亲就要离散，
哭啼啼怨不止这杀人的天。

〔寿生、林小姐三拜林老板、林大娘，林小姐忍不住哭泣。

林大娘 阿秀，今日是你的大喜之日，就别哭了。

林老板 对对，怎么能哭呢，应该高兴才是，（勉强地）哈哈。

〔林大娘、林小姐忍不住落泪，寿生也抹了下眼泪。

寿　生 好吧，就这样，我留在这对付他们，（看着林老板、林小姐）快走吧。

〔林老板带着阿秀出门，外面风雪交加，寒风刺骨。

林小姐 好冷啊，我的旗袍呢，对了，在裁缝店还没拿来呢。

林老板 （一怔）旗袍，哎，不能再让孩子受委屈了，我给你拿去。

寿　生 还是我去吧。

林老板 你快去快回。

〔寿生下。

林大娘 阿秀，你过来，我还有两句话嘱咐你，当家的你也来吧。

林老板 我要看看我的林源记，认认真真好好地看看，你们娘俩说去吧。

〔林大娘、林小姐下。

〔林老板走到了铺子外边，任由风吹雪落。

林老板 老天爷，老天爷，我本本分分，老实经营，不求富贵，只求一家美满，为什么现在落得有店难开，有家难回……

〔风吹得更厉害，雪下得更加大。

（唱）猛然间狂风怒吼北风卷，
　　一霎时银装素裹雪封天。
　　这一阵吹得我头晕目眩，
　　这一阵冻得我举步维艰。
　　这一次逼得我妻离子散，
　　这一次真让我进退为难。
　　天寒地冻心摇颤，
　　奇寒刺骨似剑穿。
　　天哦，天，

问声苍天你可有眼，
你为何不把苦人怜？

〔画外音：林老板爷爷去世的时候

林爷爷 你爹没得早，林源记今后可就靠你了，你得撑住。
林老板 （年轻时候的声音）嗯嗯（哭泣）。
林爷爷 记住爷爷的话，只要货真价实，老实本分，咱的买卖就会红红火火。
林老板 记住了。
林爷爷 记住了吗？你说一遍，我要你说一遍。
林老板 货真价实，老实本分。

〔爷爷去世。

林老板 爷爷……爷爷……
林老板 爷爷，咱那一套行不通了。
（唱）谨遵爷爷劝，
管店五十年。
世道风云变，
老诚存心间。
太平日子客不断，
荒乱年间祸连连。
我不求富贵缠万贯，
惟愿一家温饱度饥寒。
东洋枪声响，
国人乱一团。
最可叹，商会借机来发难，
最可恨，同行愚昧手足残。
最可怜，底层百姓生活苦，
最可悲，偏是好人苦难言。
可悲可怜可恨又可叹，
都是中国人，何必相煎萁豆燃。

不知抵外辱，

窝里反难安。

林老板 买卖不好的时候为生计发愁；买卖好了，官场压榨，同行嫉妒。难道真是人善被人欺吗？天啊。

（唱）老实人为何受尽凄景，

作恶的为何总能横行。

苍天是否没睡醒，

醒来可否把眼睁。

天地之大容万物，

却为何，难容林家几口安度余生。

却为何，难容林源记小小一块匾，

却为何，难容我一片养家开店情。

我有疑问千万种，

桩桩件件可回答的清。

林老板 好人难，难好人。

（唱）若是天也欺善怕硬，

情愿来世不做人。

何日大地除旧影，

拨开云雾见光明。

驱除日寇拨乱正，

安居乐业享太平。

他日圆的心中梦，

愿做草木迎新春。

〔风声怒吼，大雪狂下，林老板跪倒在地上。

〔寿生上。

寿　生 师傅，您怎么跪在这了。

林老板 （强打起精神）我没事，旗袍拿来了吗？

寿　生 拿回来了，外面冷，咱们快进屋吧。

〔寿生要搀扶林老板回屋，林老板示意不要寿生搀扶，他们进屋。

〔林大娘、林小姐从内屋出来。

林大娘 我嘱咐你的话可记好。

林小姐 我都记下了。

寿　生 你们快走吧。

林老板 虽然是空店了，你可照看好。

寿　生 放心吧。

〔林小姐跟林老板走，林大娘双手合十不住地念佛，寿生看着走去的林小姐欲言又止，林小姐回头深情地看了寿生一眼，林老板不断望着“林源记”老匾，下。

〔收光。

尾声

〔画外音：（商会长口音）林老板见利忘义，携款逃走，“林源记”违规经营，谋取暴利，现在查封林源记。

〔画外音：（林大娘口音）你们这些强盗，干什么？

〔画外音：（寿生口音）你们这些土匪。

〔朱三太太、桥头老七、张寡妇急忙忙上场，推林源记的门，官兵挡着不让进。商会长带着人进入林家铺子，渐渐的要账的，看热闹的人多了，一度混乱。

〔画外音：（张寡妇口音）我的孩子，不要踩我的孩子。呜呜。

〔灯暗转。

〔舞台上空了，林源记一片狼藉，“林源记”老匾掉在地上成了两半。

〔伴唱：

百年老店林源记，
难逃乱年无所依？

兴亡之际百姓苦，

我辈今日当足惜。

〔收光。

〔剧终〕

断肠辞

（小剧场昆曲）

编　剧：赵凯欣（戏文系 2012 级）

毕业大戏《断肠辞》的创作阐述

一、创作主旨阐述

写《断肠辞》的初衷，只不过是想为一个美好的姑娘鸣不平。朱淑真，南宋时期唯一的在词作成就上能与李清照相提并论的女词人，少时所嫁非人，婚后形同被丈夫休弃，死前书稿被父母焚毁，而今，又被遗忘在书卷里，甚至有道学家质疑她的妇德。这样有才华的人，为何会有着这样的一生？

于是我开始搜集资料，看她的诗集词集，看关于她的为数不多的史料及研究资料。她命途多舛，却留下了许多色彩烂漫的诗词，甚至是一些“艳词”。看着看着，这个故纸堆里的女词人，竟慢慢向我露出了她娇憨的面目。她至死都带着少女般的娇憨，是因为，她一生经受摧折无数，但她的“情”却一直真挚如初，一如她写的词。

我试图去揣测她未经详细记载的一生；试图去解释她当时所做出的“出格”的举动；试图去贴近她的痛苦和落寞；试图去感受她浓烈而又带有诗意的爱情。我想要展现的，是关于朱淑真的一种带着温度的可能性，是值得被尊重的挣扎和坚守，是应该被珍视的感情。

朱淑真是市井平民家的女儿，她如果有着李清照那样的境遇，她的成就和名声，显然不仅如现在这般。是什么让她郁郁而终？她会经历怎样的自我质疑和困惑？她会如何认知自我？又会如何认识自我和周遭环境的关系？当她发现，自己其实和周遭的一切格格不入的时候，她会不会问，是我错了，还是这个世界错了？

朱淑真在剧中遇到的贯穿性的选择，就是选择对萧郎的认知。如果她选择“萧郎存在”，那么就是选择了精神上的追求和现实上的痛苦；如果她选择的是“萧郎不存在”，那么就是选择了现实上红尘烟火的“正常”人生和梦的破碎。萧郎到底存在吗？这意味着她对自己初心和自身渴望的认定。当朱淑真质疑萧郎不存在的时候，她其实是在自我质疑；当她烧毁自己诗稿的时候，她其实是在自我否定；当她又将萧郎真正画出来的时候，她其实是完成了一次个人世界的重建和一次坚定的彻悟。

剧本中的男主人公，同样也是真实的历史人物，是《断肠集》的编者，魏良辰之子魏仲恭。他在朱淑真死后多年，搜集其散佚诗作，编纂成集。我将这隔世的知音放置在剧作中和朱淑真遥遥相会，只是希望在被不公的命运对待后，女词人和深感遗憾的我们，都能得到些微的慰藉。

二、题材的理解与评析

1. 题材来源综述

本剧故事在人物真实历史记载的基础上虚构，其构思的灵感来源是《断肠词集》序中编者魏仲恭的一段话："尝闻摛辞丽句，固非女子之事；间有天姿秀发，性灵钟慧，出言吐句，有奇男子之所不如，虽欲掩其名，不可得耳。如蜀之花蕊夫人，近时之李易安，尤显著名者，各有宫词、乐府行乎世，然所谓脍炙者，可一二数，岂能皆佳也。比如武陵春，见旅邸中好事者，往往传诵朱淑真词。每窃听之，清新婉丽，蓄思含情，能道人意中事，岂泛泛者所能及，未尝不一唱而三叹也。早岁不幸，父母失审，不能择伉俪，乃嫁为市井民家妻，一生抑郁不得志，故诗中多有忧愁怨恨之语。每临风对月，触目伤怀，皆寓于诗，以写其中不平之气。竟无知音，悒悒抱恨而终。自古佳人多命薄，岂止颜色如花命如叶耶！观其诗，想其人，风韵如此，乃下配一庸夫，固负此生矣。其死也，不能葬骨于地下，如青冢之可吊；并其诗为父母一火焚之。今所传者，百不一存，是重不幸也。呜呼冤哉！予是以叹息之不足，援笔而书之，聊以慰其芳魂于九泉寂寞之滨，未为不遇也。如其叙述始末，自有临安王唐佐为之传，姑书其大概为别引云。乃名其诗为《断肠集》，后有好事君子，当知予言之不妄也。淳熙壬寅二月望日，醉口居士宛陵魏仲恭端礼书。"魏仲恭的惋惜和遗憾，让朱淑真这个单一的人物开始和世界产生了联系。于是，我将和朱淑真并不同一时代的魏仲恭拉到朱淑真的故事中，组建出这一对特殊的人物关系。

同时，在创作过程中，我不仅收集了许多宋朝女词人的相关文献，还大量参考了朱淑真的诗词，从她本人的诗句中，推测和想象她当年的生活，挖掘她细腻的感情，尽可能去还原一个更真实的、血肉饱满的朱淑真。

2. 题材类型评析

本剧借戏曲形式，讲述一段凄美的爱情故事。但本剧并不想仅仅以“生旦爱情戏”作为题材类型的唯一定位，它应该包含有更多层面的意味，即通过对这段爱情的讲述，带出一些人与自我、人与环境、人与社会关系的讨论。

3. 与同类题材剧作的对比

在戏曲剧作史中，爱情题材的剧作层出不穷，如《牡丹亭》《长生殿》《梁山伯与祝英台》等等。而以“女诗人”为主人公的剧作也不鲜见，目前舞台上可见的就有昆曲《李清照》、昆曲《影梅庵忆语·董小宛》、越剧《陆游与唐婉》等等。

《断肠辞》与它们略有不同。其一，与爱情题材不同的是，这并不是一个单纯的小生小旦爱情戏。爱情只是讲述故事使用的外壳，朱淑真的爱恋是她整个人对自身命运发展的一个寄托，剧中写的是爱情，谈的却不仅仅只是爱情本身。其二，与其他表现“女诗人”的剧作不同的是，本剧将关注点完全放置在朱淑真自己的身上。可以说，《断肠辞》的实质是一出朱淑真的独角戏，是用故事的逐渐发展，层层揭露这位女诗人不为人知的内心世界。

三、剧本分场概括

本剧共分为五场，第一场和最后一场是三十年后魏仲恭所在的时空，也可以看作是本剧的序幕和尾声，起到一个“套子”的作用。中间三场则是集中讲述了朱淑真的主线故事。

开场，宋淳熙九年，旅店。本是来杭州游玩的魏仲恭痴迷于读诗，把朋友祝书生丢在一边。祝书生正要发火，门外传来琵琶声，弹唱着一首精妙绝伦，但魏仲恭都没有听过的词。两人将歌女唤入，才知这词是一位叫朱淑真的女词人所写，令人奇怪的是，朱淑真三十年前就死了，尸骨无存，连写下的诗稿都被亲生父母烧毁。琵琶且弹且唱，引出了三十年前的一段往事，过渡到中间三场。

在丫环小眉的陪伴下，朱淑真待字闺中。十五岁天真烂漫的少女畅想着要嫁个能和自己诗词唱和的“萧郎”，不料父亲却将自己嫁给了茶叶商人的公子哥。婚后不和，朱淑真被遣送回娘家。朱家下人中传闻纷纷，说朱小姐在夫家“偷汉子”，朱淑真却不以为意，怡然作诗自乐。小眉为自家小姐打抱不平，不料朱淑真承认自己确有情郎，便是“萧郎”，每晚都来找她。小眉惊疑不定，却为小姐心愿得偿感到高兴，央求朱淑真给萧郎画像。朱淑真废寝忘食，竟怎么也画不出萧郎的形貌。小眉也从未发现过萧郎来找朱淑真，便认定萧郎不过是朱淑真的想像。朱淑真大怒，呕尽心血，重病不起。一夜，在经受了丫环们的风言风语和小眉的质疑后，朱淑真也陷入了巨大的自我质疑中。经受不住精神上痛苦的朱淑真动摇了，她抗争的方式是极端地全盘否定自己，喊道“诗词误我”，将自己的诗稿烧掉大半。然而，真的看到诗稿化为灰烬的时候，她才发现，她和她的诗稿是分不开的，这些点点滴滴的宣泄在诗稿中的情绪和认知，才构成了现在的朱淑真。经过痛苦的自我重建之后，朱淑真坚定了自己的初心，诗心不改，萧郎便存，她竟真的画出了萧郎。在梅花被北风吹残的夜晚，她突然仰头看着虚空，欢喜地唤着萧郎的名字死去。

最末一场，故事讲完，旅店三人伤感不已。魏仲恭尤为惋惜，立志替朱淑真将散佚的诗词收录成《断肠集》，并感慨自己未早生三十年。歌女拿出朱当年绘制的画像，惊讶地发现，魏仲恭竟和画卷上的萧郎一模一样。

四、创作感悟

《断肠辞》几易其稿，增删数次，字数最多时有一万三千字，如今的定稿只有不足七千，情节和结构甚至剧种都有着不小的变化。我经历了首次创作曲牌体的挑战，也有幸作为编剧，全程跟组，在老师同学的帮助下将她搬上舞台。在这个痛苦并快乐的过程中，我收获了一些感悟。

其一，我感悟到，创作过程是一个主观与客观、理性与感性往复作用的复杂过程，要从生活感受里提炼出一个抽象的认识，让这一认识进一步去推动我们提炼生活素材。在整个创作的过程中，都要牢牢把握住自己最初选择这个题材时自身被打动的那个核心点，才不会陷入后期的散乱和迷茫。要拿捏好在剧作中进行个人表达的分寸。剧作者有所感怀是必然的，但一定要分清什么是人物的肺腑之声，什么是作者在借人物之口进行功能性或者观点性的交代，并尽可能摈除掉后一种，让人物发出自己的声音。

其二，要更多地去了解戏曲本身的程式和习惯。戏曲的美学特点是“虚实相生，以虚见长”，在我看来，这种虚的美，正是让戏曲跳脱于生活之上，展现出一种陌生化的诗意的源泉。这就向我们提出了与话剧或影视剧创作截然不同的要求。所以，如何在剧作中利用戏曲特有的表现方式，充分利用戏曲在舞台表演上的天然优势，去展现戏曲特有的美，是我今后要去不断学习和思考的命题。

其三，在写昆曲期间，可谓深刻体会到了李渔所说：“至于填词一道，则句之长短，字之多寡，声之平上去入，韵之清浊阴阳，皆有一定不移之格……调得平仄成文，又虑阴阳反复；分得阴阳清楚，又与声韵乖张。令人搅断肺肠，烦苦欲绝。此等苛法，尽够磨人”。曲牌体的创作，不仅要深入了解曲牌格律和套数，要了解其音乐特征，更应该提前与演员和打谱师沟通磨合，以期达到更好的完成效果。

最后要特别感谢我的大戏指导老师胡叠老师，在我创作每一次的迷茫摇摆难以继续时，帮我理清头绪、辨明方向，向我提供思维和方法双方面的指导。从指导我戏要往内心写，再到戏走心之后提醒我去思考该如何更有效地调动舞台气氛，感谢她的点拨，帮助我完成了本科期间最完整最用心的剧本《断肠辞》。

2012级戏文系　赵凯欣
指导教师　胡　叠

时　间：南宋

地　点：钱塘

人物表：

朱淑真——五旦

魏仲恭/萧郎——巾生

小　眉/歌女——花旦/贴旦

祝书生——付丑

第一场

〔淳熙九年，钱塘旅馆。

〔纱幕后打光，歌女弹琵琶剪影。

歌　女　（内唱）湿云不渡溪桥冷，娥寒初破东风影。
溪下水声长，一枝和月香。

〔纱幕后灯渐熄。祝书生仰面躺在榻上。

祝书生　魏兄，不如你我泛舟西湖，游赏一番？

〔无人应答，祝书生从榻上起来。

祝书生　那叫那门外的美人进来弹个曲儿可好？

〔魏仲恭内嗽应介。

祝书生　喂！说好是来游玩的，怎生镇日宅在房内看书！魏仲恭！

〔魏仲恭眼不离书，抱书上。

魏仲恭　（唱）【南吕引子】【意难忘】
冷雨才归，
见梅花碧萼，
笑那寒催。

祝书生　（劈手夺书）魏仲恭！莫看了！此处乃是钱塘客店，并非你家宣城书馆！令尊贵为当朝宰相，朝堂之上捧的那是金笏玉板，怎么生了个儿子，手就粘到这破烂书本上了！

〔两人夺书，弹唱声忽起。

歌　女　（内唱）人怜花似旧，花不知人瘦……

祝书生　（夺到书，得意）我看你还——

魏仲恭 嘘——

歌　女 （内唱）独自倚阑干，夜深花正寒……

魏仲恭 （沉吟）夜深花正寒……祝兄？

祝书生 （把书藏在身后）我只道是你让书虫吃了耳朵，合着还不聋啊！

魏仲恭 你可曾听见？那女子所唱……人怜花似旧，花不知人瘦……好句啊！

祝书生 （模仿魏的语气）好句啊！“花不知人瘦”？瘦而又瘦，皮包骨头，一听便是那李清照，额，李三瘦！

魏仲恭 非也！易安诗词，我素爱之。这支《菩萨蛮》，却从未闻得。

祝书生 哟，李易安广有才名，留墨颇多，魏兄你——就敢说字字句句都读过么？

魏仲恭 （肯定地）熟读在口，铭刻于心！此女虽非易安，可也堪比其肩！（激动）不想当世，竟也有这等才女！

祝书生 不想当世，竟也有这等两脚书橱——

魏仲恭 （对外一揖，高声）请小娘子入屋一叙！

〔歌女带琵琶上。

歌　女 （谦卑地）见过二位公子，不知二位想听甚曲儿？

祝书生 拣好听的唱来！

魏仲恭 （把祝书生推到身后）嗳！（对歌女一礼）仲恭见过小娘子！

歌　女 哎呀使不得，公子万福。（抬头看）呀，这位公子好生面熟，不知何处见过……

祝书生 我二人俱是初来此地，你二人当真见过？

歌　女 当真见过！

祝书生 好嘛，生得俊俏的便是面熟见过，怎么不对我老祝说见过！

歌　女 这……

魏仲恭 （推开祝）嗳，祝兄！小娘子，请坐。

歌　女 有坐。

魏仲恭 敢问小娘子，方才所闻仙音，可是小娘子所作？

歌　女 公子说笑，奴家哪有这等才气。

魏仲恭 （失望）哦……

祝书生 （抢白）那这是谁教于你的？

歌　女 弹唱皆乃恩师所授，这样词曲，会的倒不下百余。

魏仲恭 尊师？（话锋一转）祝兄，未料教坊之中，亦有这样佳人！敢烦小娘子，愿求尊师一见！

歌　女 公子差了，这词曲并非师父所作。

祝书生 哦？

歌　女 乃属一良家手笔，端的是才貌双绝。

祝书生 嘿！才貌双绝！（一脸无赖样）还不快快带来，我们见上一见！

歌　女 可惜她三十年前便故去了。

祝书生 三十年前便死了？

魏仲恭 故去了？（沉浸在自己的思绪中）三十年前……

歌　女 正是，亡时孤零，好不凄凉。

祝书生 却是为何呀？

魏仲恭 想是天妒其才，红颜薄命！（起身）敢问小姐芳名雅字，坟茔何处？仲恭当临碑凭吊，杯酒以祭！

歌　女 （苦笑）墓碑？坟茔？这苦命的小姐临终竟是一物难留，就连她挚爱的诗稿，也被那糊涂的爹娘，与那冰冷的身子一并烧了！

魏仲恭 （倒退两步，坐倒）哦！烧了！

祝书生 却是为何呀？

魏仲恭 （想到什么）哦，是了！

（唱）【南吕】【红衲袄】

莫不是骨冰清怕掩污滓泥？

祝书生 （夹白）可是啊？

歌　女 （夹白）不是。

魏仲恭 （唱）【南吕】【红衲袄】

莫不是慈堂萱不忍她愿辞违？

歌　女 （夹白）入土为安，怎生此愿？

魏仲恭 （唱）【南吕】【红衲袄】

是时疫沉痼竟难医？

祝书生 （夹白）可是啊？

歌　女 非关痨症。

魏仲恭 （唱）【南吕】【红衲袄】

敢作弄丽人重焰底？

歌　女 公子，

（接唱）【南吕】【红衲袄】

这实情俗世怎知？

偏将她好文才觑的低！

冷月残照红颜陨也，

遗罪污声是与非。

〔暗场，歌女定点光。魏仲恭、祝书生下。

〔歌女声音渐弱。

第二场

〔隆兴年间，夜。

〔朱家书房。

丫环甲 （内白）你说咱家这位，呆在娘家后院偏房，算的什么事儿啊？

丫环乙 （内白）放着有钱人家的夫人不做，偏要写甚么诗！听人说啊，这个不要脸的在夫家……偷了男人！

丫环甲 （内白）仗着自己多喝过几两墨汁就不安分——活该！

〔朱淑真持着梅花枝上，爱怜地赏玩花瓣。

朱淑真 （唱）【正宫引子】【破齐阵】

暮雪逗怜屐齿，

西风瘦损梅枝。

院步庭深，廊回径曲，

一点嫣红沁指。

（念）情知天上种，飘落深岩洞，不管月宫寒，将枝比并看。

〔小眉上，不时侧顾。脱斗篷，刚想跟朱说话，朱示意把斗篷拿下，小眉下，接上。朱淑真转身将梅枝插入花瓶中，痴痴望着。

小　眉　小姐！她们——（刚想告状，被拦住）

朱淑真　嗳，小眉，端茶去！

小　眉　我不去！那张家将你遣回娘家，形若休弃，你不气！老爷奶奶怨你败坏门风，将你禁足，你也不气！如今这等小贱人也来落井下石，你不气，我怕是要将那雷峰塔都气塌了！

朱淑真　塌了雷峰塔，岂不浑了西湖水。（笑）出言倒是不俗，不枉教你读书。

小　眉　小姐！

〔朱淑真摆摆手，笑。

小　眉　小姐，你怎能不气呀！

朱淑真　奈！

（唱）【正宫过曲】【锦缠道】

何唇齿，惯逆这冷嘲一似。

恁小风教折翅？

自襟袖着壶玉冰心，佩兰芳芷。

与莺花做个朋师。

莫拘禁裙钗针黹。

似这般闲日呵，

敢旧亭离索，深闺放恣。

正隔纱帘翠，

且持杯读卷莫负雪晴时。

身在张家，夙夜劳形，核点银钱，好生烦闷。如今回至朱府，独居清净，书画随心，诗词自得。我是欢喜还不及呢！

小　眉　什么清净？分明任你自生自灭！如今朱府上下冷眼，用度俱被克扣。小姐食不饱腹，衣难御寒，竟还说欢喜！……你定在张家受苦了！

朱淑真 无有。

小　眉 可是那姓张的对你不好？

朱淑真 吃穿有玉食罗衾。

小　眉 可是对你不真？

朱淑真 掌中有账册金银。

小　眉 这比朱府好了百倍！却是哪里混账？

朱淑真 那日我兴起填词，斟酌一字，误了茶行出账……他便将我陪嫁书册，尽数交予后厨，做生火之用！言道妇人笔墨，不归正道，便不如柴薪！（语速渐快）何为正道？我朱淑真自负一支妙笔，岂为腌臜账册而生！

小　眉 他怎生应答？

朱淑真 （转低沉）他、他言道，当日登门求娶，便是因我读书识字，能助他理账持家……

小　眉 （怒）他这哪里是娶亲，分明是把你当做——

朱淑真 （打断）罢了……

小　眉 （不平）他还诬赖小姐做了那等事！我自幼服侍小姐，闺阁行止，小眉尽知！张家虽为商贾，却也门庭森严。小姐一身清白，嫁入张家深宅大院，何处生的旁枝？（突然想起）你教过我的：（想了一会儿还是背错了）“侯门一入深似海，从此路人是……是萧郎”！

〔幕后古琴一声。

朱淑真 ……萧郎！（羞涩）——他偏就姓萧！

小　眉 姓萧？小姐……你……你可是真的偷了——（噎回去后面的几个字，嘟哝）张家内宅，连只公苍蝇都飞不进去！

朱淑真 昔日张家，今朝朱府，他夜夜造访。

小　眉 我怎从未撞见？

朱淑真 你睡得早！

小　眉 可我就睡在碧纱橱外——

朱淑真 你睡得熟！

小　眉 推门声都从未听得！

朱淑真 傻丫头，你——睡得香啊！

小　眉 （感觉被戏弄，赌气）哼，端茶去了！

〔古琴起。小眉下。

朱淑真 萧郎！

〔纱幕后光起。萧郎纱幕后穿走。

（唱）【正宫】【雁过裂倾杯】【雁过声】

相思，把韶华抛掷。

烛与灯渐转昏时，

如何酬士？

香染书酒渍，勘赏旧诗词。

〔萧郎前场出，与朱淑真身段相应，画眉，弹琴，作诗。

萧　郎 （唱）【倾杯序】

情挚。

弄新妆漉胭脂，画眉黛自鬓云始。

朱淑真 （唱）【倾杯序】

将万里芳心，千般绮绪，

百种良缘，点点情致，

二人合 （唱）【倾杯序】

尽琴鸣宫徵。

朱淑真 （唱）【倾杯序】

破晓时，郎君呀隐匿玉山姿。

〔朱淑真送萧郎隐去。朱淑真回桌提笔作画。古琴声起。小眉上。环境光起。

小　眉 （看小姐正在作画，蹑着脚步，上前）小姐，在画些什么？

朱淑真 （放下笔，遥想，念）初合双鬟学画眉，未知心事属他谁——

小　眉 ——待将抱满中秋月，分付萧郎万首诗！此乃小姐及笄之年所作诗句！莫非画的便是萧郎？（看画）呀，这萧郎倒生得清俊……

〔朱淑真定睛一看。

朱淑真　不！这不是他！这不是他！

〔光急收。

第三场

〔绍兴年间，日。

〔朱家后花园。

〔欢快的音乐起。

小　眉　（内白）“初合双鬟学画眉，未知心事属他谁！”

〔小眉拿着一张诗稿跑上，朱淑真追上。

朱淑真　莫要偷看！小眉！还我！快还我！还不速速还来！

〔两人追闹上。

朱淑真　（心生一计）啊，母亲！

小　眉　（把诗稿藏在身后，回身下拜）夫人，夫人恕罪！

〔音乐停。朱淑真笑，趁机抽过诗稿转身走到桌边，将书稿放到桌上。

小　眉　（懊恼）小姐你——（灵机一动）嗯咳，（夸张念）“待将抱满中秋月，分付萧郎万首诗”！小眉这就去禀过老爷夫人：小姐年已及笄，理当找个姑爷！

朱淑真　小眉！

〔小眉凑近。

朱淑真　小眉年长了。

〔小眉点头。

朱淑真 懂事了。

〔小眉使劲儿点头。

朱淑真 （语气忽转）拉去廊下配个小厮！（转身欲走）

小　眉 （忙拉住朱）啊小姐！好姐姐！小姐你呀——

（唱）【仙吕】【哪吒令】

笑吟吟画个柳杨，

奴便添朵海棠。

兴勃勃做个诗行，

奴便去收拾文房。

俺乖乖学得个日长，

诗词俱称王。

嫁人不就是洗衣做饭养娃娃，小眉不嫁，要一辈子跟着小姐，不定也做个李清照那样的才女咧！

朱淑真 你呀！才女岂易当得？当今俗世，评论女儿，只论针线如何，女德怎样。爹爹虽则为我请了塾师，但若闺阁笔墨外传，也要责打与我……

小　眉 可小姐常言的李清照，便是个才女呀！

朱淑真 易安居士，宰相之女，往来俱鸿儒，谈笑有知音。你我寻常门户，怎生可比？更羡她所嫁之人乃是当世才子赵明诚，伉俪情深，何其幸也！

小　眉 我看呐，李清照若是宫苑带露芙蓉，小姐便是亭台傲雪梅花！小姐才思，不逊于她！

朱淑真 梅花么……芙蓉彩蝶可相伴，折得梅花知是谁？

小　眉 （抢白）是“萧郎”！

朱淑真 （羞恼，追小眉）小眉！

小　眉 （转话题）小姐，你的“萧郎”，当是甚么样儿？要做官？要富贵？啊……要品貌！

朱淑真 门前春水碧如天，坐上诗人逸似仙。白璧一双无玷缺，吹箫归去又无缘。

小　眉 “又无缘”“逸似仙”……小姐是想嫁个仙人，去过神仙的日子呢！

朱淑真 倒不求神仙逍遥，只愿有人知我懂我——

（唱）【仙吕】【天下乐】

只盼那落烬红蕉也那话西窗，

泼茶香，赌书忙。

懒鸳鸯睡迟偏日长。

倦沉沉棋罢推松子，

娇殢殢矜羞试晚妆，

怎生黛绿额黄描画仰张敞。

〔唱段中，小眉与小姐配合，做出喝茶、看书、共眠、下棋、化妆等等身段。

小　眉 （拍掌）我知道！李商隐巴山夜雨，易安夫妇赌书泼茶，画眉的是张敞！（嘲笑）小姐这也不嫁那也不嫁，竟想些诗词典故！

朱淑真 你懂什么！君子若不如诗，奴家诗心一片，交付何方？

小　眉 我看是小姐不懂，这样的萧郎，怕是还未出世吧！

朱淑真 还未出世……

小　眉 （坏笑）东邻茶商，张家公子，不好文墨，可模样倒还端正……要不，就与老爷言说，和他家定个亲吧！

朱淑真 不！淑真要嫁，定是、是——

小　眉 是什么？

朱淑真 是个“还未出世”的仙郎！

小　眉 （嘟嘴）小姐！（一转，骄傲地）便是仙郎，小姐也嫁得！昨日老爷前厅会客，我恰在锦屏之后，连那长了颗白毛痣的婆子都夸小姐哩！（模仿媒婆，彩旦状）“我说朱老爷啊，令千金生得好，长得妙，识得字，呱呱叫！到时多大的账本，都得乖乖交到小姐的掌心！”老爷十分欢喜，（学朱父，老生状）“之子于归，宜其室家。张朱秦晋之好，烦妈妈一力玉成！”小姐，什么叫做“玉成”？

〔朱淑真震惊，呆住。

小　眉 什么叫“玉成”呀？

朱淑真 玉成么，便是要我嫁于那张——

小　眉 你要嫁给那张？！

〔音乐起。

朱淑真 不，不……（看手中诗稿，双手无力地垂下，转身）我怎可相嫁，怎可相嫁……

〔朱淑真诗稿从手中滑落。收光。

〔伴唱：

门前春水，碧如天，
坐上诗人，逸似仙。
白璧一双，无玷缺，
吹箫归去又无缘，又无缘。

第四场

〔隆兴年间，夜。朱家书房。光起。

〔小眉端食盒上。欲言又止。

小　眉 （试探着）小姐，你又画了一天，水米未进。歇上一歇吧！

〔朱淑真病态沉沉。

朱淑真 （拿起画稿）来，你且看，我新描的一幅，可比昨日更像些？

小　眉 （指桌子上的一叠画）小姐，半月以来，你日夜做画，饭寝不安，画好的画儿，全不是一个样儿！今日画做剑眉星目，明日便是凤眼长眉！我又未曾见过萧郎，怎知像是不像？！

朱淑真 我、我总是画他不像……

小　眉 小姐四岁学画，花鸟、草虫、台阁、人物，哪个不是惟妙惟肖！怎这萧郎，偏就画他不成！

朱淑真 我……

小　眉　我的好小姐，你画不成，就莫再画了罢！

朱淑真　我终归是要画出他的！（拿画给小眉）喏，我瞧着比昨日更像了些！

小　眉　我不看！

朱淑真　你看呀！

小　眉　我要看，碧纱橱外早见了他！

朱淑真　可我分明是见了他的！是你睡过去了。

小　眉　是这萧郎，本不在世上！

朱淑真　你怨我便罢！何苦咒我萧郎！

小　眉　小眉不敢！但若果有萧公子此人，为何小姐画他不出？！

朱淑真　好！我画他出来便是！你且出去！

小　眉　小姐……

朱淑真　出去！

小　眉　便是画出，又有何用！画梅不止渴，画饼不充饥。画个郎君又岂能成真，不过一张纸！

〔古琴声起。小眉掩口，叹气跺脚下。

朱淑真　呀……

（唱）【仙吕入双调】【步步娇】

刺破肠肝惊魂刃，

与我临头问。

（叹气）

久痴是我异于人！

我若如寻常女子一般，今日此身，当是玉食罗衾，账册金银，众人钦敬——

有膝底娇儿，掌中檀粉。

结发便安一世恩，

厮磨守个长福顺。

〔朱淑真来到书案前，拿起一摞自己的诗稿。

朱淑真　“女子弄文诚可罪，那堪咏月更吟风。磨穿铁砚非吾事，绣折金针才有功”！本可烟火红尘，今是空花泡影……

〔谁想病中伤怀，手持不稳，手中诗稿落入火盆中。朱淑真大惊欲救，诗稿已经在火盆里燃烧。朱淑真对着燃烧的诗稿绝望摇头。

朱淑真 敢则被高堂言中，是诗词误我，诗词误我啊！
（唱）【仙吕入双调】【沉醉东风】
这久情昵顷刻火焚，
把素憨痴从头化烬。
火扬舌，焰张唇，将谁笑哂？
金钗堕泪销清恨。

〔朱淑真突然发疯一样把桌上剩余的诗稿也撕碎了，一张张投进火中。

朱淑真 （唱）【仙吕入双调】【沉醉东风】
一行花笺字湮，
一瓣文心笔尽。
断烟嘲残炙痛，
到头影孤此一身。

〔暗转。

〔朱淑真痛苦地躺在床榻上。

〔小眉上。

小　眉 小姐，吃药了。

〔朱淑真摇头。

小　眉 （吹药，试温度，将药递到朱淑真唇边）这药趁热喝下，效用最佳！

朱淑真 我无有病。

小　眉 好姐姐，你病已沉重，就莫再与我置气了！

朱淑真 我无有病！我心下清楚得很！

〔朱淑真把药推洒，小眉将药放在书桌上。

小　眉　好，好，你无有病！你这是魔住了！是……是疯魔了！你这般模样，便是大罗神仙也救不回来……（哭）

朱淑真　小眉，如今连你，都不信我……

小　眉　小姐我——唉，都是诗书做的孽！我又学什么诗呢……

〔小眉哭下。

朱淑真　俱是诗书做孽？俱是诗书做孽？“门前春水碧如天，座上诗人逸似仙”，是这句做下孽来？“初合双鬟学画眉，未知心事属他谁”，是这句做下孽来？是我萧郎，做下孽来？！

〔朱淑真强撑起来，作画。

朱淑真　（唱）【仙吕入双调】【玉交枝】

半生里痴缠诉尽，
入诗句情投意真。

萧郎呀，

怎不得罗绢笔染才郎俊？
强挣着病乏昏昏，
供袖儿怕涴了红泪痕。
硬拿捏管提毫运，
软拖涂秀骨灵神。
呀，恰便是吾这词心梦蜃！

〔纱幕后灯亮，魏仲恭出现。

朱淑真　画出来了！画出来了！寄我一生心，萧郎画中明！

魏仲恭　待将抱满中秋月，分付萧郎万首诗……

朱淑真　（喜悦地）萧郎！我半生笔墨为君吟作，今夜君可与我酬和？看雪月梅花，正堪题咏，乞赠清词一阕，未知君意可予？

〔与萧郎指点梅花，搀行共赏，吟诗酬和）

朱淑真　（唱）【仙吕入双调】【江儿水】

曲廊香暗引，

料得梅色新。
正待着莺莺语语酬和韵。
痴痴懵懵啼痕揾，（萧郎为朱淑真拭泪）
这兜兜转转词情亘！
又讲甚诗魔自困？
百转情真，
守定个梅初方寸！

〔魏仲恭定点光渐收，暗下。朱淑真一人对着虚空。

朱淑真 傲寒风里，半生吟作半为君，抱香枝上，一心守定一心人！

〔舞美布景中最后一朵梅花从枝头飘落。

〔伴唱：

粉泪共宿雨阑干，
清梦与寒云寂寞。
晓风漂泊，
端的为谁零落，为谁零落。

第五场

〔淳熙九年，杭州旅馆。

〔同第一场。

祝书生 唉，小娘子一曲琵琶如泣如诉，听得我老祝都要落下一把英雄泪了！

歌　女 皆赖是小姐诗词动人，奴家不过借意弹奏。倒是二位公子，知曲解意，犹胜江州司马。

祝书生 哈哈，说得好！今日祝某，也算个“杭州老祝青衫湿”！（看自己）哎呀，穿了个红的！魏兄，你说是也不是？魏兄……魏兄？

魏仲恭 奈何佳人颜色如花，命，却如一叶飘零！可惜可叹可恨呐……

祝书生 啊？可恨什么？

魏仲恭　可恨世无知音，她竟郁郁而终！可恨这等不世才女，竟无良人珍视护佑！

歌　女　但凭公子此言，就可算是朱小姐的知音了。

魏仲恭　知音么……呵，仲恭还有一事相求。

歌　女　公子请讲。

魏仲恭　小姐声名被人所污，诗词为父母所焚。惊世妙笔，传世孤零。仲恭叹息不足，自当援笔而书！聊慰朱小姐泉台孤寂！

祝书生　哟！这年轻人！

魏仲恭　烦劳小娘子将所知诗词一一口传，仲恭必当重谢！（一拜，掏出钱袋）

歌　女　公子，如此重酬，奴家当不得！

祝书生　（拿起魏的钱袋）人家一片护花心无处寄放……有了这钱，谋些生计，再不需风餐露宿，唱曲谋生了！（背身给歌女）

魏仲恭　这曲么，还请小娘子传唱于世！

祝书生　啊？还唱啊！

魏仲恭　淑真小姐心血笔墨，怎可，泯灭街巷之中……小生当为小姐奔走，寻其佚句，整其残篇，编就《断肠》词集！

歌　女　（想起什么）哦，心血笔墨……公子稍待！

魏仲恭　请便。

〔歌女拿画轴。

祝书生　嗨，真是个痴人！魏兄，若是有你，料想那朱小姐就无需痴梦一个萧郎，送了性命。凭你这点痴劲儿，你俩倒是天生一对，地造一双！

魏仲恭　我魏仲恭，只恨未能早生三十年！

歌　女　二位公子，此乃朱小姐所作萧郎画像。

祝书生　哦？此画尚在！

魏仲恭　小姐仙逝之后，画图书稿，不都已付之一炬了么！

歌　女　当日朱小姐一病而亡，朱家人将其遗作，同棺焚毁。师父不忍，拼死抢出此画——

魏仲恭　侍女小眉，就是尊师？

歌　女　正是。为了此画，师父逃出朱家，流落乐坊。弹词唱曲，漂泊江湖。师父临终托付，几经变故，且喜此画还在——

魏仲恭　一代红颜，心中至爱，不知是何等风姿……

祝书生　哎呀，打开一看便知！（抢过画轴）

〔歌女帮忙同展画轴。祝书生、歌女看画，惊，转看魏仲恭。

祝书生　（惊呼）魏、魏兄！

歌　女　怪道公子面熟，原是和这画像一般无二！

〔魏仲恭夺过画卷。追光。魏仲恭手持画卷，呆呆看着，如同对镜自照。他突然疾行几步来到前场，将画贴在胸口，缓缓抬头看天。

〔伴唱起。

〔伴唱：

门前春水碧如天，
坐上诗人逸似仙。
白璧一双无玷缺，
吹箫归去又无缘。

〔剧终〕

日本能率协会『管理的基本』丛书

役員・いかにあるべきか

管理的基本丛书系列

经营者到底应该怎么办

最新力作

[日] 畠山芳雄 著

马英萍 译

東方出版社

目录

前言

“失去的10年”是大收获

20世纪90年代，日本经历了长期的经济不景气。人们称之为“失去的10年”，但我认为毋宁叫做“大收获的10年”更贴切。

仔细想来，那些岁月虽然含辛茹苦，但是日本企业在进入一种“高压釜”的状态之后，对长年无效的体制进行了伟大改革，迎来了新的飞跃期。

首先，日本企业在这期间完成的最重要的体制改革是解决了劳务费总额的问题。1995年前后，日本企业开始努力大幅降低劳务费负担，通过机构整合、控制正式员工人数、增加派遣职员等的一系列人员结构改革，这个问题基本得到解决。这成为恢复盈利的有利因素。

其次是企业在“选择与集中”的口号下进行了销售

额结构的改革。很多公司将重点集中在几种优势产品上，将市场占有率低的亏损产品的生产销售转让给其他公司或终止生产。最近日本企业的ROA（资产回报率）为5%，和美国同等水平，在全世界屈指可数。

第三是企业推进了对日本典型的“顽固症”之一——集团企业的改革。以前子公司作为集团企业的附属物，其干部由上级指派。很多集团对各公司的不良体制放任自流，不认真解决。在集团深化连接决算和解除控股公司的背景下，各公司通过更换人员、对固定规模的再编精简人员，使员工精锐化。这样，各公司变为类似于事业部的组织，名副其实地成为担当全公司收益的重要角色。

最后是由于企业重视研究开发而确立了新商品的连续开发体制，并将压缩成本的工作长期持续化。作为改革的原动力，经营者层领导力的提高也是特别值得一提的收获。这期间，管理模式守旧的经营者逐渐退出，取而代之的是锐意进取的经营者。尽管还残留着问题，但管理质量有了大幅提升。可以说，长期的不景气正是这些改革的源泉。

另外，这期间经营者层所处的环境也有了很大改变。企业解除了控股公司，将董事会和执行委员会分开，为加强各职能而修改了法规，通过设置委员会增加了公司外董事，实施时价结算，为提高企业竞争力、管理的透明度和社会信誉等进行了一系列制度改革。

日本企业借助经济的不景气，完成了伟大的体制改革。企业的经营者们似乎可以相信他们自己的能力，但是我希望他们不要像泡沫经济前那样因自大而导致失败，希望他们向着下一个时代的课题奋勇前进。

本书主要面向社长以下的执行董事，令其思考各自的任务，特别对新上任的执行董事要能够起到帮助作用。作为一个企业管理指导者，我衷心地祝愿大家成功！

畠山芳雄

2005年6月

第 I 章
经营者的基本课题

作为经营者，在工作时首先要对自己的经营抱有坚定的“信念”。为此，经营者应该回归经营的本质，重新审视通过自身经验得出的经营观，重新建构自己思想的基石。

1　对经营的信念

一个人对自身经营的信念乃至经营观，是支配他的决策和行动的重要基石。 没有明确的思想就不能成为一个经营者。 而信念应该是本人在从商经验中形成的独到见解，从别人那里领受来的想法大多派不上用场。 经营者层抱有很多想法，只有通过相互切磋才能进行正确的经营。

这里所说的经营观，是为了让大家认识自己的想法而阐述的一种思想，说到底是要给大家起到一个反射板的作用。乍看起来，这种抽象的思考似乎不切实际，但对于经营者是非常重要的。希望大家能充分利用这个“反射板”，提炼出自己的思想。

❖——信誉·质量·成本

我们在考虑经营时，有必要从两个角度来看。

首先是从外部看经营，也就是企业对社会整体应该发挥何种作用。其次是为了发挥这种作用，企业内部应该怎样做。

社会对企业的要求，一句话，就是更低廉地提供更优质的商品和服务，以提高顾客的满意度。商品的质量不仅要更优秀，而且要稳定，没有参差。企业为压低成本而进行的长期努力不仅是为了增强在国内外同行业中的竞争力，同时也是为了达到垄断目的。

住宿、饮食、旅行、金融等服务都是无形的商品，其质量难以评估。因为这些商品大都依靠人员，所以企业需要特别努力。

最近，各种食品事故和汽车的召回事件、职员的违法行为等使企业丧失社会信誉，严重影响经营的事件明显增多。无论企业在质量和成本方面付出多大努力，这些事件都会使成果功亏一篑，并导致企业在之后的很长时间难以恢复。

如此考虑，从外部看经营，社会信誉要优先于“提供物美价廉的商品”，如图Ⅰ－1所示。

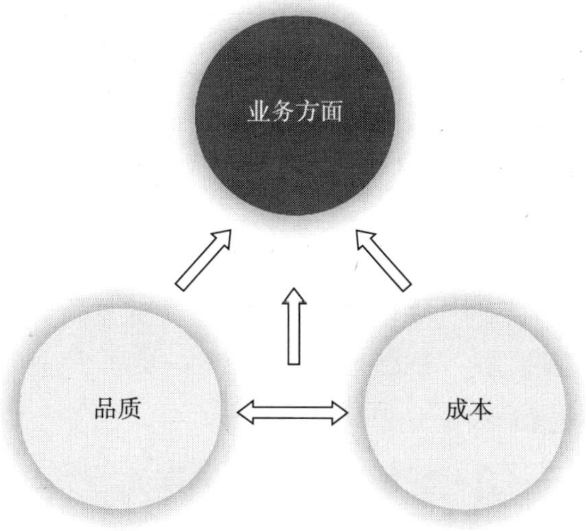

图Ⅰ－1

❖——业务与人力

从内部看经营，可以将其分为两个方面考虑。

首先是“业务方面”，即努力提高产品质量，降低成本，并使企业持续发展的方面。 企业要以此来保持并提高顾客的满意度，需要进行多方面的活动。

其次是“人力方面”，即提高员工的信任感，增加工作乐趣，提高员工的工作能力，也就是创建以企业为单位的“良好社会”。这两方面本身就是经营，绝不是发展业务的手段。

业务方面和人力方面是相辅相成的。一方面，如果公司业绩因物美价廉而增长，员工也会增强自信，士气高涨；另一方面，如果企业成功地培养出人才，有才之士增多，业务上也会取得成就。这两方面既可以形成良性循环，也可以形成恶性循环。

业务方面面对顾客，人力方面面对内部员工。企业中不仅包含这两项，还包含与股东、金融机构、外包公司、当地居民等权益者之间的关系。维护企业与这些对象间的信任关系，达到双赢的目的，是业务和人力两方面形成良性循环的重要条件。

企业应以更低廉的价格提供更优质的产品，博得顾客的满意，彼此达成信任，愉快地打造人才成长的环境，提高经营利害关系者的信任度。可以认为，将这些相辅相成的因素朝着良性循环的方向发展就是经营，如图（Ⅰ-2）所示。

❖——利润不是目的只是结果

这种观点认为所谓经营就是使顾客和职员满意，作为结果企业可以获取利润。

经济学假设人人都有追求利润的本能，在此基础上创造出理论。有人将这种想法直接用在管理领域，认为所谓经营就是追求利润。这个观点对以前小规模的个体经营者或许适用，但在当今资本与管理分离、企业规模和社会影响极大的时代，将经营作为追求利润的手段，可以说是百害而无一利。

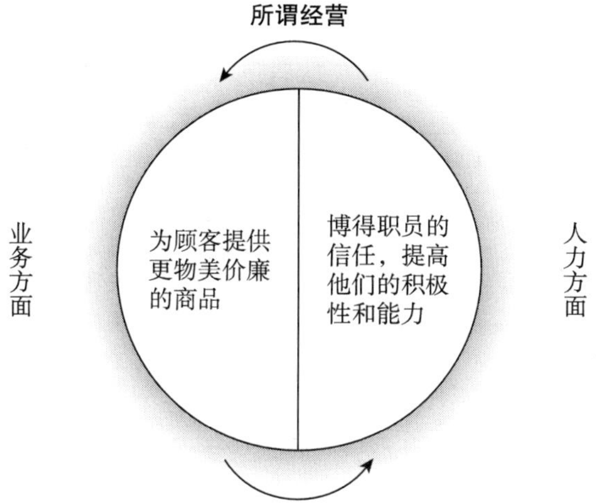

图Ⅰ-2

如果企业将利润作为经营的目的，顾客就不是企业为之服务的对象，而成为企业提高利润的手段，说到底，只能是被榨取的对象。如果一个企业这样想并这样做，消费者就不会响应。

企业将利润作为经营目的的同时，也会视员工为提高利润的手段，因此经营者层就无法博得职员的信赖。

这种以利润为中心的想法本身存在着巨大的矛盾，因此难以套用在当今的经营管理上。

如果企业认真体谅顾客，力争为顾客服务，利润就会自然上升；如果经营者真心信任职员，凭着他期盼职员成长的心愿，经营就会得以发展。企业将利润当作结果还是当作目的，直接影响着第一线员工的行动。因此，这个问题十分重要。

❖——重建中的利润

然而，之所以存在将利润视为经营目的的倾向，是因为根据经营局面，有时企业必须以利润为中心考虑问题。当企业经营不善濒临重建时，为了维持经营，不得不暂时以盈利为目的。但只限于经营面临危机的特殊时期，一旦经营恢复正常，企业仍应把顾客和职员的满意度放在第一位，端正以利润为结果的态度。

另外，不可否认企业内的体系往往是造成以利润为目的的根源。

伴随着经营的大规模化，企业中的业务部组织发展起来，利润以百分点为单位进行计算，成为会议讨论的对象和评价职员的标准。经营者层暂且不说，第一线干部和一般职员很容易产生“一切为了利润”的错觉。

企业应该抑制过度的利润百分点制，更多地探讨如何提高顾客满意度、如何加深职员的信任感、提高他们的积极性、加强对他们的培养。然而在现实中，企业往往只讲利润以及和利润相关的“数字”，从而导致利润意识过强，产生了很多副作用。

当然，利润为企业的新产品开发等各项经营活动提供所需的资金，也可以作为预备金以备不时之需，同时又是企业维持经营的必要手段。但是，如果以此为目的进行经营就会产生很多危害。确保必需的利润是经营者层和高级干部所考虑的问题，从企业整体而言，应该把满足顾客作为中心问题考虑。

2 经营者应该发挥的作用

❖——工作的意义与风险

一般来说，新上任的执行董事或董事会董事可能有些腼腆，但内心充满喜悦。

即使部门内没有人事调动，只是原部长升任为执行董事，人们的看法也会发生改变。升任董事的人可以领到退休金，告别了普通职员的身份，这本身不能不让人感慨。

但升职也并不尽是好事，董事会董事的任期一般是两年，如果不续聘就只能退休。日本的公司一般都比较“重感情”，不会轻易辞退董事会董事，但今后只聘一期的董事也许会多起来。舍弃情感、按章办事是国际化形势下日本企业界今后的主流。

如果新任执行董事的最初任期是“失望的两年”，那么解聘相对容易些，事实上那些不求有功但求无过的执行董事也应该被淘汰。所谓“董事”并不是职员的“青云直上”，升任董事虽然值得高兴，但危险性也很大，它意味着崭新的开始。

❖——担负起历史使命

如果用一句话概括董事的作用，那就是：

- 继承前人课题；
- 实现自己任期内的目标；
- 发展事业，移交下一代。

董事在企业中肩负着他所负责领域的历史使命。新上任的董事必须和前一代董事的做法有所不同，这是因为时代环境在改变，因此董事要在企业的漫长历史中担负起使命，使企业有所发展，然后把接力棒交给下一代。

董事上任后，应该甘心接受前任董事因决策不当而造成的后果，并努力解决，或者完成前任董事部署好的工作。另外，要实施自己任期内应该实现的自主课题，使企业有更大的发展。并且，要为后人部署将来的工作。

董事从上任到退职应该完成下面三项工作：

1 继承课题

处理前任遗留的课题，使之开花结果。

2 自主课题

实现自己任期内应该完成的目标。

3 预备课题

为后任进行必要的部署。

❖——最终结果责任

董事是企业经营或者部门内经营结果的最终责任人。

董事最根本的责任首先是维持企业生存。因此，当企业陷入濒临破产的境地时，董事作为经营者应该引咎辞职。这是企业社会中最重要的一条规则。不仅是企业的最高经营责任者，包括负责企业部分管理的董事，无论辞职与否，都应负起责任。在独立法人的经营者无法应对资金短缺时，就客观表明企业无法存续，企业应该将他辞退。

另外，当业绩大幅下滑、或因个人行为导致巨额损失、企业遭到社会质疑、今后可能产生巨大损失，或者从自己的责任感出发认为自己已经不称职的时候，作为董事，应该引咎辞职。

一般来说母公司或集团子公司的董事如果在应该承担后果时不去承担，那说明此人有潜在的身份特权意识，或自恃曾对企业劳苦功高。

过去的贡献不应是自己考虑的事情，而是别人考虑的事情。

❖——被动上任·主动退职

董事是受人委托上任的，不应该是自己谋求的。

主动谋求董事职位是个人的自由，但这种行为会招致身边人的不信任，即便成功，以后的工作也会不顺利。有时这种野心还会造成公司内派系林立，针锋相对，引发内讧。

如果你不能博得现任经营者阵营的充分支持与信任，就应该拒绝升任董事。作为经营者阵营中的一员，你要和他们共同承担决策与结果。这和科长晋升为部长有本质的区别。由于不慎重而导致的悲剧在现实中数不胜数。

另外，执行董事和董事会董事要自己主动提出退职，不能由组织决定之后，自己很不情愿地“被解聘”。这条原则不仅限于董事因经营失败而引咎辞职时，在董事经营成功，培养好了接班人，从近期情况看自己的任务已经完成时，也应该自己主动提出退职。

所谓董事要经常考虑整个企业的现在和将来，为企业选择自己认为的最佳道路。当自己的实际作用已经完全发挥，或者断定新人的登场将为企业带来新活力，对整个组织更加有利时，董事应该毫不犹豫地引退。

对于当今时代的经营，组织的新陈代谢是极其重要的。作为董事，在过去或许可以经受环境的不断变化并指导新的变革。而在当今，这不过是个想法而已，董事也许无法经受接下来发生的变化。如果董事做不到急流勇退，也许会给公司带来巨大损失，从而抹杀了自己以往的功绩。

在日本，社会提倡企业明确决定员工的退职以及进退去留，这使得员工没有必要主动退职。关键是董事对整个组织抱有多大的热情，能否正确认识自己在组织中的位置。

如果一个董事注重自身的现实利害，即使失败了也拼命守着职位，直到被勒令退职，他就得不到“神的救助”。但如果他树立了丰功伟绩，并在人们的惋惜中离开，在他的面前自然会展开新的道路。

3 经营者必要的能力

❖——超越行业之别的能力

董事的业务能力不应只限于某个特定行业，董事应具有超越行业之别的经营能力。

现实中的企业由多种不同的业务组成，董事负有指导企业发展和再建的责任。这个现实说明董事应具有超越行业之别的经营能力。集团企业大都经营多种不同的业务，而新业务的开发无非是对不同业务经营的挑战。因此，所谓董事就是超越行业之别的业务经营专家。

对于董事来说，不同行业的技术和经营经验与知识并非本质的东西。这些方面的问题，只要董事灵活起用具备专业知识的人才就可以解决，如果组织内部没有，也可以从外部调入。作为董事，最关键的是要具备鼓舞部下士气、团结他们的能力和力量，在市场、技术、人们头脑的转变中牢牢抓住业务经营的要点、决定前进道路、实现目标的能力。

现实中的董事有两种人，即无论事业大小，曾经指挥过综合经营的有经验者和无经营经验者。前者又分为有单一行业经验者和有多种行业经验者。考虑到今后时代的变化，可以说企业中有经营经验者越多、有多种行业经验者所占的比例越高越有利。

没有业务经验的各领域指导者，例如人事、会计、环境等部门负责人对于经营也很重要，但条件是他们要具备对公司上下各级的卓越指导能力，和预见事物、辅佐社长的能力。

这样的指导者也最好是有业务经验者，数量以少数精锐为宜。

❖——改革

董事要亲自进行改革，指导部下改变业务和人心，改变经营体制。

董事必须创建新业务，重建业绩不良的业务，复苏体制不健全的业务，并决定需要退出的业务，这些是董事的主要任务。 而内部调整、会议、部门走访和帮助部下等维持管理业务应该控制在最小限度。

业务工作可以分为维持管理和结构改革两个方面。前者指准确无误地管理日常业务，后者指用与以往不同的新思路改变人们的观念，改革业务和个别工作，创造新的利润。

维持管理的职能在一线员工层所占的比例最大，而结构改革的职能在经营者层达到最高比例。 如果一个董事不具有通过改革创造巨大利润的能力，就不能称之为董事。

在日本企业社会的环境中，有很多维持管理方面的杂务，非董事出面不能解决。 从收集新信息的意义上说，这也未必全是无用功。可是，如果董事把这种工作当做主业，而不能发挥关键的结构改革主导者的作用，那就是本末倒置了。

❖——最大限度地发挥组织作用的能力

董事还必须能够最大限度地发挥组织内部人员的力量，迅速改变组织环境。

董事是否具备这种能力，可以从他上任后是否迅速改变了组织内部气氛，是否充分发挥了组织作用表现出来。经营者层不单要进行业务改革，还要改变人们的观念和组织环境。

董事要具备改变部下观念的强烈冲击力。当外部变化使得内部的原有观念越来越不合理时，否定原有观念，以新思路给全体成员洗脑是现任董事的职责。董事不能纵容公司内的任何恶劣风气，董事的“破坏”活动应该首先对准“公司禁忌”。

另外，董事还应该擅长培养人才。董事是否能在自己负责的领域培养出建功立业的人才，能否向其他领域输出人才，这些人才能否成为公司的中流砥柱，这是评判一个人是真正的董事还是徒有虚名的依据。

董事应该有能力通过引进新思想、调动员工积极性、培养人才等综合活动，最大限度地发挥组织作用。

❖——善于协调

董事要善于协调各种意义上的平衡。

首先，在业务和人力两个方面，董事要投入各种努力争取实质性提高，同时要注意不能偏重某一边，要努力使两方面的成果产生相互促进的相乘效果。

另外，董事还要在开发、生产、销售、资金等各部门活动中把握平衡。这些活动如果失衡就会导致赊销金过多、产品积压、延误交货、库存不足等问题，给经营带来损失。

调整当前和未来的平衡是董事的重要职责。提高当前业务的生产，提高利润，将其中一部分用作对未来的再投资，这是经营活动的基本机理。董事既不能安于目前的巨大利润而怠于投资，也不能在利润少的情况下支出过多的投资，导致业绩恶化。

在股东、工人、内部保留等方面，按何种比例分配利润也是一个重要的问题。社会性支出和经营支出的平衡、降低成本和保证质量、维持管理和革新等各方面的平衡都非常重要。

这里所说的平衡不是指将矛盾的双方通过妥协达到折中。因为将双方相加再除以二的妥协性决定缺乏一贯性，往往结果很不理想，因为当事者双方都不能满意，容易导致工作积极性受到打击。

1 选择可以双方共存的第三条道路。

2 首先排除两方面共同的根本问题。

3 从经营的全局出发，优先考虑重要的一方，次要的一方延后。

无论如何，董事要从全局出发，按照自身的明确意志调整平衡，不可以模糊问题或进行妥协。

4 今后的环境变化及应对

董事在履行职务的时候，要应对顾客·员工·社会这三个对象正在发生的重要变化，博得他们的信任，并满足他们的期待。

❖——树立社会信誉

离开社会的充分信任，企业就没有持续发展的可能。 所以，一个企业的发展最好能够得到社会的尊敬。

然而至今为止，企业因发生招致社会质疑的事件，而使先辈长年建立起来的信誉毁于一旦的事情依然反复上演。特别是最近，由于重大食品事故、各种违法事件、汽车的召回隐瞒事件等，面临存亡危机的企业逐渐多起来。

企业正确地履行社会责任，维持自身生存的活动叫做 CSR（Corporate Social Responsibility）。其中包括积极为社会做贡献的活动和维护信誉的活动，这里我们要探讨的是后者。

首先，董事在进行决策时，要经常用“复眼”去观察问题。要养成在考虑“从企业的立场出发，这样做是否合适”的同时，思考“从整个社会来看，这样做是否正确”的习惯。

我们经常习惯站在企业的立场，围绕利润和生产考虑问题，而把作为一个人这样做是否正确作为次要问题。这样一来，如果两者之间不矛盾就没有问题，但是最近两者相矛盾的情况很多，这是检验董事真正价值的时候。

成为社会性大问题的事件往往因董事缺乏“复眼”、考虑不周所致。因此，董事不能只着眼于企业内部理论，还应该反复思考企业的社会形象、作为一个人这样做是否正确等问题。

❖——预防措施

此类招致社会质疑的事件应该以预防为主，一旦发生就很难挽回社会的信任。

首先，董事在了解自己负责领域实际情况的过程中，要确认部下和干部是否都真正把握了业务状况，研究所需的措施，查看业务相关的法令法规和实施细则，预测可能发生的问题，对所有相关人员强调问题的重要性，通过讨论实现“复眼”思考。

各层部下间的良好交流非常重要。特别是董事应教导部下“情况越糟越要及早汇报”，而好消息可以推迟汇报。如果董事可以在问题的萌芽期采取措施，防患于未然，就可以将实际损害降低到最小。

人们都喜欢尽快汇报令上司高兴的消息，拖延汇报令上司苦恼的消息，然而越是糟糕的消息越有必要尽早采取措施，贻误战机会导致严重后果。

要强调和养成这样的汇报习惯，董事自身必须注意接受部下汇报时的表情。听到好消息就高兴，听到糟糕的汇报就生气，这样没有城府的董事是不称职的。

缺乏沟通往往是由于领导反应过激或过于繁忙所致。大家应该知道，汇报延误的主要原因多在上司一方。

关乎社会信誉的事件，其解决速度决定着结果成功与否。董事首先要及时获取信息，然后立即采取行动。一旦得知情况，董事要将其放在所有工作之前优先处理，要身先士卒以一泻千里之势排除问题，力争尽快解决。这种时候的行为方式是检验一个董事素质的尺度。

❖——关心法律

最近政府实施了很多和企业运行以及董事行为相关的新法规，并对一些法规进行了修改，如果董事对这些漠不关心就无法工作。所有的董事都应该关心法律，注意依法经营业务。特别是技术方面的董事值得注意的事项更多。

在董事和法律法规之间的关系中，具体的法律条文不是问题，而正确把握法律精神和自己所在企业的接合点，在此基础上采取行动才是重要的。从这种观点出发，我想阐述两三点大家最近需要明确的事情。

❖——控股公司和集团经营

第二次世界大战后，伴随着财阀解体，日本仿照美国的《反倾销法》制定了《禁止垄断法》，其中明令禁止纯粹的控股公司。所谓控股公司，是指以占有和操控股份制集团企业为目的建立的公司，其中包括不直接进行业务活动，只专注于集团企业发展的纯粹控股公司，以及一面经营实业，同时操控集团企业的兼营控股公司。二战后为防止旧财阀复活，前者“纯粹控股公司”被长期禁止。而近年来这种危险已不存在，又因为国家加强国际竞争力的必要性大大增强，因此 1997 年 12 月此法规被解禁，从此自由成立和运行纯粹控股公司成为可能。

以前，因为所有大企业都是兼营控股公司，而这种形态的企业经营者多把精力放在母公司直辖业务的业绩提高上，将子公司作为二次附属物，作为母公司决算操作的手段和解决退职董事、职员去处的场所，加上一些本身经营不善的子公司，很多公司业绩萧条。

可是，纯粹控股公司分离了母公司的直辖业务，使母公司和其他子公司地位平等，一律作为经营对象认真指导和监理，普及了连接决算制度，确立了集团经营的概念，提高了业绩。

新上任的集团企业董事为避免重蹈以往集团企业时代的覆辙，需要特别努力。具体做法请参照本书第Ⅲ章“集团子公司董事的通病”。

另外，子公司的董事上任后，要磨炼自己作为集团企业的指导者和支柱的能力，开创或重建新业务、通过维修与装配进行经营改制、转让或解散某些项目，锻炼自己的经营技巧，任何时候都要作为集团企业经营者的一员，对其他子公司起到模范带头作用。

❖——董事会董事和执行委员会执行董事

日本普遍的高级管理者形态有会长、社长、副社长、专务董事、常务董事、一般董事，这些职位自高至低呈阶梯状结构。 根据《商法》规定，这些成员全体组成董事会，处理日常决定。 董事会之上还有最高决策机构——股东大会。

但事实上，全体企业是由会长、社长以下的内部董事进行管理的，《商法》的规定不过是套用在这种现状上。 因此，股东大会和董事会只是一个形式，重要的决策一般由内部主要董事组成的常务会或副社长会做出。

这种形态适用于规模小的企业，一旦企业规模扩大，具有较大的社会影响力，就会产生各种矛盾和弊病。 比如发生社会问题时，公司的最终责任者不明确，企业的管治能力出现问题，相同价值观下成长起来的内部董事们自以为是的决定受到社会批判，董事录用上的人事及待遇的决定过程缺乏透明度等等。 另外，由于监察董事的监察受到限制等原因，企业违背法律制度的批评声也会越来越高。 外籍大股东的增多也是日式企业习惯不再适用的一大原因。

❖——经营者结构今后的发展方向

鉴于这种形势，企业正在进行各种改革。

改革的第一个方向是将“董事”和实行经营管理的“执行者”分开，董事决定经营的大方向，监管执行董事。 为使董事的讨论发言更加有效，企业要精简董事人数，明确各自责任。

第二个方向是增加公司外董事，人数尽可能过半。这样做一是可以防止企业只着眼于内部、做出偏激决定，二是可以促进企业扩大社会视野。商法特例出台了“委员会等设置公司”制度，促进企业向此方向改革。其内容包括企业董事过半数应为公司外董事，设置以公司外董事为主导的“指定”、“报酬”、“监察”三个委员会，负责指定董事和执行董事、决定报酬，以监察委员会取代监察董事等。

社长以下的执行董事由董事会指定，服从董事会决定的方向，完成业务。

高级管理者的组织正处于再整顿的过程中，还存在很多问题，例如企业虽然将监督职能和执行职能分离开来，但很多时候董事兼任执行董事，职能划分不明确。尽管如此，无论是大规模企业或受到社会批评的公司，都会逐步朝这个方向改进。董事应该了解这一变化趋势，积极活动。

另外，随着股东的国际化，为了使会计准则在世界范围内适用，企业进行了连接决算、时价会计、季度决算义务化等改革。作为董事应该更新会计知识。另外值得注意的是各行业法规都在变化。

董事在自己研究这些法规的同时，应该充分利用公司内法律部、专利部、环境管理部或顾问律师，确保业务实施的合法性。

❖——顾客满意管理

这里所说的顾客满意（Customer Satisfaction，CS）管理是指有组织地、有持续性地建立顾客满意度。

为顾客提供物美价廉的产品，赢得顾客满意就是“经营”。而今天，经营的这一定义之所以重新拥有重要的意义，背景就在于经营的服务化。

在激烈的企业间竞争中，各公司的产品即硬件部分的质量越来越接近，几乎没有太大差别，结果突出了服务即软件部分的重要性。一个以服务质量决定经营优劣的时代来临了。

所有商品都由“产品”这一有形部分和“服务”这一无形部分构成。宾馆、餐厅、旅行社、主题公园等服务产业以销售无形的服务为主。而制造业的商品以在工厂生产的产品即有形部分，和流通、零售等服务即无形部分两大部分组成。例如食品除产品本身外还包括运输、拆分和包装成容易销售的单元、贴价标签、摆放等人力方面的服务。可以说，在所有商品中服务都是一个十分重要的组成部分。

企业习惯了有形部分的管理，但对于管理无形的服务还不习惯。由于服务是无形的，难以评估质量，所以无形服务的管理比较困难。另外，由于服务是在生产的同时被消费，没有库存，这种固有的性质决定不合格的服务不能修改、不能退货，所以一旦企业提供了劣质服务就会立即失去顾客。

并且，由于服务基本上是由人来提供的，无法像物品一样用机械大量生产规格产品，所以质量上容易出现参差不齐。由于企业在多家店铺采用多人并行的作业向顾客提供服务，所以无法逐一监督服务的提供方法。因此，服务的质量问题要远远难于物品的质量问题，在经营上需要特别动脑筋。

❖——事前期待的充分度

何谓顾客满意度？

在购买所有服务时，顾客一定会抱有“事前期待”，或对服务水平的预想。比如顾客在乘坐出租车时，他的事前期待最多不过是招手后出租车停下来，车门自动打开，坐上车后司机静静等待，告知目的地后司机默默地启动车子。

如果事情超过顾客的期待，顾客坐上车后，司机摘下帽子回头和顾客打招呼，顾客可能会感觉很好。而相反，如果车内有烟味，顾客就会感觉不快。也就是说，“出租车的质量”标准就是顾客事前期待的水平，服务质量在期待水平之上，顾客就满意；反之，顾客就不满。

一般来说，服务的质量取决于顾客事前期待和实绩评价的关系，如图Ⅰ－3所示。如果实绩评价超出顾客的期待，顾客就会反复光顾，客源就会稳定；而如果实绩评价在顾客的期待之下，企业不但会失去顾客，而且还会成为反面宣传，失去其他可能光顾的客人。因为顾客不尝试服务就不知道质量如何，所以会期待听一听接受过服务的人的感受。因此，口头宣传具有很大的威力。

顾客满意度

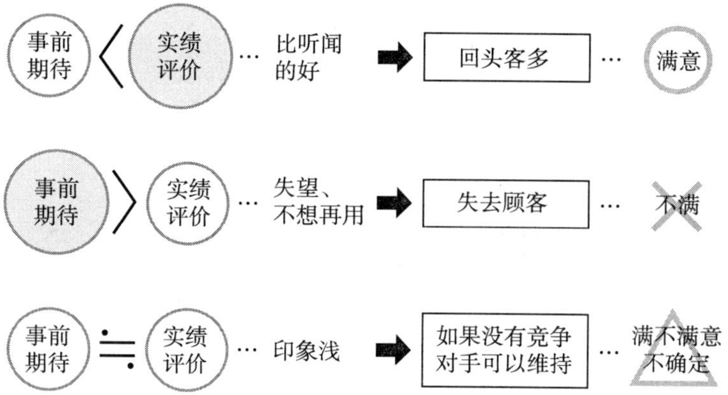

图Ⅰ-3

在服务现场切实地提供超过每位顾客事前期待的服务，对于保证顾客再次光顾、通过顾客口头宣传以期增加新客户都是非常必要的。这正是难以保证质量的服务管理最根本的课题。

顾客满意管理（CS 管理）的首要原则是让全体员工理解服务的特性，在管理上对顾客服务给予最高重视。

特别是直销的厂家和服务业，营业部门可以直接接待顾客。而通过销售公司、特约店、零售店进行销售的厂家则由其他法人公司和顾客进行实际接触。因此，包括钟点工和兼职人员在内的第一线接待者们每天在各自的岗位上接待无数的顾客。

顾客的需求时刻变化着。企业必须准确了解顾客是否真正对自己公司的产品和服务满意，有什么想法，有什么新的期待，并针对问题采取必要的措施。对企业与顾客的接触给予最高重视，这是今后经营的根本，如图Ⅰ-4所示。

CS的评估体系

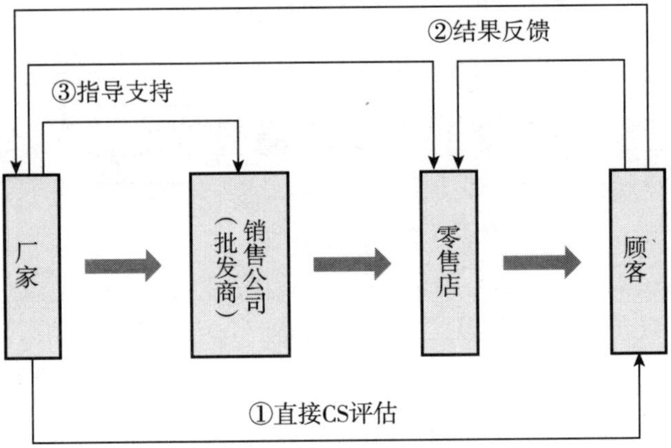

图Ⅰ-4

❖——职员满意度的问题

20世纪90年代的日本企业都苦于高额的总劳务支出。最后企业通过精简机构裁减人员，聘用少数正式职员，长期雇佣大量派遣职员或临时职员，暂时使该问题得以缓解。

在这种形势下，职员对企业的向心力也在发生变化。所谓对企业的热爱在职位不足的时代实际上不过是一种害怕失业的心理，职员对企业的归属意识也变质了，建立在员工必定渴望归属于企业这一前提下的管理也逐步瓦解了。

时代从企业选拔聘用员工向雇员挑选企业的阶段转变。那么，如何创建足以吸引优秀人才、充满魅力的工作岗位和企业呢？如何为员工打造能使他们开心地工作、完全燃起激情的工作环境呢？这个问题与顾客满意相对，是职员满意（Employee Satisfaction，ES）的问题，也是今后经营管理的重要课题之一。

职员满意和顾客满意密不可分。顾客的满意度由实际提供服务的员工的工作态度决定。如果员工们心存不满，又缺少必要的支持，他们就很难提供使顾客满意的服务。因此，ES（职员满意）和CS（顾客满意）是企业应该同时考虑的两个重要问题。

❖——魅力即变化

那么，对于职员来说什么是有魅力的工作环境？

可以说魅力的本质在于“变化”。如果认为薪水高的工作就有魅力，那么随着时间的流逝，高薪成为理所应当的事就不再具有魅力。但是，如果业务能不断改革，不断产生新业务，企业就会经常焕发活力，组织的环境也会不断优化。总之，重要的是让员工不知疲倦。

因此，董事必须要在自己负责的领域不断进行改革，带领全体成员不断向新的课题发起挑战。如果只是固守原来的格局，不仅这种经营本身很糟糕，董事还会被员工所离弃。

从员工的角度说，“魅力”包含很多层含义。首先是目前承担的工作本身的魅力，即目前的工作是否有趣，员工是否热爱；其次是工作环境的魅力。即上司在自己眼中充满魅力，工作氛围愉快自由，有要好的同事伙伴，能够相互帮助。另外，劳动条件也很重要。工资待遇要好，工作环境要有秩序，便于工作，福利措施要完善等，如图Ⅰ－5所示。

除这些因素以外，还有组织制度上的魅力。例如人事方面，公司应该有内部招聘制度，员工可以调换岗位从事自己喜欢的工作。现在，个人需求和业务发展是否能够高度一致，对经营来说是最重要的因素之一。

问题不是现在完善这些因素，而是让职员感觉到企业正在不断向这个方向改善，自己的周围环境正在发生变化。所谓魅力就是变化。董事要在自己负责的领域准确把握以上要素在目前处于何种水平，并持续不断地推进改革。

企业魅力的结构

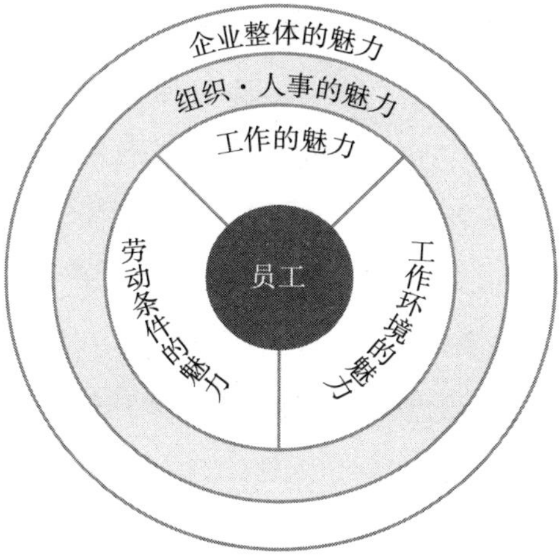

图Ⅰ-5

❖——提高部长科长的素质

对于提高职员的满意度（ES）至关重要的是自己负责部门的部长、科长的素质。如何能提高他们的能力，让他们创造出有魅力、吸引人的工作环境呢？

中层干部必须具备的、并且应该重点提高的能力是调动部下积极性——鼓舞士气的能力。当一个人由于人事调动进入一个新部门时，这个部门是否突然变得朝气蓬勃，全体成员是否一齐开始奋发努力，可以反映出一个人的鼓动力。

要调动大家的积极性，最首要的便是信任。如果一个人不为部下所信任，他就无法激励部下努力去工作。

是否能博得大家的信任往往取决于这个人是“利己型”还是“利人型”。比如，他是否对上司阿谀奉承、唯命是从，而对部下所做的一切都过于严格；是否将棘手的工作塞给部下，自己只做表面风光的工作；从人格方面看有什么问题，是否有打消部下积极性的毛病。董事要从这些方面检验全体部下干部。

善于确立目标，并让大家以目标为中心团结协作，这也是干部博得信任的必要条件。目标既不能自己单方面地考虑决定，也不能等大家的意见。干部应该让全体成员感到目标是他们自己的愿望，唤起大家的共鸣。

干部不能用量器称量部下，要培养真诚地和部下交流、悉心听取部下意见的习惯。也就是说，干部要更加深入地和每一位部下接触，了解他们的工作状况和他们目前的渴望及需求。另外，干部应该明确工作划分，使每一位部下都充满干劲和激情。

再有一点重要的是包容力。干部对部下不应有过多好恶的感情，要温和地包容全体部下，要有广阔的胸襟。那些感情用事，只偏爱能力强的部下，人格上有缺点的人不适合做干部。

干部对他的部下是否有煽动力、是否能因才适用使部下各得其所、有无包容力，从上司的角度难以判断。董事应该经常和各部门的第一线员工直接接触，在了解情况的同时，关注各部门的人员流动率。

❖——社会满意度

另外还有一个问题是企业应充分获得股东、金融机构、供货厂商、政府自治体、当地居民和全社会的充分信任，并与之保持良好的关系，这就是企业获得的社会满意度（Social Satisfaction，SS）

企业如果没有全社会的信任，就无法生存下去。股东、金融机构和交易对象等大多和企业有长期的关系。企业与外部的关系主要以经济利害关系为主。在处理这一类关系时，企业应该忠实地遵从诚实守信的原则，董事应该重视企业的社会影响力，逐渐整顿需要改善的地方。但是企业在处理和全社会或当地社会的关系时不能这样做，要从社会的角度出发，坚持本质的公正。

二战后，生产业为了提高日本社会的生活水平做出了贡献，但是由于个别企业引发的多起社会问题，大大地破坏了社会对企业的信任，不仅使这些企业，也使整个行业甚至整个生产业都受到损害。

这种事态今后将随着企业规模的扩大、以服务为中心的新型行业的增加、社会复杂化和员工对企业归属意识的变质而不断增多，绝不会减少。而这些问题有朝一日可能会突然作为你所承担并需要负责的问题发生。

提高上述三个满意度——顾客满意度、职员满意度、社会满意度是今后企业在经营中必须要做的重要工作。

5 战略行动四项原则

董事要进行战略性决策，并采取战略性行动。因此，要实践以下四项原则。

❖——将精力集中于重点

战略性行动的第一条原则是认清自己的业务重点，全力以赴进行突破，以此改变业务的全局。

董事目前面临的问题和过去相比发生了很大变化。那就是亟待解决的问题过多，且多个问题相互纠结。

但是一个人的精力和时间有限，以一个人的力量如果想解决全部问题，就会对每一个问题都缺乏解决力度，得不到效果，还会因精力分散而陷入疲于奔命的状态。

在这个时代，董事首先应卸下自己所有的问题，理清问题间的因果关系，弄清要想所有问题都迎刃而解必须首先集中精力攻破的问题。要突破一点改变全局，也就是说要抓住一点，集中精力进行突破（如图Ⅰ－6所示）。

如果一个人瞻前顾后，就不能做出一番大胆的改革；相反，如果一个人想做的事情太多就意味着什么都没做。董事必须把问题简化为将自己的力量集中于某一点。

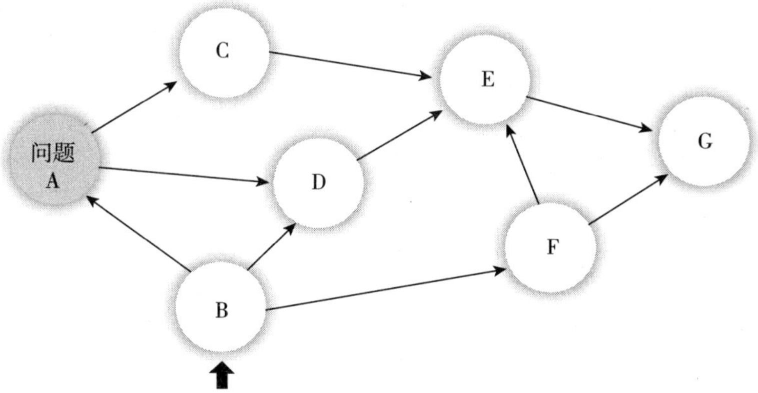

集中精力解决这一点，问题A、D、F就不攻自破，全局得以改变。如果分别解决末端问题，只要A、B得不到解决，终将徒劳。

图Ⅰ-6

将精力集中于重点是企业集团、单位企业、业务部门、部、科各级的共同课题，各级别的部门都存在需要集中精力的战略重点。而在现实纷繁复杂的环境中，应该将哪一点作为需要突破的战略重点呢？战略重点的选择是对经营者和管理者能力的考验。

❖——业务的选择与集中

在我国，任何一个行业都有很多同行企业，这是造成竞争过剩的原因。另外，在一家企业内，由于生产的产品种类过多，从效益好的产品到亏损的产品一应俱全，结果导致企业的平均利润率很低。

在商品种类过剩的问题上，希望通过种类齐全吸引更多顾客的综合性厂商主义，和不能落后于其他公司的形式主义起了很大作用。但是，同行企业的增加导致了竞争过剩，随着企业的亏损商品增多，这种想法已然不能成立。

因此，20 世纪 90 年代在生产业长期不景气的情况下，“选择和集中”的想法顺理成章地得到普及。很多企业将生产集中在具有国际竞争力的几种产品上，将重点集中在以往分散、不充分的研究开发和设备投资上，通过并购提高市场占有率，保证高利润。

但是另一方面，也有些企业由于经营者下不了决心，整理产品种类的能力较弱，虽然进行了讨论却迟迟不转让或退出项目，渐渐成为行业中的“多品种孤儿”。企业董事集中业务的实力遭受着考验。

❖——长远目标

战略性行动的第二条原则是长远目标。

现在各行各业占有压倒性优势的优秀企业都有一个共同点，就是在其他公司觉悟前便建立了远景目标，通过长期持久的艰苦努力，最终实现了各种改革。

这些改革包括新技术的开发、新销售方式和新销售网络的建立、研究、设计、生产、人事、财物改革等方方面面。当成果开始显现，其他公司便追随而来。不过率先改革的企业往往因为时间差而确立了绝对优势，与后者之间拉开难以逾越的差距。

当今时代，一年内可以完成的改革很难形成企业间的优势差，企业取得优势的因素都取决于是否先期实施了三年、五年甚至十年之久的持续性长远战略。反过来说，一个企业无论实施了多少短期内可见成效的改革，对经营的总趋势都不会有影响。一家企业目前有多少长远战略、各种战略都出于什么样的考虑？这些因素渐渐决定了企业将来的命运。

对于经营者层来说，年度计划的问题几乎没有意义，连中期计划的战略也没有太大价值。问题是如何建立比这些更重要的长远战略，如果一个人不能在坚定的远见基础上创造出项目，并指导和切实地推进项目实施，他就不配做经营者。

为实现长远目标而努力意味着企业要经历艰苦漫长的潜伏期，它要求相关人员具备较强的毅力和耐力，即使中途情况发生改变，他们也坚信最后的胜利，能坚韧不拔地努力。比起刃上有缺口的快刀，刃上无缺口的钝刀更适应这个时代的要求。

❖——时间最短化

战略行动的第三条原则是“时间最短化”。

大到整个公司的战略，小到日常的每一个行动，共同的过程都是获取信息、制定规划、选定负责人和部门、确立目标、通过努力取得成功。所谓时间最短化就是将“掌握情况”到“取得成功”的时间压缩到最短，也就是“最短化”。

当今时代的关键问题是怎样及早发现变化的征兆，在早期做出适当的决定并付诸行动。消息不灵通、做决定不果断、行动不及时、在实施的管理上耗费时间拖延期限都是不明智的。这些都是导致经营失败的因素。

如果从获取信息到取得成果所花费的时间超过了必需时间，中途情况往往就会发生变化，进而导致整个行动或失去意义，或变成一种阻碍给经营带来损失。因此，尽可能地缩短整个组织行动所需要的时间是董事的最大课题之一。

为此，组织必须对一切情况反应迅速，信息的横向沟通和纵向传达必须快速准确无误，只有反应迅速的组织才能够应对变化。

组织反应速度的快慢作为各家企业的特性，似乎是固定不变的，但事实上它取决于现任经营者层自身对现实的反应速度。

经营者层自身的反应速度慢，中层干部的反应就更慢，而他们的部下则比他们还要慢。可以说董事们的日常行动本身体现了一个企业反应速度的快慢（如图Ⅰ－7所示）。

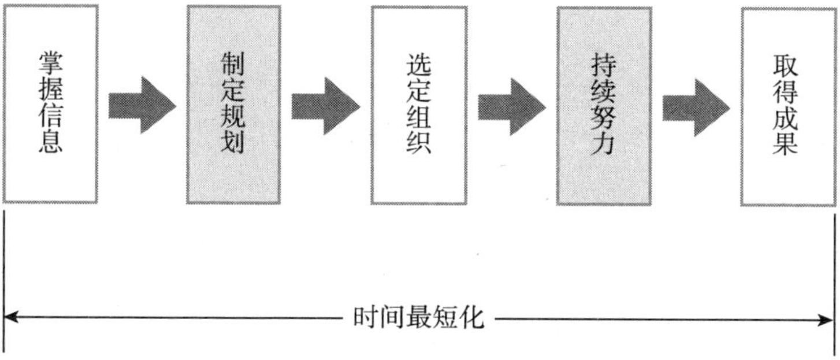

图Ⅰ-7

❖——全局观念

战略行动的第四条原则是全局观念。

所谓全局观念是指企业员工在行动时要有全局意识，要从最有利于全局的角度出发确定自己的位置，要做全局中的自己。在全局中自己应该怎样做？只有全体员工都具备这种意识，企业才能做到自律和协调共存。

这里所说的“全局”不单指某一家企业的全局，还包含国内社会和国际社会，因为每一个问题所涉及的范畴都不同。无论董事、中层干部还是业务员，企业各级人员都应该彻底杜绝利于局部而不利于全局的行为；领导干部要综合判断自己的行为会对自己职权范围内的其他部门或企业外部产生什么积极影响和不良后果。董事要为全体员工起到率先垂范的作用。

各部门要从全局出发确定自己应该发挥的作用和应

该采取的行动。企业各部门所起的作用不同，比如有的部门被企业寄予厚望，受到高度关注；有的部门是整个企业的财源，支撑着企业的经营；有的业务一面苦战一面准备退出。各部门要根据自身的作用采取相应的对策。由于各部门的作用不同，有的部门要做出牺牲，有的部门需要集中投资。

各部门步调一致的"行动主义"是最危险的思想，各部门都得到平等的待遇，争取企业内"平衡"的时代已经过去。在传统的经营模式下，董事往往要花很多时间调整那些无法从全局出发确定自己位置的人。而在今后的经营中，"需要调整"本身就是问题。企业必须让每位员工从全局出发，自觉确定自己的位置，排除"调整"这种非生产性的工作负担。否则将难以适应这个变化的时代。

小结

1. 所谓经营，就是指向顾客提供物美价廉的商品，提高员工的信任感、积极性和能力，要努力使这两个方面朝着良性循环的方向发展，利润是这种努力的结果。董事应该在自身经验的基础上坚定对经营的信念。

2. 董事要在经营中担当起自己的历史使命，要在任期内解决三件事：①继承课题；②自主课题；③预备

课题

3. 经营者层要对经营结果负最终责任。 失败时要果敢地引咎辞职。

4. 董事的进退要本着被动上任、主动退职的原则。刻意追求董事职位往往会产生不良影响。 董事要在组织做出决定前主动退职。

5. 董事的经营能力不应限于某种特定的行业，应该超越行业之别。

6. 董事是业务的改革者，要主持创业、改善体制、重建和退出等工作。

7. 董事要能够激发企业内员工的潜在能力。

8. 董事要协调好业务和人力、各部门工作、现在和将来、企业和社会之间的平衡，要从全局出发做出和实施决策，不可以一味妥协。

9. 伴随着产品，即硬件质量的接近，商品的服务部分变得极为重要。 保证和提高服务质量比提高物品质量更困难，需要付出特别的努力。

10. 顾客满意度的评估与改善是经营上的重要课题。要推行顾客满意管理（CS），企业就必须把与顾客的接触放在最重要的位置。

11. 员工对企业有多热爱取决于职员满意度（ES）。 企业的所谓魅力归根结底在于变化。 董事应该重新反省和端正对干部及其下属的态度。

12. 伴随着企业社会影响力的增加，如何保证和提高社会信任度成为一项重要课题。董事要重新反省自己负责领域的各项活动，提高社会满意度（SS），事先杜绝可能引起社会质疑的经营活动。

13. 董事要将自己的精力放在工作的重点上，“突破一点改变全局”。

14. 董事要避免短期规划，要制定长远目标。董事应及早获取信息，领导企业通过长期的持续努力实现目标。

15. 董事要努力缩短从获得信息、安排部署、实施，到取得成功的所需时间，对所有情况迅速做出反应。

16. 董事要时刻把握企业整体的经营情况变化，从最有利于全局的角度出发，自觉确定自己应该发挥的作用和应该采取的行动。

第Ⅱ章
董事的五种病

自我评价的能力

对于董事来说最重要的能力之一就是冷静客观地认识自身优缺点的能力。

尽管每个人都有各自的长处和短处，但是新人和骨干职员接受别人意见的机会更多，而级别越高，接受他人批评的机会就越少，到了董事一级，这种机会基本消失。

可是董事自身的缺点很容易导致一个经营多年的企业倒闭，给员工和社会带来巨大损失。因此，做董事的人最需要客观认识自己的缺点，并努力自我纠正。

董事中的有些人存在着必须纠正的毛病。在这一章，我想就董事的基本问题进行探讨。

1 无所作为病

❖——决策症

看看日常在公司上班的董事们就会发现，其中一些人没有自己拿出意见督促部长、科长进行改革，而是等部下提出意见后，经过思考做出赞成、否决、保留等决定。

自下而上的管理方式是日本企业的特征。上司把工作交给部下，使其能力得到自由发挥，这本来是件好事。但是，由于经营环境迅速改变，董事如果不从长远考虑，不断做出重要决定，就容易造成经营上的失误。因此，一味依靠部下能力的做法现在行不通。

眼前的问题是什么，应该如何改革？所谓董事应该明确指出以往的管理中有哪些地方需要怎样改革。董事应该是企业内部改革的发起人。

在社长和会长看来，无所作为型董事的工作是很不到位的。董事不应拘泥于琐碎事务，而是应从长远考虑自己负责的业务，不断提出新的改革并付诸实施。

企业应该作出的重要改革应由董事自己通过调查决定，董事要构想业务部门考虑不到的改革，做改革的主导者。如果董事做不到不厌其烦，不能用改革激活组织，就称不上是现代的董事。

❖——被日常工作埋没

当然，董事是很忙碌的。

首先是会议非常多，加上部门间的调整和疏通、拜访生意伙伴、视察工作、和同行的应酬、各种接待，还有一些“必须有高层人物出席”的活动及典礼、婚丧嫁娶仪式、对部下失误的善后处理等等。总之，董事的日程表总是排得满满的，连休息日也要为了应酬去打高尔夫。

但董事绝不是“公关要员”，对于董事来说分辨事情轻重缓急的能力很重要，董事应该处理经营中最重要的事情。如果董事只按部下说的做，不解决关键问题，那是非常危险的。

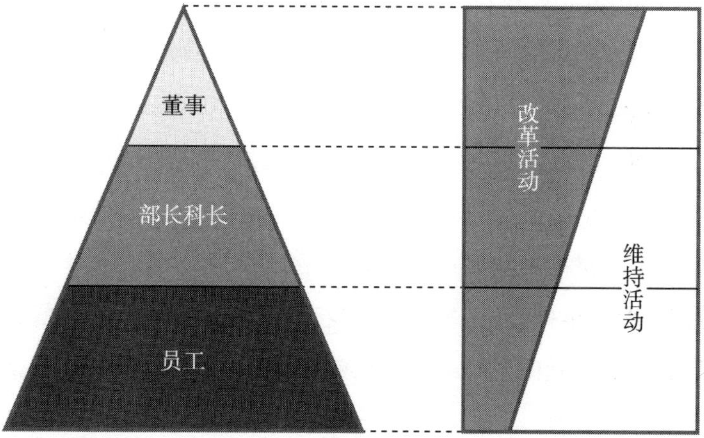

图Ⅱ－1

无论董事在日常性工作上怎样努力，也对企业起不到推动作用。拿着高薪的董事应该通过自己的行动为公司创造出最大的利益，因此在日常的维持管理上要尽量少花时间，要改革业务和企业的观念，要主导长期规划。

董事的工作效率可以从其时间分配上体现出来。另外，在进行必需的维持管理活动时，董事能得到多少改革的启发也是衡量一个董事工作效率的重要尺度。

❖——无过失症

有些人在做科长时很勤奋，做部长时很严厉，而一旦升上董事的职位被企业寄予厚望时，却突然变得像猫一样温和。

如果董事认识到自己的重任，在展开新活动前深思熟虑则情有可原。但是，如果升任董事已经达成了自己的心愿，以后想做一个无过失无缺点的优等生，而不去做有风险的工作，那么别人就可能洞察到他的想法。

根据彼得原理①，一个人所能到达的水平从开始就是固定的，即使做普通职员时很有能力，随着级级晋升也会渐渐显示出江郎才尽。有的人随着升任为执行董事、常务、专务，变得越来越温和，甚至成为社长的传话

① L·J·彼得、R·哈尔著，渡边伸也译：《彼得原理》钻石社出版。

筒，几乎丧失了自己的意志。

日语有个词汇叫“陪同就餐的董事”，这个词最近不怎么用了，它指的是那些拿着高薪，享有独立办公室和秘书，配有专人司机，但对企业实绩毫无贡献，只是和大家在一张桌子上吃饭的董事。在当今这种竞争激烈的时代，“陪同就餐的董事”将混不下去。

当然，快要变得无能的人并非都会成为陪同就餐的董事。关键还是看董事怎么想，是“已经满足了，现在只求安稳”，还是“终于可以大干一场了”。态度的选择是关键。

2 安逸病

❖——模仿症

日本的企业社会有个很有趣的现象。

那就是在经营上“赶时髦”。各行业都有领先的企业，同行业的其他企业盯着领先企业的做法，从推出新产品、开拓新市场到组织、制度改革都争相效仿。

所有行业都有企业模仿同行，他们立刻买来其他企业的新产品，很快就开始销售相似产品。由于很多企业做同一种产品，过度竞争便导致价格的下降，即使产品售出，企业也毫无利润可言，造成两败俱伤的惨况。

企业向国外出口也和在当地生产一样，如果一家企业进驻国外，同行业的其他企业就会争先恐后。这些日本产品在对方国家进行激烈竞争，给对方国家的同行造成打击，进而引起很大的问题。所以，无论在国内还是国外，模仿他人都是不好的。

一个企业同时引进新组织、新体制和新管理技术会更加乱套。从过去的业务部制到 CSR（企业社会责任），人们似乎觉得一个企业不随波逐流就落伍了。本来，这些都只不过是企业解决自身所面临问题的一种方法，但每个企业所面对的问题不尽相同，所以随波逐流本身就是个错误。

在日本的企业社会中，强大的效仿力从某种意义上说对企业经营水平的提高起到不可忽视的作用。但最重要的是比起自己艰难地独辟蹊径，很多人愿意选择轻松的捷径。

看一看各行各业，我们就会发现凡是领先的企业都不仿照别人，而经营不善的企业很留意其他公司的做法。这至少可以说明，企业依靠模仿他人取得成功的时代已经过去了。

❖——担心受排挤症

以前纺织行业不景气时，很多家纺织企业曾经共同缩短作业时间，当政府想介入织机废弃计划时，只有一家有实力的企业拒绝参加，结果出现了很大的问题。

参加缩短作业时间的多家企业都把这家企业当做对头。他们认为在大家都身陷困境时只有这家企业特立独行，就算这家企业有十足的自信，也不应该太我行我素。

有一个词语叫“行业的群体”。这个词语带有一层含义，大家都想做某件事而少数者不跟从似乎是不对的。在日本人看来，同行之间不喜欢拉开差距，大家都希望成为共同体的一员，这种意识不仅形成了企业内部价值观，而且在整个行业也颇有影响。

但是这种想法实在有些荒谬。企业本来就是各自独立的组织，有互不相同的传统、人才、资金、技术和市场积累。所有企业一律“向右看齐”就失去了自由竞争的意义。如果连董事也患上担心受排挤症，企业就无法承担向顾客提供物美价廉商品的社会责任。

日本还有更荒谬的习惯。本来如果企业亏损，董事就必须承担责任，而如果全行业的大部分企业都亏损，这就变成了“没有办法”的事，经营者层就无需更换。但在美国这是行不通的。

即使在这种时候，行业中也一定有一些经营得好的企业。无论亏损的同行有多少，那都是企业在之前没有做出必要决策的结果，董事难辞其咎。

也有人认为，凡事仿照他人，喜欢和他人一样的做法不过是为了出现问题时辩解“我和别人做的一样”，为自己脱罪的一种手段。

模仿别人是容易的。 但正因为容易才应该避免。

❖——平安无事症

有些企业的新业务和新产品总是难以取得成功，导致企业逐渐衰落。

新业务之所以进展不顺利，其原因之一是指定业务责任者时出现人事上的错误。 由于公司内存在着势力关系，人事任免只能向有势力的一方妥协，另外根据“年功序列”（论资排辈）的原则，一些无所事事、不坚持自己观点的人由于任职年头长也得到晋升。 这样一来，新业务就不能成功。 业务成功与否，主要取决于谁来负责。

在下级眼里，企业高层往往对业务部长等部长级人物并不了解。 有问题的人物、无作为的干部总是能在一个地方干得下去，有的甚至还得到提拔。 而这些往往都是经营者本着论资排辈的原则，做出没有争议的、“稳妥”的人事任命的结果。

干部的人事任命是决定公司内全体成员价值观的关键。 部长、科长以及普通员工并不相信所谓企业方针的华丽辞藻，他们通过观察什么人就任了哪一个董事职位来决定自己需要采取的行动。 即使企业自诩奉行能力主义，如果实际人事任命依然论资排辈，企业就得不到干部和员工的信任。

当然，企业的人事任免未必要像按图纸作业那样，事实上人事任免是企业在保有一定人才的前提下，进行某种妥协的产物。但问题出在“尽量不得罪人”这种“不满最小化”的思想上。工薪阶层出身的董事最大的弱点就是，比起企业需要什么，他们更在意某些人会怎么想。

这样一来，经营就会不断恶化。因此，董事只求平安无事就无法管理好一个企业。

❖——正面拒绝症

在由于亏损而面临重建的企业中，董事们往往表现出一个奇怪的共同点。那就是他们都尽量乐观地看待情况。

在经营恶化的初期，董事们会采取各种策略遏制事态发展，但如果亏损仍然加重，董事们的心理压力迅速加重，他们就会产生逃避心理而无法冷静地面对现实。为了让自己轻松一些，董事们开始刻意乐观地看待事态。

他们往往开始说一些歪理，强辞辩解：虽说是亏损，但如果除去抵押则刚好盈亏平衡；尽管说有很多呆账，但不追回债务就无法了解实际情况，等等。

独立公司中一些濒临倒闭项目的担当董事也不乏此类人。他们是辩解的高手，一面说现状虽差但前途仍有希望，一面无所作为任由业绩不断恶化。

冷静客观地把握现状的能力是董事最基本的问题。如果董事不能正视现状或讨厌正视现状，企业经营就会在那一个时点急转直下。

❖——小心症

安逸的经营态度必定在若干年后给企业经营带来严重后果，而追根溯源，这种事态往往是由于董事缺乏冒险精神、缺少魄力造成的。

顾客经常发生变化，新技术出现后现在的产品就将成为明日黄花。另外，企业内部员工的观念也在变，现代企业如果不连续进行经营改革，业务就无法维持。而一切改革都伴随着风险，不冒险企业就经营不下去。

必须承担企业中最大风险的人是董事层，部长以下人员不能分担企业风险。有些人对下级提出的包含风险的决策案提出疑问。而如果上司有疑问，下属就会十分谨慎不敢轻举妄动。这样一来所有的改革都将陷入停滞，而在这期间经营业绩可能逐渐下滑。

可以说作为董事，缺少魄力、谨小慎微是不行的。

3 平衡失调

❖——偏重管理

某公司的董事升任集团子公司的社长后，他所注意到的第一件事便是企业内部有才能的人太少。

他询问了很多事情，而得到的回答都不理想。于是他向总部说明情况，重新从总部调来部长、科长，整顿组织，引进了各种管理方式，首先努力完善了管理部门。

可是这家公司很快就陷入亏损，并且亏损数额连年累加，最终不得不重建。社长被遣返回总部做顾问，公司在新任社长的领导下着手重建。重建的主要措施是首先停止不盈利的业务，精简组织，建立信息指令上通下达的体制，将多余人员转移到其他子公司等。

有些人分不清业务本身和管理的区别，这意味着混淆本质和附属物。在业务管理职位上的人犯这种水平的错误实在不应该。

❖——目光狭隘症

有些人对自己负责的领域抱有很大热情，但对企业全局没有明确的看法和意见，在开会讨论时只从自己的立场出发考虑问题，或者说一些模棱两可的话。

他们反对从自己管理的部门选派有才能的人去其他

部门，反对岗位轮换制；他们热衷于为自己的部门获得更多预算，让下属追捧自己；他们中的一些人若无其事地做着对企业大局不利的事情。

董事本来就该从包括子公司在内的企业全局的立场出发考虑问题，无论执行董事、社长、专务、常务，都同处这一立场。董事应该是纵观全局的人，董事们之所以要分管不同的领域，是因为董事要一切从全局出发，根据全局修正部分。

如果董事只是部门利益的代表者，那只能说他对公司是有害无益的人物，并且他的作用和部长、科长一样。

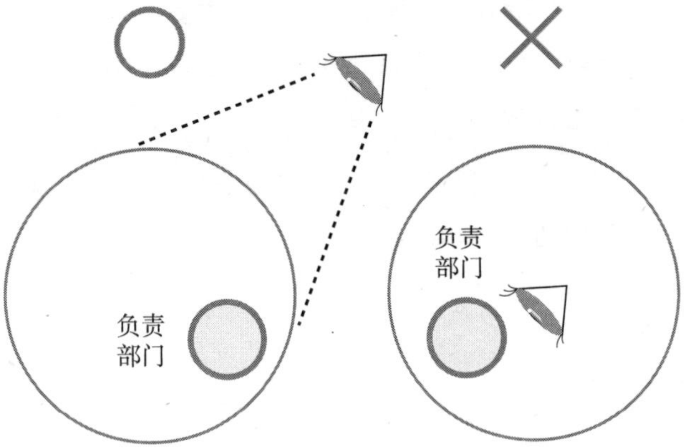

图Ⅱ－2

如果一个董事认为“这些道理我都懂，就是做不到”，那么除了他本人的问题外，可能目前的董事构成和分工方式也存在问题。如果董事都是在同一部门内级级晋升产生的，就难以避免目光狭隘症。而相反，如果董事过分自信，觉得自己什么都懂也会抑制改革，并容易偏重局部。

这种时候企业应该果断改变董事们负责的领域，建立一种体制，让董事们以“外行”的身份从全局对经营进行指导。外行人更容易推行改革，不必担心董事能否做好他们负责的事务。外行董事的到来会令部长及其下属感到紧张，从而拼命弥补工作上的不足。

❖——偏重当前

有些董事只有受到社长和首席董事的批评才慌忙开始考虑将来的问题。

这种类型的董事所考虑的事情基本仅限于眼前的一两年，而且每天忙于日常工作。在以年度计划为单位和视野这一点上，这些董事和科长处于同等水平。

部下评价这些董事时，往往说他们“没有远见”。用远见这一词汇未必贴切，但总之，如果董事不明确自己负责的领域该在怎样的未来规划下进行改革，该朝着哪个目标发展，部下就会感到困惑。

董事是自己负责领域的社长。社长要负责从公司内部到集团的全局，因此很难对每个领域都作出远景规划。因此，董事要起到分担辅佐的作用，在自己负责的领域内要把自己当成社长，着眼未来，提出建议，自主开展应该做的工作。

董事专门负责某一领域，负责的范围比社长小。因此，如果董事不能全面考虑自己负责领域的将来问题而被上司提醒，或者对未来没有具体想法，在被上司问及时不能马上回答出具体的对策和方针的话，那么可以说这样的董事是不合格的。

4 无能病

❖——无重建能力

亏损的不良项目及子公司的存在是一个重大问题，往往可以导致企业倒闭。迅速重建这些项目或子公司，使之走上正常轨道是全体董事的重要责任。

而在现实中，一些亏损部门的业务负责人却没有重建的能力。董事不可以找任何理由，因为再多的借口也无法使亏损变成盈利。

曾经盈利的项目在新董事上任后，由于不能应对外部形势的变化而不断恶化，这证明他没有业务能力。面对这种情况，企业要设法使项目重上正轨并盈利，如果不行则应该考虑转让或退出。

在目前的经营中，除正在重建的项目和计划亏损的新项目外，所有业务都必须盈利。依靠可产生巨大利润的主业在总利润的最后决算上得出盈余是很危险的。因为盈利项目很快会成为其他企业介入的目标，往往在短期内利润会大幅下滑，从而无法继续支撑企业。

❖——不适应其他岗位

企业经营的前途取决于整个集团中有多少具备重建能力和创建新项目能力的业务要员。如果企业中有很多这样的要员就可以得到银行等企业外部机构的支持，企业的版图就会自然扩大。而如果缺乏业务要员，企业就会招致惨败。

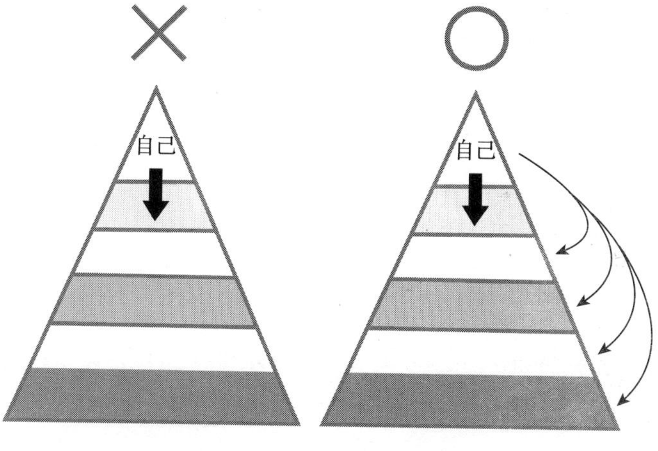

图Ⅱ－3

企业要培养业务要员，需增加有魄力的人士，他们可以用自己的方式克服没有经验的问题。企业应该让员工在部长、科长、组长时代就经常跨越部门轮换岗位。有的企业存在一种风气，把离开原部门的人视为落第生，这样的企业是培养不出业务要员的。另外，有的企业只有无过失的优等生才能出人头地，这样的企业也难免缺乏业务要员。

一些企业虽然认为岗位轮换制是必要的，但却无法实行。主要因为董事层中的一些人是各个部门的利益代表者，而考虑全局的只有社长一人，因此一直保留着谨慎的工作分配。

各位董事如果只有通过直接部下，比如业务部长或部长才能了解下情，那么就无法把握企业内部的实情和问题。干部，不仅限于董事，应该至少向下跨越两级，接触下属，掌握形势变化的实际情况。

5　自我评价不全面

❖——公私不分

对津上制作所、宫入灯泡制作所等几十家企业进行了重建的大山梅雄先生认为，造成经营濒临破产、董事下台的共同原因在于经营者的公私不分。

由他重建的企业大多是个体经营的中型企业，而导致企业濒临破产的公私不分的类型之一是私人老板公私混淆，企业内部干部也上行下效，浪费和违规行为普遍，第一线员工由于对上司不信任而缺乏工作积极性。

在此过程中，以经济不景气等原因为导火索，企业业绩骤然恶化。虽然经营者醒悟后加强了管理，但由于自身不能做表率，对企业内部失去了控制力，造成企业不断瓦解。

出身于大企业的董事公私不分的问题也比以往增多了。一些董事因为有过成功的实绩所以产生过分的自信，而这种自信往往引起企业内部纷争和严重的问题，使员工积极性受到打击，引发社会质疑，最终导致董事退位。

现在的董事就好比在蜿蜒崎岖的山路上掌握方向盘的司机，一旦方向盘或刹车失灵，企业就会翻下悬崖。董事必须有超强的领导力，而公私不分的行为无异于自己主动放弃领导力。

“公私之别”主要有金钱、时间、人力三个方面。任何人在这些方面产生的私人费用都不能让公司承担。以晚上熬夜为理由上班迟到，工作时间擅离职守的行为自不必说，董事一天24小时都是上班时间。

任何人都不得以任何理由让员工为自己做私事。个体经营者往往区分不清公事和私事，而出身于企业内部的董事中也不乏擅用公车去打高尔夫的人。

董事不是特权阶层。特别需要注意的是董事的特权意识会导致他在企业内部失去威信。企业内部人员装作看不见，实际上他们密切关注着董事的一举一动。往往自己认为正常的事，对方都会记在心里。

部下中一些“知趣”的人会积极怂恿董事做公私不分的事情。部下会经常说“这点事儿，不算什么吧”，空手给董事送人情。如果董事不经意地接受了部下的讨好，就会产生不良后果。

❖——自负症

董事的公私不分在某种意义上是由于对自身能力的过度自信引起的。

有些董事自身是企业的元老，这些企业的创始人认为企业的一切都是自己的，他们不知道大家都在注视着自己，“为了节税”而让企业最大限度地为其承担私人费用。一些普通员工出身的董事，刚开始很谦虚，但在他们的提案连续获得成功，企业业绩得到提高后，他们就错误地认为这一切都是自己的功劳，从而自信迅速膨胀，开始觉得自己为企业做了很大贡献，占企业一点小便宜也不算什么。还有一些董事功成名就后在企业内过于强势，以至于再也听不到逆耳的忠言，最后因无人监督而出现失误。

松下幸之助先生曾经表示自己的成功有九成以上来自于神的恩典。尽管人们难以相信松下先生自身的努力只占成功因素的一成，但董事的成功通常更多地要借助

“他人的力量”。认识到这一点十分重要。

任何情况下，一个人都不可能仅凭自己的力量取得成功，如果没有前人建立的信誉和基业，没有时运、没有企业内部和外部相关人员的协助，仅凭一个人的力量是不可能成功的。我们必须严格分清哪些是机遇的因素，哪些是个人能力的因素。

❖——不学无术症

企业中有些董事是不看书不上网的。

商界人士首先要从工作中发现问题，再从解决问题的过程中吸取经验和教训，不断地提高自己的能力，还要从其他公司和其他行业的案例中找到可以借鉴的地方，与自己进行的改革相结合。

但是目前，仅仅这样做还不够，还要读一些该读的书，养成自己收集信息的习惯，特别是董事，从其职能来说，需要对政治、经济、社会、技术、资源等外部环境因素有所了解。有关宗教和哲学方面的学习往往决定着一个人的经营观念，并且董事应该做企业员工精神上的指导者，因此这两方面的学习对董事尤为重要。

称职的董事大都博览群书，尽管工作繁忙，他们仍然不会遗漏应该了解的信息。可以说从超越日常的另一个境界考虑问题是董事必须具备的能力。

现在的董事中有很多人只是依靠道听途说，并且认为这样做是对的。的确，有些人就是这样的生存方式，但这样下去容易丧失发散性的思维能力、逻辑思考能力和洞察事物本质的能力。

如果董事仅靠从部下那里获取信息决定对策，或听到部下的汇报才开始考虑问题，那样往往就太迟了。董事应该比任何人都提前掌握重要信息，先发制人。从部下那里了解信息只是为了核实和确认自己了解到的信息的正确与否。

如果董事勤奋好学、信息灵通、把握问题本质的能力强，部下也会效仿；相反，如果董事不学无术，部下也会变成和董事同一类型的人。特别是阅读具有重要的意义，它决定着一个人的想法。因此董事尽管工作繁忙，也要注意尽可能地在出差和旅行中增加读书时间。

董事不爱学习的原因之一是对自己地位的倚重或过度自信。当今时代，董事才应该是企业中最勤奋学习的人。

❖——无功受禄症

一些董事对企业毫无用处，其观念也早已和时代脱节，但还一直在职。作为董事，有的人对企业没有实际贡献，也没有作出任何业绩，却还一直不肯退职。

不做董事就无法维持生活是不能成为理由的。因为董事是已经退了休的职员。因此，从这种立场来看，董事的工作必须经得起大家的审视，只有这样的董事才可以连任。

董事这一职位必须是受人委托被动上任的，而退职时必须按自己的意愿主动退职。 如果一个董事不能想出新的改革方法，认为自己已经不能再为企业做贡献，他就应该主动提出退职申请。

董事自上任之日起，就必须做好随时退职的心理准备，认为公司总会照顾自己的想法是一种任性，不管员工怎么想，对于董事来说都是大忌。

第Ⅲ章

集团子公司董事的通病

集团子公司的董事可能存在如本书第Ⅱ章所述的所有董事共同存在的问题，另外还存在着子公司董事固有的、常见的弊病。这些弊病虽然已经在相当大的程度上得到了改正，但目前有些人还存在着问题。这一章，我要着重讨论这些问题。

1　子公司董事固有的通病

❖——委托症

一个大企业董事部长，后被调派到子公司做专务董事，他有过这样的经历。

此人原在母公司生产领域工作，担任过主力工厂的厂长，口碑相当不错。由于子公司的社长由母公司社长兼任，所以所谓专务董事，实际上就是子公司的最高责任者。

可是此人上任的第二年，子公司就受到经济不景气的影响出现亏损。在他之前从母公司会计部调入子公司的常务董事为了筹集资金每天去公司总部。因为相对于亏损的数字，子公司的不足资金额过大，总部对这一点颇有疑问，于是重新进行审查，结果发现这家公司粉饰决算，在亏损的情况下仍然不控制资金外流。

于是，这位技术人员出身的专务董事与负责会计的常务董事一同引咎辞职，在做了一年总部顾问后退职。

从母公司的干部调派到子公司做董事的人中，很多人只有做部门负责人的经验，这种类型的董事总是把自己不懂的事情全部委托给各个领域的负责董事，这往往是造成失败的原因。

上面例子中提到的专务董事本身是技术人员，不懂财会。因为公司里正好有人懂，所以就全权委托给他，自己想专心管理生产和技术。实际上这种想法从一开始就错了。

作为母公司的部长可以这样做，可是一个公司的专务董事不应是技术人员或杂务人员，而应是兼顾全局的经营者，对全部经营活动都负有责任。

因此，作为专务董事不可以把不懂财会当做借口。

既然做了董事，就应该首先学习自己不懂的知识，抓住其本质和要点，弄清不懂的地方。无论任何领域，如果董事不指挥工作其他人就无法履行职责。这一点是董事和部长、科长最本质的区别，如果不了解这一点而稀里糊涂地接受任命，就会发生类似的事情。

董事是总经理，是和部长、科长有根本区别的职位。可以说对于新上任的董事，改变以往的观念和行为方式是首要课题。

❖——余生症

某上市企业的一家有实力的子公司，其历届社长都由母公司的常务董事就任。从母公司常务任第二代社长时，公司业绩开始下滑，三年后劳资关系也严重恶化。而第三代社长上任后没有解决这方面遗留的问题。尽管有必要和工会来一次正面交锋，重新建立新的劳资关系，但经营者层总是一味地姑息，再三妥协，最后第三代社长退职。

后任社长上任后，由于重复了和以前社长同样的做法，加重了公司内部的不满，另一方面对于销售额的下降也没有采取任何应对措施，导致三年后亏损增大，企业陷入入不敷出的状态。至此，母公司调派原董事兼劳动部长任子公司社长，这位社长和工会展开激烈冲突，进行了大幅裁员，公司状态终于稳定下来。

由于子公司往往经营的是不同行业，母公司派遣的人员和原有人员之间存在隔阂，再加上很多公司体制不健全，人才不足，因此和母公司相比，子公司的经营往往存在着更多难以解决的问题。

很多人把到子公司就任看做是自己的第二人生，认为公司为他们提供了一个养老的好去处。这些人不去解决棘手的问题，最终导致经营全面恶化。

现在，在公司内部已经不存在做董事就是养老的想法。但是尽管表面上大家都认为不该有这种想法，如果在自己内心深处还残留着一点点这样的心思，也会导致名誉受损的事情发生。对于董事来说，要么全力以赴进行改革，要么辞职，必须二者择其一，企业内不存在养老的去处。

❖——思乡症

一位子公司的社长和我交谈时，总是用“我们公司”这样的词汇，听上去很令人费解。于是我问他，所谓“我们公司”究竟指母公司还是现在这家子公司。

对方表现出吃惊的神情，回答“当然是母公司了”。

有些人身为子公司的董事，总认为自己只是“一时的暂住”，人在曹营心在汉。这种类型的人一旦遇到什么事情就会说：在母公司时如何如何，感叹子公司没有人才。他们不自己去判断公司内部提出的愿望是否合理，而是以母公司不会允许为由回绝。明明自己是责任者，却好像公司的事情与自己无关，这种人在公司里会被员工瞧不起，最后成为导致经营恶化的无能之辈。

铝门窗行业有YKK和TOSTEM两家独立的大公司，其他大型材料企业的子公司要么被并购，要么成为边缘企业。某大型企业的社长问：为什么会这样？得到的回答是："我们没有退路，只有努力进行铝门窗的销售和开发。而那些集团子公司的人大多无所事事，认为早晚有一天要回母公司，没有必要深入研究这些工作。多亏我们没有退路，所以我们赢了。"

集团子公司的董事如果不全力以赴，不抱着和公司同生共死的信念，员工们就不会追随他，业绩也不会有提高。子公司董事不能舍弃对母公司的依恋，可以说这本身就是一种病。

❖——集团执著症

子公司董事中有一种人很常见，他们和母公司的人、集团内部其他相关公司的董事都相处很好，关系密切，却和同行业的其他公司人员很少往来。他们作为集团企业的一员有强烈的归属感，但作为一个行业经营者的意识却很淡薄。

在以母公司为中心的集团中，子公司即使再大，如果在其所属的行业中只处于二流、三流的地位，也没有意义。 即便整个集团利润率很高，财政状态很好，如果在行业中处于相对弱势，那么这个企业就有问题，经营者的能力应该受到质疑。

大型企业由于子公司数量多，母公司也很难了解所有行业的情况，因此常常作出错误的评价。 在集团内部把各个公司放在一块儿比较的做法是错误的，经营者必须在各个行业中认识到各子公司的地位提高了多少，业绩改善了多少。

不要盯着集团，要关注本行业

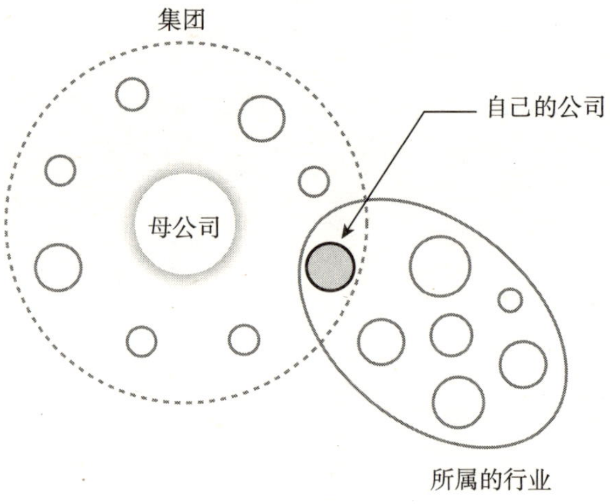

图Ⅲ－1

当然，通过集团内部各公司的合作，提高整个企业的相乘效果是好事。 但如果董事层不是因工作需要才聚在一起，而是养成了经常回母公司的习惯，子公司内部的原有人员就会对他产生抵触和不信任。

而如果这种感觉和行为是由于思乡病引起的，问题就更严重了。如果子公司董事只和以前的老朋友、容易交往的人相处，讨厌和陌生人交友，难免被人说成在外软弱在家逞威风，这种态度不适合经营者。

所以，子公司董事不要只盯着集团，而是要关注本行业，要首先融入自己的公司，然后再建立对自己所属行业的归属感。

❖——依赖症

一些子公司董事对母公司的依赖性过强。

这些人不深入研究自己公司的经营状况，不设法通过内部努力增加利润，而是想通过和母公司搞好关系争取降价，或从母公司获得免费的支援。这些无外乎是通过增加母公司的负担让自己的公司不亏本。

这样做的人不是业务经营者，而是集团企业中的寄生虫。即便是由母公司全额出资的公司，法人不同就是独立的公司，董事作为独立法人的责任者，应该靠自己的力量管理一切事务。只有在自己尽到全力的情况下，董事才有资格请求母公司的援助。

依赖心理是妨碍经营的大敌。母公司一定要警惕经常来交涉的子公司董事，谨慎分辨那些善于周旋的人。

有时看上去不错的子公司实质上也在靠母公司养活。劳务费、场地、经费、利息、保证金等等，如果把母公司实际承担的费用考虑进去重新计算，马上就可以清楚这是一家亏损公司。

靠向母公司和集团内部各公司供货而维持经营的公司，是否真正可以独立生存值得怀疑。这些公司如果在集团外部的经营活动中和其他公司竞争，能够获得利润并提高销售额，说明它们可以自立。否则，意味着它们已经沦为"救济家庭"。取缔这种公司对母公司的经营更有利。

除上述之外，子公司董事的通病还有很多。这里所说的余生症、思乡症、集团执著症、依赖症等都是必须首先彻底解决的基本问题。

2　业务部长固有的通病

最近，很多企业将子公司视为母公司内的业务部，将其列入母公司（或控股公司）的管理下，和其他业务部同等对待。在美国，采取这种经营方式的企业原本就很多，在这种模式下，业务部长即便不是董事也起着和董事同样的作用。因此，下面我要举出业务部长易患的几种主要病症。

业务部长有很多种类。从综合开发、生产和销售职务集中于一身的业务部长到只管理一个领域的部长，从只负责盈亏的部长到不仅负责盈亏还要负责资产负债表的部长，从负有和集团企业连接决算责任的部长，到不负有这种责任的部长，还有的人尽管没有业务部长的头衔，但负有决算责任，实际上是准业务部长。

在这里我就这些人固有的问题展开阐述。

❖——缺乏战略症

所谓业务部制度是指以不同产品、不同地区、不同业务来划分企业的经营职能，以促进业务发展，培养经营要员。业务部长作为这些职能的责任者，实施业务经营。

因此，业务部长必须首先明确认识业务部的体制问题，确立将来的目标，制定战略，改革销售额结构和业务流程。但是有些人所做的只是一些日常维持管理的工作，而对业务缺乏实际改革能力。

如果一个部长总是不能改变导致亏损的业务体制，或者一旦形势发生改变，业绩就开始恶化，我们基本可以断定他患有缺乏战略症。无论形势如何变化，业务部长必须先发制人采取对策，在其他公司业绩恶化的情况下能够保证自己的业务部门一枝独秀地持续发展。

即使没有亏损，业务部长也应改变业绩消沉的业务部体制，使业务部重新走上成长的轨道。一个业务部长的上任应该令人有耳目一新的感觉，业务部长应该有能力改变部门内的气氛，使部门充满活力，同时业务部长还应善于培养人才，使部门人才辈出。 建立这样的体制完全依靠业务部长。

❖——业务部保护主义

负责业务的人应该共同努力，但是有些业务部长只顾自己负责的部门，对企业全局关心较少。 他们决不同意主要干部和骨干人才进行岗位轮换，在和企业内其他部门的商务往来上表现得很刻薄，完全没有互惠的感觉。 企业内要进行部门合并之类的业务改革时，他们也不太配合。

纯粹追求利润，排除不利因素的出发点未必不好。比起那些忠实地服从企业整体调整，遵守秩序却毫无业绩的业务部长，注重自己部门利益的部长要好得多。

可是，如果这样的部长给整个企业的长期利益带来危害，问题就严重了。 当企业要求部门提供人才时，有些人会无所顾忌地要挟说“后果请自负”。 如果人才被调走，部门就无法经营，部门内人才短缺，这本来是业务部长的失败，可是有些业务部长却把这些失败当做一种炫耀。

业务部既要有效地开展业务，同时又要得到企业整体资源综合利用的益处，所以业务部长不能单纯地只考虑自己部门的利益。业务部长的利益责任意味着最终提高整个企业的综合效率，有时企业要牺牲个别业务部的利益，业务部长应为提高整个企业的水平而积极配合。

一个业务部长是单纯的利益追求者，还是一位有综合判断能力的经营干部，从他的行为方式中就可以判断。

❖——人事经理感觉迟钝

一般来说，业务部的人事职能和财会职能由总公司施行，业务部长往往兼管生产、销售、开发和技术，领导业务经营。

但是人事和财会活动和业务部的其他日常业务活动是一体的，如果在管理上不给予足够重视，首先会影响劳资关系，如果偏重于扩大销售额而不完善回收管理，企业的资金方面就会出现令人担忧的问题。因此，业务部长在开展业务时应同时承担人事和财会职能，所有和业务相关的职能都包含在业务部长的责任范围内。总公司不过是对各子公司的方针进行统一和调整，或提供企业内服务。

但是，有些业务部长却认为这些都是总公司各部门的工作，自己只需进行生产销售等直接经营活动的管理。他们在日常的经营活动中对人才和资金缺乏敏感，由于偏重业务而忽略了人才培养，容易引起整个企业资金流动上的不利事态。

业务部长在其所负责的部门是人才和资金的最高责任者，而总公司则必须站在全局的角度进行调整，对各业务部门起到支持作用。很多业务部长出身于制造或销售领域，对会计感觉陌生，虽然懂得盈亏，但对资产负债表缺乏敏感度。

人事和会计是所有业务经营中最重要的事项，业务部长要成为真正的业务经营者就必须解决好“人才”和“资金”的问题。

❖——目光狭隘

有些业务部长只注重公司的业务部评价体系所评估的事项，如果体系不进行评估，他们就若无其事地做出对公司不利的事情。

例如，公司管理体系只评价利益责任而不记入资产负债表的相关内容时，有些业务部长只考虑销售额和成本，而不太在意赊销金的滞留和产品积压。并且，他们只考虑怎样扩大业务部的利益，结果却把亏损转嫁到集团内其他子公司那里。

无论企业是否通过子公司连接决算评估业务部的业绩，业务部长只重测评都是不对的。业务部长不是被体系操控的人，而是“业务经营者”。业务部长不能是只在乎数字的普通员工。

目光狭隘的业务部长有很多。他们满足于巨大的利益，而不采取进一步的措施。他们只关心自己负责的行业，不了解将来一同竞争的其他行业和技术趋势。他们缺乏远见，不能事先采取对策应付经济和社会的变化。可以说这些都是目光狭隘的表现。

❖——自我束缚症

业务部长在改变他所负责的业务体制并发展业务的过程中，所要解决的重要问题之一是如何打破阻碍业务发展的公司制度和环境上的障碍。

随着市场和技术的变化，以及劳动者观念的变化，业务部长必须时刻抢先改变业务部的业务结构。而业务部长要进行大的改革，往往必须要求部门内的工作承担者将工作移交给其他部门。为了摆脱现行组织制度的束缚，业务部长必须对组织制度进行改革或采取特别措施。

业务部长有时要将业务部独立出来，和其他业务部统一或分离，获得特定的重要人才，采取没有先例的必要措施。想要发展或重建一个项目，业务部长就需要经常做出这种判断，并要常常从正面挑战“公司的禁忌”。所谓业务经营就是这样的工作。

但是，有些业务部长缺乏这些方面的思考，以组织制度和企业内部环境条件的现状为前提，认为必须在这个前提下工作，因此束手束脚。 事实上这样做是错误的，业务部长的任务就是打破阻碍业务发展和重建的条条框框。

业务部长不可以企业内的组织制度和环境上的障碍为由，为业绩不佳找借口。 如果认为制度不合理就应该说服上司改变它，能否做到这一点是辨别业务部长是否称职的关键。

总公司有时不了解现实变化，无法了解现行组织制度及手续在多大程度上阻碍了业务发展，给业务部门带来不便。 另外，总公司的各部门因为怕麻烦容易采取一刀切的做法，没有业务经验的人很难理解业务的特性，不愿接受例外的措施。 因此，说服总公司未必是件容易的事。

业务部长的责任范围

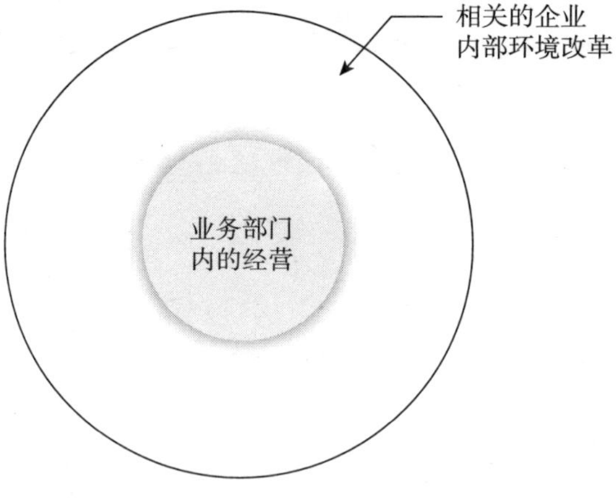

图Ⅲ－2

但是，如果业务部长不能说服总公司就没有尽到应尽的职责。可以说业务部长必须有能力让总公司改变认识，说服总公司不搞一刀切，从而获得总公司的支持，改革一切阻碍业务发展的部门内部环境。

只在现状的束缚中开展工作的人不是真正的业务经营者。业务部长不但要考虑业务本身，改革企业内的业务环境也是业务部长的职责范围。

第Ⅳ章
基本战略的制定与实施

经营者层直接制定和实施基本战略时，有一些需要注意的态度和方法。在这里，我想阐述一下主要的战略。

1 不同阶段项目的战略

❖——项目经营的三个阶段

所谓项目经营就是项目部门增加当前的项目利润，将其中的一部分投资于开发、市场调查和培训，以期几年后利润增长，然后再进一步进行研究开发、强化销售网、培养人才，重复对未来的投资支出。单纯地将当前利润最大化的思想不符合现代的项目经营。

因此，争取现在和将来的平衡是经营者层的重要职责。如果只是利润得到了增长，而项目部门对未来的投资却很少，将来就很危险；如果项目部门本来没有积蓄很多资金，却勉强支付大量投资资金，业绩就会恶化，甚至出现亏损，导致本利全无。在这个意义上说，根据项目部门想要得到多少利润增长的不同，项目经营需要采取不同的态度和战略。一旦走错，项目将会走上绝路。

从投资的支出能力看经营的三个阶段

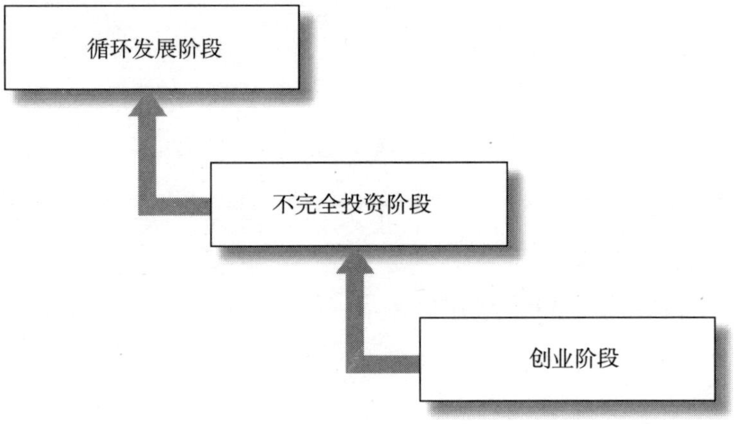

图Ⅳ－1

根据投资的支出能力可以把项目经营分为三个阶段。

第一个阶段为创业阶段。项目部门在这一阶段只是努力打下项目基础，没有能力对未来投资。

第二个阶段应该叫做不完全投资阶段。 这一阶段项目的基础已经稳固，项目部门可以拿出一部分利润用来做对未来的投资，但是由于可投入的资金还不充足，所以不能使项目加速发展。

第三个阶段是循环发展阶段。 这一阶段项目部门可以从项目中得到充足的利润，可以自由地对未来投资，而这些投资又使利润得到增长，因此项目部门可以更多地支付投资。 这种良性循环加速了项目的发展。

❖——创业阶段的战略

新项目新产品在起步之初最重要的是首先要彻底树立产品和服务的“质量”，收到顾客公认的好评。 在没有得到顾客的公认前，企业不要盲目地扩大销售、追求利润，而是要将精力集中在产品质量上。

稳定了质量后，下一步就是全力以赴提高销售，增加销售额。 初期阶段的重点就是销售。 企业要尽快抓住固定的客源，争取销售额稳定。

新项目起步期的市场销售计划非常重要。 企业要研究终端顾客，从产品和服务上明确地反映出他们的需求，并弄清改善过的产品服务与市场现有的产品服务的不同，好在哪里。 企业要一切从顾客出发，合理定价、发展销售网、完善销售方式。 如果战略不合理，项目就不会成功。

在创业初期，企业没有支付投资的能力。 并且从原则上讲，企业不应该立刻扩大工厂、投资研发、对未来进行投资。 因为这样做就会分散经营者层的精力，导致项目往往进展不顺利。 在创业的初期阶段，企业还没有资格考虑以后的事情，企业必须集中一切精力解决当前的问题，保证产品、服务和价格能禁得起竞争，保证销售稳定。 这样，企业就会获得稳定的利润，逐步消除累计亏损。 直至累计亏损为零，企业的创业期就结束了。

创业阶段的战略是稳扎稳打，不好高骛远，集中力量稳定产品质量和销售。

❖——不完全投资阶段的战略

在这一阶段，企业开始通过当前项目增长的利润消除过去的累计亏损，持续获得盈利，但是能够用于未来投资的资金还是不多。

这一时期重要的是企业在不动用资金的情况下，能够为将来做多少准备。 即使企业不实际投入资金，依靠智慧和努力，也可以有很多方法对未来进行投资。 对于经营者和干部来说，企业尚未获得可用于对未来投资的足够资金的时期是相当重要的时期。 正因为有这个过程，经营者们才能够通过经验意识到对未来的投资不一定都要靠资金。 而经营者的这种想法和尽可能不用资金为将来做准备的习惯，在企业具备了提供巨额投资能力后也同样重要。这个阶段企业应增加产品种类，完善销售网，重新培训员工，不断改革生产销售方式，提高经营效率。

❖——循环发展阶段的战略

如果这些活动进行得顺利，企业初期的投资就可以逐渐收到销售增长、成本降低的效果，使以后的项目利润得到增长。利润增长，企业就可以增加投资支出。企业对未来的投入会使利润得到更大幅度的增长，因此企业可投资的资金就更多……这样，企业就进入了循环发展阶段。进入这种状态，项目就像安装了自动发展装置，可以脱离地面腾空飞翔了。

项目靠的是一种气势。在不完全投资阶段，企业要精心管理，实施一系列改革，要一鼓作气跑下这个阶段，挺进循环发展阶段。

但是这个阶段还会出现其他问题。状态好的企业可能会出现麻痹、浪费投资支出、尽管没有实效却仍然继续投入，或者低估各种风险等问题，导致重大失误。

企业通过连续增益获得较高收益能力后，企业外部往往会出现反应，对整个企业产生重大影响。如果企业在扩大规模的同时，没有提高内部成员的能力，企业往往会从内部崩溃。

水满则溢，月满则亏是世间的法则。企业要永久维持循环发展是非常困难的。由于企业内部的掉以轻心，或者外部环境的意想不到的变化，企业随时可能陷入恶性循环。即便不衰落到那种地步，也很有可能退回到不完全投资的阶段。

因此，企业进入发展阶段后，无论怎样领先也不能沾沾自喜、懒散怠惰。企业有必要强化对内的领导。密切关注企业外部环境和社会整体环境，防患于未然在这一阶段尤为重要。

❖——是单一还是多元化

以上我说明了企业最初的项目顺利创建发展的过程。第一个项目发展起来后，企业面临着两种选择：一是只专注于此项目，努力推广；二是同时介入其他领域，发展多元化。这是企业非常重要的决策，如果这个决策做错了，将来会留下沉痛的遗憾。

经常发生的悲剧是，企业在资金和人才方面尚未打下坚实的基础，却陶醉于最初项目取得的成果，过分自负，发展多元化失败，有时甚至累及到最初的项目。没有经验的项目并不是那么容易做成功的。

企业在专业方面扩充产品种类，作为专业制造商（或者贸易商）进军国际市场，在某一领域成为屈指可数的企业是有前途的发展方向之一，在当今时代是主流的发展方向。

选择这条道路的企业，需凭借新产品的连续开发能力在国内确立领先地位，以技术力量掌握领导权，通过出口把握某些国外市场的情况，通过独立进驻或并购当地企业在当地进行生产投资，深入发掘市场，逐渐向其他国家拓展市场。

要发展多元化，企业首先要确立现有项目的基础，具备资金和人才。做好这些准备是企业发展多元化的先决条件。

❖——多元化的注意事项

多元化是为了充分利用项目发展产生的剩余资源、技术能力和生产设备，对企业信任的顾客创造出新的价值，进一步提高整个企业生产率的活动。

多元化包括开发现有顾客可能购买的其他商品，即“顾客中心多元化”，以及利用现有技术开展的“技术多元化”。这些是纵向扩充商品系列的经营活动。此外，多元化还包括自行生产现有产品所需的原材料，追溯生产工序上游的“溯及多元化”，提高现在产品加工度的“前进多元化”等横向发展的经营活动。多元化有各种发展方向，每个方向都有需要注意的事项。

企业利用相同技术发展技术多元化，虽然可以顺利地生产出产品，但销售容易成为弱点，企业要通过强化销售能力才能取得成功。而另一方面，顾客多元化也同样存在着技术和生产两方面的问题。

建立原材料自给体制的“溯及型多元化”，和通过精加工提高附加值的“横向多元化”，由于生产体系的连贯性，一旦一个环节出现问题，往往导致整个生产体系的恶化。另外，面对新出现的强大竞争对手的产品，多元化企业有失败的危险。以前，丽阳公司固守一条龙的生产体系，结果由于塑料纤维的出现而陷入了困境。

总之，发展多元化的源泉在于技术和顾客。企业必须不断努力深入开发技术和顾客领域，维持最强的竞争力。这里所说的竞争力不是指国内水平，而是指国际市场。

❖——恶性循环、重建、退出

企业在创业、不完全投资、循环发展的各个阶段都有可能陷入经营上的恶性循环。

企业繁荣的衰退、其他企业的革新带来的危机、产品事故和灾害的发生、市场的过度竞争等都可能成为最初的导火索。而这些因素一旦引起经营恶化，如果企业不能迅速应对就会出现亏损。由于资金不足，企业债务不断增加，而债务利息的负担会进一步扩大企业亏损，于是引起债务增加、债务利息增加、亏损增加的恶性循环，企业经营很快便会陷入困境。

即使看上去进展顺利的企业，也会由于某些契机而出现恶性循环，甚至需要重建。从这个意义上说，作为经营的阶段，除创业、不完全投资、循环发展、多元化的“阳关大道”外，还存在着“恶性循环”这一阶段。

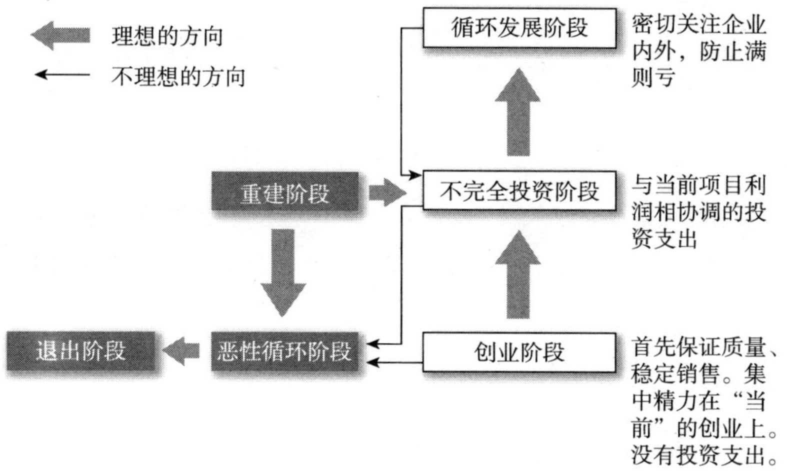

图Ⅳ－2

当项目进入恶性循环时，经营者层不能放任不理，必须决定是积极重建还是退出。无论“重建”还是“退出”都是经营者层应该履行的重要职责。经营者需要采取和创业、不完全投资、循环发展三个基本阶段不同的部署和战略。

2 新项目开发［1］——项目选择

❖——连续开发能力

在目前的经营中，企业必须具备每年连续开发新项目和新产品的能力。另一方面，企业要放弃落后的旧项目，停止生产老产品，不断改革企业的项目结构。由于需求的饱和和项目的成熟化，企业缺乏连续开发和废止能力就会导致业绩下滑，所有行业的企业都在这一点上存在两极分化。

在连续开发上责任最大的是技术部门和营销部门。技术部门要建立连续技术开发的纵深领域，确立技术开发的体制。营销部门则不能单纯地销售产品，还要有能力充当开发的先锋，要提出开发新产品的要求，说服技术部门，扩大新产品的销售。

作为项目部门的目标，新产品的比率设定十分重要。例如，TDK 要求各项目部每年新产品的销售额必须占项目部总销售额的 30% 以上（新产品的定义是上市三年以内的产品，四年以后视为老产品）。

注：这里所说的新项目包括新产品（有形）和新服务（无形）两个方面，不包括同一产品（服务）品种的增加。

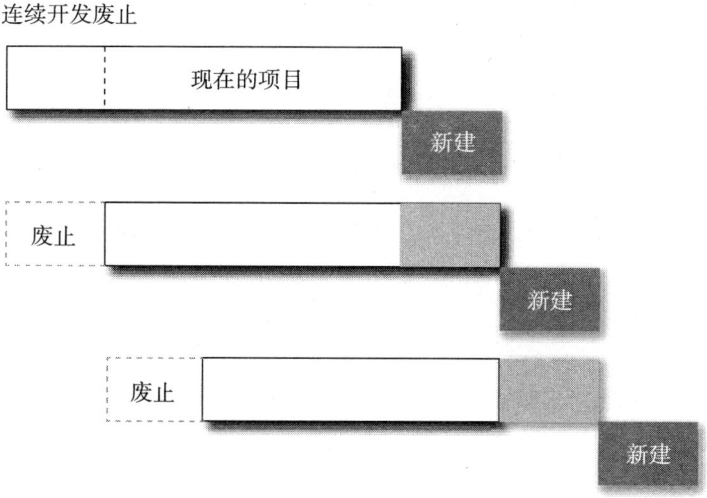

图Ⅳ-3

❖——问题解决性（wants）

经营者在选择新项目时的基本评价标准有以下两条：

- 问题解决性（wants）
- 独特优越性（优势）

原则上经营者应该从这两个角度评价候选方案，选择这两项指标都很高的方案。

我们认真研究已经上市的商品和服务，就会发现其中存在着从用户的角度来看不完美或有缺陷的地方。所谓问题解决性，是用来评价一项新项目对于解决用户的现实问题是否具有较大力度的指标。

现有的产品之所以总是存在尚未解决的问题，是因为用户需求的是“功能”，而不是特定的“商品”。女性购买的并不是化妆品，而是使自己变漂亮的手段。企业购买的不是办公自动化产品，而是办公的效率。

从顾客需要的“功能”来看，现在的产品和服务总是不完美的。因此，经营者、技术者、销售负责人必须正确认识自己公司出售的产品，直接深入地接触顾客，尽快掌握他们的需求。

❖——独特优越性（优势）

经营者在考虑可开发的新项目时，选择标准之一是看这个项目能否发挥企业所具有的优势。

这里所说的独特优越性是指技术积累、已经取得信任的顾客、销售网、布局设点、特殊人才、资金力量、所属集团的实力、企业形象等自己公司比其他公司优越的条件。经营者选择新项目时，应优先选择能够大大发挥自己公司优越性的项目。

看一看传统行业出现的新项目，我们就会发现开始时有很多企业介入，而经过五年到十年，其中的大部分企业都被淘汰，仅剩个别企业存活下来。而存活下来的企业和被淘汰的企业最明显区别在于，企业是否具备适合新项目发展的独特优越性，特别是技术、顾客、销售网方面。

比如有 A、B 两家企业进军某市场时，如果其他条件没有太大差别，而 A 公司在此之前已经拥有顾客，形成了销售网，B 公司却完全没有顾客和销售网，那么两者之间的差别就显而易见。

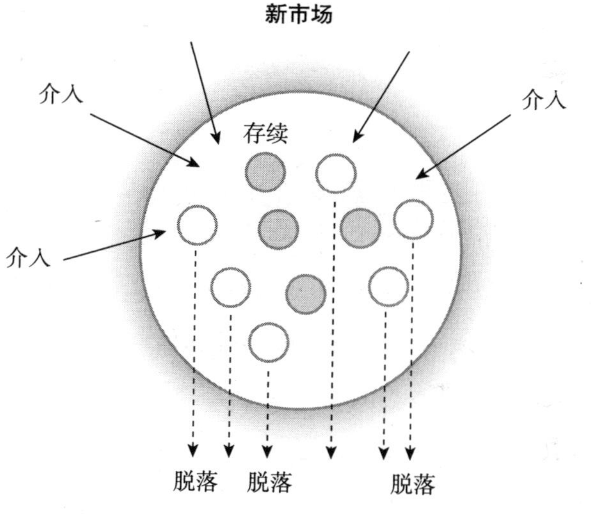

图Ⅳ－4

企业是承担生产职能的、由社会分工而来的一种形态。社会分工本来就是因循优胜劣汰的规律发展起来的。顾客通过有实力的产品提供者可以获得最大的优惠，而那些没有能力、唯利是图的产品提供者最终必定被顾客亲手淘汰。因此，经营者在选择新项目时必须考虑充分利用自己公司的独特优势。

独特优越性是和其他企业相对而言的，企业内部无法把握。因此，经营者要广泛收集国内外企业和顾客的信息，亲自接触其他企业，正确把握自身企业的独特优越性，继续努力提高企业优越性，从这个角度出发选择自己企业可能成为第一名的项目。

——顾客需求和企业优势的矩形方阵

经营者层最终要根据能否有效解决用户问题这一企业外因，以及能否有效发挥自己企业的优势这一企业内因来选择新项目，而且这两者的一致度越高，就越是理想的选择。也就是说，一项新项目在这个矩形中的重合点越多，值得优先考虑的程度就越高。

在现实的行动中，企业可以从特定的现有技术和开发技术（优势）出发解决用户的需求，或者从用户的需求出发探索符合企业优势的新项目。

但是在选择新项目时，企业也可以选择优势较小的项目，例如企业通过并购、技术合作、合资等方式开展的项目。从长远来看，这些方式有可能成为企业获得新优势的战略。但即使是这种情况下，企业要开展和目前的优势毫无关系的项目通常也是十分困难的。

		解决用户问题（wants）							
		1	2	3	4	5	6	7	8
独特优越性（优势）	技术	○		○		○	○		
	现有顾客	○		○	○				
	销售网	○			○				
	布局		○						
	人才（信息）	○	○						
	集团实力		○						
	资金		○						
	现有项目等		○						

图Ⅳ－5

❖——理念和竞争度的限制

经营者根据以上的综合判断而选择出的新项目还应符合以下两条限制。

第一个限制条件是，新项目应该在企业经营理念的范围内。 这里所说的经营理念是指企业作用于社会的理念，它反映的是一个企业对社会起到的特定效果。 如果企业在不确定经营理念的情况下开展新项目，必定会以失败收场。 因为开展新项目不过是企业实现经营理念的手段，不符合企业经营理念的项目，即便暂时成功了，将来在企业内或集团内部也会变得孤立，最终的命运无非是因失败而停业，或者被转让给其他企业。

限制条件之二是关于新市场的竞争度。 新项目无论看起来多么有希望，如果经营者预见介入的企业可能过多，那么除非这项新项目从企业的各种优势来看均排在第一位，否则就应该放弃这种选择。

从企业向社会提供物美价廉的产品这一功能来看，社会不需要泛滥的、低劣的产品供应者。 很多企业被一个项目的前景所吸引而介入过度竞争的市场，致使日后受到沉重打击，浪费了资本、成本和人才。 这种时候，企业应该充分利用优势去解决用户的其他需求。

❖——小市场、高份额

在大企业中，经常可以看到新项目选择上的失误。

这是因为大企业总是不自觉地争取销量，“月销售额至少要有几亿日元，不然就成问题。”一些大企业养成了这种思维习惯，这种想法在高度成长时代根深蒂固，而今天似乎仍残留着很大的影响。

从结果评价一个项目，标准不应该是销售额，而应该是附加值。 比如，钢铁企业是无法通过销量来比较和评价钢铁项目和机械项目的。

大企业的传统行为方式是过于追求大量市场，对于年需求量数百亿日元或一百亿日元以下的小规模市场往往不重视，即便用户有很多问题有待企业解决，企业也不为之所动。 现在用户问题多的市场正在从需求量大的市场向小市场转移，从有形商品的市场向无形服务的市场转变。

我认为，企业如果和同行之间没有明显的技术差别，与其在需求量大的市场占有少量份额，不如力求在需求量少的市场凭借自身独特的技术占有绝大多数的份额。关键是企业是否具有独特性，能占有多少份额，规模不是问题。

大企业之所以不重视小规模市场，部分原因是担心市场不灵活导致经营复杂化。但这是可以通过改善项目的组织形态和运营方式解决的问题，而不是选择项目时应该考虑的优先条件。

3 新项目开发［2］

新项目开发的成功与否不但取决于选择是否稳妥，还取决于让谁负责，通过什么样的组织和运营方式来开展。在这里，我要阐述一下新项目开发上的主要问题。

❖——选择领导（案例）

某大企业的一位董事提出开展新项目的建议后，策划部进行了调查，常务董事会审议了可行性报告的结果，企业最后决定开展新项目。大家认为这个新项目可以开拓企业的新领域，又和企业优势相吻合，它因此在将来必然会产生重要意义。

根据常务董事会的决定选拔出的项目部长在企业中一直表现优秀。他在接受了企业内部指示后，冷静地构思了项目体系，在想法得到企业批准后着手实施。

但是这个项目结果并不理想，5 年后项目部被解散，分流到其他部门。这时接受调派的一名主要干部评价项目部长说：“那个人组织工作虽然认真，但是缺少热情。”

所谓开展新项目就是创建一项事业。企业让谁来负责创业，很大程度上决定了新项目的成功与否。

创业者需要有热烈的激情，要把自己的 24 小时无私地奉献在思考、销售和调兵遣将上，要勇敢地挑战所有风险，并且有坚定的信心，要坚忍不拔，并且要具有敏锐的判断力和强大的实行力。

第一个问题是热情，即这个人是否对新项目十分热爱，是否能将自己的全部热情投入到项目中。上述案例中的项目部长，虽然按部就班地进行了新项目的开发，但本人对新项目毫无热情，最终导致失败。

经营者在选拔新项目的负责人时，应该从新项目的选择阶段就开始物色，从参与讨论的成员中发现候选人，或者由经营者来调动大家的积极性，培养出“有激情的人”。有的经营者只是以有才能为条件选中了完全无关的人做新项目负责人，那个人丝毫没有思想准备，这种形式不是“创业”的方法。

具备合适条件的项目负责人不是随时都有。董事要巧妙地利用选择过程，让部下挑战没有经验的新项目，支持项目进展，帮助部下成功，让部下获得自信，培养出项目要员。

如果经营者找不到合适的候选人，就必须由经营者层的某个人担任项目负责人，直接开展工作，在开展新项目的过程中培养接班人。如果这也很难做到，那么即使再符合条件的新项目，企业也必须放弃。

在企业中常年没有失误的优等生干部不适合做创业的负责人。作为判断一个人有无创业资格的重要标准，要看这个人在做部长、科长时进行了怎样的部门结构改革，留下了哪些业绩。即使这个人有些缺点，但如果他有坚定的信念，有能力，他仍然适合做创业的负责人。

经营者在确定创业负责人之后，首要的是选出能够辅佐负责人的团队成员。经营者要从项目的性质和员工的性格两方面选拔成员，这些成员要能够弥补容易出现盲点的局面。

❖——开发专业体制

项目开发大致可以分为基本计划的细节制定阶段和准备实施计划阶段。

在计划基本产品和服务的样式、做市场调查、筹划会计和资金的阶段，企业需要设置新的项目组织，确定专任的组织成员以及将来项目展开后的各部门骨干要员，避免兼任。

这样做可以以创业负责人为中心，初步形成具有高度热情的团体，共同研究项目框架，这是新项目成功的重要因素。兼任或临时的项目要员夹在新项目和原部门之间，无法专注于新项目的开发，从而无法确保比原有项目难度更大的新项目取得成功。

项目专属制度之所以必要，最大的理由在于新项目需要和原有项目不同的思路，负责人必须彻底清除原有项目残留的所有印象。即使是看上去和原有项目相似的新项目，其项目结构的实质也往往和原有项目存在很大差异。错觉往往导致新项目的失败。

另一方面，加入者对新项目的归属感非常重要。当然，新项目和其他部门的信息交流、合作互助也很重要，但这个问题不应用兼任来解决，而应该通过设置委员会等其他方式解决。

创业的负责人应该丢弃一切在原有项目中形成的既成观念，要根据调查结果和事实“在白纸上作画”。因为新项目是负责人依照自己的信念创建没有先例的项目，因此负责人必须和企业内的组织交涉，争取项目成功的必要条件，这往往需要上级经营者做出有利于新项目部门组织环境建设的决定。

❖——流动发展组织

基本计划的细节制定和着手准备与实施之间未必有明确的界线。

在新项目开发计划的准备实施阶段，其组织一般有三种形态。

1 按功能建立组织

2 项目部组织

3 按法人建立组织

按功能建立组织是将新项目的开发、生产、营销等各种职能划分到企业原有的各种对应部门。这种形态适用于当统一的项目决策不太重要，项目规模也小的时候，除非企业要单纯地使产品种类多样化。一般来说这种方法只适用于过渡期的组织形态，不适宜做新项目的正规组织。

项目组织不断扩充成员，渐渐发展为项目部。这种形态是新项目实施阶段的常见组织形态，对于贯彻统一方针开展项目十分有利。但是由于组织成员性格不同，聘用方式不同，对企业形象也有不利之处，因此在需要迅速完成组织环境改革之前，新项目最好独立法人化。

一般来说，和以往的经营理念不同的项目，或顾客群不同的项目，原则上适宜另外分立公司。如果这样不可行，可以在企业内部设立新的项目部。即便如此，如果项目形态和管理要点与原有项目不同，也最好另外分立公司。例如一些以订单生产为主的企业可以另立公司进行产品生产，将生产产品的公司与接受订单的部门分离。

很多情况下企业需要采取另立公司的组织形态。有时是因为企业必须要采取合资的形式，有时是企业为了避免新项目带来巨大的过渡性累计亏损。和项目部组织相比，另立公司的项目成功率更高，可以避免新项目的依赖心理，易于建立紧密团结的组织。另外，另立公司更有利于培养经营者。

如果企业既可以设立项目部，又可以另立公司，那么最好以另立公司的形式创建新项目。当项目走上正轨后，如果有需要，企业可以通过并购的形式将子公司收编为项目部，这样更容易选出真正的项目部长。

无论如何，新项目都应避免原有项目的既成观念，建立与项目相符的新体制。为此，企业最好从一开始就选出部门的骨干要员，确定基本规划，将组织形态从计划性的组织向实施性的组织流动发展。

❖——过程管理

经营者层在开展新项目时应该起到的作用大致有两个。

第一是确定基本理念后，改善企业内部环境，使创业者在企业内不会遇到障碍，可以集中精力地自由创业。

由于新项目的项目结构和以往不同，企业的总务、人事、会计等管理部门和开发、生产、营销等相关部门往往对新项目不理解，采取一刀切的方式，阻碍了新项目的发展。创业的负责人要做的事情很多，如果他把很多精力花在内部调整上，最后由于妥协将会导致项目失败。

董事应该在基本规划和决定组织体制阶段，让整个企业深刻理解新项目的宗旨，要把握新项目的开展过程，及时排除障碍，确保新项目自由地开展活动。董事所采取的措施永远应该是防患于未然的预防性措施。

董事要做的第二件事是事先设定整个开展过程中的核查点，综合把握和改进项目进展的现状，下达必要的决策。在新项目的开展过程中往往会遇到基本规划阶段没有预料到的，技术上、合同上、竞争关系上的新情况，有时甚至需要中止新项目。

4　边缘项目的战略

新项目起步后，在新市场展开竞争时经常出现的问题是当此项目沦为边缘项目时，要运用什么样的战略才能使边缘项目不陷入恶性循环，继续发展？ 我们应如何解决这一重要课题呢？

❖——依靠自力扩大规模

所谓边缘项目是指市场占有率过低，利润少，不稳定的项目。

由于市场规模有限，各个企业在有限的市场内殊死竞争，市场占有率高的企业业绩不断提高，市场占有率低的企业尽管很努力但逐渐丧失了地位，开始恶性循环。 这是因为项目利润少，因而没有投资能力，可能在将来出现更加不利的情况，这种恶性循环使项目陷入困境。

边缘项目如果一味追求增加销量，降低成本，容易导致经营连年恶化，常常需要按照董事的战略决策重新展开项目。 一个项目成为边缘项目表现为：市场份额的水平出现下降，决算逐渐减少，在市场竞争中处于不利条件等。 这种情况下，如果企业只是把管理停留在销量和成本上，将来就要承受不幸的结局。

边缘项目的生存之道在于选择实施以下三种途径。

[1] 依靠自力扩大规模

[2] 通过并购扩大规模

[3] 特色化（地区、顾客、技术）

第一种途径所谓的依靠自力扩大规模是一种中央突破方案，不考虑暂时的亏损，强行扩大强化销售网和开发生产，连续实施几年，以获得稳定的市场份额。

美国的施乐公司在 20 世纪 40 年代还是美国办公机械行业的一家边缘企业。 在获得新技术后，他们连续实施强行扩大战略，确立了今天的地位。 这种战略的成功一般需要企业具备新技术或优越的销售网等某些强大的优势。 如果没有这些优势，单纯依靠自力强行扩大规模的战略难以成功。

由于在过程中容易产生大量的亏损，采取这种方法要求企业必须具备雄厚的资金实力。 企业可以有充足的积蓄，也可以有收益较高的其他并行项目，以便能够轻松地化解过渡性亏损。

大企业的项目部沦为边缘项目时，项目部长不能单纯顺应企业内的利润管理政策，而是要深入研究项目，向企业提议采取依靠自力强行扩大的战略，有时甚至需要说服总公司孤注一掷。

❖——通过并购扩大规模

企业不适用依靠自力强行扩大的战略时，其次应该考虑的是和其他企业合并，一举稳定市场份额的方法。

并购需要寻找并购对象，尽管利用投资银行和专家作中介的企业越来越多，但仍有很多企业完全依靠自己获得的信息，寻找日常交流较多、彼此较信赖的对象。另外，并购对象最好具备和自己企业不同的优势，以便在并购后能够和自己企业形成相乘效果。

对于并购来说，相乘效果是很重要的，并且，经营者之间必须相互信任。并购不是结束，问题是“并购后能够取得多大的飞跃”。

并购是项目与项目之间的“通婚”。双方项目都必须是健康的，如果企业在项目不健康的情况下实施并购，将来必然会使项目更加恶化。如果现状存在问题，那么首先应该进行重建或改善体制，自身的毛病必须事先清除，否则并购的条件只能对自己公司不利。

从这个意义上讲，通过并购扩大规模是企业具备完善的体制时采取的预防性措施，企业消耗体力后进行并购无异于将经营的主动权让给对方，容易导致不良后果。

大企业的项目部希望通过并购扩大规模时，最好能够吸收对方，但很多时候并购后的项目部需要成立独立法人，作为合资企业重新起步。

❖——地区特定化

边缘项目难以通过自力或并购实现稳定时，应该考虑第三种战略，重新明确项目经营的重点，强化重点，舍弃非重点的部分，简化项目性质。

比如地区特定化就是这种战略的方法之一。拥有全国销售网的项目如果总体上占有市场份额较低，属于边缘项目，经营者就应该按不同的地区重新分析销售，以自己公司势力较强的地区为中心，确定重点区域，撤销其他地区的销售项目，重新分配到重点区域。企业要深入发掘这些地区的市场，使其他企业无法赶上，要在这些区域确立占绝对优势的市场份额。

这样，项目就可以获得财政余力，并随着力量增强逐渐增加重点地区。

这种方法适用于一些在行业中处于劣势的企业，如果将薄弱的力量分散于全国各地，情况会更加恶化。相对其他公司广而全的做法，通过重点集中重新建立基础至少可以在重点地区取胜。但是，采取这种方法的企业在重点地区的销售布局或巡回密度必须大大高于其他企业。

一些经营者执著于“全国供货”的名声，明知企业没有能力却不肯实施地区特定化，结果使企业渐渐濒临倒闭。企业经营不能考虑经营者的面子，而是要考虑如何向顾客提供物美价廉的产品。当经营者认为向全国分散精力削弱了自己的项目力量时，要勇敢地推进地区特定化。

❖——顾客特定化和技术特定化

通过特定化摆脱边缘项目状态的第二种方法是将精力集中在企业优势最大的特定顾客层，舍弃其他顾客。

在这种情况下，企业首先要确定重点顾客层，彻底调查和分析终端用户，开发符合顾客层的新产品和新项目，并以这些新产品为中心重新确立新项目。

另外，企业还应从终端用户的分析入手，重新开发最切实有效地接近顾客的销售网、容易推广的销售方式和服务体系，并以此为轴重建整个项目体制。

企业应撤销与新产品、新销售方式不符的部分，将力量重新配置到重点部分，建立理论清晰的体制。

特定化策略的第三种方法是技术特定化。这种策略对于生产资料企业特别重要，企业应该以占有优势的重点技术领域为中心建立开发、生产、销售的一条龙体制，撤销技术薄弱的部分，将人员重新配置到重点领域。

技术特定化和地区特定化以及顾客特定化的原理相同，就是将企业有限的力量集中投入在最具优势的技术领域，以此开辟出新的发展之路。

特定化三策略的条件是企业重点攻克的地区、顾客、技术在行业竞争中是否具有禁得起考验的充分的潜力。如果企业没有这种自信，特定化战略就可能成为一时的缓兵之计。

当然，即使企业自信不足，这种方法作为阶段性撤退策略的一步，也很有效。但是，如果无论自力、并购扩大规模还是三种特定化策略都无法挽救边缘项目时，企业应该转让或中止这一项目，可以说从这一领域退出才是正确的决定。

在没有希望的项目上优柔寡断、贻误战机是经营者层的罪过。因为那个项目的存在已经被社会所拒绝，如果以其他理由人为地保留它，那么企业只能为此付出沉重的代价。

项目工作人员的心理扭曲对于经营者层来说则是更大的问题。维持没有意义的项目会使很多员工变成没有骨气的失败者，这是经营者层特别应该注意的事情。

5　重建与退出

企业和项目进入恶性循环，有些经营者能够在早期发现征兆，并迅速采取对策，预防事态恶化。但是，对于在某种程度上处于“恶性循环阶段”的企业来说，经营者最重要的事情是放弃一切小聪明，下决心遏止事态的发展，并着手重建。

❖——通过缩小规模平衡收支的原则

重建的第一条原则是通过缩小规模平衡收支，即以目前的销量为前提减少总支出，使项目得到充分利润。具体做法是裁掉投资性支出，裁减人员，缩小设备闲置，通过转让资产降低利息负担，中止不盈利的项目，集中工厂店铺，简化组织。

看一看第二次世界大战后企业的历史，你就会发现没有真正在成本上采取措施，而是以扩大规模为中心进行重建的企业大都失败了，或者重建后的效果不理想。最主要的原因在于一个项目需要重建时，其营销部门缺乏根本的销售能力，不可能在短期内增加销量，恢复收益率。

说得更明白些，如果通过改变销售策略扩大项目能增加销量的话，那么企业早该做到了。

之所以说通过扩大规模重建项目的做法危险，第二个理由在于这种做法会在项目部内部引起误解或错误的想法。以扩大规模为中心进行重建的企业只注重营销，工厂和管理部门往往把问题都推卸到营销上。

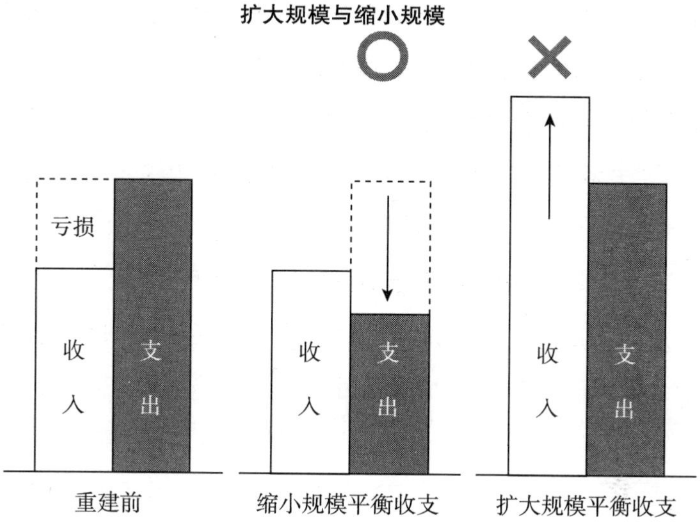

图Ⅳ-6

这对于重建的成功来说会成为致命的打击。企业之所以陷入需要重建的境地，全体员工都有责任，而不仅是经营者层或营销人员的责任。因此，全体员工都应该深刻反省，改变以往的做法和行为。如果每个部门都推卸责任，认为自己没有过错，重建就难以成功。企业试图通过扩大规模平衡收支，结果却损害了内部团结，使重建工作停滞不前的案例屡见不鲜。

❖——迅速的大规模教育

企业需要缩小规模平衡收支的第三条理由，亦即最大的理由是：在短时间内大大改变全体员工的观念至关重要。 而企业通过彻底的缩小规模使员工共同经受艰难，通过实际教育让员工获得新的想法和自信，就可以在短时间内改变员工的观念。

为什么企业会连续亏损并且无法逆转? 究其原因，我们可以列举很多：市场销售的失败、呆账的增加和大降价、亏损产品的赤字增加、不必要的经费开支、设备过剩、人员过剩、除生产一线员工以外的间接人员数量庞大、相关企业的亏损带来的负担、利息负担的累积增加等等。

但是，导致企业亏损的最根本原因绝不是企业在工作方法上缺乏智慧，而是企业内部人员“观念”的错误。

例如很多情况下，需要重建的企业员工往往“不认真工作”：上班迟到，工作时间不抓紧，懒散。 他们没有意识到这样的工作方法和工作效率很糟糕，他们将失败归罪于他人。 他们错误地认为没有金钱和熟人就什么都办不成。 他们只是嘴上说一说，实际上根本无法实行改革。 企业之所以陷入困境，就是因为这类人聚得太多。

因此，企业重建时最重要的工作便是彻底改变全体员工的观念，使业绩恢复正常状态。 并且，这种“大规模教育”的时间很少，如果企业不抓紧时间就有可能断绝命脉。 因此几百人几千人的全体员工的“大规模教育”才是企业重建的“本质”。

在企业重建时，某种意义的缩小规模平衡收支之所以是必要的，也是为了便于迅速的大规模教育。企业要大幅裁员，要派间接人员到生产一线，总公司要减少闲置设备，或将闲置设备并入工厂事务所。经营者层自身要做少数精锐的典范，活跃在最前线，要比任何人都更加努力。重建的目的是让全体员工共同经历困境，通过认真努力扭亏为盈，证明只要努力就能成功，树立新的风气。员工和经营者要通过这一“高压过程”，同时完成“思想的重建”。

企业重建时最重要的是改变思想，改变企业内部的组织环境。为了同时解决这些困难的课题，缩小规模是必要的。即便企业已经设法平衡收支，但如果不改变员工的观念，也不能成为长久之计。

❖——严禁再手术

缩小规模的关键在于要下决心。

比如，当销售额是 8，而支出是 10 的时候，企业将规模减小 3 成，保留 7 成是危险的，必须缩小至 4 成才能成功。

因为很多需要重建的企业对重建前的实际数字把握不准，在重建中出现意想不到的赤字，打乱了全部估算。另外，每一个经营者在缩小企业规模时都伴随着心理上的痛苦，在交涉过程中往往因妥协而退缩。因企业外部出乎意料的新情况而打乱计划的事情也多有发生。

重建企业的经营者最初要通过一种强制措施统领企业，这无疑会使员工更加辛苦，所以无法得到员工真正的信赖。真正的信赖只有当企业在经营者承诺的时间内达到稳定盈利的目标时才可以获得。如果员工辛苦地努力工作，而企业仍然持续亏损，员工就会对经营者失望，从而丧失工作积极性。坦率地说，企业重建时，只要缩小规模，舍弃3成和舍弃4成的难度是一样的。

“手术只限一次”。倘若再次手术，员工的痛苦和不信任感就会加倍，企业会因优秀员工的辞职而导致人才的流失，对以后的经营造成沉重的打击。之所以有必要大幅缩减规模，就是为了避免再次手术。

经营者必须尽量缩短从着手重建到稳定盈利的时间段。重建期越长，人心越疲惫，越会产生不良影响。通常重建期最多不应超过3年，如果3年内不能完成重建，那么企业就应从更高的层次重新设计重建计划，有时可能要下决心放弃一部分。

❖——不缩小规模的重建

企业重建原则上需要缩小规模，但也有不缩小规模而成功重建的企业。

日本电产陆续将三协精机制作所和科宝等两三家支

柱企业收归旗下，在短时间内迅速扩大了规模，而日本电产在重建这些公司时都没有裁减人员，而是以原来的人员队伍完成重建，可以说这是个特例。

日本电产的经营理念认为业绩恶化的原因是职员的思想问题，只要改变职员的思想，企业就一定能盈利，就一定可以重生。在以重建思想为目的这一点上，日本电产的理念和我之前阐述的一样，所不同的是日本电产对企业进行重建时没有缩小规模。

日本电产深入实践6S（整理、整顿、清洁、清扫、礼节、教养）和3Q（好职员、好企业、好产品）等基本理念，为了确保这些理念不停留在口头上，而是在生产一线贯彻执行，企业采取了独特的评估方式，配以其他各种改革，自社长以下的部长坐阵指挥，迅速改变了员工的价值观和行为习惯，恢复了业绩。

不裁减人员而成功改变组织环境，让业绩重返轨道是企业重建的理想，对于有强烈感化力，能够做到这一点的人来说，这种方法很可取。不过，这种方法只适用于有成功改变过组织环境经验的经营者和自信能够改变组织环境的董事。那些没有参与过企业重建的普通董事即使照搬照学也很难成功。

不裁减人员的企业重建乍看上去比较轻松，因此很有诱惑力。但这种方法绝不是捷径，要采取这种方法，既要有成功改变过组织环境的领导，又要有志同道合的搭档。因此，普通董事即使想这样做也会因为态度不坚决而不得不进行“再手术”或“再再手术”。

因此大家要特别留意采用这种方法的条件。

❖——留下再起飞的种子

企业重建时，经营者应该考虑的重要事情是大幅缩小企业规模，平衡收支。但这时要有计划地保留企业将来再度起飞时的重要杠杆。

重建活动可以分为四个时期。即企业更换经营者，开始重建的着手期；企业努力初见成果，业绩停止下滑的低谷期；企业再度起飞强盛的起飞期；消除累计亏损，实现名副其实的财政盈利，不再有倒退危险的完成期。

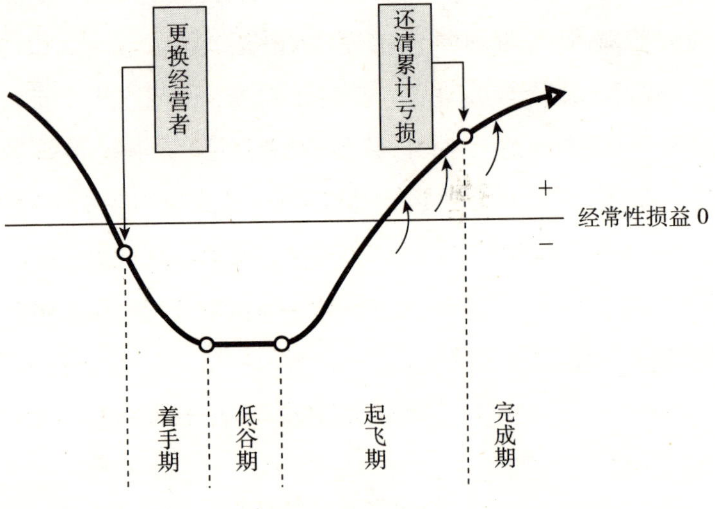

图Ⅳ－7

关键在于低谷期结束后进入起飞期时，企业是否能一鼓作气连续走强。因此，只凭企业自然恢复的态势是不够的，企业需要可以连续增加效益的杠杆。

新技术开发的成功、新产品的上市、成本的降低、有实力的新客户等，都是“杠杆”中的一种，这样的再起飞战略必须在业绩的低谷期开始发挥作用。因此经营者在决定企业重建计划时，必须确定企业再起飞的杠杆。

常见的企业重建失败的例子是，经营者在缩小企业规模时“过度裁减”，以致企业无法再度起飞，业绩一直萎靡不振，企业很快陷入瘫痪境地。尽管缩小规模的本质是“牺牲企业的长远发展，选择企业的眼前存续”，但有些企业却一刀切地把企业将来发展的萌芽连根除掉。

企业重建时要有一些预见性的措施，比如要保留这个技术员、那块地不能转让、要留住这些顾客等等。并且，经营者在保留这些“萌芽”时要想办法不让企业内员工将它们看成是缩小规模的例外。

因为如果员工们将这些“萌芽”看成例外，所谓“为了将来”，希望“破例”的事情就会越来越多，导致企业无法重建。

❖——重建的完成阶段

当经营者和雇员之间关系紧张，经营决策难以有效在企业内贯彻实施时，企业重建的最优先项目便是恢复经营者和雇员之间的正常关系。为此，经营者不应采取一时的妥协策略，而是要在确保能够维持经营的前提下大幅缩小企业规模，迅速确立经营者层的领导力。

经营者层的强劲领导力是企业重建的原动力，所以经营者缺乏领导力时必须首先确立自身的领导力。为了不和工会发生冲突而逐渐推进合理化措施的策略难以得到经营者想要的效果，事后看起来往往只是浪费时间。

企业重建一般要由经营者通过自助努力使企业达到经常性盈利，以此消除累计亏损，另一方面开始企业的再积累，同时分配红利。而如果一个企业的累计亏损额过于庞大，即使企业获得了稳定的收益，要消除亏损仍需很长时间。所以，经营者在制定企业重建的计划时，要向股东和债权人请求并实施削减投资、暂缓偿还债务或舍去部分债务等措置。

这样做的前提条件是，首先进行企业重建的经营者要得到各利害关系者的信赖。其次是经营者要让股东、债券者、员工等当事人确信牺牲的公平性。这种措施是为了防止好转的经营由于利息的恶性循环而再度恶化、防止利害关系者的利益再度受到损失而实施的，因此经营者在企业经营好转后，应该坚决地完成最后这项工作。

这项工作完成后，企业便会自动地朝良好的方向运转。当这种状态稳定下来时，企业重建的时期就结束了。

企业重建的结束意味着后任经营者要在不断变化的环境中连续主动地进行改革。后任经营者必须具备这种能力和姿态，如果躺在成绩单上休息，企业经营就会再度恶化。企业重建的结束可以说是经营者连续进行新改革的跳台。

❖——主动退出原则

如果经营者预见一个项目不可能重建，或项目重建将给整个企业带来不良影响，就应该自己负起责任，决定转让或终止这个项目，在合适的时机退出那一领域。另外，即使一个项目的收益正在提升，如果在整个企业的全局规划中没有意义，经营者也同样要考虑转让或终止此项目。

经营者应该在合适的时机，自己主动实施项目的转让、终止和退出，不能等待“下级向上建议”。部长、科长以下的干部是不可能提出这些建议的，因此那些期待“大家下决心”的经营者只是在逃避责任。

很多私人企业的经营者在推进新项目多元化的同时，都会终止收益率较低的项目，进行项目转让，维持较高的整体收益率。相反，由普通职员晋升而来的经营者总是对撤销项目犹豫不决，他们往往使项目的工作人员失去希望，让他们感觉自己是在做着毫无意义的工作，同时降低了企业整体的收益率。

一些经营上必要的，无法委托给部长、科长以下干部的工作，必须全部由董事决策实行，无论董事是否想做都不应回避。特别是“谁都不愿意做的事情”必须由董事自己承担。

❖——统一项目结构

撤销某个项目最好是经营者基于企业的整体规划进行的自主行为。

一般来说，具有统一的经营理念，谨慎开展项目的集团企业基本没有不良项目。而经营理念不明确的集团企业中，问题项目则较多。

很多企业有明确统一的经营理念，要求不符合理念的个别项目陆续关闭。总之，偏离企业经营理念的项目往往会受到顾客的批评，从而导致经营的恶化。

日本的企业一般因奉行“项目品种齐全主义”而相互造成危害，尽管从企业整体的经济性来说，企业具备的那些小规模项目是毫无意义的，但企业往往从经营者的面子出发，推行“全套主义”的多元化，导致各企业只能分得很少的市场份额，经营十分艰难。

企业经营者应该简化项目结构，因为复杂的项目结构往往降低生产率。

6 组织环境的改革

❖——改变价值观和习惯的人

这里所说的组织环境是指企业内部经营者层、部长、科长、员工等共同的价值观和行为习惯，是企业内特有的东西。

一个项目的组织环境包括那个项目启动后所接受的各种刺激，以及从行动结果中得到的经验积累，是组织内部人员心中共同的东西，是在内部人员新旧更替的新陈代谢中共同创造并改进的东西。

组织环境包含对一个项目的发展有利和不利两方面的因素。组织环境根据项目的成功与否、外部环境和时代的变化而改变，但改善或破坏组织环境的则是企业的董事自身。

董事是项目的主宰者，同时又是员工们精神上的指导者。董事要树立能够在企业内创造美好社会的指导理念——包括思想和行为方式，并成为宣扬这些理念的传教士。

企业的外部环境时刻变化着，要求企业内部改变意识观念。但由于企业内的组织环境有特定的惯性，对外部环境的不适应经常存在，这种差距往往是导致项目失败的主要原因。

从这个意义上说，经营者层要顺应外部变化，对自己公司的组织环境进行改革，必须充分具备改革组织环境的能力。

❖——贯彻创业理念的方法

在一个项目的创业期，往往是以创业者为中心的小团队从没有顾客、没有技术、没有生产体系、没有管理知识的空白状态创建而来。

通常企业在这个阶段会经历多次失败和成功，参与创业者通过共同积累多次教训创造出项目初期的组织环境。这里面包括很多深刻的耐人寻味的思考，有些思考必须随着组织的扩大而推广。

因此，经营者需要将创业初期凝练出的组织指导理念明文化，认真推敲语言表达，并加以详细注释。经营者不仅要将指导理念传达给每一位新加入的成员，而且要经常在企业内反复教育和强调，以此维持和保证企业内良好的经营环境。

另外，随着时代的变化，作为全体员工指导思想的创业理念开始出现问题，这时需要适时作出订正。无论如何，随着企业的扩大，在很多人陆续加入的过程中，要基于统一的理念发展事业需要经营者们的加倍努力。

案例

东洋制罐株式会社成立于大正初期，建厂之初是一家与罐头产业合作的制罐工厂。创业者高碕达之助先生将创业精神总结为三条，其中一条是“产品不是卖出去的，而是嫁出去的。”

这句话的意思是工厂里的产品和半成品都是“出嫁前”的状态，所以必须重视，并且售出产品后不可以置之不理。因为产品是“嫁出去”的，罐头的容器在罐头工厂被打包，再通过零售进入家庭被消费，在整个过程中，制罐工厂都应该对罐头容器负责。

高碕先生某日视察工厂生产一线时，发现路过的一名员工若无其事地将一个掉在地上的半成品罐子用脚踢开。高碕先生看到这个情景，立即处分了这名员工，产品“出嫁”的思想通过这则故事传遍了全厂。

经营者应该抓住所有宣讲的机会，不厌其烦地向企业员工反复宣传创业的理念，经营者要切实贯彻创业理念必须特别下一番工夫。

❖——新任领导的印象

新的经营者层上任时常常是改革旧的组织环境的好时机，新任经营者应该最大限度地利用这个机会。

这里所说的经营者层是指包括社长在内的部门和项目的负责董事、项目部长等。当事人进行人事交接后，能在多大程度上实现员工观念上的改革是关键。

新董事要视察自己负责领域的生产一线、销售、研究开发和管理等基层部门，掌握实际情况，了解基层“意识观念”中需要改革的地方，同时个别会见部长、科长，抓住他们的问题意识和思想倾向，通过从基层和干部两方面的探索明确企业中的“不良意识”和需要纠正的观念，弘扬新思想，积极在企业内开展讨论。

制定中长期计划和年度计划时是经营者层筹划新的观念改革的好时机。上述方针中有些和项目的思路有关，有些和成员们的思维方式和行为方式有关，但这些都是由董事亲自制定的，董事必须以自己的语言在企业内进行宣传。

有时，经营者也可以让工作人员起草与方针及观念改革相关的理念，自己进行审议决定。但总的说来，方针和指导理念不是靠“让别人起草得来”的，它应该是董事的热情和品格本身，那种淡而无味、无法打动心灵的概述不能称作方针或理念。

从这个意义上说，董事必须能够简明地表述自己对大家的要求，而且这种表述必须能够打动人。董事的指导理念可以不是名言，但是必须要让看到或听到的人产生一种感动和共鸣。

统一企业内部的意识观念，顺应条件变化改换新思路是一个董事最重要的职责。因此，董事必须具备将意识观念理论化的能力。

❖——人事、组织、制度改革

最大程度影响着企业内部价值观的是董事和部长、科长的人事任免。

人们不会简单地接受公式般的方针，而是通过实际上什么人升任了董事、如何晋升、重要职位由谁担任来掌握企业的真正理念，决定自己的价值观。对经营者层内心所想的和表面所做的事情，企业员工具有极高的分辨能力。一百次说教的结果可能因一次人事任命而归于零。

因此，对于所有干部的人事任免，经营者都应该充分考虑员工会如何接受。应该回避一切误解，并且很多情况下应该通过人事任免有意识地创造新的价值观。

改革企业内组织环境的手段之一是组织制度的改革。

所谓组织是规定企业内分工合作的单位，是为了最有效地发挥每个人的能力和个性，提高每个人能力的“容器”。

一个组织会培养出一个人特定的行为习惯，但这种行为习惯会随着时间的推移出现对外部环境不适应的现象。为了对无法适应外界的意识观念进行改革，巩固新的意识观念，企业便需要进行组织改革。各种管理指标是管理上每个人都应该重视的，而体制改革对组织环境的改革同样重要。

进行组织改革有很多方面，包括通过专业化来强化特定的功能，去除过细的分工，增加相关人员的自由活动时间，通过改变分工原理争取员工思考行为的变革，通过消减上下级的级别数改善企业内的沟通交流等等。所有这些措施都不应是经营者被动地解决员工工作障碍所采取的手段，而应是经营者自觉主动地改革企业内部意识的方法。

❖——持续刺激

一个项目经过恶化和重建的过程，内部的组织环境便会发生巨大变化。一般来说，经营者和雇员的关系会得到改善，团队合作更加紧密，非建设性的思想会得到清除。

尽管项目陷入重建的境地不是一件令人高兴的事，但经营者应该最大限度地利用这个机会进行组织环境的改革。同时，人为地制造相似的紧张气氛同样可以促进员工改变意识观念。

新产品和新项目的开发通常会给该部门的组织环境带来刺激。那是因为新项目需要和以往的项目不同的思考和行动方式。一个部门如果长时间没有接受这种变化就容易变得沉闷。新技术的引进和合作，或者与不同行业的共同研究也同样可以动摇以往的意识观念，对创造新的组织环境产生良好的推动作用。

人事上的岗位轮换制度之所以盛行，是因为这种制度可以促进不同类型的人员之间的接触，增加组立团队的机会，促进组织环境的改变。并且，特别重要的上层干部的人事变动一般都是意识变革的巨大动力，尽管这种动力因新上任的干部的领导力和教导力而有所差别。因此，干部的岗位轮换制度尤为重要。

现代的组织运营需要在人事、组织、制度方面不断给予新的刺激，或者通过引进新项目、新创意对组织构成冲击。如果不持续给予刺激，组织内部就会变得沉闷，被固定模式束缚，失去自主进行变革的能力。董事的重要任务之一是持续不断地对企业内部所有部门给予刺激。

7 生产率的革新

企业要永远对社会有用就必须不断提高生产率。

董事应该对这方面给予足够重视，要亲自站在前沿指挥企业不断努力，保证每年都有较大的提高。

❖——市场改革

企业的任务在于如何选择自己负责的顾客，如何为这些顾客做出巨大贡献。

因此，董事必须亲自接触终端客户，把握客户的实际状态和自己公司产品在消费、使用上的问题，再将这些信息反映到产品和服务上，使自己公司的服务总能与不断变化的市场步调一致。

经营者不直接接触市场，而是以各部门的上报为材料设计产品的做法是错误的。这件事关系到经营的根本，因此不能依靠他人。一个董事如果具备综合判断力，就应该能在市场行情中找到新的发现。

经营者应该从顾客的实际情况和必需品出发，对企业采用的销售网、销售方式、广告宣传及其他促销方法、价格进行逆向计算，使整个销售过程合理。乍看起来，营销活动不是理论性的过程，但实际上营销过程极其需要符合逻辑的理论性。

另外，自己公司的产品销售和接受订单的方式要和普通同行的其他企业有明显区别。因为只要自己公司的产品和其他公司的相似，从社会的角度来看，自己的公司就没有存在的必要，容易陷入单纯的价格战。

市场是由头脑决定的，不是由体力决定的。企业为了提高目前项目的市场占有率，关键在于预先准备何种新方案，如何连续出台新方案。

第一线的销售人员不应只是强大的销售力量，还必须思考能够提出怎样的新产品开发要求，提出多少有用的建议。这些都应该作为评价销售人员的重要指标。

❖——技术开发

当今时代，技术开发的成功与否决定着整个企业的兴衰。在这个方面，经营者最重要的作用是亲自确立重要的技术开发目标，激励技术人员、研究人员，为开发活动提供支持。

一般来说，经营者层亲自确立目标的企业，技术开发的成功率较高。而经营者如果将技术开发全权委托给研究人员和技术人员，通过累计预算、调整投资总额来决定开发课题，开发的成功率就会较低。

后者的做法往往会分散有限的人员和研究预算，降低效率，或者因为企业缺乏销售网，即便开发成功也毫无意义，或者因为新产品不符合该企业的优势强项，无法发挥支撑企业经营的作用。

经营者层确定开发目标时，应该选择对企业的今后几年以及下一代至关重要的技术领域，并应该尽量选择“突破这一点可以改变经营全局”的课题。此外，经营者还应该全面考虑包括技术优势、潜力和销售力等在内的，自己企业在今后竞争市场上的综合实力。这种判断除经营者层以外，其他人无法做到。

如果经营者是技术人员出身，可以说在确立开发目标方面具有一些有利条件。但是从根本上说，这个问题和经营者的专业无关，它主要取决于经营者的综合判断力。应该说，对技术过于精通的人在“超越常规的能力”方面相反会处于劣势。

❖——销售额结构改革

总销售额是由哪些产品（服务）构成，各占多少比例——即销售额结构（product mix）对一个企业的生产率水平有着决定性影响。经营者层应该时刻重视销售额结构，努力使其趋于合理。

另外，项目的“选择和集中”十分重要。企业应该把产品的种类集中在优势较强的几个品种上，通过项目转让或退出，坚决简化产品结构，强化产品优势。

从全世界看来，我国制造业的利润率较低，其主要原因之一在于复杂的产品结构。这是因为在高度成长期和低成长期，很多企业为了面子，模仿其他领先企业的新产品，扩大了产品种类，导致短时期内生产过剩，降低了整个行业的利润率。

这种现象由于长期经济不景气的压力而在相当程度上得到了解决，但目前仍有一些企业由于经营者层缺乏领导力而存在这种倾向。复杂的产品结构常常导致很多企业需要重建。

另外，顾客或技术的重合度也是影响生产率的重要因素。一般来说，各个项目面对不同的顾客或市场进行销售的形式，比所有项目面对共同的顾客进行销售的形式不利。在技术的重合度上也一样，重合度直接影响着销售和技术管理的生产率。

一般来说，如果经营者不有意识地加以控制，销售额结构很容易走上小规模分散和复杂化的道路。因此，经营者层必须明确自己企业的项目理念，设定范围，从生产率的角度慎重审核新项目，并要果断地进行项目的转让和退出。

❖——过程改革

目前对企业的生产率影响较大的是过程组合（process mix），如资材、生产、销售等过程的结构。

原材料从哪里进货？内部生产和外包的比例是多少？采用代理商销售、经销商销售还是厂家直销？采取什么样的物流途径？企业在生产销售的过程中存在各种各样复杂的选择，所有这些都极大影响着企业的生产率。

一般来说，从开发和生产环节到终端用户的过程中，交接的环节数越少越好。比起代理商销售经销商销售更好，而比起经销商销售厂家直销更便于企业切合市场的实际情况，迅速准确地采取行动。

从原材料的进货到生产的过程，并非采取全直营的方式最好，因为从原料开始的一条龙经营包含着各种风险。总之一句话，企业应该以经济性和产品质量的稳定性为中心，渐进地选择更加有利的发展之路。

❖——多样化和单一化的统一

由于顾客需求的多样化，如果企业想充分满足顾客需求就要将生产复杂化，而这将导致生产率的下降，两者相互抵触。 如何合理地克服这个矛盾是经营者层需要决定的重要事项。 很多企业曾经在这个问题上采取了各种解决办法。

1 将大量生产与个别生产部分分开

企业可以将产品设计上的大量生产部分和个别生产部分分开，前者在工厂大量生产，后者在机动灵活的小规模厂家生产。 比如有的企业委托销售点进行汽车配件的组装。

2 模块生产

企业可以减少基本零件和材料的种类，进行大量生产，通过这些零件的不同组合实现产品的多样化。 最早采用这种方法的是涂料行业。 厂家制造三原色，销售商将三原色混色，为客户提供所需要的颜色。 最近，个别接受订单生产的公司将大量生产通用零件的工厂分离出去，公司渐渐成为负责设计和个别组装的工厂。

3 多样化自动化

企业可以利用计算机，在工厂合理安排订货登记，取得和大量生产同样的成果。 汽车的生产销售体系就属于这一类。

4 建议型大量生产

企业可以深入研究顾客的需求，对产品进行一定的理想设计，然后大量生产，以智能化销售（intelligent sales）弥补企业在满足顾客多样化需求方面的不足。

无论采取哪一种方法，要使企业多样化和单一化并存，就需要经营者独创性的思考和实践能力。我想今后一定会涌现出更多的方法。

❖——构建连续降低成本的机制

目前经营所处的局面是，如果一家企业以和其他企业相同的方法经营，利润就会自动消失。因此，降低成本不是在经济不景气和预算恶化时开展的临时工作，而是必须每年连续进行的日常工作。

因此，经营者必须建立机制，计算各部门连续降低成本的幅度，促进各部门连续降低成本。经营者有必要每年点评各部门的成果，确定第二年的目标，并促进各部门实现目标。

为了加大成本差距，经营者还应该考虑如何提高自己公司的设备开发和自制能力。一些企业在加大产品自身的成本差距方面到达极限时，为了在成本及质量上保持与其他公司的差距，进行了设备的自主开发。但今后，企业不仅要自主开发设备，还要发明很多降低成本的新方法。

目前日本的很多优秀企业，通过降低成本创造的利润占经营利润的 2 ~ 3 成。降低成本的努力成为重要并且稳定的财源。企业为了降低成本，需要从经营者的决策到中层干部的贡献，再到基层小团队活动等，所有阶层在内的全体人员的努力。

❖——提高白领阶层的生产率

普遍说来，企业总是想方设法提高蓝领部门的生产率，也取得了很大成果，但白领部门的生产率仍未有明显的提高。这是今后所有企业需要解决的课题之一。

白领阶层生产率的提高归根结底意味着总公司、工厂、分公司的办公小型高效率化，特别意味着提高各种决策和实行决策的速度。这要通过成功地大规模缩减和再分配办公人员才能取得成果。因此，经营者层要实施的重要措施是通过开发新项目和多元化，吸收分流出来的人员。从这个意义上说，提高白领阶层的生产率关系着企业经营的总体战略。如果企业难以消化分流人员，所有这些努力都等于徒劳。

董事作为白领阶层的一员，在自身行为和判断的生产率方面应该做全公司的典范。董事不要坐着等资料，而是要下到基层用自己的眼睛把握实际情况，积极直接地采取行动，做“不需要照顾”的人。在时间管理能力方面，董事应该通过优先处理亟待解决的问题，做公司内部的典范，在决策的深思熟虑方面受到全公司的信任，并对部长、科长的判断和行为方式有较强的指导能力。

8 培养中层干部和接班人

❖——发展项目和培养干部的速度

对于董事来说，如何培养部长、科长、分公司经理、厂长、研究所长等中层干部是决定经营成功与否的重要事项。

董事应该时刻注意将发展扩大项目的速度调整到和培养部长、科长的速度同步。众所周知，如果一个项目迅速发展，而中层干部没有成长起来，那对企业来说将是巨大的危险。中层干部的空洞化是十分可怕的。

董事日常要对部长、科长所做的最重要的事不是决策和调整指令，而是对他们进行“思维方式”的教育，这是决策和指令的基础。关键问题在于纠正干部的思维方式，提高他们的判断力。如果董事对每件事情都给出具体的指示，相反会抑制对方的成长。

董事不能只是在日常和部长、科长的工作来往中强调“思维方式”，而是要在平时充分利用所有部长、科长在场的会议，反复强调。公司内部的所有研讨会都是强调“思维方式”的机会，董事必须充分利用这个机会，和各阶层员工频繁接触，让他们理解企业所倡导的思维方式的精髓，并充分倾听和把握对方的心声。

❖——多层人员接触

董事在和部长、科长接触时，至少要接触包括直接对象在内的以下多级对象，要具备“从下级看部长、科长的目光”。董事发现部长、科长的优点要表扬，发现缺点要纠正。从上司的角度一般很难发现部长、科长的缺点，而从部下的角度就容易看到。因此，董事如果不接触科长以下阶层的人员，直接了解情况，就难以指导位于他们之上的部长。

多层人员接触的方法有很多。董事可以视察基层或事务所，和营销人员一同拜访客户，出席部门内部会议，定期召开科长以下人员的意见听取会。总之，和其他各阶层人员共同行动的所有机会都是董事掌握部长层问题的重要机会。

经营者层如果不进行多层人员的接触，而只通过直接接触部长了解企业内部情况，有时会发生决策失误，无法了解存在问题部门的内情，延误处理问题的时机。而经营者本人可能丧失适应其他岗位工作的能力，无法进行岗位轮换。

❖——中层干部在各个成长阶段的培养方法

从工作的角度划分部长、科长的成长过程，大致可以分为四个阶段。

最低阶段是维持管理不完善的阶段。这个阶段，干部对日常项目的管理还不完善，会出现很多错误、摩擦和漏洞，经常需要上司的提醒。

在此之上是维持管理阶段。这个阶段，干部已经能够很好地对日常项目进行管理，但还没有根据自己的新创意改革部门项目的经验。

再上面是维持管理和改革阶段。这个阶段根据干部的自主性程度又可以分为主导改革和被动改革两个阶段。前者是在干部没有受到他人提示或指示的情况下，能够自己说服上司、同事、部门外其他组织和部下，完成结构改革的阶段。后者是干部能够在接受上司的提示或指示后跟进改革的阶段。

一般来说，干部按顺序逐步完成这四个阶段对于成长比较有利。干部如果想将来有大成就，跨级飞跃不见得是件好事。

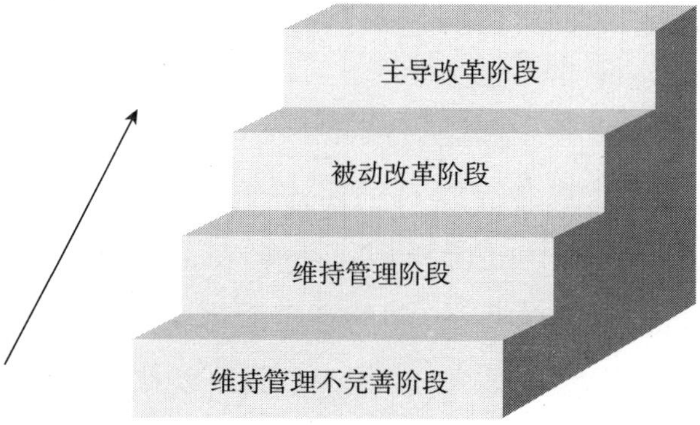

图Ⅳ-8

对于维持管理不完善的干部，上司要给予正确的指导，至少要让他在上任后一年内走上正轨，如果一年后情况还没有改变，就应该免去他的职务。

要使部长、科长从维持管理阶段上升到结构改革阶段，上司应该提供一些改革的提示。上司是否有能力让部长、科长进行被动改革十分重要，如果上司在这一点上做得不好，经营者应该考虑将部长、科长调动到其他部门。

❖——岗位轮换和管理宽度

为了让部长、科长早日进入结构改革阶段，经营者应该在部长、科长作出一项成绩后，让他们担任其他没有经验的职务。

一般来说，部长、科长要成长起来，必须反复面临没有经验的事态，全力以赴地应对，通过解决问题获得新的自信。

如果经营者让员工始终在同一个部门内晋升，纵向培养他，那他就会因为对项目过于熟悉而不善于将工作委托给部下，人才也就难以培养起来。并且，一个人从同一个职务经验中得来的固定观念也会妨碍他产生新思路，进而妨碍结构改革。另外，这种方法培养出的人才只是某一部门的专家，却很难成为项目要员。此外，这种方法还容易导致派系主义，使企业不得不做很多消极的调整工作。

经营者最好让部长、科长每次在一个职位上做出成绩后立刻为他们调换岗位。在部长、科长做出成绩、获得成就感和自信之前，不宜进行岗位轮换。相反，在他们做出一项成绩后，长期让他们待在原部门也是不可取的。

对一个职位的工作轻车熟路的部长、科长，在人事调动时会遇到各种阻力。董事应该确信，比起目前个别工作的处理，中层干部的培养更具有长远意义，更能保证企业整体的长足发展。因此，董事应该排除阻力，贯彻自己的信念。

在培养部长、科长方面应该注意的第二个问题是管理宽度。

对于那些能很好地照看每位经理的日常工作，在当前职位上游刃有余的干部，经营者可以通过兼任或增加新项目的方式扩大他的管理宽度；对于那些不能全面应对当前工作的干部，则可以通过分割缩小他所负责的组织，把他调派到工作简单的职位，缩小他的管理宽度。

通过经营者重复这一操作，有能力的部长、科长很快便会崭露头角，有问题的人也可以在狭窄的管理范围内展开复活战。这种管理宽度的调整方法是加快干部培养速度的一般方法。

对于这样的做法也有人持相反意见，但我认为组织终究不过是经营的手段，一个组织只有快速培养出有才能的干部，才是真正有效的组织。

❖——教育部长和培养董事

部长要直接培养他的部下——科长，而董事则要教给部长指导的方法。

一般来说，部长认为科长已经很“成熟”，在日常的工作来往中经常只让他们做案件处理。这是部长作为指导者尚不成熟的表现。

指导科长的要点是让对方确立目标，关注对方的行动过程，适时给予援助，帮助他成功，让他不断扩大自信的范围。

在科长的行动过程中，部长原则上不干预方法，要让他靠自身的能力推进工作。只教授思维方式和态度，不传授方法是指导科长的原则。

经营者层在培养董事候选人时，要采取谨慎的策略。首先，经营者层应该从科长中挑选有可能性的人选，有意识地将他们调派到困难和问题较多的部门，再通过调整管理宽度逐渐在公司确立他的地位。

在这个过程中，经营者层应该让候选人作为项目要员参与项目重建和创建，让他经历艰难困境，再从这样产生的数名项目要员中逐个选出并任用在企业内部威信较高的人，这是培养经营者的主要方法。

以前的企业任用的都是性格温和、没有敌手的“优等生”，尽管他们未必有项目改革的能力。但是今后董事层的最低条件首先是具备作为项目要员的能力，只是大部门管理者类型的人才恐怕没有这种资格。

当然，得到公司全体员工的信任是选拔经营者的最重要条件之一，但这一点对于今后的经营来说只是必要条件，而不是充分条件。

另外，董事和领导班子成员的任命不一定要反映出候选人的能力排名。经营者在人事配置上应该从领导班子内部职能的平衡出发，注意弥补薄弱环节。

小结

1. 项目经营分创业、不完全投资、成长循环、恶性循环、重建、退出等阶段，各个阶段需要采取不同的战略。

2. 连续开发新项目是眼下企业的课题。选择新项目时要严格挑选问题解决性和企业的独特优越性高度一致的项目，并要筛除和企业经营理念不符的项目，以及竞争过于激烈的项目。

3. 新项目的成功与否取决于企业是否任用有热情的项目负责人，组织形式宜采取专业体制和流动发展的形式，且过程管理很重要。

4. 对于边缘项目，不应只是努力扩大销售、降低成本，还需要靠自力扩大规模、通过并购扩大规模、实施特定化等战略。 如果采取这些战略，项目仍没有振兴的希望，则应该果断退出。

5. 重建项目时必须通过缩小规模达到平衡，要避免再次手术，并要便于企业再度起飞。

6. 经营者层是企业组织环境的改革者，要在企业内部贯彻经营理念，通过人事、组织、制度等的改革改变不适应外部变化的意识观念，经常激励组织发展。

7. 要改变市场销售、技术开发、降低成本的方式，进行产品结构、生产销售过程的结构改革，持续提高企业生产率。

8. 要平衡发展项目和培养管理者的速度，通过轮换岗位、调整管理宽度、巧妙配置困难项目，有效地培养中层干部和接班人。

后记

掌握基本所向无敌，了解基本万无一失

要解决经营上的问题，其“基本”和根据“基本”采取的解决措施，也即“手段”是必要的。我所阐述的“基本”是一个不变的法则，而“手段”却在不断变化。

我们首先要了解“基本”，将面临的新“情况”与之比照，然后创造出新的手段方法。

“过去采用的手段”不仅对新情况无效，而且很多时候会产生危害。

当今时代需要各位舍弃由经验得来的“过去的知识”，牢牢抓住“基本”。如果大家想了解过去的方法，可以在网上或资料库中查找，不需要记忆。

另外，“基本选书”这一丛书系列选择了作为基本有必要了解的知识，计划出版以下序刊。

敬请期待。

- 《这样的干部请辞职》；
- 《职员革命》；
- 《新版 管理者革命》。

1992 年本书作者的专著《董事与项目部长》由日本能率协会出版发行。本书是作者在此基础上进行添加和修改，并更改题目重新推出的著作。

图书在版编目（CIP）数据

经营者到底应该怎么办/（日）畠山芳雄 著；马英萍 译. —北京：东方出版社，2011
（管理的基本）
ISBN 978-7-5060-4250-5

Ⅰ.①经… Ⅱ.①畠… ②马… Ⅲ.①企业管理—研究 Ⅳ.①F270

中国版本图书馆 CIP 数据核字（2011）第 130863 号

经营者到底应该怎么办

作　　者：［日］畠山芳雄
译　　者：马英萍
责任编辑：姬　利　陈雪冰
出　　版：东方出版社
发　　行：东方出版社　东方音像电子出版社
地　　址：北京市东城区朝阳门内大街 166 号
邮政编码：100706
印　　刷：北京中新伟业印刷有限公司
版　　次：2011 年 8 月第 1 版
印　　次：2011 年 8 月第 1 次印刷
开　　本：880 毫米×1230 毫米　1/32
印　　张：5
字　　数：80 千字
书　　号：ISBN 978-7-5060-4250-5
定　　价：20.00 元
发行电话：（010）65257256　65246660（南方）
　　　　　（010）65136418　65243313（北方）
团购电话：（010）65245857　65230553　65276861